趙武靈王

常万生 著

華夏出版社
HUAXIA PUBLISHING HOUSE

图书在版编目（CIP）数据

赵武灵王/常万生著.—北京:华夏出版社,2013.10
（华夏长篇历史小说大系）
ISBN 978-7-5080-7690-4

Ⅰ.①赵… Ⅱ.①常… Ⅲ.①长篇历史小说－中国－当代 Ⅳ.①I247.5

中国版本图书馆 CIP 数据核字(2013)第 142599 号

赵武灵王

作　　者　常万生
责任编辑　杜潇伟
责任印制　刘　洋

出版发行　华夏出版社
经　　销　新华书店
印　　刷　三河市李旗庄少明印装厂
装　　订　三河市李旗庄少明印装厂
版　　次　2013 年 10 月北京第 1 版　　2013 年 10 月北京第 1 次印刷
开　　本　720×1030　1/16
印　　张　14.75
字　　数　306 千字
定　　价　27.00 元

华夏出版社　网址:www.hxph.com.cn　地址:北京市东直门外香河园北里 4 号　邮编:100028
若发现本版图书有印装质量问题,请与我社营销中心联系调换。　电话:(010)64663331(转)

目 录

第一章　少年国主

一团神奇的黑影遮住了明亮的太阳，只留下如女人手镯般金色的光环。

霎时间，天昏地暗，人畜皆惊。牛吼，马嘶，鸡鸣，犬吠，嘈杂的市声，惊怖的呼喊，交织成宏大的、令人心悸的音响，使平静的赵都邯郸笼罩在突然降临的恐怖之中。

躺在王宫里病榻上的赵肃侯发出虚弱而急促的呼吸声。守护在他身边的端夫人和宫女们吓得脸色发白，赶忙围拢过来。有的奉药，有的捶背，有的揩汗……

赵肃侯做了一个奇怪的梦。他梦见了一个骷髅。赵肃侯很鄙薄它那干瘦难看的样子，用脚踢了踢，问："你怎么落得这般境地？是因为国亡家破，遭斧钺之诛，还是因贪财害理，受冻馁之患？抑或有不善之行给父母丢了丑？"

"不肖子赵语，你竟敢这般无理于你的先王吗？"骷髅突然开了口，并自称是赵国的创始之君赵简子。

赵肃侯吓了一跳，跪地请求恕罪。

骷髅道："不肖子赵语！想当年，是我灭了智伯，并与韩、魏两家三分了晋室，争得了这块土地。自传到你的手上，整整二十四年，你非但没使赵国得到发展，反而留下了诸多耻辱，你有何脸面来见我？

"你远不及你的先人、我的曾孙赵籍。他勇于进取，锐意求新，节俭财用，任官使能，赵国臣民得以温饱。可你呢，你为赵国做了些什么？

"我恨你祖父赵武侯。他太无能，太迂腐。他曾与韩、魏两国联合对付楚国，打败了楚国的盟友郑国和宋国，但并未得到一寸土地，都让韩、魏两国分了去。你父亲赵种也没本事，前些年和魏国交战，连国都邯郸都被占领了。直到此后两年，魏惠王受到秦国的攻击，才在漳水边与你父亲签订了一个和约，将邯郸归还于我。唉，你们这祖孙三人，都是窝囊废！"

听着骷髅的训斥，赵肃侯热汗直流，羞愧难言，恨不得在地上扒个洞，钻进去。

当然，他也不无委屈。他何尝不想干一番大事业？他不仅想称雄于中原列国，而且想与西面的强秦抗衡，甚至战而胜之。他注意到，秦国与赵国虽相隔遥遥，但其有地形之利，兵马之强，且大有向东发展之势，是赵国的最大威胁，不可掉以轻心。

在赵肃侯思谋抗秦之策的过程中，和纵横家苏秦的交往是使他难忘的。

这苏秦是洛阳人氏，少时家贫，曾以锥刺股的精神钻研兵书和游说之术，立志有所作为。初至秦国，说秦惠王以兼并天下之术，秦王不纳，苏秦愤而东行，游说六国，合纵抗秦。

公元前333年的一天，苏秦在说服了燕国国君燕文公后来到了赵国，年轻气盛的赵肃侯以贵宾之礼接待了他。苏秦用他那三寸不烂之舌对赵肃侯说："当今中原各国，莫强于赵，秦所注目，亦莫如赵。秦之所以不敢举兵伐赵，是因有韩、魏两国在西南挡住秦国。然二国无高山大河之防，秦若攻之，必难抵抗。两国一旦降秦，赵则危矣。有鉴于此，大王当约会诸侯，结为兄弟，秦攻一国，五国各出精兵相助，有不践约者，五国共伐之。如此，秦必不敢害山东诸国，诸国亦可相安无事了。"

赵肃侯当即表示赞同，并拜苏秦为相，赠以车马金玉，请他去约会各国诸侯。

苏秦的奔走是成功的。数日后，苏秦与赵肃侯约燕、韩、魏、齐、楚五国国君在赵国的洹水岸边，歃血为盟，以苏秦为"纵约长"，约定将中原六国联成一线，合纵抗秦。

六国的洹水之盟引起了秦国的不安。秦惠王采取了远交近攻之策，派相国张仪游说魏、燕二国，并以归还城池和结成亲戚为诱饵，将二国拉到自己一边。赵肃侯责备苏秦，苏秦离赵逃燕，纵约随之瓦解，赵肃侯的一腔热情也付诸东流。

此后，赵国连连战败。不久前，秦国东侵，河西一战，大将赵疵战死，赵之蔺城、离石丢失。更不能容忍的是，区区中山小国也趁机出兵，差一点攻取了赵国边邑高城。

这一战，对赵肃侯来说，可谓刻骨铭心。那时，赵肃侯只忙于对付齐、魏，根本没把中山国放在眼里，仅仅派出几百乘战车。但意想不到的是，强悍善战的中山骑兵却把赵军打得大败，赵肃侯腿上挨了一箭，险些丧命。赵肃侯又羞又气，终于卧病不起了……

面对先王，回思往事，赵肃侯心里很不是滋味儿。他想进行辩解，无奈那骷髅脸背着他，不屑看他一眼，后来，竟气恼地腾云而去。

赵肃侯慌忙起身，追赶上去："先王留步，请听我说，请听……"赵肃侯急醒了。一身冷汗。

在赵肃侯病重昏迷的时候，他的爱子太子雍正在东宫门外焦急地等待着一个人。此人是太子雍的贴身侍卫、以勇武著称的少室周。

他是奉太子雍之命前往齐国为赵肃侯寻求丹药的。齐国是著名的丹药之乡，齐王好仙，名巫遍于国中，其烧炼丹药之术远近闻名。

这件事，太子雍并未征得赵肃侯的同意。因那年齐国曾受秦国指使，利用合纵失败之机举兵攻赵，赵肃侯仓促应战，决开了黄河堤坝，才迫使齐国退兵。但这样一来，赵国的万亩良田都浸泡在河水之中。因此，赵肃侯最恨齐国，若听说去齐国求药，还不气破肚皮？

除此之外,还有一个原因:赵肃侯有令,未经传召,太子不得擅入大内探病。

赵肃侯这样做并非父子薄情,而是怕耽误了太子的学业。他把强国的希望都寄托在太子雍身上,在他看来,太子雍的长进比自己的病还重要得多。他恨不得让这位十三岁的太子马上成人,完成使赵国富强的使命。

赵肃侯很喜爱太子雍,因而,当太子雍还在襁褓中时便对他进行了异乎寻常的教育。

为了培育太子雍的坚强性格,他对太子雍的居室作了精心布置;床板是硬的,枕头也是硬的,被衾用的是粗糙的麻布。门窗经常开着,冬日里火盆放置也有限制,不使屋里太热,有意识地让他在艰苦的环境中磨炼。平时不让外人靠近,也不许侍姬随便抱他,从小就使他不依赖别人。太子宫室的台基很高,高达五仞,在整个赵王城中仅低于用于大朝的龙台宫和国君的寝宫。在这高台建筑盛行的时代,殿基之高是尊严与权贵的象征,作为赵国基业的后继人,太子雍自然是用之无愧的。不过,赵肃侯让儿子住这样的宫室,还另有所想。一是出于儿子的健康考虑,高则清爽,不易生病;二来可以保证安全,不致意外遭到袭扰。宫室为木结构,上覆板瓦,飞檐高排,翼角外出,这些与一般宫室并无区别。特殊之处是室内的彩绘壁画,都是用对比度很强的色调画成,内容一色是车马征战,进得宫来,如处战阵之中。赵肃侯这样做,是想让太子雍从小便置身于战争的氛围中,培养其勇猛果敢的性格。

太子雍五岁开始习文,八岁开始学武,老师是熟知文史的相国肥义和精于骑射的大将赵疵,每天都有严格的内容安排。赵肃侯望子成龙心切,其用心可谓良苦矣。

太子雍没有辜负他父亲的期望。他天资聪慧,肯下苦功,学业进步很快。他身体发育很好,性情早熟,虽为少年,却似成人。

太子雍在肥义、赵疵这两位良师的严教下度过了他的少年时代。可是在不久以前,两位良师都相继离开了他。赵疵死于河西之战,肥义因不赞成苏秦的合纵主张而弃官出走,不知去向。现在的继任太傅是太子雍的叔父公子成,此人并无实学,满脑子陈腐观念,在他名目繁多的管束下,太子雍感到十分别扭。

少室周去齐国求药,公子成是知道的。他夸奖太子雍有孝心,并告知了端夫人。太子雍并不因此而感到荣耀,他只是挂念着父王的病情,担心着国家的前途。现在,国家还不强盛,自己年岁又小,万一父王谢世,这赵家江山该如何收拾?

想到这些,太子雍等待少室周的心情更加急切,他巴不得少室周即刻就出现在他面前。

赵肃侯已经三天没吃东西了。为了刺激一下赵肃侯的食欲,端夫人让人取来一点叫做醢的肉酱。这种肉酱是先将肉烘干,然后切碎,再放些粱曲和盐,泡上美酒,放入陶罐中闷上一百天而成的。赵肃侯平日喜酒，御医规定不能进酒，所以端夫人背着御医取来了这种略带酒味的肉酱。她眼看着赵肃侯日不进食，心里太难受了。

赵肃侯强打精神尝了一羹匙肉酱，端夫人又掐了一撮黍米团子放入他的口中。赵肃侯慢慢地咀嚼起来，像牛在反刍。

在一旁端食器的宫人腕已发酸，两臂直抖，但她不敢动一动，默默地等待着君王和王后的吩咐。

其实，赵肃侯口中的食物早已没有了味道，那上下牙床的运动不过是一种下意识的动作，嚼着嚼着，竟疲倦地闭上了眼睛。

端夫人吩咐将食物撤下，她自己也随着宫人走到门外，想稍稍放松一下。长时间地守护在病人身边，精神上的重负，身体上的疲倦，使她有些支持不住了。

“母后！”一个熟悉的声音从甬道上传来，抬头看，是太子雍，他手上捧着一个雕花木盒。

“儿，丹药找来了？”端夫人面露喜色。

太子雍忙将丹药递上，道：“是少室周费尽周折从齐国的一位活神仙那里求来的，说是极为灵验，包治百病。儿已有好几日未来探望，父王病情如何？”端夫人叹了口气，道：“方才吃了一点东西，不过，我看怕是不好……进去吧，快让你父王服下！”说着，转身就往宫内走。

赵雍却停住了脚步，小声说：“母后，现在我赵国很不妙啊。听少室周说，东方的齐国、西方的秦国都是野心勃勃，想称霸诸侯。秦国想东侵，齐国想西进，都像狼一样盯着我们赵国。齐宣王还扬言，我赵国占了他齐国的土地，应该以黄河为界，想要把我赵国的好几百里土地划到齐国。还有，中山国也虎视眈眈，想南下攻打邯郸……”

“雍儿！”太子雍正讲着，忽从寝宫内传来一声沙哑的呼唤。太子雍知道是父王在叫他，赶忙收住话头，随端夫人一起来到赵肃侯身边。

赵肃侯惊愕地看着太子雍，用颤抖的声音问：“方才你说齐国要怎样？”

太子雍一下子噤了口。端夫人忙遮掩道：“哪里讲什么齐国，是我和雍儿在说这丹药呢。这是雍儿派人从外地讨来的，快吃下吧！”

赵肃侯嘴角上泛起一丝苦笑，怒声说：“还瞒着我？快细细道来！”太子雍平日最惧怕他父亲，今见父王发怒，只好道出原委。赵肃侯听罢，气得两眼发直，嘴唇发紫，脸上的表情一下子凝固了。他吃力地将枯枝一样的手伸出被衾，像是要抓什么东西。

“您要什么，大王？”端夫人弯下身去，凑到赵肃侯耳边，低声问。

赵肃侯的目光投向挂在窗子边的一柄青铜御剑，扬了扬下颏，但没有出声。

端夫人显然已经领会到赵肃侯的意思，却故意说：“天气闷热，要开开窗子么？”话音刚落，早有机灵的侍姬踮着脚轻轻地走过去，小心翼翼地将窗子推开一点缝隙。

赵肃侯摇了摇头，目光仍盯着那柄青铜御剑。

端夫人愁惨地皱了皱眉，转身摘下那柄御剑，放在赵肃侯那枯枝一样的手上。赵肃侯这才将那呆滞、专注的目光收了回来，但这同时，那皱纹很深的眼角内却滚出两滴浑浊的泪水，滴落在黄绢御枕上。

这泪是从赵肃侯心里流出来的。它饱含着苦涩，饱含着愧疚，饱含着壮志未酬的凄苦。他多么想再整旗鼓，重振雄威，克敌雪耻！但是，这一切都成了不切实际的空想，他已根本不能再重返战场，统率三军，以至连这柄不曾一日离身的青铜剑也无力紧握了。他心里在说：不平的上苍啊，难道就这样让我去见先王么？

他的目光又转向太子雍，像是在期待，像是在嘱咐。但，他已没有了气力，万语千言都随着一阵痰涌化为乌有。

赵肃侯恍恍惚惚地觉得，他的灵魂已飞出自身，飘游在茫茫天宇之中。他迎头碰到一个人。啊，这不是当年的"春秋五霸"之首齐桓公吗？这位霸主在贤相管仲、鲍叔牙的辅佐下，通过改革使国家迅速强盛，声望日益提高。但到了晚年，他却变得固执、自信、偏执。他不听从贤臣的规劝，沉湎享乐，任用奸佞，使国政日益衰落，优势渐渐丧失。在其病危之际，公子开方等人作乱，把齐桓公与外界隔离起来，并假传遗诏，擅立太子。桓公后悔不已，仰天长叹："嗟乎！我何面目见仲父于地下？"随即，自己用一块素绢蒙面而死。

齐桓公曾是雄心勃勃的赵肃侯的崇拜者。可现在，他却感到一阵心悸；难道我也要落个像他这样的有始无终、壮志难酬的下场吗？

赵肃侯的灵魂极力摆脱与齐桓公的会面，继续前行。又有一个人飘然而来，是吴王夫差。赵肃侯知道，他也是一位春秋霸主。其继位之初，任用伍子胥、孙武等贤臣，励精图治，经过长时间准备，打败了劲敌越国，又率军力挫强楚威逼齐、晋，称雄天下。但晚年却信任奸臣伯嚭，逼死忠良伍子胥，结果使强盛一时的吴国终被越王勾践所灭。夫差自缢时，不胜羞愧，自觉无颜见子胥，蒙目而逝。

赵肃侯感到十分懊恼：怎么总是见到这样使人晦气的亡灵！少顷，他又平静下来，这也许是上天的安排吧，是上天在派这两个亡灵来召唤我了！

"唉——"一声瘆人的、绝望的，像是来自另一个世界的长长的叹息从那抽搐的躯体中传出。随即，只见他吃力地拉动被衾，严严实实地蒙住了死灰般的脸，那柄青铜剑从他那干枯的手上滑下，落在长跪在地的太子雍面前。

天塌了，哭声淹没了一切。

赵王城被一片愁惨的白色濡染着。宫门披着白绸，绿丛缀着白花，环绕宫城的坂筑城墙上每一个垛口都飘着白绸长带。城中的各色人等都依照各自的不同身份穿上了等级各异的丧服,有用生麻布做的下面不缝边的斩衰,有用熟麻布做的缝边整齐的齐衰,还有大功、小功、思麻种种名目。平日服色艳丽的乐工舞伎们也都卸去头饰,一律丧服,就连他们手中的琴、瑟、竽、钲等乐器也都挂着一朵小小的白花或系着一条窄窄的白绸带,他们演奏的不再是激昂慷慨的燕赵之声,而代之以低沉哀婉的乐曲,悲悲切切,呜呜咽咽。

赵肃侯晏驾的寝宫前,被称作“复者”的巫师们在为赵肃侯招魂。殿阶下放着一个装饰着彩线的竹笼,内装赵肃侯的衣服,复者先走近笼前,张开五指向空中抓了几下,使“魂”依附笼中,然后,一步一步地引着竹笼倒退升阶。此时,拉着长调的《招魂曲》响起——

魂兮归来,
入宫门些,
天地四方,
广无极些,
徜徉多艰,
不可止些,
归来,归来,
返故居些。

这《招魂曲》本是尚鬼习俗甚重的楚地挽辞,句尾都有楚人的口语“些”。赵国人不习惯用“些”,哼出来近似“兮”,这样一来,倒更增添了悲哀、神秘的色彩。

复者倒退升阶时,端夫人、太子雍和太傅公子成、将军庞焕、郎中令李兑、内史赵造、仆大夫田不礼、国尉李疵等几位重臣都在宫门守候。复者升阶后,由端夫人扶着太子雍将那笼中之“魂”——赵肃侯的衣服捧出,进堂放在刚刚沐浴过的赵肃侯的尸体旁。寺人用耳、鼻、口形的玉片遮蔽了尸体的九窍之后,便给尸体穿衣和缠裹丝绢和红绸。绢绸缠裹很多,一层又一层,渐渐地已看不出人形,像是一个圆柱形的丝绸体。接着是大敛,将尸体装入棺材。入棺后,又将一撮米放入尸体口中,名之曰“含饭”。后又将棺移入灵堂,准备择日举行葬礼。

端夫人已哭成泪人。这位四十多岁的原配夫人二十多年来一直不离赵肃侯之侧。她是一位贤良的内助,又是赵肃侯事业的热心支持者。当年赵肃侯组织合纵抗秦,她做过不少力所能及的事情,并由衷地盼望着肃侯的成功。但没想到,肃侯大业未成却离她而去,这怎不使端夫人悲痛至极?她长跪在灵柩前面,泣不成声。“大王啊,你不该……丢下赵国……丢下臣妾……走啊……”

赵肃侯之弟太傅公子成紧随着端夫人身后来到灵前。他今年五十岁，但看样子要比他的实际年龄大。他细高个子，身体清瘦，形容枯槁，脸色灰黄而无光彩，皱纹密匝匝地占据了他本不宽敞的脸，像一张罩住了他全部情感的网。只有他那双眼睛骨碌碌地挺有神，像是饱含着心计，莫测高深。他有个习惯，喜欢歪着头，把目光扫向身后，似乎有什么值得留恋的东西。公子成此时肩上的担子可以说很重。既要安慰嫂夫人，又要照顾侄子，还得担当起处理丧事的任务。所以，他极力克制住悲伤，只是郑郑重重地给赵肃侯行了一个大礼，表白似的说："大王，放心地去吧，臣身为太傅，一定恪守礼义，力保太子继承大业……"

作为武官之长的将军庞焕，此时是忧过于悲。这位赵国的著名兵家曾以多谋善战誉满国中，但自从辅佐赵肃侯以来却是多次败北，瞻念赵国的未来，忧心忡忡。他默默地站立着，久久地凝望着那香烟缭绕中的灵柩，像是在寻找着过去的教训和未来的良策。

国尉李疵是个勇武的汉子。高高的身材，黑红的脸庞，双目威严冷酷，闪动着抱负的光。他担负着宫禁的传达警卫，是赵肃侯的忠实侍从。此刻，他像木雕泥塑一般，一动不动。他的胸中像是积聚了过多的泪水，五脏六腑都被淹没了似的，真想放声哭号几声才痛快。他手里握着一支箭，这是在鄗城之战中从赵肃侯那被射伤的大腿上取下的。他痛感自己的失职，发誓为君王报这一箭之仇。他百感交集地望着箭头上那黑褐色的血迹，狠劲儿地将它折成两段，放在赵肃侯灵前。

太子雍自他父王薨逝的那一刻起就变得异乎寻常地沉默。

哀痛带来的精神上的重压使他无法忍受。他已经很少流泪，泪泉似乎已经干涸。回想十几年前父王对他的严教，历历往事如在眼前。他倍感孤独，这是一种幼儿刚刚脱离了扶持般的孤独。他更感到沉重。心情的沉重，精神的沉重。自晓事以来他第一次真切地意识到他和赵国的举足轻重的关系。现实已经十分明了，他将接过父王的权柄，发号施令，统驭万民，在他面前，群臣将叩拜于地，山呼万岁，在他身旁，将是团扇如潮，侍者如林。当然，他还必须面对着赵国险恶的处境，残破的现实。

想到这里，太子雍仿佛长大了十岁。

第二章　风云突变

不知从何年何月开始，列国间形成了一个不成文的约定：一国国君死了，他国都要派兵前来参加葬仪。各国来使一般都是高级官员，所带兵马少则几千，多则过万，似乎所带兵马越多，越能表示对亡君之国的尊重。参加者不仅有盟友近邻，也有敌对之国和远方之国。这种习俗称之为"会葬"。

赵肃侯的死讯传出后，有五个国家前来会葬，他们是，秦、楚、燕、齐、魏，各出精兵万人。这样一来，赵国可就热闹了。一连好几天，一辆接一辆的战车和大队步兵从东、西、南、北各个方向络绎开过来，邯郸道上整天腾着烟尘，飘着旗帜。车马声、喧嚣声不绝于耳。百姓们成群结队地站立在路边看热闹，目送着这大队人马开进都城。有人捧着酒坛，有人拿着食品，向这些风尘仆仆的异国将士致以感激之情。但大多数人却是空着手，他们的表情很复杂：惊异、猜测、忧虑、不安。国家有丧事，又来了这么多兵马，不是雪上加霜吗？

未来的君主赵雍有生以来第一次见到这阵势，心里有些慌乱。但想到自己肩上的重任，很快镇定下来。他对叔父公子成说："五国会葬是出于对我赵国的礼敬，自当妥为接待。可将各国使节及头领安置在赵王城中，待以贵宾之礼，兵马也应妥善安置，为防兵民冲突，可令其在大北城郊外安营，委派专人管理此事，不可怠慢人家。"

公子成有些为难地说："这五万兵马可非同小可啊，光吃住就是大事。"

赵雍道："粮秣大部官给，部分可从民间征调。客兵如需人力，可组织百姓帮助搭设营帐。总之，要千方百计，不能在外人面前丢我赵国的脸。"

赵雍说这番话的时候，全然不像十三岁的少年，倒像是一个全局在胸、指挥若定的将军。公子成暗自惊叹：难怪说逆境催人成熟，太子长大了。他想了想，说："此事交给赵内史吧，我想，他会办得很好。"

公子成提到的赵内史，名赵造，四十出头，人极稳重，办事有板有眼，从不逾矩。走路慢慢吞吞，说话拿腔作调，不经深思熟虑，从不随便讲话。他曾受业于齐国的孟轲，谙熟儒家经典，是赵国的名儒。他常常带着一种笑相，圆滑随和，很少发脾气。他掌管着国家的财政税收，是赵国的理财重臣。赵造领旨后，很快带人前往大北城。

按礼节，各国使节在吊唁之后，东道国应到使节下榻处进行回访，以致谢忱。赵雍是这日下午与公子成一起前去的，侍卫武士少室周和寺人缪鞮随从。他们首先来到秦使节住处。刚进门,只听庭院内传来一阵喝彩鼓劲之声,只见两个彪形大汉,身穿肥大的袍子,腰间系着一条红绸带,正怒目而视,手臂伸张,作角抵之戏。二人各不相让,斯打得难解难分。旁观者看得兴起,不住地高声喝彩。正首坐着一位四十多岁的胖子,他便是秦国的使节樗里子。他是秦惠王异母弟,任庶长,相当于各国的卿相,掌管军政大权,在秦国有“智囊”之称。樗里子根本没理会赵雍一行的到来,只顾眯着眼睛看角抵。直到公子成开口向他打招呼,他才扫兴地摆手令角抵者停止。

赵雍一见这场景,心头顿时火起。心想,我赵国正遇丧事,你们却在这里角抵取乐,是来吊丧还是来贺丧?他强压住内心的不满,略带讥讽地问:“久闻贵国好以力戏,今日始得亲见,此地略嫌窄小了些吧?”

樗里子不以为然,反唇相讥:“贵国也不乏力士嘛!听说殿下身边就有个少室周,力大无比,可否请他前来一试?这两位——任鄙和孟悦很想会一会贵国的高手!”

少室周听了,恨得直攥拳头。这个粗壮汉子还是第一次听到这种羞辱性的挑战,他真想脱下孝服上前较量一番。但当他与赵雍的目光相对时,他很快地冷静下来,他把头转向一边,以排遣心中的愤懑。

公子成也气得非同小可,道:“很抱歉,鄙国乃礼仪之邦,重德而轻力。《书》云‘持德者昌,持力者亡’,右丞相以为然否?”

樗里子噤了口,脸色有些发红。

赵雍本想对樗里子前来会葬感谢一番,现在,他觉得没什么可说的了,只是问了一下秦国使节的食寝之事,便离开了。

赵雍又来到齐国使节田婴处。田婴是齐威王少子,任相国,是齐国的权臣,号靖郭君。赵雍来到时,田婴正与齐将公孙启及亲随饮酒。公孙启已经喝得酩酊大醉,见赵雍来,毫无礼节。他趔趔趄趄地站起身,一手端着酒尊,一手拿着半个猪腿,走到赵雍面前道:“来,来,来,喝!吃!……都说赵国出美女,怎么不选来几个伴酒?”

田婴有些难为情,嗔他道:“放肆,这是太子!”

公孙启愣了一下。借着醉意,他作出不在乎的样子:“啊,太子。……哈哈……”

田婴佯怒地训斥公孙启,令人将他搀下,并很客气地请赵雍等人入座,拱手道:“此将粗鲁无知,又多喝了几尊酒,请太子勿怪,我替他赔罪!”

赵雍忍住气愤,岔开话题:“靖郭君前来敝国,接待多有不周,请多包涵。”

田婴笑道:“贵我两国乃友好之邦,贵国的丧事也是我国的不幸。我王让微臣劝太子殿下节哀,并向王后致意。贵国有何难处,可请直言,鄙国自当力助。我王还捎来一信,请殿下一阅。”随即将一“双鲤鱼”书简递上。

这“双鲤鱼”是由刻成鱼形的两块木板中扎丝线合成的。上有两孔,孔当鱼目,孔受封泥，又称“鲤鱼书”。赵雍除去封泥，掀开“鲤鱼书”一看，脸色大变。原来，齐国在信中提出了非常无理的要求：两国疆土以漳水为界，还说古来如此，应予恢复。这样，赵国的土地将无端被划去几百里！

赵雍将“鲤鱼书”转给公子成，公子成看过，愤然道：“贵国如此要求，大谬矣！大谬矣！我国君新丧，太子年少，贵国怎可乘人之危？”

田婴笑道：“太傅言之太过了吧。些许土地，贵国何必吝啬？”

公子成道：“国土如命，岂能不惜？齐，大国也，却未见将一城一地送人！”

田婴的嘴角上浮上一丝冷笑。他倒背着手，踱着步子说，“太傅，我看边界的事还是君子协定为好。若动起刀兵来，可就有伤和气了。”

赵雍用平缓的语气说：“靖郭君，我听说这样一件事：一次，先生欲在薛地筑城，问之于友人，友人答曰：‘海大鱼’。先生问何意，友人道：‘有大海焉，不见边际，有大鱼焉，网不能捕。然鱼一旦游滞于滩上，蝼蚁即可致其死命。齐为君之海，何必筑城于薛？’先生以为然，停止筑城。此事足见先生是位识礼而通达之人，赵国臣民无不称颂。以齐之大，足可养百姓，成霸业，齐王在齐而望赵岂非大鱼在海而望滩耶？再说，齐赵边界相连，鸡犬相闻，邻里阋墙，恐有不当吧？况两国边界，久已明定，随意更改，难服世人，也有损于贵国的威名，我想，贵国君臣是不会甘愿落个不仁不义之名的。”

赵雍的话有理、有力、有节，不卑不亢，使田婴不禁为之咋舌。他脸上一阵发热，心中暗想：孺子不可欺也！于是，他换了口气说：“我王之意，不过是想与贵国商议一下。既然贵国有难处，那就改日再议吧！”

赵雍没吱声。他微微一笑，拂袖而去。

内史赵造在调动了大批民工帮助五国兵马安设下营帐以后，便带随从数人前往大北城中，督办粮秣一事。

邯郸城分内城和外城。内城是赵王城，由东城、西城、北城组成一个品字形，是王宫和百官廨署的所在地。周围有用黄土板筑的城墙环绕，四向各开城门三个。赵王城内布列着一组组建筑在高台之上的宫殿，错落有致。北城的北半部是禁苑，内有瑶池，引龙首水灌之。池中有蓬莱岛，岛上建蓬莱阁。瑶池之北有兽园、虎圈及猎场。

外城大北城与赵王城相毗连，面积要比赵王城大几倍，是七万民户的居住之地。左有漳、滏二水环绕，右与太行山相望。邯山至此而尽，尽者，“单”也。“单”加“邑”为“郸”，邯郸之名就是由此得来。

邯郸城内街道纵横，店铺作坊林立，是漳水、黄河间第二大都会。民俗崇尚高节，鄙薄奸巧，男子善相聚游戏，慷慨悲歌，女子喜抚琴鼓瑟，歌伎称之为“邯郸倡”，在列国中颇有声名。邯郸之民本来比较富足，但这几年战争频繁，现已露出贫困的端倪。

赵造的车子在午时进入城中，若在往常，这该是最热闹的时候，可今天却显得异常清静。好多作坊店铺已关门停业，行人也稀少，但穿着各色军服的兵士却随处可见。他们或步行，或乘车，吆喝喊叫，横冲直撞，如入无人之境。他们恣情玩耍，东游西窜，大吃大嚼，似乎赵肃侯之死与他们毫不相干，他们不过是奉命作一次游玩而已。

见此情景，赵造心中一阵不快。在城外的五国营帐里，赵造已向军校们讲明，请他们严肃军纪，不要让士卒随便入城，更不要侵扰百姓。显然，各国根本没把他的告诫当回事。

赵造来到一座宅院前。这是邯郸令王寿的宅第。赵造刚停下车子，大门洞开了，王寿急匆匆地走出，拜迎道："赵内史，下官在此恭候已久，快请！快请！"

赵造见王寿脸色很难看，一副疲惫沮丧的样子，便问："是筹集粮秣的事不顺利？"

王寿晃了晃头，苦笑道："咳，一言难尽……进去说吧。"

赵造由王寿陪伴，穿过前堂，脱掉鞋子，进入内室。王寿道："内史想必不知，粮秣之事真是难办哪！里正们跑断了腿，可收上来的却极有限。百姓有怨气，不肯交纳！这也难怪，各国客兵欺人太甚，奸淫抢掠无所不为，告状者盈门，弄得我焦头烂额……"

正说着，院内传来一阵吵闹声，差役领着一个青年人来到门前。那青年跪地哭诉："大人，小民有冤，可要给小民做主啊！"

"又是何事？"王寿问。

"大人，这些贼兵真是禽兽不如啊！他们竟在小人的桑园中放马，孩子他娘也被他们糟蹋后寻了短见，弄得我们家破人亡……"一边说着，一边捶胸顿足，痛不欲生。其母更是号啕不止："青天大老爷啊，你们就不去管管哪……"

王寿瞅了瞅赵造，道："赵内史，这种事一起不了又是一起，如何是好？"

赵造急得直皱眉，但一时也没有好主意。惩治凶手吧，怕引起与五国的纠纷；暂时忍耐吧，又咽不下这口气。他对王寿说："你先安置一下，我即去宫中报知太子。"

赵造的车子刚刚驶上大街，只听街口一片嘈杂，原来是一群愤怒的百姓正手持棍棒，和几个魏国兵士激烈交手。百姓们越聚越多，把几个不法兵士团团围住，喊打不止，路边一棵皂荚树上，还挂着一具被打死的魏国兵士的尸体。赵造见状，顿时面如死灰，惊呼："闯祸了！闯祸了！"

邯郸西北三十里外的烽火台燃起了烛天烽火。紧接着，一个驿卒乘上驿车，朝都城急奔而来。

驿车驶到赵王城北门猝然停下。驿卒跳下车，从怀中取出一个特殊的竹制证件，向守门兵士晃了晃，那兵士惊恐地洞开城门，将驿卒迎进城中。

太子赵雍和太傅公子成在偏殿里接见了这位驿卒。驿卒气喘吁吁地禀报，一支楼烦骑兵闯进了晋阳城，烧杀抢掠，守军抵挡不力，晋阳城危在旦夕，请速调兵马增援。

晴天霹雳。已经被父王的丧事和五国兵马折腾得疲惫不堪的太子赵雍闻此消息，肩上又陡然加上了千斤重负。他双手支颐，默默无语。

公子成在一旁直叹气。“嗨，赵国不幸，雪上加霜！”

一提起楼烦，赵国君臣无不头痛。楼烦是赵国北部一个游牧部族，与林胡同为胡人。他们无固定住所，不事稼穑，逐水草而居，以游牧为业。国民无论男女长幼，皆喜骑射。生子刚满百日便被父母带在马背上到处奔波，经受草原上风雨的吹打。五六岁，便学骑羊，长到十来岁开始骑马，及至十三四岁便成精良的骑手。楼烦的骑兵训练有素，纪律严明。一支骑兵往往是一个家的成员。他们亲密无间，长幼有序，为了其中一个成员的安危，都可舍生忘死。正因如此，楼烦骑兵勇猛异常，所向披靡。楼烦人生性野蛮剽悍，经常侵扰中原列国。赵国因与其邻近，备受其害。在中原列国看来，胡骑是不可战胜的，在他们面前，万乘之国也无可奈何。

楼烦骑兵并不以攻城略地为目的。他们作战犹如疾风闪电，抢掠一回，便溜之大吉。因为他们多是小股轻骑，常会越过边境，深入内地。今天，楼烦骑兵的抢掠便是发生在赵国的腹心重镇晋阳城。

太子雍的目光在驿卒那淌着热泪的面颊上久久地停留着。他似乎看到了流淌的血，看到了一片狼藉、火光冲天的晋阳城。

“怎么办?”他在心中向自己发问。他知道，晋阳守军是不可能与胡骑匹敌的。他担心，凶残的胡骑会将这座城邑毁掉，他觉得，无论如何，必须前去救援，即使不能将其全歼，也要将他们尽快赶走。

驿卒退下后，他向公子成说出此意。公子成表示赞同。于是，太子雍向恭立一旁的寺人缪鞮说：“速请国尉前来议事！”

在失去了男性能力的宫廷寺人中，缪鞮是最幸运的一位。他以其俊逸的外表、伶俐的举止、讨人喜欢的谈吐赢得了赵肃侯的宠幸。赵肃侯病危时，他曾表示要为赵肃侯殉葬，极尽忠诚，因而又得到了太子雍的好感。太子雍没有让他随赵肃侯而去，而是把他留在自己身边，掌管禀事与传召。缪鞮感激涕零，对太子雍百般殷勤。现在，听到太子雍的指令，他十分痛快地唱了一个“诺”，疾步走出宫去。

不多时，国尉李疵来到。这是一位年约三十多岁的中年人，赵国的一位出色的将军，以勇武闻名朝野，现在朝中掌管征伐之事。太子雍见到李疵以后，先向他介绍了一下晋阳的情况，然后便令他带领战车五百乘、步卒两千人，火速救援晋阳。

这个机会，被齐相田婴抓到了。自打边界的无理要求被拒绝后，田婴便窝了一肚子火，伺机进行报复。而今，邯郸城兵马外调，可谓天赐良机。田婴并不是一触即跳的人。他意识到，倘若齐国单独向赵国兴师问罪，诸侯会认为齐国有失礼仪，乘人之危。可是，若把其他四国都联合起来，一起向赵国发难便好办多了。

田婴首先来到魏国使节公孙衍的驻地。他已得知，邯郸的百姓打死了魏国的兵士，公孙衍正为此恼火。

田婴见到公孙衍，开门见山地问："赵人打死了贵国兵士，贵国难道无动于衷?"

公孙衍本来就在气头上，听田婴一说，更是火上浇油。他当即表示："赵国无礼，我亦无义。田相国有何打算，魏国全力相从!"

田婴去见楚国使节陈轸，说："楚国地方六百余里，带甲百万，战车千乘，骑万匹，粟米可支付十年耗用，此乃霸主之资。而今，贵国远道前来会葬，是以大事小，仁义之举。但赵国不近情理，粮秣不济，照顾不周，空抛了贵国的一片好意!"

楚将陈轸是个没有主见的人，耳根子软，易信人言。听田婴这样一说，也气呼呼地骂道："可不，我楚军尚有几百兵士露宿呢，小小赵国也太不自量力了!"

田婴去见燕国使节太子平。这太子平年方十七八岁，是燕王哙之子。燕与赵是友邻之邦，平日关系尚好，所以田婴见太子平前颇费琢磨。经过一番试探性交谈之后，田婴婉转而又谨慎地对太子平说："燕与赵国土相连，赵先王与贵国之君也颇友善，可这个太子雍也太不懂事了，听说对殿下和贵军多有失礼之处，这哪还有友邻的样子?"

太子平沉默了一会儿，问："相国听到些什么?"

田婴道："我听说赵国对贵国只以五千兵马前来会葬很不满意，认为贵国不尊重赵国。"

太子平愣了一下，说："我想赵国会理解的。我燕国兵少力小，赵国并非不知，五千兵马已属尽力。"

田婴狡黠地一笑："我也知道贵国是尽了最大力量，可殿下有所不知，那太子雍可是高傲得很呢，他私下里多次讲过，燕国不识礼义，殿下辜负了赵国往日的好处。"

年轻的太子平思忖起来。

田婴去见秦相樗里子。樗里子因与太子雍有过争吵，加之两国敌对已久，自然一拍即合。

就这样，敌对的，友好的，自愿的，胁从的，在同一个方向上走到了一起，开始了一致的军事行动。

风云突变，邯郸城顷刻之间成了一座危城。驻扎在城外的五万大军迅速进入临战状态，把邯郸城团团围住。数不清的战车车首向内排成长蛇之阵，持弓操矛的甲士，挽辔待命的御者，装备齐整的步卒，像饿虎扑食般地盯视着远处的城门，静待着战鼓的擂响。还有一些骑兵将士,已秣马厉兵,只待一声令下。邯郸城仿佛成了一只被困的猎物,面临着猎手们的宰割。

这一紧张局势使丧事之中的赵王城又蒙上了一层令人窒息的阴影。太子雍、公子成及文武大臣们站在檀台之上,望着密匝匝的围城之兵,面色凝重,沉默良久。这檀台是赵王城中的高台,为赵成侯所建,至今已有三十年的历史。建台时,魏王还奉送了好些大木做梁柱呢,而今梁柱犹在,却反目为敌!

大家都在等待着长者公子成的高见。公子成思忖有顷,道:"事关国家生死存亡,不可妄动武力。再说,邯郸之兵已急援晋阳,动武也未必能够取胜,莫如暂时委曲求全,劝其退兵。小不忍则乱大谋啊!"

仆大夫田不礼本来沉稳善谋,此时也按捺不住火气,道:"难道我赵国就被人欺侮到如此地步吗?依我看,我们就整聚城中现有的兵马,冲出城去,拼个鱼死网破!"

将军庞焕是一个心直口快,不太喜欢咬文嚼字的人。他对田不礼这种以激愤取代理智的想法很不赞成,说:"若按仆大夫的主意倒痛快。可国家呢?臣民呢?先王的遗骨呢?难道都要玉石俱焚吗?"

"那,那该怎么办?"

庞焕对一直在苦苦思索的太子雍道:"太傅之言有理。可派人携带金帛牛酒,分赴五国营中,赔礼道歉,犒军谢罪。兵法云'锐卒勿攻','强而避之','勿邀正正之旗,勿击堂堂之阵'。今五国围城,兵多势众,我实难以力敌。与之战,有败无胜。加之国有丧事,士气不振,更无用兵之理。只有屈辱求全,别无它计可施!"

一阵难挨的,死一样的沉默。突然,太子雍满含悲愤的热泪,望着披着素彩的赵肃侯的灵堂,跪地长呼:"先王啊,原谅你这些不肖子孙吧!"太子雍的话牵动了臣僚们的心。大家深深地低下头,跪倒在檀台之上,悲愤难已,唏嘘泪下。

为了使这场灾难尽快解除,太子雍和大家商定:赵肃侯的灵柩提前发丧。

当日下午,五支身穿孝服的队伍分别由司徒公子成、将军庞焕、郎中令李兑、内史赵造、廷尉田不礼带领,携带着丰盛的礼物前往邯郸城外的五国兵营。赔礼道歉,歌功颂德,佯作感激的微笑……这样,经过了大半天的交涉,五国使节才答应解除对邯郸城的包围。夜幕降临时,五支屈辱的队伍迈着沉重的步伐返回赵王城。他们像是做了人世间最可耻的事情,羞于与任何人见面,包括自己的家人。

第二天,赵肃侯的灵车缓缓驶出赵王城,前往城东北的陵寝。灵柩之后,是浩浩荡荡的送葬队伍。官员、宗室、妃嫔及不得不违心前来的五国使节、将领,排出十余里长。悲怆的鼓吹,哀婉的哭声,撼动了赵都邯郸,仿佛整个赵国都在哭泣!

第三章　黑龙潭访贤

公元前325年二月辛丑，在赵肃侯葬礼后的第三天，太子雍即位于赵王城，是为赵武灵王。年轻的君王痛感国力积弱，人才匮乏，决心卑身厚币，广招贤者，振兴赵国。

这日中午，武灵王正在宫中翻阅前宫奏简，一份字迹苍劲、文辞老到、论理深刻的奏章引起了他的注意。这奏章的内容是谏阻赵肃侯合纵一事，写道：立国之本，唯在自强；依赖外力，必难久长。当今秦国乃西方大国，难与为敌，且列国各怀心腹事，"合纵"只能是松散结合，不会成功。奏章力劝赵肃侯不要轻信苏秦的游说，以免给赵国带来无穷后患。

当赵武灵王目触到这奏简的主人乃原相国肥义时，心中涌起一阵深切的思念，他喃喃地说："老相国，你今在何方？当今赵国正需要你出山辅政啊！"

肥义是在赵肃侯九年（公元前341年）任相国的。赵肃侯任用肥义，事出有因。

这一年，天下很不平静。鉴于魏国秦胁其西、齐威其东、赵踞于北、韩强其南的严峻形势，魏惠王采取了联络赵秦、打击燕国的策略，派将军庞涓直攻韩国都城。韩国派使者向齐国求救。

齐威王召大臣商议，孙膑进言："韩魏之兵未敝而往救，是代韩受魏之兵，莫如应韩国之请，先观其势，待魏军疲惫，尔后击之。此乃卞庄刺虎之策。'待弱者死，壮者伤，一举而谋两虎之名。'"齐威王点头称善。

韩国因有齐国答应救援，竭尽全力抗击魏兵，结果五战皆败，不得不听命于齐。齐威王令田忌、田婴为将，以孙膑为军师，率兵救韩。齐军向大梁前进时，听说魏王发大兵进击，准备决战，则佯装后退，引诱魏军深入。魏军至马陵，齐军伏兵突袭，全歼魏军追兵，射杀魏军师庞涓。经此惨败，魏军一蹶不振，各国则趁机侵夺魏国土地。

赵肃侯因念念不忘魏国攻占邯郸之仇，也想捞点便宜，所以，起用了曾师学于孙膑，娴熟兵法而又有政治韬略的肥义。

肥义任相国后，出了不少好主意，加强了赵国国力，并准备讨伐魏国。但意想不到的是，魏惠王接受了马陵之战的教训，任用了孟轲、邹衛、淳于髡等一批贤者，大力开展外交活动，缓解了与列国的矛盾，争得了自强的时间，使霸业未致衰坠，赵国攻魏计划没有实现。

此后，便出现了苏秦游说列国，“合纵”抗秦之事。赵肃侯急于求成，参与其事。肥义以为不妥，力劝赵肃侯慎重从事，肃侯不听，肥义这才弃官出走。

武灵王认为，肥义是赵国的梁柱，不应弃之不用。他多次听到大臣们对肥义的赞誉，对肥义有一种很深的感情。他希望肥义能知道他思贤如渴的心情，结束隐士生活，出山为官。但他等了一天又一天，终不见肥义前来。

武灵王决定派人出城寻访，不能坐视如此贤才没身草莱。

正在这时，寺人缪鞮入报：“禀大王，守城兵士解来一位老者，他在城门外已转悠多日，兵士疑为他国刺探军情的奸细，把他捆绑起来。方才，他说有急事要见大王，不知可否召见？”

武灵王跳出思绪，放下奏简，道：“既然有要事，那就让他进来！”

不大工夫，缪鞮将那人领进殿来。只见他年约五十来岁，中等身材，衣衫不整，面容上留着饱经风霜的痕迹，两只眼睛像受惊的老鼠一样四处张望，流露着怯懦的光。他额头上有一条倾斜的伤疤，把额上的皱纹拦腰斩断，宛如由一条主流与若干支流组成的水系。赵武灵王觉得，他的长相似乎和死去的父王有些相像，看上去并不陌生，却记不得是否见过。

“大王，罪臣是公子绁呀！”那人仰望着武灵王，怯声说。

武灵王猛地一惊：“你……你是叔父？”

“正是罪臣。大王，还认你这个叔父吗？”

武灵王困惑地在那人身上打量着，往事的记忆浮上心头。

武灵王没见过这位叔父，但关于他的事情却是太熟悉了。公子绁是赵国历史上一个可悲的失败者。周显王十九年(公元前350年)，赵成侯驾崩于赵王城。丧仪刚毕，一场酝酿已久的王位之争爆发了。

公子绁不甘心当一个王公，对他哥哥太子语即将到手的王冠垂涎三尺，妒火中烧。终于，在一个漆黑的夜里，他带领亲随数人，由一个事先买通了的守门的阍者打开了宫门，闯进东宫，准备用武力夺取王位。然而，工于心计的太子语已经探知了公子绁的预谋，事先做好了应变准备。

当公子绁等人刚刚进入东宫，那个佯装叛逆的阍者突然关紧了宫门，大声呼喊：“有刺客！”霎时，火把燃起，伏兵四出，把公子绁及其随从团团围住。公子绁仓促间拔剑迎战，拼力突围，怎奈敌我力量悬殊，寡不敌众，不多时，大部随从便一个个地被杀或被俘，公子绁的额头上也被利剑豁开一道口子，血流满面。他自知已难取胜，且战且退，闯出宫门，幸好有亲信在外接应，这才得以逃脱。

公子绁之乱使赵肃侯恨之入骨。他继王位后的第一件事就是把公子绁遗属全部坑杀，并派出人马，在全国缉拿，直到听说公子绁已死于荒山，才算罢休。

武灵王从记事时起，就听他父王讲过这段往事。他清楚地记得，赵肃侯是以异常严厉的口吻告诫他的："绁乃国之蠹贼，十恶不赦，此仇此恨，刻骨勿忘！"

也许是赵肃侯给武灵王灌输得太多了，他对这位没见过面的叔父一直怀有恶感。因此，当公子绁今天鬼使神差般地突然出现在他面前的时候，他脸上现出了一丝不易察觉的敌意，甚至情不自禁地握住了赵肃侯传给他的那柄青铜佩剑。

"杀掉他！"武灵王脑海中猛地闪过这样一个念头。但当他看到公子绁那因多年颠沛流离而显得过于衰老的样子，一种怜悯之情油然而生。他心里在说："饶恕他吧，怎可念念不忘一己之私仇！况且，他是冒死来归，诚心赎罪，岂可杀之？"

这时，只听公子绁又道："罪臣实无脸面来见大王。我在宫门外已逡巡多时，迟疑不敢入见，唯恐自投罗网。若不是被当做奸细捉进来，我说不定会重返深山，老死荒野。今日前来，只是想在有生之年为赵国尽我绵薄之力，以赎我深重的罪过。望大王捐弃前嫌，赐臣报国之机。臣这一片愚忠，望能体谅。这些年，臣如丧家之犬，四处流浪，无国无家，无亲无友，无依无靠，这滋味儿实难忍受。"公子绁说到这里，禁不住哽咽起来。

赵武灵王的鼻子有些发酸，道："叔父不必介意。古来贤君用人都是不避仇敌。公子小白不计管仲一箭之仇，我对叔父的过去也不能耿耿于怀。既然叔父久怀报国之志，寡人决计成全叔父。当今赵国正值生死危亡之秋，急需众多有用之人。如叔父不嫌弃，可任大行令之职，掌握宫中礼仪宾客，叔父之意如何？"

公子绁泪眼蒙眬地望着武灵王，半天没说出一句话。当他确信此情此景并非梦幻之后，猛地匍匐着到武灵王脚前，感激涕零地说："大王，明君啊！绁虽不才，愿效犬马之力！"

当下，赵武灵王令人给公子绁换上了朝服，并赐酒宴，为公子绁接风洗尘。

席间，赵武灵王问起公子绁的情况，公子绁摇头叹道："一言难尽，不提也罢。"

二十多年来，公子绁可谓辛酸备尝。事败之后，他像游魂一样荡来荡去，东躲西藏。先在封龙山中待了一阵子，后来因缉拿他的风声紧，便逃往韩国，之后又去齐国、楚国，行踪飘忽，心惊胆战，屡受他人白眼，饱尝冻馁之苦。听着公子绁倒罢苦水，赵武灵王忽然问："叔父四海云游，可见到肥义相国吗？"

"肥义相国？怎么，他不在宫中？"

武灵王道："五年前，相国力谏父王勿信苏秦之言，父王不听，相国于是挂印宫门，弃官而去。有人说，他到山中隐居了。当今赵国急待贤良，正盼相国出山啊！"

公子绁想了想，说："邯郸城西五十里，有一酒务泉，常有学人隐士在那里聚集，说不定他们会知道些消息。”

武灵王已无心思陪公子绁饮酒，他似乎看到了那匆匆来去，飘然若仙的一群。

武灵王决心找到肥义，请他重返相位。他将国事委之于公子成和庞焕，乔装成游侠模样，只令少室周随从，秘密出了赵王城。

酒务泉在邯郸城西山中。此地有一眼泉水，清澈甘冽，酿酒极佳，邯郸人造酒多取此处之水，酒务泉因此得名。

武灵王和少室周是在一个微风和煦的日子到达酒务泉所在的山中的。这天，二人行至一水边，打算洗洗脚，解解乏，忽听岸边一块山石上传来高声交谈之声，抬头看，是两个四十多岁的人，一高一矮，正在观鱼取乐。

高个子道：“你看那白色小鱼，游来游去，轻松从容，何其乐哉！”

矮个子理着胡须，眯着眼问道：“你不是鱼，怎知鱼之乐？”

高个子反唇驳问：“你不是我，怎知我不知鱼之乐？”

矮个子想了想，又驳了回去：“我不是你，是不知你不知鱼之乐，但这正好可以证明。你不是鱼，因而不知鱼之乐。”

高个子抚掌笑道：“你且莫急于结论，我们还是从头说起。在你说‘你怎知鱼之乐’的时候，你已知道我知道鱼之乐，所以才问我怎么知道的，这就是说，你在论辩之初就已经输了。现在让我来告诉你吧。我是察看到鱼之乐的！”

恰在这时，一个打鱼人扛着抄网，哼着渔歌来到水边。高个子施礼道：“敢烦老翁，可否代我网几尾来，尝尝鲜？”

老翁道：“这容易。”说着，撒网入水，很快就网上几尾。高个子向老翁谢过，便在旁边燃起一堆火，用树枝挑着鱼，烤起来。鱼被烤得呼吸急促，鳍尾乱动。高个子道：“且看这鱼，嘴频频开合，是鱼之哀也。”

矮个子又凑上前问：“你不是鱼，怎知鱼之哀？”

高个子道：“好了，我们不去争辩了。鱼将熟矣，我肚中馁矣！”

听着两人这番奇妙的交谈，看着他们放浪的举止，武灵王不禁被吸引过去。他仔细地端详着这两人，暗忖：二人定非凡夫俗子，说不定会有些来由，我且上前问问。

于是，他擦干了脚，穿上鞋子，让少室周看着行囊，近前道：“敢问二位长者尊姓大名，何方贤士？”

两人正撕吃着烤鱼，见是一位英俊少年，抬了抬眼，相视一笑，答非所问地说：“来来来，吃鱼，吃鱼！”

武灵王凑上前去，一边和他们吃烤鱼，一边问：“看样子，二位是饱学之士，当今少主新立，张榜求贤，二位何不入朝为官？”

高个子道："做官？快别说这些，免得污了我的耳朵！我只喜欢逍遥自由，不愿受约束。在我看来，大小、贵贱、寿夭、是非、得失、荣辱都无差别，官未必贵于民，民也未必贱于官。譬如毛嫱、丽姬，人皆以为美，可鱼见了却吓得沉入水底，鸟见了吓得飞上天空，麋鹿见了赶快跑开，鱼、鸟、麋鹿并不以为美。再如梦与醒，由梦观之，醒乃梦也，由醒观之，梦则涩也。对功名亦如此。你说当官好，我看为民好。就如这鱼，你喜欢烹着吃，我喜欢烤着吃，各得其乐也。"

矮个子接上来说："我的这位老弟说得在理，尊卑荣辱，皆为人所派定。既如此，称之为尊的可称为卑，称之为卑的亦可称为尊。就像犬和羊，都是人们派定的名字，犬羊之名可以互易，犬亦可以为羊。再如鸡与卵九人皆以为不同，因为鸡有毛，卵无毛。我则不以为然。鸡固有毛，然鸡是由卵所孵出，卵中含有鸡形，故卵亦有毛。可知，贵贱长短皆相对而言，可以说相同，也可说不同，论说的角度不同罢了。"

简直是一派奇谈！赵武灵王不禁心中好笑。猛地，他想起一个人，被称作"察士"、"辩者"的诡辩家惠施，便问："恕我冒昧，先生莫不是深得道家真谛的惠施？"

"鄙人正是。"矮个子瞅了瞅武灵王，漫不经心地答。

"这么说，这位便是先生的好友，常言'除却惠子，无与言之'的庄周贤士了？"

高个子道："鄙人正是庄周。小兄弟，你怎么知道的？"

"二位先生大名远播，谁人不知？不过，在下颇为二位惋惜。以二位之才，完全可以建功立业，何必放浪形骸于山林之间？"

庄周道："小兄弟，这你就不懂了。山林之乐乃人生之至乐，何不为之？"

惠施道："我等只寄情山水，无意做官、论政。若想饮酒，我们可同去酒务楼尽兴，若谈政事，恕不奉陪了。"说到这里，惠施似乎想起什么，道："黑龙潭有位响泉居士，颇关注当今朝政。小兄弟有兴趣，可前往一会。"

"响泉居士？"武灵王沉吟起来。

庄周、惠施没有留心武灵王的表情，只是瞅着远方，抽着鼻子，说："酒务泉美酒飘香，我等去也！"

邯郸城西北有三处相隔很近的景观。一处为"云山紫气"。邯郸西山的紫山春夏之间常有紫气缭绕，一层又一层，山如在云中，云如山中出，有时竟分不出哪是山，哪是云。一处是"葛山红叶"。葛山在紫山之东，林木葱茏，葛藤无胜，因此得名。深秋时节，枫叶经霜之后，红得火爆，红得耀眼，像满天的朝霞。

再一处便是"黑龙泉涌"了。黑龙泉在邻近紫山、葛山的糜山北麓，山脚有个黑龙洞，地下水从洞中涌出，如龙吐水，奔流而下，积水为潭，是为黑龙潭。流经邯郸的滏水便由此发源。黑龙泉边有数不清的小泉，它们神奇地从沙滩上，从石缝里，从水潭中，喷涌而出，源源不尽。黑龙潭的水面上，到处是一簇簇水蘑菇，像顽皮的孩子不停地挥动着滚圆的小拳头，每一簇水蘑菇下就是一眼泉，这里简直是一个泉的世界。

武灵王到此，并无心观泉，他急于要见到响泉居士。

他问过这里的山民，山民回答："是有这么个人，前年云游来此，常在泉边石上坐，听泉声为乐，望去宛若仙人。不过，这人行踪不定，忽来忽走。你若找他，可在黑龙潭边三块石下等他。"

这三块石是交错矗立、形状怪异的三块巨石。一块如金龟探海，一块如雄鸡独立，一块像玉笋钻天。石上长着青苔翠藓，几枝垂地葛藤挂着一串串紫花，还有一棵枝干扭曲的马尾松，在"玉笋"腰间，平添了一种古拙之气。

赵武灵王和少室周先在三块石周围察看了一回，未见半个人影，少室周还大声喊了一阵，回答的也只有山中的回声。

因连日奔波，武灵王有些累了，便令少室周打开食盒，草草地吃了一点，然后便坐在"金龟"背上，听起泉声来，以打发这难挨的等待。

泉声真动人。但武灵王却分明听到另一个声音："危邦不入，乱邦不居，有道则见，无道则隐。"

这是老相国肥义复述过的儒家先师孔丘的话。肥义不是儒家门徒，但援引此句时却发自内心。现在：武灵王想起此言，一个不肯苟且取宠的老相国如在眼前。他有些埋怨父王，为何不听取肥义的进谏，致使这位赵国贤相流落他乡！

武灵王决心以自己的行动补偿父王的过错。根据山民提供的情况，他断定，这位"响泉居士"极有可能就是他要寻访的肥义相国。所以，他耐心地等待着，等待着。

然而，一天，两天，直到第三天早上，仍不见一个人影。

少室周不耐烦了："大王，我看响泉居士不会来了，何必这样傻等？"

赵武灵王横了他一眼，没吱声，仍然一动不动地等着，毫无焦躁情绪。

少室周无奈，走开了。他无精打采地靠倚在山石上，不多会儿，便响起了鼾声。武灵王也乏了，他闭上眼睛，养起神来。

不知过了多久，武灵王朦朦胧胧地觉得有人将一件袍子披在他身上，武灵王猛抬头，几年未见的肥义竟鬼使神差般地出现在他面前！

武灵王惊喜异常，腾地站起身来。他有些不相信自己的眼睛，审视良久。当确信眼前正是他苦心求访的老相国之后，情不自禁地拉住他的手，说："老相国，你叫我找得好苦啊！"

这时，少室周也醒来，惊喜地说："怨不得大王非得要等响泉居士，原来响泉居士就是相国啊！"

肥义微微一笑，向武灵王施礼道："山野之人，位卑才浅，大王屈驾来访，实不敢当！"

武灵王问："据说相国常在此听泉声，怎么久等不至？"

肥义道："臣并未离开此地。大王来时，臣已看见，因怕大王召臣，才躲起来。今见大王一片真情，臣于心不忍，所以……"

武灵王恳切地说："寡人之盼相国，犹黑夜之盼光明。相国万勿辜负寡人的一片苦心啊！"

肥义道："大王厚爱，肥义不胜感激。可是，臣已寄情山水，无意为官。"

武灵王道："我看相国还是以先王拒谏而耿耿在怀吧，我替先王为你赔礼如何？"

肥义忙阻止道："使不得！使不得！那样，岂不折煞我也？"

武灵王道："既然相国不计较往事，何必要效仿那不事王侯，超然物外的巢父、许由？在我看来，那些所谓隐士，只能孤芳自赏，于国于民无补。假如举国上下都学他们，恐怕天下要倒退到蛮荒时代了。相国既为隐士，何不学学傅悦、吕尚？傅悦曾为刑徒，筑于傅岩之野。武丁欲复兴殷朝，访求得悦，举以为相，国家大治。吕尚年老贫困，钓于渭滨。周文王出猎遇之，与语大悦，载归立为帅，后佐武王伐纣灭殷，还出谋划策，安定民生。这两位一个是复兴之相，一个是开国元勋，这样的隐士才值得赞许呢！"

肥义噤了口，忙改换话题，道："此处不是说话的地方，请到寒舍小叙。"

这是一间绿荫遮掩的茅屋。一个十来岁的童子，正用碾橼在碾盘上擀黍粒，旁边放着一只叫鬲的小锅和一只叫甑的蒸锅，鬲中的水已经烧沸。

童子一见肥义，撅着嘴说："先生怎么才回来，水都要烧干了！"

肥义抱歉地一笑，向武灵王介绍道："他叫敬君，无亲无故，我把他收下了。"又对敬君说："快来拜见大王！"

敬君，这个山里的孩子，一听说是国君来了，一时慌了神，局促不安起来。他趴在地上，重重地给武灵王磕了个响头。

武灵王忙叫他起来，瞅了瞅少室周，微笑着说："擀黍粒很费劲吧，他有的是力气，让他帮你！"

肥义道："也好。让他俩忙着，请大王屋里坐。"茅屋内陈设简陋，光线很弱，一股潮湿发霉的气味儿扑面而来。屋内铺着一块糟朽了的席子，当中放着一张制作粗糙的木几，木几两侧是两张安有六个矮足的木床，屋角有两只陶罐。

武灵王扫视了一回，叹息道："偌大个赵国，养不了一位贤士，实乃赵国之不幸！"

肥义道："大王不要说这些。山林虽不比宫廷，却自有乐趣在其中。观瀑听泉，登山涉水，迎日出于峰巅，送晚霞于旷野，弄筝琴以咏修篁，读诗书以怡情志，此乃仙人般的生活。古之隐士……”

武灵王忽地站起身，打断他的话：“老相国，你只求超然物外，一己逍遥，难道不想一想你的国家，想一想先王传给我们的这社稷江山？今我赵国，民贫国弱，兵革不强，非但不能拓地开疆，建立霸业，而且屡受欺凌，受辱于人！诸侯如饿虎争食，侵掠无已，楼烦、东胡的悍骑公然伸入我腹心，齐、秦、魏等国的战车履赵土如平地。他们动辄以武力相威胁，以割地为条件，妄图将我赵国分割肢解，化为己有。先王晏驾之后五国以会葬为名，趁火打劫，兵围邯郸，我屈辱求和，重兵方去。老相国，你也是赵国的一员，难道对此奇耻也能忍受，值此危难之秋，你就无动于衷？一旦国亡家破，这黑龙潭也绝不会平静的！”赵武灵王很激动，说着说着，禁不住泪流满面，泣不成声。

肥义像木头人一样僵立在赵武灵王面前。他的心中有如平静的潭水上投下一粒石子，掀起层层涟漪，百种感情，千般思绪，交织在一起，一下子不知说什么才好。他满含热泪，跪倒在地，哽咽着：“大王…”

少顷，肥义起身，从木匣中取出一册简书，呈给武灵王，道：“大王屈驾来召，一片诚意，微臣不胜感奋。这是微臣的一点心迹，请大王阅示。”

武灵王接过一看，原来是一篇《自强策》，上面用工整的字迹写道：

> 当今天下，群雄竞起，弱肉强食。不求自强之策，难立列国之林。今我赵国，兵甲钝弊，民心离落，诸侯卑我，耻莫大焉。宜效勾践之明，卧薪尝胆，息民缮兵，蓄积粮草，宜用商君之法，奖励军功，强兵足食。继而除腹心之患，拓疆土于胡地，联友好之邦，挫强秦于西疆，庶几霸业可成，天下永定矣……

看到这里，武灵王深觉方才那番话有失恰当，愧疚地说：“老相国，原来你是隐士不隐，未曾一日忘国呀。寡人错怪你了！”

肥义也很激动，道：“臣离宫出走，退居山林，虽得一时之乐，心中却颇为不安。每当我站在这高山之巅，遥望生活了多年的宫廷，总感到一种难言的苦涩和沉重。先王为苏秦奸逆所惑，不听臣言，致使兵败于外，民疲于内，国将不国。这虽为先王拒谏所致，臣也有不可推卸的责任。我常后悔，为何不细陈利害，使先王醒悟，而凭一时义气，一走了事？这难道是尽了为臣之责吗？虽时而惭焉，久而安焉，却一直难以饶恕自己。前知大王即位，张榜招贤，更是食不甘味，寝不安席，思得一报。大王既不弃微臣，微臣自当恭献余生之力。”

武灵王喜不能禁，道：“寡人就盼着这一天哪！老相国，赵何以大治，民何以自强，请悉以教寡人！”

肥义道："我赵国东邻燕、齐，西接秦、楼烦，南界韩、魏，北有匈奴，四方受敌，可为四战之国。赵欲自强，中山与秦为两大敌手。夷狄中山虽为弹丸小国，但其地处赵国腹地，如木中之虫，腹中之疾。中山欲害赵国，陆路可割断邯郸与代郡之联系，水路则可溯漳水经薄洛津直捣东都。另一敌手为西方秦国。其国地势险要，称雄天下。东有殽山、函谷关之险，西有巴、蜀、汉中之利，北有胡苑，南带泾、渭。阻三面可以固守，独一面可东制诸侯。赵国西、南两面俱受秦国威胁，欲东进，必先侵赵。秦因据有关中之险，我欲由东方进攻断无可能，只有西出云中以拊咸阳之背，才为攻秦之唯一道路。但此地目下为戎狄所据，欲西取榆中，必北并中山、云中、九原，将戎狄驱逐大漠以北，然后方可图秦。此为赵国自强大略，不知大王以为然否？"

听了肥义这番精辟的见解，高远的谋略，武灵王赞叹不已，喜形于色，连呼："赵国得先生，如鱼得水，强盛有望矣！"

这时，房外少室周与敬君已将饭做好，有用甑蒸的黍米饭，用鲜鱼做的鱼羹。君臣主仆就座后，肥义首先请武灵王进食。为表敬意，他先尝了尝，忽然问敬君："怎么有些发腥？"

敬君一愣，说："哎呀，忘放梅子了！"

肥义瞋了他一眼："你怎么这么粗心！"又对武灵王说："大王，要不要重新烧一下？"

武灵王道："饥时易为食，饱时难为味。算了，算了！"

这一餐，武灵王吃得很香。在他看来，这米饭鱼羹胜过所有美味！

进餐已毕，他们便将杂物简单地收拾了一下，离开黑龙潭，前往赵王城。

敬君从小在山里，在他的记忆里除了山庄就是农舍，繁华的都城他做梦都没见过。一听说去都城，喜得嘴都合不上了。肥义心里却不轻松，他意识到自己肩上担子的重量，也想象到前进路上的坎坷。但他对赵国的前途是充满信心的。他感到欣慰的是，武灵王虽然年少，但不失为一位明哲之君，从他身上，他似乎看到了赵国充满希望的未来。

第四章　学宫谍影

又一个清新的春晨，披着薄纱似的淡蓝色的轻雾，顶着湿漉漉的昨夜的露水，诞生在赵国的地平线上。

赵武灵王已经结束了他的少年时代，成为一个思虑缜密、见识高远、颇具威望的君王。岁月的流逝，环境的陶冶，政治风浪的摔打，使他迅速地成熟起来。他在复归相位的老臣肥义的辅佐下，励精图治，锐意自强，国事已初见起色，赵国这辆战车在他的驾驭下奔上了新的里程。

不久前，他为了壮大赵国的势力，与韩宣惠王相会于区鼠，与韩国建立了友好关系，并娶了韩女为夫人。这韩夫人比武灵王小两岁，生得眉清目秀，楚楚动人，很得武灵王喜爱。

现在，韩夫人正温顺地依偎在他身边，满头的乌丝蓬松着，白嫩的脸颊上泛着淡淡的红润，一只玉雕般的浑圆的胳臂搭在武灵王的脖颈上。她睡意犹存地睁开了眼，朝着已经醒来的武灵王甜甜地一笑，然后又将头埋在武灵王胸前，沉浸在幸福甜蜜之中。武灵王轻轻地抚摸着她雪白的肩头，在她的胳膊上亲了一下，便给她盖好被衾，翻身下了床。

"大王，起这么早？"

"嗯，出去走走。"

"让臣妾来陪大王吧。"

"也好。"

二人由宫人服侍着，穿好衣服，梳洗一番，每人喝了一盏甘甜爽口的橙子羹，一前一后地步出寝宫，漫步在宫中的甬道上。

太阳刚刚露出地面。东天的云彩像血染的一样，闪烁着紫红色的光。这云彩随着太阳的冉冉升起而变淡、变隐，乃至完全消失。另一半天空正在从茫茫的夜色中苏醒过来，先是一片暗红，继而也逐渐变淡、变亮。宫殿被乳白色的雾气包裹着，树丛和花圃散发着芳香的气息。韩夫人很是畅快，有意地放慢了脚步，谛听着悦耳的鸟鸣，观看着带露的鲜花，忘情地陶醉在这美丽的晨光中。

赵武灵王却不这样消闲。他倒背着手，缓缓地迈动着步子，眉宇间凝聚着化不开的心事。

昨天，他接到一个报告：秦王派大良造张仪出访了齐楚两国，与齐国相国田婴和楚国大臣陈轸在啮桑举行了一次会议。会议内容虽不尽知晓，但三国企图结成联盟却是显而易见的。

这确实是一个值得注意的严重动向。列国中，秦、齐、楚是三大强国，一个在西，一个在东，一个在南，势成鼎足。

秦国经过了公元前 359 年和前 350 年商鞅的两次变法之后，乡邑大治，家给人足，民勇于战，一跃而成为诸侯国中最先进、最富强的国家。它多次打败了势力强大的魏国，迫使魏国放弃了首都安邑的战略要地，迁都大梁，割让河西之地以求和，黄河天险从此归入秦国的版图，秦国占据了进攻黄河东部地区的有利地位。

齐国在桂陵、马陵之战后也跃为强国，诸侯东面而朝齐，齐国俨然成为东方一霸。

楚国自春秋以来，不断兼并周围小国，在列国中土地面积最大，人口最多，军队也最多。它有着得天独厚的优越条件，有着经过长期发展而奠定的深厚基础，这对列国来说，不能不望而生畏。

这三个强国一旦联合起来，对赵国的安全将是极大的威胁。因为三强的地理位置恰可形成对赵国的半圆形包围！

武灵王知道，倡导这次联合的秦国大良造张仪是一个不可忽视的人物。此人熟悉历史，了解形势，大至七国国力对比、君主性格，小至典章礼仪、风俗民情、宠臣佞妾的勾搭等，他都了如指掌，用于权谋。他注意保存国力，不轻战，但战则必胜。

武灵王担心，这个张仪会凭着他的游说之才造起一道烈焰逼人的火障，直接危及赵国的安全。

那么，应采取什么对策呢？像当年父王那样，联合诸国，合众弱攻一强？这样做，当然可以组织力量与三国抗衡，但并不是什么好办法。因为诸侯的联合不管怎样信誓旦旦，终究还是极不巩固的。各怀心腹事，都想保存实力，必将使联合葬送。当年父王所热心的合纵的失败不就是前车之鉴吗？可是，舍此又有什么好办法呢？

赵武灵王一边踱着步子，一边想着这个使他费神的问题，不知不觉地来到了九嫔居住的宫前。宫中隐隐地有丝竹之声传来，武灵王驻足谛听，是《周南·卷耳》之曲。婉转的歌喉，深情的曲调在抒发一个女子的思夫之情。

采采卷耳，
不盈顷筐。
嗟我怀人，
置彼周行。

这声音使武灵王心中一动，思绪顿时中断了。

这是姜美人在弹唱。姜美人原是声色俱佳的邯郸倡女，武灵王闻其名，召入宫中，封为美人。

武灵王很喜欢她的歌喉和舞姿。姜美人也很会讨武灵王欢心，二人情深意笃。但近期以来，姜美人却很少能伴君王枕席。原因是，韩夫人虽有一副姣好的容颜，但心胸狭窄，嫉妒心太重，她只想一个人独占武灵王的爱抚，不愿让武灵王看到任何女人的微笑，因此，她极力用自己火一样的感情来打动武灵王，使他忘却除她自己之外的任何女人。

这种情况武灵王心里是清楚的。为了避免嫔妃间的不睦，武灵王只好克制对姜美人的感情。但现在，当这悦耳的歌声传入耳鼓的时候，一个久违了的美人如在眼前，他情不自禁地向前走去。

这时，只听韩夫人在背后用娇滴滴的声音喊道："大王，臣妾有些累了，我们回去吧！"

武灵王如梦初醒般地回过头来，说："哦，哦，也好，也好。"

武灵王回宫后不久，公子继急匆匆地前来禀报："魏相国公孙衍求见。"

武灵王问："公孙衍现在何处？"

公子继道："现在客馆安歇。他是昨日黄昏到达邯郸的。"

武灵王想，这公孙衍是活跃于列国，专事游说合纵的"纵人"，此一来，必定有大事。他不假思索地说："请他进来！"又对寺人缪鞮说："请相国、司徒、将军前来议事！"约摸一盏茶的工夫，公孙衍由公子继陪同来到武灵王的寝宫。公子成、肥义、庞煥等也先后到达。只见那公孙衍宽额头，瘦长脸，一双睿智的眼睛，两缕飘拂的胡须，安静的微笑中洋溢着聪明和自信，不卑不亢的举止显露着外交家的干练风度。

一阵寒暄之后，公孙衍道："大王可知秦、齐、楚啮桑之会吗？"

武灵王急于得知公孙衍的来意，故作不知地说："寡人孤陋寡闻，不曾知晓。"公孙衍叹了口气，摇头道："三国会盟，居心叵测，于贵国大不利啊！"

武灵王与肥义、公子成、庞煥交换了一下眼色，静听公孙衍的下文。

公孙衍煞有介事地说："秦相张仪，诡计多端，巧言令色，说话如动听的凤鸣，身上却长着凶禽的羽毛。他奉秦王之命，联络齐、楚二国，妄图结成盟友，围攻贵国。那盟书云：'凡我盟国，协力同心。先分赵地，再及其余。有违此盟，神灵殛之。丧君灭族，亡国亡家'。张仪小人，真是凶狂至极！"

肥义并不怀疑盟书内容的真实性，插言道："赵国地方狭窄，国力贫弱，且无仇怨于三国，何劳三大国围而攻之？"公孙衍道："相国聪明一世，怎么连这步险棋也看不清？秦国乃虎狼之国，沃野千里，地形险要，多年来一直想向东扩展。秦既得山东，必举兵向赵。待秦兵渡黄河、漳水，据番吾，则必战于邯郸城下，再约齐军东来，楚军北上，赵国必被三分矣。”庞焕道：“先生所论，见地高远，在下不胜钦佩。然有一事尚不甚清楚：赵与秦之间有贵国相隔，贵国乃秦之近邻，秦未灭魏，何以图赵？况且，秦乃贪暴之国，胜赵必复他求，我担心贵国必不能幸免。我听说，有燕雀筑巢于堂屋，子母相哺，熙熙相乐，自以为安。可是，堂屋炉灶的烟囱里冒出烟来，连屋顶都要烧着了，燕雀却颜色不变，不知祸将及己。先生认为秦将破赵，而不知祸将及己，岂非同于燕雀乎？”

听罢庞焕这番话，公孙衍暗暗吃惊：这庞焕不但是赵国的兵家，谈锋也犀利无比。看来，赵国不乏人才，轻视不得。想到这里，他又换了一种方式说：“庞将军言之有理。赵之将亡，魏亦难安。不仅如此，三强的联盟也将危及所有国家。我们都是友好之邦，唇齿之邻，安危与共，荣辱相连。我们面对着的，好比一堆熊熊燃烧的大火，只有大家都从山涧里取水扑救，才能避免烧身之祸。如果各挖各的井，各取各的水，必然因势单力薄而难以奏效。”

赵武灵王心想：这公孙衍大概又要搞苏秦那一套合纵之术了。便问：“既云联合‘扑火’，先生有何妙计？”

公孙衍道：“秦，齐、楚之所以自恃强盛蔑视一切，是因他们有一个王号，可以像周天子那样号令诸侯。有鉴于此，臣拟联络贵国和燕、韩、中山五国相王，以便提高五国的名位，免受他人欺侮，不知大王意下如何？”

武灵王见公孙衍终于托出正题，不免沉思起来。

相王，是通过互相承认为王，组织联合阵线。当初，只有周天子称王，其分封的各国国君都称诸侯。诸侯国争谋王，是对以血缘关系为基础的宗法制的否定，也是周王室逐渐衰微、崩溃，诸侯国逐渐强盛的标志。近些年，诸侯国都将建立王业、称王天下视为荣耀之事。列国中，楚国最先称王，接着是魏国。魏惠王时，魏国是最强大的国家。二十二年前，魏国率领十二诸侯朝天子，与韩、宋、鲁、卫等国在逢泽会盟，并在盟会上宣布称王，尽管魏国遭到许多国家反对，魏王还是称王不误。此后，到公元前334年，又与齐国在徐州互相称王。徐州相王第九年（公元前325年），秦、韩两国也相继称王，未称王者，只有九个弱小国家了。关于五国相王之事，武灵王心里有些矛盾，一时尚难定夺，便对公孙衍道：“此事至关重要，待我君臣商议一回，再回复先生不迟。”

公孙衍知道，武灵王处事缜密，不大轻易作出决定，便先回客馆歇息去了。临出门，又回过头来说：“筑室道谋，十年不成，望大王当机立断！”

公孙衍下殿之后，武灵王又与公子成、肥义、庞焕议论起此事来。

公子成有些动心，说：“称王乃国之盛事，诸侯都巴不得早日为王，只是弱国担心大国讨伐，不敢轻易过问王事，现在既然有此机会，赵何乐而不为？”

庞焕道:“只是中山敌国也夹杂进来,不免让人担心。中山乃赵之仇国,称中山为王不是助纣为虐吗?”

这也正是武灵王所忧虑的问题。他当然不愿意中山国也挂起王旗。那样做,只能助长敌人的威风。

武灵王瞅了瞅正在思索着的相国肥义。肥义理着胡须,慢悠悠地说:“我听说南方有鸟名鷦鷯,用羽毛做窝,用发丝把它系在芦苇穗上。大风吹来,芦苇穗断,鸟卵摔碎,雏子也跌死了。当今弱国联合,颇似于此。尽管有好看的外表、好听的名义,但因根基不牢,稍遇风险,便会宣告破裂。不过,今日之事,我倒另有想法。”

“相国快讲!”

“将计就计,促中山称王!”

“怎么,帮助敌国?”

肥义笑道:“赵国积弱已久,当务之急应求得安定局面,争取自强的时间。中山乃赵之劲敌,安抚中山,尤为重要。齐与中山友善,促使中山称王,齐必恼怒中山,这样便可离间齐与中山的关系,进而削弱中山,同时,也可助长中山国自大傲慢的心理,放松对我们的戒备,为我择机复仇创造条件。”

武灵王大喜:“好主意!”

庞焕也心领神会:“将欲取之,姑先予之,此之谓也!”

公子成仍有些想不通。但见武灵王主意已定,也不好再反对,说:“那就试试看吧,但愿不会弄巧成拙。”

当下,武灵王派人通知公孙衍,赵国同意五国相王。公孙衍返回魏国的第二天,赵武灵王派人将王旗、王服、王车等物送往中山国,尊中山为王。中山王昔大喜,以金帛一车、编钟两架、女乐两佾工六人的丰厚礼物作为回赠,以酬谢赵国的帮助。武灵王安定了中山,又派御史周绍前往齐国,探听齐国的动静。

齐国的国都临淄是东方最大的商业都市,分内城和外城,内城在临淄西南角,呈长方形,是王官和官署所在地。

城内宫殿林立,花木掩映,富丽堂皇。其毗邻为外城,是居民和商业、文化之区。城内居民七万户,不下三十五万口。城中闾里相连,街道纵横,店铺、作坊沿街排列,行人车马往来穿梭,拥拥挤挤,显示出这海岱间大国的一片繁荣景象。

在这熙熙攘攘的人群中,有一位士人打扮,年约三十多岁,颇具文士风度的人。他一边悠闲地迈着步子,一边机敏地观察看身边的一切。他就是奉武灵王之命来齐国观察动静的御史周绍。

周绍到临淄后的一个突出感觉就是临淄人的富庶和殷实。他看到,城中商品充塞,琳琅满目。北方的犬马,南方的象牙,东方的鱼盐,西方的皮革以及各种毛织品和布帛应有尽有,仿佛天下的财物都集中于此。作为临淄名产的陶器更是到处可见。各种样式,各种花色,令人目不暇接。陶商们一边用手掌拍打着制作精美的陶器,一边拖着长声吆喝叫卖。卖陶器的地摊尽管一个接一个,但每一个摊前都围满了买者。他们中间不少是从乡下来的农人,也有许多别国人。似乎到了临淄不买一两件陶器,便是虚有此行。

也许是富有的缘故,临淄人普遍喜欢玩乐,他们有着广泛的爱好。斗鸡、赛狗、赌博、踢球等活动吸引了众多的临淄人。闹市区中就有大大小小十来个球场和赛狗场,斗鸡在每个闾里都会看到。一伙伙,一群群,年轻的,年老的,围在一起,看两鸡相斗取乐,一阵阵助威声和欢呼声鼓荡在大街小巷。

周绍在一个斗鸡场前停留下来。场内正进行单鸡相斗。两个二十多岁的年轻人手挥拂尘,身穿彩衣,指挥着各自的雄鸡,进行激烈的争斗。两只雄鸡一只毛色金黄,一只通体雪白。那金鸡树毛振翼,砺吻磨距,越斗越勇,那白鸡却节节败退,渐渐不支,终于被扑倒在地。当白鸡主人宣告停战,上前解救那白鸡时,忽地打了个喷嚏。他顿时火气冲天,大嚷:"好啊,竟敢在大庭广众之下作弊弄巧,往鸡翅上撒芥子粉,这算什么本事?"

金鸡主人也反唇相讥:"还说别人呢,你的鸡安铁爪又当何论?"

一位闾里小吏上前劝解,各打五十大板:"好了好了,玩乐的事,何必这样认真?翅上撒芥粉,利铁作锻距,彼此彼此,不要再争吵了。若斗呢,我们再凑会儿热闹,不斗就算了,和和气气,分手了事。"

那两人也自觉无趣,各自去了,围观的人随即各奔东西。

周绍走近那小吏,道:"敢问大人,在何处供职?"

小吏打量了一下周绍,道:"区区里正,不足挂齿。看样子,先生不是临淄人,从哪儿来?"

周绍道:"在下家住即墨,来都城访友的。近日听说魏相公孙衍已发起五国相王,连中山小国也要挂起王旗,真有此事?"

里正道:"不假。不过,这事怕难成功。"

"此话怎讲?"

"中山不过弹丸之地,戎狄之乡,怎配称王?我王已声言:'齐国乃万乘之国,耻与中山小国并为王,倘若中山一意孤行,则与大国举兵伐之。'由此看来,五国相王危机四伏。"

周绍故意作出不大相信的样子,说:"大王之言,不过出自一时气愤,我看未必会付诸行动。”

里正颇为自信地说：“这你可说错了。大王已派人前往燕国，联合燕国阻止中山称王。这位出使燕国的官员，就是鄙人的舅父，掌管礼仪宾客的主客张丑。舅父临行还嘱咐鄙人照看其家室，这难道还有假吗？”

说到这里，里正又觉失言，忙遮掩道：“说这些干什么，信不信由你！”

周绍施礼道：“如此说来，在下是有眼不识泰山了，望大人多包涵！”

里正一听周绍口称大人，不禁得意洋洋起来。但当他仔细打量起这个陌生人，回味起方才那一番谈话的时候，小眼珠里放射出疑惑的光。

齐国的稷下学宫是一座著名的大学堂。由当今齐威王之父陈侯午所建，因在临淄西门稷门之外，故称稷下学宫，又称稷下之学。这里聚集着四面八方的学者文士，专事讲学、著书和辩论，人数多达千余人，是著名的学术研究中心。来这里讲学的不止一个学派，道家的黄老学派稍占优势。齐王允许和鼓励不同学派在这里讲学，他们大多是不当权的文人学士，因其名望很大，君王常召以问政，所以，这里也成了各种消息的汇合、散发之地。在这里，可以感受到时代的脉搏，觉察到变幻无常的政治风雨，了解到千金难买的宝贵情报。周绍在三年前曾以儒家弟子的身份来此听讲学，今日前来，虽然仍是一套儒装，满身文气，但却负有特殊的使命。

周绍的车子来到学宫前，迎面是一片高门大屋，不下七八十家。时有车马出入其间，车皆驷马，人皆美服，高雅而显贵。周绍知道，这是七十六家稷下先生的府邸。在这片高门大屋之后，还有若干房舍，建筑虽稍逊一筹，却也布列有序。

学宫区和临淄城给人以完全不同的观感。临淄城所多的是繁华、拥挤、嘈杂，而这里则具有文化之乡的特殊风貌，整洁、幽静、高雅。这里的人们皆彬彬有礼，谈吐不凡，很少粗俗庸常之辈，就连一些卖食品杂物的小商贩也非常客气，面带微笑，不乏君子之风。

周绍走在路上，不时有丝竹之声传来，优雅动听，这是学宫的弟子们在演奏。吹竽鼓瑟，弹琴击筑，是他们最大的爱好。

经路人指点，周绍的车子停在一座院落之外，然后悄声走了进去。

庭院中坐满了人。一位五十多岁的长者正在讲学，众多的弟子屏息静听。那长者面目和气，装束高雅，一口邹地的口音。周绍一见便知，他就是祖述尧舜、宪章文武、宗师仲尼的颇有名望的孟轲。

孟轲正在释讲儒家的“仁爱”。

“夏商周三代因仁而得天下，因不仁而失天下。天子不仁，难保四海，诸侯不仁，难保社稷，卿大夫不仁，难保宗庙，士庶百姓不仁，难保自身。仁者爱人，有礼者敬人。

爱人之人，人爱之，敬人之人，人敬之。设使有人对我不爱不敬，要反躬自问：是否无爱于人，无礼于人。君子当以尧舜为师，非仁之事勿为，非礼之事勿行……”

周绍的到来，并未引起人们的注意。因为听讲者出出进进是常有的事。

时近中午，孟轲停止了他的讲授，开始回答听讲者的提问。周绍身边一位相貌英俊的中年人起身施礼道：“后学淳于髡请教夫子。”

一听淳于髡这个名字，周绍心里一动。这淳于髡是齐国有名的“舌才”，其辞令本领可谓炉火纯青。据说他幼年时五音不全，口齿不清，常受人奚落，后来便下决心练舌头。

春日里，他带着干粮到山中“采音”、“学舌”，他苦学着各种鸟叫，用嘴唇和牙齿调成合适的缝隙，练习发出刮风似的“唇齿音”，还学着运用丹田之力，发“丹田音”、“山谷吼”，他还学着用变幻嘴唇、嘴角形状的诀窍，打出各种野兽的呼哨声、寻爱声、觅食声，终于由一个结巴变成了巧舌头。周绍没见过淳于髡，但其人其事却是久已熟知的。

只听“巧舌头”在发问：“方才听夫子讲礼，顿开茅塞。请问，男女之间，不亲手接递东西，礼乎？”

孟轲回答：“礼也。”

“那么，假若嫂嫂掉在水里，可以用手去拉她吗？”

“嫂嫂落水，不用手去拉，这是没有人性。男女之间不亲手接递东西，这是正常的礼制，嫂嫂掉在水里，用手去拉她，这是变通的办法。”

“那么，天下人掉在水里，又如何救援呢？”

孟轲一时有些难于作答。停了一会儿，他说：“天下人掉进水里，要用‘道’去救援，嫂嫂掉进水里，要用手去救援。你难道要我用手去救天下人吗？”

为了不使孟轲难堪，淳于髡不再提问，坐了下来。

周绍扯了扯淳于髡的衣角，伸出大拇指：“淳于先生问得好！”

淳于髡瞅了瞅这位陌生人：“先生是……”

“在下周绍，来听讲学的。”周绍怕他再追问，忙改换话题，“淳于先生所言天下人掉在水里，是何意思？”

淳于髡道：“当今列国纷争，战事不息，民生涂炭，岂不是如溺水中吗？”

“又有什么新战事？”

“公孙衍倡五国相王，我王不满于此，昨已下令关闭关卡，不与中山国互通来使，战争说不定很快就会打起来，那样，天下人岂不又要掉进水里了吗？”

周绍问：“齐与中山不是友好之国吗，怎么说翻脸就翻脸？”

淳于髡道:“当今列国,谁也没有真正的朋友,谁也没有永久不变的敌人。今日同行,明日反目,这是常有的事,一切都因各自利害决定。”

周绍得知齐国已中离间之计,心中暗喜,表面却作出惋惜的样子,说:“一对好朋友,今日成敌手,可惜,可惜!”

淳于髡道:“孟夫子以道救天下的办法,我以为恐非良策。先生有何高见?”

周绍推诿道:“在下才疏学浅,不敢妄说。”

周绍无意讨论这个与他无关的问题,他已经掌握了一些对赵国极有帮助的情报,他必须马上返回邯郸,向君王复命。

出乎意料的是,就在他刚刚走出大门,准备登车离去的时候,两个兵士突然上前,反剪起他的双臂,不容分说押往王宫去了。

赵王城如往日一样的宁静:悠然来去的官员,弹琴鼓瑟的宫女,笑眯眯的寺人,雄赳赳的兵士……

武灵王也如往日一样的消闲。他在和相国肥义下棋。不过,两人谈论的并非棋道,走棋也是漫不经心。他停棋在手,问:“近日不少人主张赵国称王,寡人以为无其实,不可处其名,赵国不宜称王。相国有何看法?”

肥义道:“赵国实力尚弱,一旦称王,列国必嫉恨赵国,国人也会因此骄怠,迟误自强的步伐。像中山国这样,只贪虚名,后患无穷。”

武灵王又带着几分担心地说:“相国以为齐与中山必然反目为敌吗?那齐威王可是诡计多端的啊!”

肥义满有信心地说:“我想周御史会带来我们希望听到的消息。”

二人正说着,寺人入报:“禀大王,周御史求见!”

“快宣!”

周绍未穿官服,还是去齐国时穿的那一身儒者服装。他还没有回家,是径直前来宫中的。

武灵王问:“御史怎么现在才回来?”

周绍摇头苦笑道:“咳,事情不顺,微臣险些暴尸异国!”

原来,那日周绍被齐兵押往宫中后,自知凶多吉少,必死无疑,谁知,齐威王竟设宴接待了他。

席间,齐威王先是道了道歉,然后用逼人的目光瞅着他,问:“先生入齐,奔波劳顿,收获不小吧?”

周绍闻听,心里突突直跳,强作镇静地说:“在下一介文士,若论稷下听学,当然是获益匪浅的。”

齐威王哈哈大笑起来:"周御史不要打哑谜了!自打你来到临淄,寡人便派人暗中跟随,你的一举一动,都在寡人掌握之中。你串街巷、听讲学是假,刺探军情是真,难道还要寡人一一道来吗?"

周绍大惊,但仍装出莫名其妙的样子说:"大王之言,在下越听越糊涂,在下姓胡,所云周御史实不知是何许人也。"

齐威王突然翻了脸:"大胆奸细,还想抵赖?用刖刑!"

话音刚落,几个强壮兵士手持尖刀,一拥而上,扭住周绍,动手要挖他的膝盖。与此同时,齐威王向侍者使了个眼色,侍者很快从帐后唤出一个人来,周绍定睛一看,原来是斗鸡场上见到的那个里正!

里正手指周绍,对齐威王说:"刺探军情的,就是他!"

周绍见事已泄露,绝望地闭上了眼睛。

这时,只听齐威王又用温和的口吻说:"先生不用害怕,寡人从来是宽大容人的。既然先生已知齐国动向,那就明说了吧!寡人羞与中山并为王,望贵国能助一臂之力。今有书简一封,请先生转呈赵王。"周绍无奈,只得接受了这一要求,携书信返国。

武灵王展开书简,见上面写道:

> 五国相王,无可厚非。然中山小国,兵不过千乘,地不足千里,与其并为王,寡人耻之。且中山亦赵之仇国,中山称王,于赵何利?贵国若能与齐同伐中山,愿以平邑相赠。

武灵王又将书简给肥义看过,说:"真不出相国预料,齐与中山果然反目为仇了。可是,我们如何回复齐威王呢?"

肥义想了想,说:"赵国应努力避免战事。攻伐中山,还不是时候。且齐国乃虎狼之国,一旦中山国破,齐国的战车必然列阵于赵国边界,这样,赵国会面对比中山更强大的敌人,心腹之疾将有增无减,因此,权宜之计当力劝齐威王勿伐中山。"

周绍接上来说:"拒绝齐国的要求,那齐威王可是翻脸不认人的啊!"

肥义道:"是不可强行拒绝,但变通一下可也。"

武灵王道:"你是说贿赂齐王,使其不反对中山称王?"

肥义道:"正是。齐相田婴深得齐威王信任,几乎有言必听。田婴虽为权臣,但爱财如命,我可派人暗送重金给田婴,让他在齐威王面前说几句话,不要大动干戈,允许中山称王。"

"善!"武灵王颔首赞同。

第二天,郎中令李兑带着白璧一双、黄金百铤及蛇胆、犀角等方物前往齐国,悄悄地送到田婴府上。

第五章　庆典上的艳遇

赵武灵王高兴地得知，田婴已接受了礼物，并劝说齐威王结束了对中山国边界的关闭，停止了攻伐中山的准备。

这实在是一个令人振奋的好消息，武灵王达到了目的，心中十分畅快。

中山国很感激赵国的帮助。中山王昔派专使前来赵国，请武灵王前往中山参加称王盛典。武灵王当然是乐于前往的。这与其说是为中山祝贺，莫如说是为赵国祝贺，因为赵国最希望看到仇敌中山忘乎所以，放松武备。

中山国是白狄人建立的国家，初名鲜虞，后改为中山。春秋时，狄人势力很强，它曾征伐过邢国、晋国、郑国，灭过温国，还救过齐国，给中原列国很大震动。后来，狄人发生内乱，分裂为赤狄和白狄。白狄建立了鲜虞、肥、鼓三个国家。肥、鼓均先后被晋国所灭，只剩下一个鲜虞，春秋末年，鲜虞之名被中山国所取代。

这中山之名颇有些来由。原来，中山国君武公时居顾邑，城中有一座孤山，拔地而起，高耸回绝，因此名之为中山。中山国开国之君为武公，后继为桓公、成公，当今国君是姬昔。

中山建国以后，发展很快。国内五谷丰盈，牛马杂牧，到处呈现出繁荣景象。但由于受到晋、魏等大国的侵袭，战争屡遭失败，引起国内政局的不稳，曾数次迁都。中山桓公时，迁都灵寿。桓公是个有作为的国君，他外筑长城以防燕、赵，内修政务，奋发图强，终于使中山国进入强盛时期，都城也最后确定下来。

灵寿是中山国的中心，全城南北长八里，东西宽四里，城内有宫室、祖庙、王陵及大小不等、星罗棋布的制陶、皮革和制造铜铁器的作坊，还有供国君和王族狩猎的苑囿，虽不及临淄、邯郸繁华，却也不失为一座发达的都城。

称王仪式是在灵寿宫举行的。宫前侍立着衣铁甲、持铁戈的勇武的兵士，鼓乐、舞伎布列在宫门的左右，各四佾三十二人。舞伎有的高髻长袖，有的紫衣束腰，有的戴三叉冠，有的戴平冠，服色艳丽，楚楚动人。

一阵由缓而急的鼓声响过，一百二十只牛角号仰天齐鸣，震天撼地。这时，中山君姬昔身着王服，乘着王车，缓缓来到宫前。在他的身后，是应邀参加庆宴的赵武灵王、魏襄王、韩宣惠王和燕王哙，以及中山邦相司马喜和文武官员。

中山君下车后，牛角号声止，由编钟、石磬和琴、瑟等乐器组成的乐队奏起了喜庆的乐曲，两名宫女手托着叠放着王旗的木盘走到姬昔的面前，双双跪地，举起木盘。姬昔亲手抖开王旗，交给两名兵士，将旗升起在一根高高的木杆上。

望着冉冉升起的王旗，姬昔得意洋洋。这标志着中山小国已经跻身于王国的行列，中山王也成了一个周天子承认，诸侯认可的国王。

望着这王旗，魏襄王脸上掠过一丝难堪的神色。中山武公时，魏国曾以乐羊为大将，以西门豹为先锋征服过中山，魏文侯封太子击为中山侯，派有名的法家李悝前去治理，后改封次子挚，挚死后子嗣为中山君，连续统治中山二十多年。中山复国后，魏人被赶回本土。魏襄王对这段往事是记忆犹新的。尽管他极力使自己适应这喜庆的气氛，但往昔被驱逐的场景还是顽固地浮现于脑际，心中升起一阵苦涩。

望着这王旗，武灵王更是浮想联翩。他的眼前出现了父亲赵肃侯的影子，那蒙面而死、羞见世人的惨景，那饱含着愧疚和期望的目光，那枯枝般的、不住抓动的手，那无力的、却是急切的"雪耻"的呼喊……不过，武灵王还是有理智的，他不像魏襄王那样感情外露，他脸上的表情依然是兴奋的，他甚至努力使自己的情绪变得热烈。当然，他更愿意看到中山王姬昔意骄志满，忘乎所以……

中山王姬昔在王旗下站了一会儿，回过头来对武灵王等说："诸位，请入宴吧！"

"大王请！"武灵王拱手拜谢，然后随中山王走进厅堂。

大厅正中是御案，上面镶嵌着金银龙凤，案后立着一面绘有猛虎吞鹿图案的屏风，形神兼备，惟妙惟肖。御案左边是一尊高大的"山"字形青铜器，这是中山国的象征。来宾席排列两厢，几案上摆满了美酒佳肴。大厅中间铺着一块由麋鹿皮拼成的大地毯，显示着这个与游牧关系甚密的胡人之国的富有。

宾主入席后，姬昔首先举起酒尊，道："中山称王，全赖诸大王力助，寡人敬诸位大王一尊，请，请！"

魏襄王、赵武灵王、韩宣惠王、燕王哙一齐举起了酒尊。

开宴以后，歌舞也相伴开始，先是磬舞，舞女八人，双手各执一个"丁"字形的小锤，扬臂挥锤，且击且舞。舞者忽而倾身向前，如云鹤翔鹭，雪回花飞，忽而又回首顾盼，若俯若仰，情意缠绵，那节奏明快的磬声更是悦耳动听。

接下来是盘舞。舞者梳高髻，发际系着一条粉红色的长绸带，两手各托一盘，举腕回腰，轻捷矫健，那绸带则如一道道彩虹飞舞，令人眼花缭乱。

盘舞过后，以天子之礼，八佾同舞，并伴以《伐木》之歌。

伐木丁丁，
鸟鸣嘤嘤。
出自幽谷，

迁于乔木。
嘤其鸣矣，
求其友声。
相彼鸟矣，
犹求友声，
矧伊人矣，
不求友声？
神之听之，
终和且平。

姬昔对武灵王等道："我五国既相尊为王，便是友好之邦，愿互敬互助，同盛同荣！""当然！当然！"众人应和。

歌舞退下后，姬昔带着三分醉意，自我夸耀地向来宾展示了几件中山国宝。一件是十五连盏灯，形如一株大树，树上有群猴游戏，鸟鸣枝头，树下是两个赤裸双臂的家奴，一手托食，一手向上作抛食戏猴状。树上的小猴一爪攀树，一爪伸臂接食，十分生动。一件是镶错金银的龙凤方案，工艺技巧极为精细。此外还有显示着冶铁技艺的铜足铜鼎、标志着制盆水平的鸟柱陶盆等。姬昔的目的显而易见，中山虽为夷狄之国，但并不落后于中原诸国，称王是当之无愧的。

武灵王看出姬昔的本意，故意恭维道："中山国富民殷，兵强马壮，赵国远远不及。这都是大王治国有方啊！"

颇有些迂腐气的燕王哙也眯着笑眼道："大王即位不过数年，就把国家治理得这样好，真是尧舜一样的明君啊！"

韩宣惠王有些口吃，为了不贻笑大方，他的话说得很慢："听说大王还是爱贤的君王，曾于穷闾隘巷朝见名士七十余家，贵国邦相、名贤司马喜更为大王推重。中山有今日，全由大王爱贤尚贤所至，寡人不胜钦佩之至！"

邦相司马喜就坐在韩宣惠王身边。这位仅在中山王之下、左右政局的核心人物，曾经辅佐过两代国王的权臣，听着韩宣惠王的话很觉悦耳，他向宣惠王投来感谢的目光，并亲自给他斟了一尊酒。

姬昔道："若论尚贤，寡人不敢当。不过。我这位邦相确为难得之才。他竭诚尽忠，不二其心，夙夜不懈，详导寡人，实有大功于中山。"接着，又话题一转，问燕王哙："听说贵国邦相子之也是少见的贤才呀！"

燕王哙露出得意之色，道："那当然。子之博学多才，谙熟政略，寡人敬之。设令子之治国，必强于寡人。"

听罢燕王哙的话，武灵王觉得很不恰当。邦相虽贤，毕竟为臣。大臣怎比国君，这不是名位颠倒吗？但是，他没有进行评说，他不想过问别人的事。

中山王姬昔已经醉醺醺的了。他的脸涨得通红，端酒樽的手也有些发颤，但仍狂饮不止。他向内室喊道："阴姬，快来给客人敬酒。"

话音刚落，一位豆蔻年华，隆鼻秀目，风姿绰约的丽人莲步轻盈地来到案前。这阴姬是中山王的美人，名简，得宠于中山王，但并未立为后。因后宫中还有一美人名江姬，也是姿色超群，中山王两爱之，犹豫难决，因此王后的位置一直空缺。

阴姬先向姬昔和来宾施过礼，然后挽起长袖，伸出雪白的小手，给客人斟起酒来。

当这位美人笑微微地来到武灵王面前的时候，武灵王不禁为她的美貌惊住了。他那爱慕的目光久久地停留在阴姬的脸上，接酒的手似乎也不听使唤，心里在说：虽言赵地多姝丽，却无一人似阴姬，天底下竟有这般美貌的女子！

赵武灵王这一掩饰不住的喜爱之情，中山王姬昔并未察觉。他已经被众人的吹捧所陶醉，加之酒力，飘飘然如在云端。可是，细心多谋的邦相司马喜却看在眼里。他摩挲着下颏，嘴角露出狡黠的微笑。

整整一夜，中山王姬昔烂醉如泥，鼾声雷动。第二天，直到日上三竿，他才睁开迷蒙的眼睛。他浑身酸懒，口干舌燥，像是生了一场大病。

姬昔刚由宫人服侍着穿上衣服，司马喜就来了。作为这个王国左右政局的中心人物，素有"第二国王"之称的邦相司马喜和中山王的谈话十分随便，开门见山地问："大王，你看赵国真的赞成我中山称王吗？"

姬昔不假思索地说："这还有假？"

司马喜道："赵与中山是世仇，赵国一直把中山视为眼中钉、肉中刺，必欲除之而后快。可现在却一反常态，不惜用重金厚礼贿赂齐国，帮助中山称王，而且赵王还亲自参加我称王庆典，大王不觉得蹊跷吗？"

中山王摇头笑道："邦相又多心了。仇敌为良友的事古已有之，赵与中山难道就不会一解前嫌吗？"

司马喜道："臣以为未必。酒宴之上，臣一直留心赵王举止，我看他一味地恭维捧场说不定未安好心。依臣看来，他是想让大王盲目自傲，放松武备，以便争得时间，然后突然杀将进来，打我一个冷不防，以实现其报仇雪耻的愿望。"

中山王道："邦相言过其实了吧！"

司马喜道："毫不为过。臣已探知，赵国现在正大规模征集各郡县的徒步匹夫为兵丁，战车兵器也不断扩充，三军经常以中山为敌国进行演练。如此看来，赵国一时一刻也没忘记向中山复仇，大王怎能听到赵王的几句好话就忘记危险了呢？"

中山王开始醒悟过来。他踱了一会儿步子,猛然回过头来说:“如果真是这样,寡人就让兵士将赵王提来烹了,现在要杀他,比宰一只羊还容易!”

司马喜道:“不可,不可!如若现在便杀了赵王,有三不利。一是无礼于天下,二是失信于诸侯,第三,将引起赵国的仇视,必以倾国之兵与我死战,齐国也会趁机发兵,那样,中山必将处于十分危急的境地。”

“那将如何是好?”

“臣有一弱赵而强中山之策。”

“愿详闻之!”

司马喜走近中山王姬昔,小声说:“臣在酒宴上看到,赵王乃好色之徒,颇有意于阴姬。如将阴姬赠赵王,使其沉湎声色,其国政必衰。不期十年,赵国将兵弱民贫,无力复仇,我可轻而易举地占有赵国全境,到那时,中山国就不是今天的样子了!”

中山王的脸沉了下来,后退了一步说:“邦相,寡人一直视你为心腹,尊宠有加,你怎么说出这样的话,以寡人的爱姬送人?”

司马喜并不惊慌,他缓缓地深施一礼,从从容容地说道:“大王息怒,容臣细禀!”

中山王把袖子一甩:“还有什么可说的?你,你是不把我这一国之君放在眼里!”

司马喜诚挚地说道:“大王!微臣岂敢辜负圣恩?这么多年来,大王对微臣,如阳光之于禾苗,恩莫大焉。大王赐臣以重任,臣不敢稍有懈怠。为了江山社稷的安宁,臣实在是不得已而为之啊!我知道,阴姬是大王的宠姬,可是,虑及宏图大业,大王怎可怜惜一姬?当年越王勾践亲送西施女入吴,十年生聚,十年教训,卧薪尝胆,终灭强吴。大王既愿为圣主,何不效法越王……”

中山王痛苦地摆了摆手:“不要再说了。让寡人再想想……”

司马喜只得不再强求,道:“大王,事不宜迟,望当机立断!”

整整一个上午,中山王姬昔心绪不宁,坐卧不安。司马喜的话不住地在他耳边响着。他心里矛盾得很,烦躁得很。他怎忍心让阴姬离开呀!可是,中山王又是个贪图虚名的人,明君圣主的美名在诱惑着他,加之司马喜再三说劝,只好默默应允。不过,当司马喜将阴姬从他身边带走的时候,他还是情不自禁地洒下了依恋的泪水。

且说司马喜将阴姬带到武灵王的下榻之处,做出一副友好的姿态,说:“贵国素称佳丽之地,但以臣所见,却无过于敝邑之阴姬者。臣观阴姬面相,乃帝王之后,非诸侯之姬也。我王感激贵国力助称王,愿以此姬相赠,请大王笑纳。”武灵王自打酒宴上见到阴姬以后,一直念念难忘,今听司马喜此言,不觉大喜过望。但转念一想,阴姬乃中山王爱姬,岂会轻易送人?说不定赠姬的背后大有名堂!不过,如果我拒绝于他,中山必生疑,再说,天赐美人,怎可不受?也好,我就做出个样子来,叫你们放心。

想到这里,武灵王佯作欣喜若狂地说:“既然中山王割爱,寡人也只好遵命了。请向中山王转达寡人的谢意,知遇之恩,容当后报!”

燕王哙从中山回国后,一直心事重重。在他看来,中山称王是一件重大无比的事,王号是地位的标志,中山小国能够得到王号,实在了不起,中山王姬昔也着实不凡。他决心做出一件非同凡响的事来,让诸侯看到他燕王哙也是一个有作为的贤主。

大臣鹿毛寿看出他的心思,进言道:“大王想做尧舜那样的明君吗?”

燕王哙直言不讳地说:“当然。”

鹿毛寿道:“尧帝之贤,在于重贤让贤。尧帝听说许由贤明,就把天下让给了许由。许由虽未接受,但尧帝已得贤名。如果大王能将王位让给相国子之,子之未必敢受,但大王可就和尧帝齐名了。”燕王哙动了心,可一想到让出王位,却不免有些犹豫。

这时,大臣苏代又受子之的委托前来游说:“齐宣王之所以难成霸业,就是因为对大臣不信任。大王若能禅让给子之,必将贤名远播,天下共仰,到那时,诸侯都会对大王敬之如圣贤,周天子也会大加褒奖。人生在世,无论是高官显贵,还是躬耕小民,都是为的个名声。先时诸侯火并,浴血疆场,还不是为了谋个霸主的名号?当今列国角逐,争相称王,也是如此。大王已有了王号,再有一个贤主之名,就更惬意了。”

这苏代是纵横家苏秦之弟。前几年,苏秦在齐国被人杀死后,苏代也学习他哥哥的纵横之术,入宫献策于燕易王,受到燕易王的信任,入朝为官。苏代与相国子之关系甚密,近日又和子之结为亲家,他一心想让子之得到王权,所以拿出了他的游说本领,向燕王哙劝说了一个时辰,说得燕王哙晕晕乎乎,深觉苏代是为自己着想,感激地说:“寡人不才,今闻明教,幸甚,幸甚!寡人愿从先王之辄,举国以让贤相。”

就这样,昏庸的燕王哙把王位让给了相国子之。

苏代并不以此而满足。他又对燕王哙说:“禹王年老时,以为启不能管理天下,把王位传给了益。启与其党攻益,夺了王位,禹王的禅让很快夭折了,禹王的贤名也因此受损。现在大王把王位让给了子之,但上下朝官都是太子的人,名义上是让位子之,实际上还是太子专权。大王既想做贤君,就把官吏之权也交出来吧!”

燕王哙又听信了苏代的话,收回了三百石以上官员的官印,统统交给了子之,请他另行任命。子之成了真正的国君,燕王哙反为其臣,听命于子之的号令。

这个消息传到齐国,首先在稷下学宫的儒者中间引起了轩然大波。从儒家学说看来,君臣各有名分。君主要尽君主之道,臣子要尽臣子之道,不用舜服事尧的态度来服事君王,便是对君主的不敬,不用尧对舜的态度驾驭臣下,便有失君的尊严。君不君,臣不臣,甚至君臣易位,便是反天意,违民心,毁规矩,弃方圆,是大逆不道的。他们推举德高望重的孟轲往见继齐威王而立的齐宣王,请齐宣王维护君臣之乱。

齐宣王在王宫的便殿里接待了这位义愤填膺的儒者。

孟轲首先援引儒家经典道："诗云：'不愆不忘，率由旧章。'治理国家必须实行圣王之道，进退符合礼义。国之大害不在于城墙不周，军备不足，田野不辟，货财不聚，而在乎礼义不兴。城墙不固可以修缮，军备不足可以征调，但做君主的不合礼义，做臣子的缺少教育，违反礼义的人多起来，国家也就快灭亡了。鲁国的公输般是有名的巧匠，但他如果不用圆规与曲尺也难画出方形和圆形，晋平公的太师师旷是极有名的乐官，如果不用六律也不能校正五音。而今子哙将君位私与子之，这是违逆礼义！子哙不能将燕国私自与人，子之更不应私自接受，都这样胡闹起来，还有什么先王之礼、祖宗之法？愿大王兴礼义之师，伐无道之国，维护礼义之尊严，匡正君臣之名分，此乃文王武王之机遇，不可失也！不可失也！"

齐宣王早有乘乱伐燕之意，正苦于出师无名，今闻孟轲搬出这么多儒家道理，不觉心中大喜，道："先生所言，字字句句遵依礼义，寡人受益匪浅。曾闻有孺子歌曰：'沧浪之水清兮，可以濯我缨；沧浪之水浊兮，可以濯我足。'孔子因之曰：'清斯濯缨，浊斯濯足矣，自取之也。'所以，人必自侮，而后人侮之，家必自毁，而后人毁之，国必自伐而后人伐之。现在，燕国践踏先王之法，正是自毁自伐，自食其果！"

齐宣王辟疆刚继君位不久。他的父亲齐威王是在燕王哙继位那年死去的。齐宣王在性格上颇似于他的父亲，争强好胜，雄心勃勃。和他的名字一样，他自登王位那天起便立下了辟地拓疆的志向，现在听说有机会攻伐燕国，自然是求之不得的。

孟轲也因齐宣王接纳了自己的主意，理着胡须，露出了笑意。

这时，只听齐宣王又问："先生可知子之其人乎？"

听到子之的名字，孟轲憎恶地往地上吐了口唾沫，恨恨地说："小人，小人，无耻的小人！他不仅违迕礼义，僭越君位，而且工于权术，贵而主断。有一回，他对左右无中生有地说，有一只白马跑出，左右都说未见到，只有一个人跑出去追看，回来报告说真有白马跑出，子之以此试验臣子的诚信与虚假。如此不仁不义，不诚不信，真是枉为人也！大王不屑去提他，不屑去提他！"

齐宣王问："先生既云伐燕，何时为宜？"

孟轲道："攻伐不义，如救烈火，自然是越快越好！"

齐宣王想了想，说："燕必当伐。只是为了确保全胜，还应静观其变，然后兴兵。孙子云：'能因敌变而取胜者，谓之神。'先生以为然否？"

孟轲虽谙熟儒家经典，但对用兵之事却不甚了了。他十分珍惜自己的名望，为了不因说外行话坏了自己的名声，不知道的事从不乱说。今闻齐宣王搬出了兵法，自知难以插嘴，便告退道："兵者，国之大事，君王谋之，非民所当干预，这也是先王之礼义。

鄙人不敢妄说，就请大王自作主张吧！”说罢，坐上车子，回稷下学宫去了。

齐宣王对燕国必乱的估计是正确的。公元前314年春天，早就对子之的篡权耿耿于怀的太子平和将军市被串联起来，聚集力量，策划进攻子之。齐宣王见有机可乘，便派人对太子平说：“敬闻太子殿下将整饬朝政，正君臣之名，尽父子之意，此乃顺天意合民心之举，寡人不胜钦佩。齐国虽小，还有甲兵可用，有车马可驱，殿下如不弃，愿听从调遣，为之效死。”

齐宣王是想笼络太子平，以便进攻燕国。将军市被看出齐宣王的企图，坚决反对从齐国借兵，认为那样做无异于引狼入室。太子平以为然，于是，仅凭自己的有限兵力便开始了推翻子之的军事行动。他们把王宫团团围住，日夜猛攻，但一连几个月，毫无进展。此时，太子平已将乏兵疲，不少兵士失去信心，开了小差，而子之则集中全城兵力进行反攻，太子平兵败如山倒，他本人和将军市被都被活捉，烹于朝堂。

燕国又恢复了平静，子之拖着疲惫的身体端起了酒尊。

乐声又响起来，美姬又舞起来，献媚的臣子匍匐于子之脚下，唱起了动听的颂歌。子之陶醉了。

然而，就在太子平被烹的第三天，由齐将匡章率领的十万大军越过了燕国边界，直逼都城。这大队人马中，有临淄等五城的兵马，还有从齐国北部征调来的丁壮，这是经齐宣王的紧急调集迅速组织起来的。将军匡章是齐国名将，由齐宣王特别指派率领这支队伍。

内乱方息、筋疲力尽的燕国当然无力抵抗齐国的强兵。匡章如入无人之境，所向披靡，仅五个月就占领了燕国的大片土地，攻破了燕下都。子之束手被擒，匡章下令将他剁成肉酱，那个为取得圣贤之名而荒唐禅让的燕王哙也成了刀下之鬼。

齐国轻而易举地得到燕国，使中山王垂涎三尺。好比面对一个被杀死的猛兽，他也想得到一块肥肉。于是，齐国占领燕国不久，中山王姬昔也发布了一道冠冕堂皇的讨伐檄文：

> 燕君子哙，不顾大义，不谋诸侯，臣主易位，遂使子之窃权，为人臣者反臣为主，此上逆于天，下不顺于人，坏礼背义。寡人将身蒙甲胄，率我雄兵，以诛不顺……

兵马进发了。在齐兵未至之地，升起了中山国的军旗。曾经是强盛一时的燕国被瓜分殆尽，都邑村聚响起了哀怨的亡国之声。

反抗占领军的斗争也在持续不断地进行着。燕国人经常偷袭兵营，焚烧粮草，并拉起队伍进行反抗，使占领军疲于应付，如坐针毡。

各诸侯国也不满意齐与中山占领燕国。他们怕这两国地盘大了，势力强了，破坏了列国的均势，对本国不利。所以他们纷纷派兵去燕，帮助燕人驱逐占领者，赵国也派出了一支队伍，那是由国尉李疵率领的一千将士。

齐国无法继续在燕国待下去了，无可奈何地撤出了燕国，把吃到嘴里的肉又吐了出去。齐国撤兵后，列国又争相帮助燕国复国。这是一个功德无量的好事。因为谁能帮助燕国复国，便是有大恩于燕，不亚于得到半个燕国。但是，太子平死了，公子职又逃亡在外，各国都很着急；无君难立国呀！于是，寻找公子职又引起了各诸侯国的极大兴趣。

赵国也参加了这个颇似于“寻宝”的活动。赵武灵王热情极高，而且很有信心。因为他听到了一个令人振奋的消息，燕国的公子职逃到了赵国。

邯郸东北郊放鸠聚是一个美丽的村落。它依山傍水，土地肥沃，民风淳朴，村民都以种田和养蚕为业。

这放鸠聚颇有些来历，相传在赵国初主赵简子的时候，这里斑鸠很多，百姓都喜欢在深冬时节上山捕斑鸠，以供赵简子在正月初一放生，以换得一些赏钱。这年正月初一，大清早百姓们就提着斑鸠笼子来到王宫门前，等候献鸠。

赵简子见献鸠者如此众多，一时高兴，下令将赏钱提高一倍。百姓们欣喜若狂，高呼万岁，人群中却有一个汉子，非但不喜，反而满面忧凄。他也向赵简子献上了一只斑鸠，不过，是只死鸠。赵简子大怒，认为他是有意戏弄君王，打算处死他。那汉子面不改色，说：“小民命如草芥，死不足惜，只是临死前有句话想问大王。”

简子道：“你说吧！”

汉子问：“大王为何放生？”

简子回答：“这还用问吗？表示寡人的恩德。”

汉子摇头道：“非也。百姓知道大王要放斑鸠，争着去捕捉它们，这样一来，斑鸠死掉的就很多了。大王如果是真心让斑鸠活下来，不如禁止百姓不要捕捉斑鸠。捉了再放掉，恩德与过失是不能弥补的。”

汉子的话使赵简子恍然大悟。他饶恕了汉子的不恭之罪，还给了他很丰厚的赏赐，并决定，以后不准大量捕鸠，现在捕来的，都放归山中，使其繁衍。原先，因连年捕捉，村中斑鸠越来越少，这以后，才渐渐又多起来。人们称颂赵简子的明达，改此村名为放鸠聚。

现在，放鸠聚已是一个不小的村落了。村民不下三百户，因邻近都城，集市也很繁荣，城中商贾常带商品来这里出售，村民们也喜欢把自己的农桑产品在这里卖出，换些衣物。

这日又是集日，桑农秦庆提着蚕茧到集上去卖，准备给女儿买几件衣服。那年秦庆的妻子被齐公侮辱，悲愤身死后，秦庆一直未娶，与老母幼女相依度日。秦庆非常疼爱自己的女儿，视若掌上明珠。小女名秦罗敷，今年已十岁，生得白净俊秀，稚嫩可爱，是村中最漂亮的小姑娘，村里人都喜欢她。尽管还未长成，早有很多人前来约亲，有的还送来礼物。秦庆都没有答应。一则女儿还小，二来他也离不开女儿。他曾想过，假如有一天女儿出嫁了，他说不定会失去再生活下去的力量。尽管他知道女大当嫁，但他总像害怕瘟疫似的担心这一天到来。秦庆平日生活简朴，节衣缩食，但为女儿，却什么都舍得。今日到集市上来，他就是想卖掉些蚕茧，给女儿花用。

集市上人很多，吆喝叫卖声、讨价还价声不绝于耳，各种地摊货床几乎占满了道路两边。秦庆正苦于找不到摆摊的位置，只听一个熟悉的声音唤道："这不是秦庆兄弟吗，怎么今日赶了个晚集？"

秦庆回头一看，是牛子耕，忙应声答道："啊，是子耕老哥，你早哇！"

牛子耕把自己摊卖的几件半旧的铁犁头、铁剪刀之类往旁边推了推，说："把东西放在这儿吧！"

这牛子耕是秦庆的邻人，两家房相接，地相连，关系密切。牛子耕以种田为业，闲时也做点小生意。他有两个儿子，一个叫禾生，一个叫黑夫。去年秋天，两兄弟都被征去当了步卒，如今只剩下他一个人，很是冷清。牛子耕为人忠厚，不善与人交往，秦庆家是他唯一的去处，二人很能说到一块。

秦庆把袋子放好，并抓出一把茧子放在上面，问："老哥，日子过得怎样？"

牛子耕叹了口气，说："吃穿倒勉强过得去，只是出出进进，就这么一个人，太孤单了。"

"禾生、黑夫有消息吗？"

"前两天，黑夫托人带来口信，说经过训练之后，和他哥哥禾生同编在一卒，这倒好一些，两人能互相照应着点。"

"一卒？"秦庆头一次听到这样的名词。

"嗯。也叫一乘，有一百号人乘车子。一乘叫攻车，是作战用，一乘叫守车，是勤务车。攻车上有三名甲士，就是车兵，包括一名乘长，他是全卒的头儿。车兵都是富家子弟，咱这样的人家根本沾不上边儿。"

"那你两个儿子当什么兵？"

"黑夫是步卒，跟在攻车后面的。他们这样的步卒一共七十二人。禾生在守车上，管打柴、挑水，苦差事啊。干这种活的有五个人。还有十个做饭的，五个保管衣装的，五个喂牛马的，守车上一共二十五人。"

"怎么，还有牛，牛也能驾战车？"

“是这样:攻车是驷马车,都是上等好马。守车是牛驾的,打仗时不上前,在后面拉东西。耕牛都是犍牛,结实,有力气,比咱耕田用的强多了。”

“这么说,禾生虽苦点,但不打仗。就是黑夫叫人担心,那孩子又有点鲁莽。”

“可不是。听说不久前险些没了命。”

“打仗了?”

“不。是因为借了乘长的钱,过期没还上,乘长翻了脸。要杀他。多亏同卒里的弟兄帮助,凑了些钱,才算免了一场祸。”

“怎么,乘长这么凶?”

“可不!乘长敬君是相国的亲戚,可能是干儿子吧。当年相国当隐士时,敬君跟着他。后来国君去请相国出山,敬君也跟着来到都城。原先在宫城当侍卫,后因调戏宫人,被逐出宫去当了乘长。听说他原先也是穷人家子弟,还是个孤儿,有相国这层关系,才神气起来。咳,人哪,就是这么回事,有了权是个熊,没了权是条虫。现在我真担心,等打起仗来,还能有黑夫的好果子吃?说不定会被敬君推到前面去送死!”牛子耕说到这里,眉头皱了起来。

秦庆劝他道:“老哥别伤心,我想乘长未必那么小肚鸡肠。再想法给黑夫捎个信儿去,让他顺从着点,受人家的管辖,就得看人家的眼色啊。老哥,要打仗了?”

牛子耕小声说:“我看有点险。燕国不是乱了一场吗?别的地方也不安静。照此下去,还能不打仗吗?谁要去打,不干咱小民的事,只是我那两个儿子别去才好。”

秦庆道:“是啊,但愿他们哥儿俩别去打仗,平平安安地回来。”

停了一会儿,牛子耕用试探的口吻说:“老哥,你看我家禾生怎么样?”

秦庆道:“是个好孩子。”

牛子耕道:“有句话憋在心里好久了,一直没敢说。我想为禾生约个亲,只是觉得家里穷,你的罗敷又是百里挑一的女孩子,怕配不上。我今天讲出来,老哥可不要为难。”

秦庆没想到牛子耕会提这件事,很感突然。思忖了半天,说:“我们两户人家都是彼此彼此,说得上谁嫌弃谁?只是罗敷还小,等过几年再说吧。”

二人正谈着,一个老妪来到地摊前,蹲下身子,拿起牛子耕摊上的一把剪刀,端详起来。这剪刀中间没有轴眼,没有支轴,是在一根铁条的两端锤成刀状,然后将刀刃弯成“八”字形,支点在剪刀的最后部。老妪一按一张地试了几下,问:“这剪刀怎个价钱?”

牛子耕道:“价钱好说,你看着给点就是了。”

老妪想了想,从提篮中取出一包东西,说:“我这里有一包香菇,从山上采来的,成色极好。用我的香菇换你的剪刀如何?”

牛子耕暗忖:这老妪真会找便宜,这么点香菇就想换把剪刀?不过,牛子耕是一个人过日子,吃饭都是对付。看到这香菇,又想到家中有只鸡可杀,便狠了狠心说:“就依了你,换了。”

老妪得意地将剪刀放入提篮中,趁牛子耕不注意,又抓回一把香菇,转身走了。

今天,他们两人的生意都不好。秦庆蹲了半天,才卖出半袋茧子,价钱也不如意,心里不大畅快。牛子耕看出他的心思,道:“老弟,算了,我们回去吧。香菇炖鸡,我们老哥儿俩喝几杯去!”

秦庆仍不甘心就走,眼巴巴地望着来来往往的行人。

忽然,街上的人像得到命令似的自动闪开了一条道路,一个玉雕似的小姑娘走来了。人们的目光不约而同地投向她,仿佛一位小仙女来到了人间。

秦庆抬头一看,原来是女儿罗敷。

“罗敷,到这里来干什么?”

“奶奶让我来叫您,说是官府来人找您!”

娇稚的声音如凤鸣,在人群中又引发了一阵赞叹之声,却完全没注意到秦庆那惶恐的神情,直到秦庆收拾了摊子,跟那小姑娘走了,人们才如同在一场美梦中醒来。

找秦庆的不是什么官府的人,而是本村的里正。不过,他带有官府的指令,因而,当他和秦庆面谈的时候,不免神气三分。

“听说你见到过一位燕国公子?”

这突如其来的发问把秦庆弄蒙了,半晌才缓过劲儿来:“是,是见过,那是半个月以前的事儿了。那天我去外村看亲戚,碰到一位年轻人。他二十岁上下,白净脸子,神色慌张,心事重重。他骑的是一匹羸马,还有个壮实的汉子,像是个随员,我的亲戚也见到过这个人,村里传说他是燕国的公子。这事我和邻人们说过,大伙有的相信,有的不信。您问这事干什么?”

里正道:“实话告诉你吧,他是公子职,燕王哙的次子,因燕国内乱逃匿我国的。我们的国君急着找公子职,这对我们赵国有好处。大王已悬赏五百金,你若能找到,可是造化不小啊!”

“是这样。那,让我再想想。”

秦庆动心了。不过,他苦思了半晌,只提供了一个非常概略的线索:公子职可能在柏人附近的山中。他不敢叫准,因为万一说错,不仅不会得到赏赐,还会落个欺君之罪。

经过层层上报,奏知赵王。此时,赵武灵王已经收集到一些有关公子职的蛛丝马迹，大都集中于柏人附近。于是，赵武灵王撒出人马，前往柏人，开始了对公子职的寻访。一天黄昏，这位落难公子终于被访得于山林之中，被护送到都城邯郸。

赵武灵王在宫中设宴招待了公子职。酒过三巡，武灵王问："公子归国后打算如何使燕国复兴?"

公子职道："当年晋文公重耳流亡在外十九年，归国后礼贤下士，与百姓同甘共苦，终成霸业，此明哲之举，堪为楷模。齐国因孤国之乱而袭破燕，我极知燕小力少，不足以报仇，只有效文公之明，广招贤者，方有复振之望。我听说，成帝业者以贤者为师，成王业者以贤者为友，成霸业者以贤者为臣，亡国之君视贤者为奴。屈己而事，北面受学，将有百倍于己者至，趋后息，先问后默，则有十倍于己者至。如果傲视贤良，呵斥役使，则只能招来一些唯命是从、能力低下的庸才了。我回国后，打算在宫中筑黄金台，卑身厚币广招贤者，只要确有才能，将不次任用，授官赐爵。"

听罢公子职的复国打算，武灵王深觉这位未来的燕国君主明达不凡，心中颇感欣慰。

停了一会儿，武灵王又问："公子对迟迟不撤的中山兵马有何良策?"

公子职道："中山兵强马壮，以燕国之力，实难为敌。我想，可容待后图之。"

武灵王道："这样也好，先强国要紧。"

武灵王有他的打算，中山迟迟不结束对燕国的占领，正可借机在列国中大造舆论，使中山处于孤立的境地，待其众叛亲离，攻灭有望矣。

末了，武灵王又道："寡人尚有一事相托，不知能否帮助。"

公子职道："大王即敝国之恩主，自当效力，请直言。"

武灵王道："秦武王新近去过东周，想举起重达千斤的龙文九鼎，结果力绝而死。武王无子，继嗣至今未定，寡人甚为秦国忧虑。传闻武王之叔伯兄公子稷现在贵国，寡人拟请公子帮助寻找，届时我派人去燕，送其归国，助其践位。"

公子职道："这有何难，大王只管放心就是。"

公子职是兴奋的。因为他历经磨难，终于又得以回到他的国家。

武灵王更为兴奋。他如今已是燕国的大恩人，西方的秦国也必将因公子稷的继立而与赵国改变关系，秦国又与韩、魏为盟友，这样，便可在进攻中山的前夜有效地牵制秦、韩、魏三国，免去侧顾之忧。值此有利时机，一个酝酿已久的计划在赵武灵王胸中渐趋成熟。

第六章 钟车后的密谋

兽角号低沉的长声打破了黎明的寂静，邯郸城又一个春日到来了。

这是位于城郊的一个规模宏大的战车兵营地，属赵国三军中的中军，由主帅率领，有战车三千乘，兵士们居住的营帐分若干组，排列整齐，井然有序，在白色的晨雾中仿佛一个个漂浮在水面上的莲蕾。每一组营帐前都排列着很多辆战车，战车都是单辕两轮，高出车厢的车轮特别显眼，方形的车厢内还放着犀甲、秦弓、战鼓等装备，还有指挥工具，那是车兵的用物。战车的挽马都已卸下，辕前端横置的车衡下支着一根立木，以防战车倾斜。车厢后竖着黄、青、赤、白、黑五色旗，在晨风中微微飘动。每组战车群旁边都有一个马厩，管理马匹的步卒喂了一夜的马，显得十分疲倦，有的蜷缩在角落里打盹，有的焦急地望着尚未醒来的营帐，等待着前来换班的弟兄。

在甲一卒这一百号人中，方头大耳、身体粗壮的步卒黑夫是第一个起身的。他穿好战袍、蹬上方口齐头履后的第一件事，就是到营帐外给乘长温洗脸水。釜中的水和干柴是昨晚就准备好的，点燃后不一会儿便温热了。他用手在水里试了试，觉得温度适宜了，就用陶碗舀了几碗在陶盆中，蹑手蹑脚地端进乘长敬君的营帐。

黑夫自打因借钱事得罪了乘长，格外小心谨慎。这个平日性格倔强憨直、从不会向人赔笑脸的小伙子现在也不得不学着献殷勤，向权势和威严低头。这是生存的需要，是环境对他的提醒。

“乘长，请洗脸吧，水热好了。”黑夫把陶盆轻轻地放下，小声说。

乘长敬君眼皮也没抬，像是根本没看到。这位乘长敬君已经全然不是当年那个稚气十足的毛孩子敬君了。他已长成高大汉子，原本瘦削的脸因肉的增多已变得近似方形。目光中已找不到天真和单纯，倒是增添了几分狡黠和冷酷。他嘴上蓄着“八”字胡须，修整得很好。“八”字的下端微微上翘，显得很是神气。别小看了这个百人之长，在这里，他生杀予夺，说一不二，俨然就是个国君。

“乘长，请洗脸吧。”黑夫胆怯地望着敬君，又小声地重复了一句。乘长这才将目光移到黑夫身上，用鼻子哼了一声。

黑夫伺候着敬君洗了脸，正想端着脏水离开，敬君叫住了他：“停下！”

“有事吗，乘长？”黑夫心里一阵紧张。

敬君眼皮一耷拉，用手指了指头顶右侧那个已经蓬松的发髻。

黑夫心里暗骂,狗娘养的,就会役使人!但表面上却丝毫不敢表现出一点不满,答应着走上前去,拿起了梳子。

“讲个笑话,开开心!”又是一声硬邦邦的命令。

“唯!”

黑夫答应着,费神地想了想,开了口。

“有个平原人善治驼背,自夸说:‘在我手下治这病的,一百人中至多有一人治不好。’某人驼背很厉害,依着弯曲的长短来量有八尺长,依着直立的长短来量只有八尺,便送了很多钱请求医治。治驼背的人说:‘你且趴下。’说着就要站到他背上去用脚踏。驼背人说:‘你要把我害死吗?’治驼背的人说:‘为了赶快把你的曲背治直,哪里还管得着你死不死的事!’……”

“哈哈……”敬君听罢,俯仰大笑。黑夫正给他梳髻,一下子揪痛了他,敬君顿时翻了脸,正要发作,禾生悄声走了进来。

和弟弟黑夫相比,禾生显得成熟多了。他长着一张甲字形脸,尖下颏,高鼻梁,眼睛炯炯有神,唇上蓄着平直胡须,显得干练而敏捷。禾生也是个热血汉子,但挺有心计,善于看官长的眼色行事,和弟兄们之间也很融洽。那次黑夫因借了敬君的钱险些被杀,多亏禾生周旋。因禾生比较会讨人喜欢,他已不再干那种打柴挑水的粗活,当上了专门给乘长做饭的伙夫。

禾生见黑夫在场,没和他打招呼,而是首先向他的官长请示:“乘长,早饭您想吃点儿什么?昨日网的漳水鲤还有几尾,现在想吃吗?”

敬君看禾生的面子,没有训斥打骂黑夫,对禾生说:“那就吃麦饭鲤鱼羹吧!”

“唯!”

禾生转身离去的时候,迅速地向黑夫递了个眼色,似乎在说:好好伺候乘长,别惹他生气,忍着点!

禾生刚走,一个禀事的兵士前来报告:“元帅有令,召乘长速去议事!”

禀事兵士所说的元帅是将军庞焕。庞焕治军,素以法令严明著称。敬君的前任乘长就是因在一次战斗前,全卒人用饭耽误了时间,迟滞了部队的行动而被处以刖刑的。敬君虽因肥义的关系和庞焕较熟识,但他深知庞焕执法不徇私,所以也怕他三分。听到庞焕有召,他不敢怠慢,急忙披上铠甲,戴上头盔,绑上护腿,佩上青铜剑,前往元帅营帐。临行,他吩咐守车上的兵士马上点火做饭,全卒人准备好武器装备,以执行随时可能下达的战令。

庞焕的营帐前聚集着乘长以上大小军官,大家席地而坐,屏息无声。人们从庞焕那紧绷着的脸上意识到,很快就要打仗了。

应该说，对于打仗，军官们是有充分的思想准备的。去年武灵王重整三军时，荣任元帅之职的庞焕就已申明，赵国积弱，军无斗志，如此必难雪耻。当严整军纪，刻苦操练，随时准备征伐中山。一年来，三军已进行了以中山军为假设敌的多次操练，赵军自上而下都树立起了一个明确的信念：枕戈待旦，攻伐中山。然而，当这个信念即将付诸实施时，军官们仍不免有些紧张。他们的目光一齐投向庞焕，焦急地等待着这位严厉的元帅的训话。

"诸位！"庞焕扫视了一下人群，大声说，"练兵千日，用兵一时，我们盼望已久的攻伐中山之战，即将开始！"

人群中一阵骚动，有的喜形于色，有的面带惊恐。善于表现自己的敬君为了在庞焕面前显示自己的勇武，将青铜剑往地上一戳，大声喊叫了一声："好哇！"

庞焕似乎没注意到他，继续说："中山夷狄，多年来频频袭扰我城邑，掠虏我边民，多行不义，为害不浅，今又强占燕国，拒不撤兵，已引起天下共愤。值此天赐良机，我王已决定兴兵征讨。本帅历来主张'二重'、'一信'，勇敢杀敌者给予重赏，贪生怕死者处以重刑；规定的事要坚决做到，法令的执行要有信。法令不严明，赏罚无信用，打仗时鸣金不止，击鼓不进，这样的军队即使有百万大军也无用处。'二重'、'一信'之军进攻时势不可当，退却时敌不敢追，前进后退有节制，向左向右听指挥，即使军队各部被截断了，但各自仍能摆成作战阵势，军队虽被打散，也能保持战斗行列。这种军队可与共安乐，同危难，天下无敌，是所谓父子之兵……"

军官们已经多次听过这样的演讲，他们有点腻烦了。此刻，他们最关心的是开拔的时间。一小校急着问："元帅，何时出兵？"

庞焕道："初定为三日之内。不过，尔等不要声张出去，泄露军机者将受重刑。从今日起，要加紧进行临战操练，练习进攻战法。战场乃死生之地，只有技艺高超，熟悉战法、阵法方能取胜。熟悉战法，可知战场之选择，敌兵之调动；熟悉阵法，可知圆阵方阵的变化，坐跪站立的各种动作，分合聚散，灵活自如。今日着重演练鱼丽之阵，敲一通鼓时督促开饭，敲二通鼓时整理兵器，敲三通鼓时严整装束，敲四通鼓时集合列队，敲五通鼓时演练开始。要注意指挥信号，马匹不要喂得过饱，开始时不要跑得过快，注意保护马的耳朵和眼睛……"

布置已毕，庞焕又说："今日操练，甲第一至第六卒暂不参加，随大王去九门田狩，饭后在营帐前整装待命，不得迟误！"

自从茹毛饮血的蒙昧时代结束后，狩猎便不仅仅是为了填饱肚皮，最好的猎物常常要挑选出来，祭祀神灵和祖先。国君和贵族行猎更不仅是贪餮野味，而是被作为一种娱乐，一种消遣。他们在宫苑中豢养了很多野兽和飞鸟作为射猎娱乐之用，有祭祀活动也去苑中射杀。礼制规定,周天子射牲还要亲自牵牲、割牲,诸侯射牛、刲羊、击豕,卿大夫用鸾刀割牛,而观赏力士与野兽手搏,更是乐趣无穷。

贵族们还盛行四时分期畋猎,并有各自的名称。春天打猎要搜索一切,叫“春蒐”,夏天打猎为庄稼除害,叫“夏苗”,秋天打猎和自然现象共通着杀气,叫“秋弥”,冬天打猎无所选择,获得之后都把它收留起来,故称“冬狩”。

在狩猎向娱乐化演变的过程中,也渐渐出现了军事化的趋势。大规模的狩猎常常是军事演习的一种形式,而借会猎之名,炫耀武力,进攻他国,更是屡见不鲜。

今天,赵武灵王组织的这次有六卒兵马参加的九门会猎便是准备在正式攻伐中山之前进行一次模拟演习。

九门在邯郸城东北三百五十里,与中山毗邻。这里有赵王的一座离宫,还有一个宽阔的猎场,每年的春蒐常常在这里举行。不过,赵武灵王即位以来却很少来此。原因是,九门与中山相邻,站在九门的山上,可以望见中山的乡邑,这景况常常勾起他对往事的回忆,强烈的羞辱感会给他在精神上带来极大的压抑。

然而,此次前来,他全然没有这种感觉。他意气风发,兴趣浓厚,所有令人不快的记忆都为之一扫。

稍事休息后,他将随从前来的李兑、赵造、公子绁等人分别安排在三乘猎车上,他本人和相国肥义同在一乘猎车。

猎车都是四马,二青二黑。武灵王指挥猎车一字排开,他与肥义的猎车居中。三百名步行随猎者手执弓箭,一部分排列在三乘猎车之后,一部分面向东北,等距离拉开。从庞焕的中军中调来的六卒人马也分成数路,面向东北等距离拉开。赵武灵王还向他们规定了行进路线和演练方式,由随从前来的国尉李疵担任战车统领。这样,整个猎场便形成了一个半圆形围圈,只有东北面的滋水方向未布置人马。

一切安排停当之后,赵武灵王看了一下风向,对肥义道:“相国,此时风向正好,我看可以开始了。”

肥义道:“如大王言!”

赵武灵王向身边担当戎右的少室周一打手势,少室周向猎者大声传令:“纵火!”随猎者马上沿着围圈放起火来。时令正当初春,草木尚未返青,枯草一点即着,大火借着风势,迅速向东北方滋水岸边蔓延。火光中,受惊的野兽东冲西撞,奔突逃命。猎车前面的骑马向导吹响了兽角号,猎者和兵士大声呼喊驱赶,吓蒙了的野兽纷纷随着火头向滋水岸边逃去。武灵王见时候已到,从腰间拔出青铜剑,凌空一挥:“击鼓!”

震天动地的战鼓声响起来,各路兵马如上战场,喊杀着向东北方冲去。

冲击中,赵武灵王亲自发箭,射死两只麋鹿。这种野兽角似鹿非鹿,头似马非马,身似驴非驴，蹄似牛非牛，可谓“四不像”，其肉颇鲜美。武灵王吩咐少室周将麋鹿放进猎车，准备在歇息时宰割了在釜中烹煮。他想，在猎场上品尝麋肉一定别有味道。

午时初刻，狩猎和演习结束。清点猎物，收获不小，野熊、麋、野猪、鹿等野兽不下三百头。这样洋洋大观的猎物使武灵王十分高兴。他正要召集各卒乘长及校尉询问演练情况，敬君忽然垂头丧气地走过来，他身后还跟着一名御者，反绑着双手。敬君一见武灵王，便跪地道：“小人死罪，罪该万死！”

“何事？”武灵王大吃一惊。

“演练中，小人的战车车毂被灌木绊住，无法行进，未能到达指定地域。”

武灵王脸色大变，怒斥：“无用的东西！”

敬君浑身颤抖，叩头不止：“小人无能，甘愿服罪。御者东野及也一并绑了来，请大王治罪！”

那个东野及更是吓得非同小可，他说不出话，只是跪地垂泪。

“来人，将敬君处以劓刑，东野及处死！”

敬君闻听，魂飞魄散。他乞怜地望着相国肥义，指盼他出面求情。看着敬君那副可怜相，肥义心生恻隐，但又怕落个袒护亲随的坏名声，叹了口气，为难地转过脸去。

正待行刑，在六卒中指挥战车的李疵前来报告。还有两乘战车也被灌木和土坑迟滞，演练未能按计划完满实施。

武灵王方才那种喜悦之情一扫而光。他懊恼地一挥手。“不要说了，不要说了！如此无用，岂能作战？都给我走开！”

敬君、东野及不吭一声地走了，李疵更觉脸上无光，像打了败仗似的一屁股坐在火焚后积满草灰的地上。

沉默，一阵难言的沉默。李兑、赵造、公子绁也不知如何是好，垂手侍立一旁。

对这次演练寄予极大热情的肥义也陷入苦苦的思索中。

少顷，他忽然眉毛一扬，道：“大王，此次演练，虽未尽人意，但也并非坏事。”

“此话怎讲？”

“道路崎岖坎坷，战车行进不便，如此进攻中山，有败无胜。现在，上天使我们看到这一弊端，不可谓非福。”

“相国有何高见？”

“中山多崎路，草深车难行，当务之急，是要开通道路。臣有一计，可暂缓攻伐中山，先派一特使往见中山，报称有一国宝大钟相赠，请中山派车马迎取。中山为运送大钟，必先开辟一条通路，我大军秘密尾随其后，可畅通无阻！”

“你说的是那件先王遗物？”

“正是。”

武灵王一摇头：“王室宝物，岂可送人？损国败家，贻笑天下，寡人忧之。”

肥义道：“大王差矣。兵法云：‘将欲取之，必先予之。’若能攻灭中山，一钟何足惜？先王有知，也会含笑赞许的！古有任公子钓鱼之事：他以五十头犍牛做鱼饵，蹲在会稽山顶，把巨大的钓钩投向东海，历一年之功，终得大鱼。任公子将它削开制成鱼干，自制江以东，到苍梧以北，莫不尝其鱼。由此看来，舍不得下饵料，是难以钓得大鱼的。”

武灵王道：“寡人也听说鲁国有好钓者，以桂花为鱼饵，以黄金为鱼钩，用翡翠鸟的羽毛编织成线，钓竿上还饰以银丝和碧玉，但得鱼无几。这不是得不偿失吗？”

肥义道：“臣以为，此鲁人并非善钓者。桂花虽为美味，鱼却弃之不顾，金钩虽然贵重，鱼亦无识焉。如此舍本逐末，讲求形式，只能枉费心机。善钓者应投鱼所好，今我赠钟给中山，也是以利诱之。此计若成，国耻雪矣。”

武灵王不言语了。遂令整顿兵马，返回都城，并派郎中令李兑为特使前往中山。

赵王将献大钟的消息使中山王姬昔欣喜若狂。

关于赵国的大钟，姬昔已有所闻。这是用槌叩击发音的大型青铜乐器，重达千斤。它和由十几个大小相次的钟组成的编钟不同，是单一的，亦称特钟。据说那是周天子给赵国先祖赵襄子的赠物，赵国一直作为国宝收藏，每至祭祀、朝会等场合才使用。其发声洪亮悠长，雄壮有力，使乐舞备增色彩。

起初，姬昔并不相信赵武灵王会轻易将国宝送人，直到巧于辞令的李兑道出一片诚意并出示了赵武灵王亲笔书信，姬昔才确认为事实。

可是，就在中山王昔因将得宝钟而陶醉的时候，邦相司马喜来到了他的寝宫。

“赵国献钟，大王以为真的出自善意吗？”

“这还能假？”

司马喜理着胡须，冷笑道：“大王，我看其中有诈！”

中山王道：“此事邦相是多疑了。我与赵国虽有仇怨，但武灵王却不计前嫌。为中山称王事，武灵王真心相助，费力不小，寡人甚为感激，今日之事，怎能随便怀疑？”

司马喜道：“中山，小国也。中原诸国多看我不起，赵国以大钟相赠，是以大事小，一反常态，我担心大钟之后会有大军相随。武灵王非庸常之辈，大王不可不防。”

听司马喜这样一说，中山王不觉也担心起来。但大钟的诱惑，相信赵武灵王的诚意仍使他难以改变看法。他困惑地踱着步子，一时拿不定主意。

司马喜见他迟疑不决，说：“大王既难决定，请卜龟以决吉凶。”

卜龟是一种古老的占卜方法，它和用草，木、金，石进行占卜一样，是设法使龟甲发生变化,然后进行决疑。这种方法在中原是盛行已久的。夏殷以来,国君建国受命、战伐攻击、推兵求胜及预测雨雪丰歉及各种灾祥,多用此法,据说都极为灵验。晋文公将辅助逃亡在外的周襄王复位,占龟得黄帝战于阪泉之吉兆,后来终于成就霸业,践土之盟时得到周王所赐的彤弓,晋献公贪恋骊姬之美色,卜龟得凶兆,终于招致五世的祸乱,楚灵王将背叛周王室,卜龟不吉,后来果然在乾溪遇到失败。至于其他吉凶之事,卜龟无不可推知。于是,此法越传越奇,上至君主,下至庶人,皆奉若神明。

卜龟之法传入中山后,极受推崇,中山王每发动举事或选官任人必先决龟策。那年魏灭中山,中山王就梦见一长颈长头之人穿着绣衣,乘着辎车,急匆匆前来,说是国家将有大事。次日卜龟为凶兆,不久国灭。后来恢复了国家,也是卜龟得吉的缘故。

司马喜一提到卜龟决疑,中山王昔如得救星,忙说:"速召卜祝前来!"

不多时,一位身着白绸衣的卜祝官来到。中山王向他讲明用意,便随他来到祭坛上。那卜祝先是在空中望了一回,接着便叫人从专门养龟的龟室中取来一只长约一尺二寸的白龟。此龟得之于滋水,由一渔者所献,中山王昔为此赏渔者百金。

卜祝面对白龟闭目良久,念念有词,然后便如得神助一般增添了力量。他用手扳开龟口,用白雉血灌龟,之后用刀剥龟甲,龟甲取下后那龟竟全身未伤。卜祝将龟甲磨平滑,便在龟甲上钻孔和凿孔。凿的孔为椭圆形,钻的孔为正圆形,共钻二十个。接着是灼龟,即用火在孔口灼烤,使孔口边缘出现横直裂纹。依占龟之说,横纹靠近直纹的一端称首,远离直纹的一端称足,中间称身,凭横裂的形状即可决定所疑之事。

灼龟开始了。卜祝念道:"占事决疑,假之灵龟,五巫五灵,不如神龟之灵,知人死,知人生。吾身良贞,欲求赵王赠钟之吉凶,即吉也,首仰足开身正,内自桥,外下,即不吉也,是肿首仰,身首内下外高……"

不多时,钻孔周围出现许多或横或直的裂纹。卜祝俯下身去,开始观兆。他翻过来掉过去地审视了一阵,便手捧龟甲到中山王面前,说:"兆已现,请大王观兆!"

中山王看了看,不知所以然,就递给司马喜。司马喜像是颇知卜筮之道似的,很自信地说:"臣观龟兆,足胎首仰,凶也。"在说这话的时候,他迅速地扫了卜祝一眼,那卜祝像是挨了一鞭子,浑身猛地一颤,险些叫出声来。

只听司马喜道:"卜祝,是凶兆吧?"

"啊,啊,是……是凶兆。邦相好眼力!"卜祝本来卜为吉兆,今见邦相假称凶兆,知司马喜必有用意,只好随着他说。卜祝知道,司马喜权重势大,称得上半个国君,谁敢不听他的?况且,此人心狠手辣,诡计多端,一旦触犯了他,准没好结果。聪明的卜祝心想,这事不用占卜就可知道:违逆邦相不吉。所以,经过迅速地权衡利害之后,这位老于世故的卜祝只好违心而言了。

司马喜得意地笑了笑。他命令卜祝将今日之事刻在横直两坼的附近，这是卜龟的最后一道程序："书契"。镌刻已毕，卜祝捧龟甲退下，藏入庙堂。

卜龟得凶兆使中山王昔大吃一惊。他直愣愣地站在祭坛上，精神抑郁，半晌无言。在他的眼前，忽而是赵武灵王那热诚的微笑，忽而是龟甲上那不祥的卜兆，忽而是国宝大钟，忽而是浩荡杀来的赵军，搅得他心烦意乱，不知所措。

"大王，"司马喜凑近中山王，说："现在凶兆已现，大王意欲何为？"

"这……既然如此，那就回复赵使，不受赠吧。"

司马喜道："赵王赠钟，其意甚诚，我不受赠，赵王必疑，再者，拒人之赠，也是失礼之举。"

"那又当如何？"

"臣有一计。"司马喜贴着中山王的耳朵，如此这般地说了一阵。中山王顿时喜上眉梢："好主意！好主意！"

当即，中山王令人将李兑请到灵寿宫中，盛宴款待。

席间，中山王亲自上前给李兑敬酒，说："中山小国，远逊强赵，今蒙贵国厚礼相赠，寡人甚为感激，请接受寡人这一点心意！"

李兑连忙起身："大王屈尊敬酒，小臣实不敢当，还是让小臣为大王先斟一杯吧！"说着，毕恭毕敬地给中山王满了一杯。

司马喜看在眼里，趁势说："中山与赵，虽有积怨，但今已化干戈为玉帛，我等何不明誓于神，永结亲好！"

李兑道："邦相所言甚是。"

司马喜随即令人取来干牛皮一张，牛皮上放了两支利箭，箭头上各穿着一片牛肉。又在堂前杀鸡，滴鸡血入酒中。司马喜起身，邀李兑同时端起鸡血酒，各自拿起牛皮上一支穿着牛肉的箭，口念誓词道："释仇解怨，生死同心，有违此盟，乱箭攒身！"

念罢，二人吃下牛肉，同干了一杯鸡血酒。

众人同贺，宴席上洋溢着喜庆的气氛。

次日，李兑离中山回国，中山王以本国方物毛皮作为回赠，并率百官送李兑出城。望着李兑远去的背影，司马喜的嘴角上浮出得意的冷笑。

正是早春时节。朝阳的山坡上积雪开始融化，山上的枯草透出了一丝微绿。燕子的呢喃在空中响起来了，南来的风也有了一些暖意。但山的背阴处却还是寒气凛凛，冰雪皑皑。大自然像是在郑重地告诉人们，虽然已经有了春天的消息，但还不是真正的春天的到来。

一辆装载着大钟的特制钟车由八匹马拉着，缓缓地行驶着。车上有御者和两名甲士，一面绘有山形图案的中山国旗竖立在车厢上。大车前面有战车先导，后面有战车断后，先导车前有步卒百人开辟通路，他们手拿斧、刀、铁铲、铁锸、铁锄等工具，砍除荆棘蒿草，铲平坑洼沟坎。在运钟车驶过之后，一条平坦的道路在逐渐延长。

这是中山王姬昔派来迎取大钟的车队。在他们后面大约二十里的地方，一支战车兵在悄悄地尾随着。这支车兵由将军庞焕率领，武灵王与庞焕同在一辆指挥车上。车上有圆形华盖，并悬有角钟和大鼓，鼓之则进，重鼓则击，金（钟）之则止，重金则退。指挥车前有指南车和记里鼓车。

战车是以两乘为一两，五车为一列，若干乘为偏。车与车之间都保持一定的间隔，以免互相干扰，每一列间隔四十步，每一偏间隔六十步。步卒与战车也按严格的编队行进，毫不紊乱。兵士们着红色衣甲，这种颜色是作战的特殊颜色。因战争中难免要流血伤亡，红色衣甲可以缓解兵士因受伤流血引起的心理恐慌。将领也和兵士一样装束，这是为了让敌人分不清哪是兵，哪是将，使将领们避免成为众矢之的。

因为有严格的约束，队伍中无人讲话，马匹也都勒紧了嚼子，防止嘶鸣。长长的队伍悄声行进，只听到车轮滚轧地面和整齐的脚步声。

车队进行得很慢，且走走停停，因为始终要和中山的运钟车保持相当的距离，以免被中山军发觉。

这日下午，临近中山南境重镇长子。眼看就要进入中山地界，忽有探子来报："中山国运钟车出了毛病，已停止前进！"

庞焕因进军顺利，兴趣正高，听到这样的报告，急得直冒火："再探！"

约摸过了半个多时辰，探子返转来，禀报说："是运钟车的车轴断了。中山人已将马卸下，就地安营，看来一时难以继续赶路！"

庞焕瞅了瞅赵武灵王："大王之意如何？"

武灵王皱着眉："道路被阻，看来只得安营歇息了。"

庞焕环视了一下周围的地形，说："古来用兵，切忌在天灶（大山谷出口处）和龙头（大山的山头上）扎营，此处正当谷口，不宜扎营。我看既然到了这一步，莫如冲杀过去，攻入中山！"

武灵王道："不可。将军还记得孙膑减灶，诱击庞涓于马陵道的往事吗？我看钟车走走停停，今又车坏不进，说不定是中山诱兵，不可贸然进军。"

庞焕道："大王怕是多虑了。我赵军此次行动，神不知鬼不觉，况已有盟誓在先，中山不会戒备。用兵之道，是应审敌虚实而趋其危，但可击之敌却应急击勿疑。现在我军已临中山地界，敌尚无准备，若乘敌之虚而击之，定可大胜！"

庞焕这番话说得信心十足，武灵王不禁也受了感染。他想，而今既临敌境，退回去显然是不行的，一则枉费了行军之劳，二则必将影响全军士气。但为了慎重起见，还是决定暂不进击，安营扎寨，待机而动。他让庞焕下令安营扎寨，各营拉开距离，不使密集，以防不测。同时，派出精锐步卒二十人，前出观察钟车及周围动静。

赵军连日行军，兵士们都疲乏了。特别是那些步行在战车后面的徒兵，更是疲惫不堪。不少人脚上打了泡，有的还生了病，一听说安营歇息，都非常高兴，很快地在大路一侧构筑了若干个屯兵营地。每个营地都是三面环沟，一面紧贴道路，作为出口。出口窄，里面大，形似葫芦。深沟环绕可作屏障，出口临道便于行动。出口处都设警卫，由全队各卒徒兵轮流担任。

甲第一卒的营点排列在最前面。这日薄明，徒兵黑夫正任警戒，忽见远处有黑影在动，他以为是鬼怪，吓了一跳，正要掉头回去，听到传来嘁嘁喳喳的低语声，还夹杂着一些车马声。黑夫暗想：此处前不着村，后不着邑，哪来的这么多人，说不定是中山军！他赶忙去报告乘长敬君，敬君披上衣服出去一看，可不是，敌兵已经围上来了！他迅速喊醒了正在熟睡的兵士，并跑步去向武灵王报告。

武灵王正和庞焕在一个小山坡上观察敌情，他们已从探子口中知道了这一突然变故。此时，天渐亮了，中山军用羽毛装饰着竿头的旌旗清晰可见，果真是中山军围上来了！乱军之中，敬君左腿上挨了一箭，东野及跳下车，拼力厮杀起来。

在双方车兵交战的同时，强悍的中山骑兵已将赵军的方阵和横向排列的战车冲得七零八落。这些骑兵都穿着轻便的胡服，持弓箭，挥刀剑，长短兵器并用，纵横驰骋自如。他们在赵军的战车林中随意穿行，如入无人之境。赵军车兵陷于完全被动的境地，处处挨打，招架不暇。行动不便的赵军战车在这些灵活机动的骑兵面前显得是那样笨拙，那样无力，简直像一头笨牛，只有被人宰割的份儿。

赵军的战车方阵在中山骑兵的强有力的打击下已被穿插分割得不成阵式，指挥也已失灵，只能车自为战，人自为战。赵武灵王的指挥车只有两乘战车跟随，尽管庞焕奋力冲杀，但已难以左右局势。而且，指挥车上的两匹骖马已经受伤，形势十分危急。谙熟兵法、身经百战的庞焕又羞又怒，惨败使这位镇定果决、临变不惊的将军感情失去控制，他的脸涨得通红，大声呼喊着擂起战鼓，打算与中山军拼死一战。

"庞将军，鸣金收兵！"在他身边，脸色铁青的赵武灵王发出了低沉的、浸满了苦涩的指令。庞焕像是没听到，仍然擂鼓不止。

"鸣金收兵！"武灵王一把扯住他的胳膊，几乎是暴怒地呵斥。

身材魁梧的庞焕一下子瘫坐在战车上。他无力地拿起了钲锤，敲响了金钲。

金钲声响起来了，像一曲愁惨的哀歌，奏响在布满残车断戈的战场上空……

第七章　谁是祸水？

几乎与长子之战的同时，在中山北部边城中人也在进行着一场激烈的战斗。一方是强悍的中山，一方是复国不久的燕国。

燕昭王即位后，卑身厚币，广招贤者，不愧为一个贤明的国君，但在对付中山的问题上却和聪明一世的赵武灵王一样犯了轻敌的错误。他以为中山赖在燕国不走，无礼无义，举世共怒，已陷孤立之境，正是难得的战机，所以便不顾国力尚弱，倾全国之兵，从中山北部与燕国相接的那个袋口打了进去，企图一举攻灭中山，报仇雪耻。

然而，在中山城，他遇到了意想不到的抵抗，中山国骑兵锐卒勇猛无比，把燕军打得落花流水，燕昭王不得不终止进攻，率领败溃之军退回本土。这一仗，燕昭王损失战车五百乘，徒兵两千人，刚刚恢复的元气又迅速地低落下来。

赵与燕都是号称万乘之国，中山小国与之在南北两个战场同时作战，北败赵氏，南克燕军，显示了中山国强大的军事力量。

胜利使中山军更加骄狂。在长子战场，由邦相司马喜率领的中山军乘胜攻入赵邑鄗城，这个屡遭战祸的边城再度受到血腥的洗劫。

畏敌如虎的鄗城令在中山军到来之前就携带家小逃得无影无踪了，府衙内只剩下御史和管理市场的市者及一些杂役。他们有的是没来得及逃走，有的是不忍抛下家小，当然也不乏愿为赵国尽忠的死士。但是，他们的抵抗在士气正高的中山军面前显得不堪一击。中山军攻入后，他们一个个被杀死，府衙内尸横遍地，血流成河，财物被洗劫一空，无法搬走的器物都被砸毁和焚烧，昔日鄗城的权力中心变得一片狼藉。

庶民百姓也未能幸免于难。人们关门闭户，不敢出门，年轻的妇人都躲藏起来，或用灶灰涂黑了脸，故意抓乱了头发，即使这样仍难逃粗野的中山兵的蹂躏。

司马喜攻进鄗城并无意占领，只不过想在赵国人面前炫耀一下武力，在赵国人的心理上施加强大的压力，使其不敢再与中山为敌。司马喜觉得，这比占领这座城邑更有效果。所以，他进城后放手让兵士们烧杀抢掠，甚至让他们凭着赵国人的首级请功领赏。一时间，在那个颁发奖物的空场上，头颅如山积，空气中弥漫着血腥的气息。

司马喜一连在鄗城血洗三天，然后带着抢掠来的大宗财物返回本土。这支军队几乎成了一支运输队。车皆满载，马皆重驮，兵士们个个背包挑担，大饱私称囊，胜利者得意的笑声，被掠妇女悲惨的哭声洒满了中山军撤退的路。

二十天后,中山国都城灵寿举行了隆重的庆功狂欢。中山王昔还敬称司马喜为仲父,宣布他有掌管国家行政事务之权,并兼有军事指挥权。这样,中山王实际上已把政权基本上交给了司马喜,这位邦相以贵族的身份成了中山国的无冕之王。在庆功者震耳欲聋的欢呼声中、司马喜坐在中山王身边,与国君分享了胜利的喜悦。

为了纪念此次大胜,中山王下令将从掠来的青铜器熔铸为一尊大鼎,铭文曰:

开启封疆,克敌大邦。南败赵氏,北逐燕王。屠敌城邑,斩敌兵将。功高赫赫,万世煌煌。

这大鼎就摆放在战旗猎猎的灵寿宫前广场中央。文武臣僚,宫人舞伎,围着大鼎蹦跳欢歌,琴瑟钟鼓齐声奏响,灵寿宫沉浸在鼎沸的声浪中,中山王、司马喜一边欣赏着狂欢者的歌舞,一边大口嚼着牛肉,大杯喝着美酒,欣喜异常,谈笑风生。

这样的大胜是中山建国以来的第一次,同时挫败两个"万乘之国"在诸侯中也属少见。中山王和司马喜顿觉身价倍增,飘飘然如在云雾之中,他们仿佛看到,霸主的大旗正飘扬在灵寿城的城门上。

灵寿宫的庆功狂欢持续了很久,直至兽油灯燃起的时候。

赵都邯郸却完全是另一种情景。

这是在市桥,邯郸城内最热闹的商业市场。一群人,做买卖的,买东西的,逛街的,把一位年轻的兵士密匝匝地围在中间,七嘴八舌,问这问那。

"长子之战打得凶吗?"

"中山骑兵是什么样子?真的那么难抵挡?"

"我们损失了多少战车和弟兄?"

被围住的兵士是禾生。他是来市桥采买食品的。乘长敬君在战斗中腿部受了箭伤,又得了风寒,正躺在营帐中,禾生想买点东西,好好给乘长做点吃的。不料东西还未买,就被这些急切关心着这一仗的人们围住,他想走走不脱,只好极不情愿地回答着这些难以启口的问题。

"我和弟兄们原以为这次是顺着中山人的车印进军,中山毫无防备,定胜无疑,可谁也没料到,那运钟车走出谷口,坏了车轮,我们只得停止前进。天蒙蒙亮,冷不丁从四面八方杀来那么多敌军,把我们围了个水泄不通。吓,原来是中了埋伏!……"

"听说庞将军足智多谋,料事如神,怎么还吃了这么个大亏?"

"咳,别提了。庞将军虽然熟知兵法,可中山人这一着他没有料到,我们大王也没料到。看来,用兵打仗的事一点也疏忽不得呀……"

"中山国哪来的那么多骑兵?"

"听军爷说,那骑兵并不都是中山国自己的,大部分是从楼烦借来的。楼烦人在咱们赵国西北面，以游猎为生。男女都善骑，小孩子刚学走路就学骑马，神箭手遍于国中。那楼烦王和中山王关系甚密，而且都想从我们赵国捞到便宜，所以楼烦王慷慨相助，出动了大队骑兵。楼烦骑兵骁勇无比，我们实在难为对手。此战与其说是因误中敌计而遭伏击，莫如说是运动不灵而致败局。在当时，假如我和弟兄们都善骑射，绝不会有那样的惨败。只可惜，我的那么多好兄弟都血洒疆场，连尸首都未收回，他们大多数人才只有十八九岁啊！”

说到这里，禾生哽咽起来，听者也都鸦雀无声，唏嘘落泪。

正在这当儿，忽然传来悲天怆地的哭喊声，人们循声望去，只见从一个过道内摇摇晃晃地走出一个老妇人，她那满头花白的头发像一团乱麻，上面沾满了草屑，像是刚从草堆中钻出来。那乱麻下面是一双失神的、红肿的眼睛，多皱的、灰色的脸上带着抓破的一道道血痕。她衣裙不整，只穿着一只鞋子，边走边哭喊：“儿子，我的儿子，你在哪里呀，你不能抛下我走啊，没有你我可怎么活呀……”

哭着哭着，她又抓自己的脸：“怪我，都怪我，我不该让你去当兵，去送死，天啊，还是让我去死吧……”

望着这个疯妇人，人们的心都如刀绞一般，几个与疯妇人有同样遭遇的人也都号啕大哭起来。长子之战夺去了三千赵兵的生命，仅邯郸城中的亡属就不下一千人！

一位身穿孝服的年轻妇人哭诉：她从遥远的乡村羊舌里嫁到邯郸屈氏，新婚不久丈夫就当了兵，一去不归。前两天才被告知，丈夫在长子之战中丧了命。她娘家还有父母亲和一个兄弟，但她一个弱女子，又无盘费，无法回去，往后的日子不堪设想……

这位年轻的寡妇叫羊舌媛，天生一副好歌喉。于是，有人给她出主意，如果实在没法生活，不妨做个歌女，换口饭吃。听罢这位好心人的话，羊舌媛哭得更厉害了。

一位拄着拐杖的瘸腿老汉哭得最伤心。他向人们诉说：他也当过兵，打过仗，二十年前他曾在蔺城戍守，秦国人在城外开凿地道，攻破了蔺城，他被秦兵砍断了一条腿，因装死才保住了性命。他是个鳏夫，有两个儿子，大儿子已娶亲，儿媳待他不好，小儿子参加了长子之战，阵亡了。没有了小儿子，他也不想活了。

人们走近他们，又是劝说，又是安慰。作为这场战争的幸存者，禾生对他们更为同情。他从怀中取出自己仅有的几个铲形铜币，送给了老汉和少妇，劝说道：“老伯，大嫂，不要再哭了，你们阵亡的儿子和丈夫是我们的好兄弟，我们会替他们报仇的，你们千万要保重啊，我赵国洗雪耻辱的日子你们一定会看到的！”

老汉终于停止了哭泣。他拄着拐杖，走近市桥上的栏杆，望着桥下那缓缓流过的牛首水，低声哼起了当年他在队伍上学会的祭奠为国捐躯将士的祭歌：

操吴戈兮被犀甲，车错毂兮短兵接。旌蔽日兮敌若云，矢交坠兮士争先。凌余阵兮躐余行，左骖殪兮右刃伤。霾两轮兮絷四马，援玉枹兮击鸣鼓。天时怼兮威灵怒，严杀尽兮弃原野。出不入兮往不反，平原忽兮路超远。带长剑兮挟秦弓，首身离兮心不惩。诚既勇兮又以武，终刚强兮不可凌。身既死兮神以灵，子魂魄兮为鬼雄。

这悲怆的歌声牵动了人们的心，人群中不约而同地响起了沉重的和声。那位身穿孝服的妇人羊舌媛从酒肆里舀来一大碗酒，朝天举了三次，然后洒入牛首水中。

商贾云集、行人穿梭的市桥里成了祭奠阵亡者的场所，喧嚣的市声化作了长子之战的哀歌！

在离市桥里大约五百步的地方有一座高门大宅。门是朱红色的，上面雕刻着方格图案，宅内有高台轩馆，深房复屋，一泓池水泛着微波，假山、亭榭布列雅致，所有的楼台都围着紫色栏杆，与草地、树丛相映成趣，这便是赵国权臣、将军庞焕的住宅。

此时，这位庞焕正没精打采地坐在内室的竹席上，他的面前是一张和棚顶的颜色相似的暗红色木几。他一动不动地坐着，像一尊毫无生气的泥塑。他那呆滞的目光长时间地停留在墙壁上悬挂着的那根湖蓝色翠鸟尾上。这鸟尾使他想到那乘装饰着羽毛的指挥车，想到单车溃逃的惨景。还有那一乘乘折辕断轮的攻车，那满身插着利箭的驭马，那被践踏得不成样子的旗帜，那破裂的战鼓和横躺竖卧的尸体……

他的眼前，那翠鸟尾又幻化作一群坚爪利喙的鹰，它们展着巨翅，盘旋在空中，忽地俯冲而下，扑在沾满鲜血的尸体上，锋利的喙刀子一样地插进尸肉中……

“啊！”庞焕大叫一声，猛地站起身来，一把将那翠鸟尾扯了下来，用手撕扯得粉碎。待他将那碎鸟尾扔到席子上时，他又长长地叹了口气，摇摇头，复坐在木几前。

“良人，请用羹吧！”

随着这温柔的声音，一位眉目清秀、端庄典雅的中年妇人用漆木盘端着一碗热羹走了进来。她是庞焕的夫人郑氏，她见庞焕心绪不好，便亲自在厨下煮制，亲手送上。

按照庞焕的吩咐，这一餐煮制的是羊羹。郑氏实在不愿煮这种羊羹，因为她从庞焕口中得知，羊羹曾与一次大败仗相关联。说是在三百年前，宋国和郑国作战，战前，宋将华元杀羊煮羊羹飨士，因人多羹少，为华元驾车的一个叫羊斟的人没分到，羊斟因此大为不满，伺机报复。战争开始了，羊斟说：“先前羊羹作主，今日事羊斟作主！”于是，他把战车驶入郑军阵中，华元还未交战便当了俘虏，宋军也因此大败。庞焕要吃羊羹，是要记住这次损兵折将的长子之战。郑氏怕勾起良人的心事，不愿去做，极力劝说庞焕另点一种，那庞焕根本不答应，郑氏平日很惧怕庞焕，只得照办。

郑氏是颇知制羹之法的。先前未嫁时，总是由她亲自为高堂二老制羹。豚羹、犬羹、兔羹、鳖羹、鱼羹等肉羹，蓼羹、芹羹、葵羹等菜羹都做得很出色。她还喜欢在肉羹中配莱,如牛羹中配藿叶,豚羹中配薇莱,更是别有一番滋味。

按照礼仪的规定,羊羹当配苦莱,这样可以去膻味。她在一种叫做铏的调羹器中将煮熟的羊羹和苦莱调好,又用小碟分别放上盐、梅等调料,便端上来。郑氏虽知庞煥的口味,但并未往羹中放调料,因她怕庞煥心绪不好,说不定会因调料不当而发火,便请他自己放,谁知庞煥端起羹竟狼吞虎咽起来,根本没注意到羹的滋味儿。

“良人,还没放盐梅呢!”郑氏说着,拿起盐梅碟子,递上去。庞煥却将羹碗往案上一蹾,说:“拿下去吧!”

“良人,再吃点,身子要紧!”郑氏几乎是恳求似的说。

庞煥眼睛一瞪:“撤下!”

郑氏的心里怦怦直跳,眼里溢出了泪水。本想劝说几句,却不敢正视庞煥那张冷冰冰的脸,只好默默地端起食盘,转身退下。

郑氏走出后,庞煥走进一间书房。这间房屋并不大,中间是一张几案,靠着挂有罩帐的墙壁有两个木架,架上摆放着一捆捆简册,庞煥顺手拿下一捆,放在几案上。

这是他平日视若珍宝的孙武的兵法,他亲手抄写的。内中篇什早已熟读,并常以此训导将士。他将简册展开,映入眼帘的是《军争篇》——

> 不知诸侯之谋者,不能豫交;不知山林、险阻、沮泽之形者,不能行军;不用向导者,不能得地利。故兵以诈立,以利动,以分合为变者也……

当庞煥目触到这几行文字的时候,不觉出了一身冷汗。孙武所言是要争取用兵的主动权和灵活性,要洞察错综复杂的情况,随机应变,以奇诈取胜,内中的几个“不能”乃用兵之大忌。自己身为将军,也称得上是个“知兵”的,却将此兵法要诀丢在脑后,岂不愧哉?中山之谋自己并不清楚,中山地形自己并不熟悉,只想侥幸取胜,焉有不败之理?当敌人在长子山谷故意迟滞时,自己仍不知慎思详察,迅速采取补救措施,直到敌军包抄过来,才如梦初醒,如此懵头懵脑,拙劣愚笨,算什么兵家,算什么将军?更不可原谅的是,因自己指挥失误,致使三千将士丧生,千乘战车被毁,赵国数十年励精图治之功毁于一旦,真是罪莫大焉!

他痛恨自己的过失,羞于再见君王,当下愧疚地写了一份辞呈,自愿辞去将军之职,决定去山林中寻贤访能,学习兵法,以便来日弥补过失,报效国家。

他不想把这个打算告知夫人郑氏。他知道,这位贤惠的夫人对他敬之如宾,情深意笃,不可一日若离,她是绝对不会赞同他出走的。庞煥当然也留恋夫人,留恋这个经过多年经营才像个样子的家。但他是个刚强的人,他不愿让这种种柔情成为实行自己计划的羁绊。他给郑氏写了一封简短的信,嘱咐了几句,把这信与那辞呈放在一起,又将一个叫韩举的亲随叫来,如此这般吩咐了一回,韩举应诺着,照办去了。

这日下午,庞焕来到他夫人的房中。

“夫人,大王有旨,我将作一远行,特来向夫人告别。”

“远行,去哪?何时归来?”

“夫人,军机大事,不便多问。”

“那……妾为良人饯行,敬良人三杯。”

“不必了。军务要紧,耽误不得。”

“怎么,连吃杯酒的时间也没有?”郑氏的眼圈红了。

庞焕心里一热,噤了口。

这时,只听韩举在外唤道:“将军,时候不早,该启程了,误了大事可要问罪的啊!”

庞焕向郑氏默默地点了点头,急转身,走了出去。

车子驶出了庭院,驶出了大门,奔上了大道。望着庞焕的背影,郑氏泪水涟涟,心中默念:“上天啊,保佑我良人一路顺风,早些归来!”

同一个时间内,赵王城门口聚集了上百名兵士。他们都是从长子战场下来的,大多是伤兵:断臂的,瘸腿的,破头的,伤胸的,呻吟不止,叫苦连天。他们吵着要见国君,说是有话要当面和国君说。

守城门的兵士哪能让他们进去?紧闭着城门,硬是不开。伤兵们先是哀求,继而是争吵,后来竟是破口大骂:“你们这些没有人性的东西,心肝都让狗吃了?你爷爷在战场上流血,你们却在这里躲清闲,还仗势欺人,老天爷饶不了你们!”

“什么他娘的高贵种子,神气什么?在王城站了几天橛子,连你祖宗都忘了!”

“你娘准是上辈子没干好事,怎么生了你这么个孽种?”

伤兵火气大,越骂越难听。守城兵士知道,这些伤兵们窝了一肚子火,豁出去了,天不怕地不怕,还是不惹为好,任凭他们怎么骂,也不还口,城门也决不给开。

伤兵们骂不开,就动手砸,“咚、咚、咚”,砸得山响。

郎中令李兑因事来城门楼,见此情景,喝问:“你们要干什么,想造反吗?”

伤兵们平静下来,说:“我们没吃虎心豹胆,哪敢造反?我们是有话要和大王讲!”

“有话跟我说吧!”

一个拄着拐杖的伤兵道:“军爷,事情是这样,我们打中山受了伤,却没处去治,伤势越来越重,有的战场上逃了生,却死在兵营里!官长们看我们不能打仗了,就让我们回家,却不发给足够的川资,这不是要我们去死吗?”

一个小瘦子伤兵带着哭声说:“我家里只有一个老娘,还指望着我养活她老人家呢,可我只剩下了一只手臂,回去可怎么办啊!”

小瘦子的话触到伤兵们的痛处,伤兵们都哭起来。

这情景使李兑不免有些愧疚。这次攻伐之战他并不是局外人，作为特使前往中山赠钟他是亲自去的，而误入中山军的伏击圈便是因尾随钟车而致，自己身为朝官却未洞察敌军阴谋，以致造成如此惨重的损失，自己岂能没责任？想到这一层，生性残忍的李兑例外地动了恻隐之心，劝说道："你们的难处，我当郎中令的都理解，我一定禀报大王。大王是明达的，治伤、川资都好说，你们且先回去吧！"

伤兵们激愤的情绪平息下来。正欲散去，一个伤兵小声嘀咕："大王还会管我们？他心里只有那个中山妇人！"

"中山妇人？"伤兵们围了上来。

"我也是听说的。先前大王去中山参加称王庆典，中山王将一个名叫阴姬的妇人赠给大王，大王收入宫中，很是宠幸。"

"好啊，我们去为打中山卖命，宫里却养着个中山妇人！"

"说不定，这次我们在长子中了埋伏，是那中山妇人通的信！"

"妇人就是祸根，越王勾践不就是用美人西施把吴王夫差打败的吗？"

你言我语，七嘴八舌，伤兵中再度掀起愤怒的声浪。有人还唱起了讥讽幽王乱政亡国的歌，很多人跟着附和。

懿厥哲妇，
为枭之鸱。
妇有长舌，
维厉之阶。
乱匪降自天，
生自妇人。
匪教匪诲，
时维妇寺。

这歌的内容是充满着怨恨的：那个幽王宠姬褒姒啊，就像长大食母的恶鸟和猫头鹰一样。她那条惯于搬弄是非的长舌，就是灾祸的根源。国家的乱政衰亡不是天降的灾难，实在是由于那个妇人。不可教诲的，是那妇人和寺人！

这歌声直冲着李兑的耳鼓，使他方才对伤兵们那一点同情和怜悯化为乌有，残忍的本性又主宰了他的理智。他脸一沉，怒喝："你们好大的胆子，竟敢针砭时政，诽谤国君，这还了得？若再胡来，叫你们死！"

暴怒的伤兵们全然不顾，仍在唱。有的高喊："我们都死过一次了，还怕什么？杀死我们吧，省得受罪！"

"要让我们死，得先让那中山妇人死！"

李兑一见镇唬不住，眼里射出凶光，命令城楼守军："射箭，赶他们走！"

话音刚落，兵士们"一"字散开，向城楼下射起箭来，数名伤兵应弦而倒，余者无可奈何，只得逃去。

城楼下的风波平息了。这些被射杀的兵士，他们为国君负了伤，而今再度流了血，可叹不是在与敌厮杀的战场，而是在他们国君的王城前。

当李兑将这情况向赵武灵王报告之后，武灵王很是震惊。他责怪李兑不该滥杀无辜，令将死者妥善安葬，对其家属给予抚恤，同时让李兑与国尉李疵去军营中了解伤兵治疗及川资情况，统筹解决。

二人领旨下殿不久，司徒公子成、大行令公子绁、内史赵造、御史周绍、廷尉田不礼等一齐来到宫中。

公子成慌慌张张地说："大王，庞将军离官出走了！"

"怎么，有这等事？"

公子成从怀中取出一块绢帛，呈给武灵王。武灵王抖开一看，真是庞焕的字迹：

庞焕自佐圣主，备受隆恩，焕没齿难忘。无奈庞焕不才，无力领兵，长子惨败，罪责深重。臣无颜见大王，更负天下厚望。请大王另选贤才，恕臣不告而辞……

武灵王看罢，大惊道："胜败乃兵家常事，庞将军何必如此？速追庞将军回来！"

公子成道："晚矣。庞将军已不知去向，他的夫人正在家啼哭呢。"武灵王长叹一声，呆愣良久。

田不礼眨了眨眼睛，又瞅了瞅众人，诡秘地对武灵王道："大王，听说中军营帐群龙无首，很是混乱，城门前伤兵被射杀后，兵士们怒不可遏，大有造反之势，都说……"

"都说什么？"

田不礼迟疑了一下，道："都说大王视兵如草芥，却爱敌国妇人如珍宝，为大王卖命，不值得！"

田不礼通报这样的情况是很大胆的。这是因为田不礼是太子章的老师，武灵王溺爱太子章，因此田不礼在君王面前说话比较随便。田不礼今年四十一岁，生得小鼻子小眼，圣贤书读得不少，鬼主意也不少，他善于察言观色，看得出武灵王溺爱太子章，所以极力讨好太子章，使年幼的太子章把他看成除父母之外最亲的人。太子章是武灵王原配夫人韩夫人所生，近来虽然韩夫人恩宠稍减，但太子章的地位并未改变。

平日武灵王对田不礼的话是比较相信的，所以，听了田不礼的报告，他气得非同小可，脸色铁青，好半天没说出话来。

公子成用和缓的语调说："大王息怒，当此之时，还是应冷静地想想才对。依老臣看来，兵士所言，似不无道理。"

"叔父怎可为狂徒张目？"

公子成一拱手："容臣细禀。赵与中山乃世仇之国，久不通来使。先王蒙面而逝的情景大王想必还历历在目，那殷切的临终叮嘱更会刻骨铭心，大王只有牢记旧耻，复仇雪恨，才是正理。而今，耻未雪，仇未报，大王却与中山妇耳鬓厮磨，世人将如何看大王？况且，那阴姬本中山王之妃，曾得中山王宠爱，其割爱以赠大王，居心叵测。以美人代强兵之事史不绝书，大王不可不鉴。赵国自古佳丽地，何愁宫中无绝色？大王若求美姬，可广选于国中，不必独爱中山一女！现在，中山妇已搅得人心浮动，怨声载道，实非社稷之福。为国家计，请大王杀阴姬以平众怒！"

公子绁也接着说："司徒所言甚是，请大王三思之。臣当年获罪逃亡在外，曾听说这样一件事：有人与一凶悍者为邻，想另买田宅以避之。别人对他说，此悍者恶极将遭刑戮，你何必还搬迁呢？那人说，我担心他拿害我来充满他的罪恶。所以，还是搬了。臣以为，此人对含有危险的事认真对待，做得很对。因为祸患皆由疏忽大意所至，大王还是慎重些才好。"

赵造、周绍也劝武灵王不要袒护阴姬。他们说，王者为天下至尊，一言一行天下人都会注目，国君应检点言行，不给天下人留下话柄，这涉及国家安全，社稷的久长。

武灵王沉思起来。

阴姬的容貌在后宫中称不上佼佼者。论端秀，比不上韩夫人；论妩媚，比不上姜夫人。阴姬在宫中的地位和资历也难以与二人相比。韩夫人是武灵王的原配，十几岁便被册立为夫人。她势压群芳，主宰着粉黛成群的后宫。阴姬毕竟是后来者，加之她无意与众妃争宠，在宫中并不大引人注意。但是，武灵王却对阴姬有一种特殊的好感。他觉得，在阴姬身上除了带有异国风韵之外，还有为一般女人所不具备的刚毅和率直。有时，武灵王觉得她不像一个柔弱的女人，倒像是一个伟丈夫。

有一次，武灵王与阴姬谈起君臣之礼，武灵王援引古事说："三百年前，秦国兴师远行，去攻打东方的郑国，晋国趁机在殽山截击秦军，秦军大败，孟明视、西乞术、白乙丙三位将领被俘。晋襄公的后母文嬴是秦穆公的女儿，她说服了晋襄公，放走了三名俘虏。晋国老臣先轸得知此事，大声责备晋襄公，还往国君脸上啐了一口唾沫。晋襄公是不该放虎归山，可那先轸也太不知君臣之礼了，岂可如此折辱君王？"

阴姬却说："如此昏君，应向天下谢罪，先轸唾他是太轻了。兵士们九死一生抓到了这三个秦将，昏君却轻易地将其放走，这是对晋国臣民特别是那些将士们的无礼，还怪大臣无礼？受责备的应是昏君，不应是直臣！"

阴姬敢于在国君面前直抒己见，进行反驳，使武灵王很是吃惊。后宫中的妃嫔都是百依百顺，献媚不迭，没有一个敢于像阴姬这样逆着国君说话，这不免使武灵王对这位异国女人肃然起敬。

武灵王对阴姬有好感还有另外一个原因。宫中妃嫔不和，惠后、韩夫人、姜美人总是勾心斗角，互相诋毁。她们不断地向武灵王说东道西，大告阴状。武灵王对此很烦恼，和不介入此事的阴姬在一起，有一种轻松之感。

现在，当公子成等人提出要杀阴姬以谢天下的时候，武灵王不禁又记起了阴姬的好处。他岂肯将阴姬杀害？他对公子成等道："阴姬无过，不可妄杀无辜。长子之败，寡人也难卸其责，怎能拿阴姬泄愤？"

正在这当儿，寺人缪鞮入报："禀大王，鄗城令求见！"

"宣！"

鄗城令如丧家犬一般跌跌撞撞地来到武灵王面前，扑倒在地，涕泪交流。

"大王啊，鄗城让中山军毁了！"

关于鄗城的劫难，武灵王并不知其详，所以，鄗城令这副模样使他大为震惊。

"细细道来！"武灵王大声命令。

鄗城令哭诉道："那天，卑职正在府衙忙于公务，差役忽报中山兵马已近城门，卑职马上率兵抵抗，无奈寡不敌众，贼军很快攻入城中。这伙强盗简直禽兽不如，他们逢人便杀，见物便抢，继而又以火焚，全城被杀者成千上万，百姓都四处逃难了，府衙和许多房屋成了一片瓦砾场。现在，鄗城快成无人城了，大王啊，这如何是好啊！"

鄗城令不敢说他临阵脱逃，信口编出了一套奋勇抗敌的鬼话。但在这个场合，既无人证实，也无人去调查，武灵王和大臣们关心的是鄗城的兵祸。

这场灾难是武灵王始料不及的。长子的耻辱，庶民的劫难，使他怒火填膺，悲愤难忍！

公子成再次恳奏："大王！民为邦本，本固邦宁。自古圣君都是爱民如子，今我赵国之民惨遭涂炭，大王岂可坐视不顾？夷狄中山灭绝人性，大王为何还生恻隐之心？国人若知大王不辨敌我，说不定会群起作乱，到那时，可就不好收拾了！"

公子绁、田不礼、周绍等也一齐跪地："大王，阴姬不可留，民心不可违啊！"

武灵王痛苦万分，迟疑难决。

这时，一寺人慌张来报："阴姬不见了！"

第八章　后宫脂粉战

赵王宫乱了营，宫内宫外都在寻找阴姬。与此同时，种种传闻应时而起：

“阴姬是中山奸细，见事情败露，畏罪逃回中山了！”

“阴姬投渚河自尽了！”

人们说得绘声绘色。

然而，阴姬没有跑，也没有死。她在僻静的宫苑中徜徉了一阵之后，自缚双臂出现在赵灵王面前。

“大王，臣妾前来请死！”

“你……”

“我知道，国人怨我，朝臣怨我，大王也怨我。因为，我是中山人，中山打败了赵军，杀戮了赵民。这罪过有我一份，不能饶恕，因为，我是中山人。我没什么可说的，只请大王处死我，以便使民愤平息，大王也卸去了责任。大王，处死我吧！砍头，车裂，腰斩，刀剐，怎样都行，越快越好……”

没有眼泪，没有悲伤，没有乞求，没有恐惧，有的只是如微风般的轻松，如流水般的坦然。

武灵王心中一阵慌乱。他脸上在发烧，像有一团火在灼烤。他脑海中出现了一个令人难堪的场面：他孤零零地暴露在国人中间，无数双眼睛在盯着他，人们交头接耳，议论着，讥笑着，使他欲逃不能，欲避不可，恨不得脚下凹陷一个坑，把他深深地埋在土里。

“自己身为一国之君，既然不能战胜敌虏，又何颜以弱女泄愤？真是羞耻之至，无能之至！”

武灵王在心里这样痛斥着自己，情不自禁地走上前去，将阴姬搀扶起来，为她解开绳索。

“阴姬，寡人不怨你，不能怨你！”

阴姬挣开武灵王的手，惶惑地瞅着他。

“不，应该怨我，因为，我是中山人，是赵国的仇人”。

“阴姬！”武灵王大声说，“你不要再说了！难道你不肯原谅寡人吗？”

“大王……”阴姬的眼圈红了，“大王好意，臣妾终生难忘。可是，臣妾不理解，为什么要赦免臣妾,大王将如何向朝臣交代,向国人交代?”

武灵王的目光久久地在阴姬脸上停留着。“阴姬!寡人虽难比圣贤,但自信并非昏君。朝臣如何议论,国人如何议论,无法强求,可寡人乃一国之君,不能随波逐流,是非不分。尽管寡人不能完全消除众人对你的猜疑,但寡人坚信,长子之败乃战之过,决非你之罪!寡人不相信你会为中山暗通消息,退一万步讲,就是你暗通了消息,寡人能准确判断敌情,灵活指挥三军,也不致遭此惨败。由此看来,应该怪罪的不是你,而是寡人!”

阴姬被武灵王这番真诚感人的剖白深深地打动了。她的嘴唇颤抖着,眼里滚出晶莹的泪水,流淌在红润的脸颊上。她一头扑在赵武灵王怀中,孩子似的哭起来。

当日,阴姬得到特殊恩宠,移居梳妆楼中。

这梳妆楼在赵王城北、大北城西北角城墙附近,距赵王城五六里。后宫妃嫔、宫女一部分住在赵王城西城,一部分住在梳妆楼。梳妆楼分南楼和北楼,南楼比北楼稍大。两楼皆建于高台之上,拾级可登。阶旁树木葱郁,花卉茂盛。楼高二层,红柱青瓦,飞檐斗拱,周围环以回廊,地面砌以青石,光洁如镜。

梳妆楼前有一池碧水,清澈见底,原名瑶池,后因宫人时常在水边梳妆描眉,改名为照眉池。

说起赵王城中宫人好描眉,颇有些来历。在赵襄子的时候,襄子想攻破夏屋山下的代地,便请代主前来饮酒。席间,赵襄子密令厨人借为代王斟酒的机会,用舀酒的铜勺将代王及随从官员击杀,于是兴兵平了代地。赵襄子的姐姐是代王的夫人,襄子派人接她回去。代王夫人说:“因弟之故怠慢夫君,非仁,因夫君之故怨恨胞弟,非义。”说罢,自刎而死。代王夫人忠烈之名遂誉满天下,代地人、赵人都十分钦敬,立烈女庙祭祀。

代王夫人有一对浓密的眉毛,赵女敬重她,也学她的样子把眼眉描得又黑又大,时间既久,大眉成了赵国女人美貌的标志,历任赵王也如楚灵王爱细腰女一样,爱起大眉来。后宫妃嫔为讨君王欢心,都视眉如命,每日梳妆,首先要修整眉毛,赛眉也成了争芳斗艳的重要内容。每天早上,妃嫔和宫女起了身,总要先到照眉池边,对着那明镜般的水面,叽叽喳喳地议论品评一番,照眉池成了宫中女人们赏美、夸美、比美的场所。

南北梳妆楼可以说是武灵王的第二后宫。而且,这里的妃嫔都是得宠者,因为武灵王喜欢这里的宁静和幽雅,经常在这里过夜,而赵王城中真正的后宫却不大光顾,天长日久,这第二后宫倒成了真正的后宫了。

因此,阴姬作为一个未正名的妃子能够被恩准到梳妆楼来住,是足令宫人们眼热的宠幸。

阴姬被安置在南楼，韩夫人和姜美人也在此楼，她们是一年前由赵王城迁来的。不过，今晚她们都未能得到君王的临幸，君王已有得意的去处。

高挂在天空的新月在照眉池上投下淡淡的银光，水面上成了光闪闪的一片，像是撒满了亮晶晶的银屑。水中的月是活动的，在微微动荡的水波中时沉时浮，时动时静，仿佛月仙在和水神调情，空中的月是安详的，它把温柔和慈爱倾泻在人间，山石、草木、楼阁都被银色的光华赋予了生气，挣扎出夜的寂寞，连那山间的雾气也如白雪似的浮动起来，使人感到夜没有睡，夜在醒着。

南梳妆楼的一间卧室里，烛光正明。

武灵王与阴姬并肩坐在一张漆几前，对斟对酌。几案上有十来种果品和菜肴，一尊薄酒。赵酒以厚为名，武灵王也喜欢厚酒，今夜是为了阴姬才特意换成薄酒的。

宫人侍者已奉命下去歇息了，这里只剩下他们俩，这是他们的世界。

阴姬今晚很是迷人。她穿着一件桃红色的薄纱裙，在烛光下玲珑剔透，丰腴雪白的肌肤微微显露，一双圆浑的乳峰高耸着，将纱衣鼓胀得没有一丝纹皱。脚上穿的是肉红色丝袜，一双纤秀的脚轮廓十分鲜明。她的发髻蓬松着，鹅卵形的脸上薄施朱粉，眉毛虽未描画，却也修长可爱。鲜嫩的嘴唇上抹着一层淡淡的胭脂，粉白的脖颈仿佛一截莲藕。也许是喝了一点酒，也许是因刚刚在香汤中沐浴过，武灵王靠近她的时候，只觉得有一股热腾腾的肉的气息扑面而来。武灵王情不自禁地把她搂在怀中，让她那肥美的大腿搭在自己腿上，并往她红润的香腮上轻轻地亲了一下。

“爱姬，勿负此良宵，多饮几杯！”

阴姬将头埋在武灵王胸前，娇羞地说：“臣妾不胜酒力，还是大王开怀畅饮吧，臣妾为大王斟酒！”

说着，她移过酒尊，又给武灵王斟了一杯，举到武灵王唇边，武灵王把着她的纤手，将酒一饮而尽。

武灵王眯着笑眼，往阴姬的大腿上捏了一下，说：“爱姬，你此时妩媚无比，全不似自缚见寡人时的情景，两相对照，真是判若两人！”

阴姬身子一动，趁势将脸贴在武灵王的腮上，娇笑道：“在大王怀中，臣妾确为弱女，可在疆场上，臣妾却不让须眉！”

“怎么，爱姬还知兵马事？”

阴姬站起身来，从墙上摘下武灵王的佩剑，道：“大王若不见笑，臣妾请为大王舞剑。”

“哪里会见笑，快舞来，让寡人见识见识。”

“既然如此，臣妾献丑了。”

阴姬持剑在手，蹲腿劈剑，做了个亮式，舞将起来。只见她，忽而如仙鹤吸水，忽而如雄鹰展翅，忽而向前击刺似直透敌胸，忽而抡臂猛挥如横扫千军。那柄青铜剑在她手中运用自如，得心应手，熠熠剑光，闪闪耀眼。阴姬那敏捷的身子奔腾跳跃，俯仰旋转，流动变化的曲线令人目不暇接，美不胜收。

“好剑！好剑！”

武灵王看得入了迷，连酒也顾不得饮了。待阴姬舞毕，他急忙上前抱住阴姬，用素绢替她擦去脸上沁出的香汗，往她那张红唇上使劲儿地咂了一口，道：“爱姬，你几时学得这身功夫，怎么现在才露啊！”

阴姬没有吱声，她的眉毛微微一动，长睫毛下顿时充满了泪水。武灵王只觉得她那热乎乎的身子在渐渐变软，变软，方才那个刚健勇武的巾帼英杰不见了，眼前仍是那个娇弱的阴姬。

这样，阴姬在武灵王的怀中沉默了一会儿，忽地双腿一屈，跪在武灵王面前，怯声道：“大王，臣妾有欺君之罪！”

武灵王惊得后退了一步，道：“爱姬，你这是从何说起？”

阴姬道：“臣妾确实蒙骗了大王。实话对大王说吧，中山王以臣妾赠大王是别有用意的！”

“别有用意？”

“大王有所不知，中山虽小，却久怀灭赵之志，数相侵扰，盖因如此。那年中山国称王盛典，邀大王赴宴，命臣妾为大王斟酒，实为对大王的试探。宴后，邦相司马喜对中山王说，大王好色，可以色攻之。于是，明里以臣妾相赠，暗中却叮嘱臣妾，入赵以后要尽力使大王迷恋酒色，怠于国事，待大王玩物丧志，国力衰弱之后，则举兵攻之，实现灭赵之愿……”

赵武灵王愣住了。他眼前的阴姬幻化为一百多年前那个带有特殊使命侍奉夫差的西施，他似乎觉得自己也成了昏庸的夫差，那排山倒海般的敌兵正越过赵国边界，杀奔邯郸城。武灵王不觉浑身汗湿，盯视着阴姬，既不愿相信，又不敢相信。

阴姬却十分从容：“大王，请容臣妾细禀。臣妾虽负中山王之托，却未做过一件有损大王之事。于此，大王知之，天地知之，神灵知之。说心里话吧，臣妾虽为中山妇，却是中山受害人。中山王是臣妾的仇人，臣妾厌恶他，更不愿为他而害赵！”

“这又怎讲？”

“臣妾压根儿就不是中山人，而是楼烦游骑之后。妾父有一身好骑术，曾为楼烦王侍卫，鞍前马后，至忠至诚。楼烦王对妾父很器重，赐以良骏金鞍，准其在王宫行走，恩宠可比朝臣。可是，有一天，妾父却大祸临头，险些丧命。事情是这样的：楼烦王有一爱妃，名空洞氏，妾父因常在王侧，渐与此王妃亲密，后来竟有了身孕。此事被楼烦王发觉后，暴怒不止，剥光了妾父的衣服，用马鞭打得他皮开肉绽，并要将他碎割喂鹰。后经朝臣劝说，幸免于死，却被黥面劓鼻，远逐荒原，空洞氏也被废逐。后来，妾父找到了空洞氏，空洞氏已生一女，就是臣妾。妾父将我母子接到一个人迹罕至的荒山下，以打猎艰难度日。臣妾在襁褓中时，就被父亲带在马上，年方五岁，便学骑马，十岁时已能驭马射猎。妾父视臣妾如掌上明珠，暇时还教臣妾习武，那时节虽很艰难，却极幸福！臣妾长到十四岁，一位官员忽然来到这里，见妾貌美，便领人来抢，妾父与其拼夺，被其杀死，妾母昏厥后也死于马蹄之下。那官员将臣妾献给了楼烦王，此时楼烦正与中山签订盟约。为讨好中山王，楼烦王又将臣妾赠予中山王。就这样，臣妾像一头小羊被抢来卖去，受尽苦难。那中山王妃嫔成群，性极粗鲁，稍不如意，非骂即打。他高兴时，百般恩爱，不高兴时，则一脚踢开。臣妾虽为中山妃，却是宫中薄命女，我恨透了中山王，真想杀死他！”

阴姬抹去脸上冰冷的泪水，继续说：“臣妾奉命来赵，实不得已而为。但臣妾并不想照中山王所嘱去做，尽管大王亲近臣妾，臣妾却远避之。日之既久，臣妾深觉大王并不是那种沉湎女色的君王。大王牢记先王之耻，富国强兵，广用贤能，臣妾心中敬慕不已。但为使大王集中精力于国事，仍佯作冷漠，不近大王，几年来甘愿在宫中忍受寂寞，很少侍奉大王枕席，而今大王真诚垂爱，臣妾才敢尽倾痴情……”

“爱姬！”武灵王百感交集，激动不已。他紧紧地搂住阴姬，一个接一个热烈的亲吻落在阴姬的面颊和脖颈上。他用手解开阴姬的纱裙，剥去她的丝袜，将这个雪白的、滑腻的肉体双手抱起，又在她玉雕般的身上狂吻了一阵，便撩开红绡帐，放在熏香的锦衾上。随即，他也脱去衣服，扑到她的身边。

月光弱了。东天白了。天渐亮了。

阴姬的得宠像一块石子投进照眉池，激起了层层涟漪。

最难忍受的是惠后。惠后名孟姚，其父是吴城人吴广。武灵王十六年（公元前310年）时，武灵王去邯郸西北二百五十里的行宫大陵城巡游，夜里梦见一个美丽的女子鼓琴而歌曰：

美人荧荧兮，
颜若苕之荣。
命乎，命乎，
曾无我嬴！

歌声优美动听，歌喉婉转动人，那女子的飘然仙姿更令武灵王倾倒，恨不能和她一起乘风飞去。

第二天的酒宴上，武灵王向众朝臣谈起此梦，自谓饱学的御史周绍解释说："这鼓琴女是在唱：'诱人的美人啊，容颜就像那粉红色的凌霄花一样，世人都谈论美女，却不曾有一个比得上我娃嬴！'这是上天欲赠美女给大王，特令娃嬴女托梦自荐。大王可于国中访求，必能如愿。"

武灵王以为然。于是，布告天下，令百姓将叫娃嬴的女子进献。吴城人吴广得知，十分欣喜，因为他的女儿孟姚也叫娃嬴。这日，他为女儿置办了几件新衣，好好打扮了一番，便携女前往都城。武灵王一见，这娃嬴女果然和梦中的鼓琴女一样，令其鼓琴，也悦耳听动。于是，将娃嬴收入宫中，吴广也赐官少府，掌管山海池泽，供养国君。

武灵王的原配夫人是韩夫人，她是没有正名的王后，武灵王之所以没有立她为后，是因为她嫉妒心太重，容不得人，不满于武灵王接近其他妃子。为这，武灵王渐渐对她失去了兴趣。往日的恩爱变得越来越淡漠，只是因为她为武灵王生了个儿子，即太子章，而太子章又很惹武灵王喜爱，韩夫人这才没受到严重的冷遇。

在韩夫人宠衰的时候，一直对韩夫人的专宠耿耿于怀的孟姚却不失时机地向武灵王献媚邀宠起来。终于，她胜利了，取代了韩夫人在武灵王心中的位置，又经过一番明里暗里的争斗，她彻底击败了自己的对手，在三年前被册立为王后，称为惠后。

惠后在武灵王身边曾有过黄金般的时期。她的美貌令君王销魂，她的琴声令君王陶醉，她那甜美的声音更令君王迷恋。她也为武灵王生了个儿子，即公子何。这孩子长得活泼可爱，聪慧机敏，比公子章小三岁，武灵王也很喜欢他。但因他不是嫡长子，又加之太子章是在公子何没出生时就立为太子的，不好更改，所以，尽管他是王后之子，也只好屈居王公之位。

这件事使野心勃勃的惠后很是忧心。她想到，子贵母荣，太子章便是将来的赵王，等他坐了江山，他母亲便是皇太后，自己岂会被这母子所容？不仅如此，公子何也吉凶难卜，古来为争夺君位兄弟相残的事还少吗？想到这一层的时候，惠后总像是有块心病，扰得她郁郁不快。她曾数劝武灵王更立太子，但武灵王只是不肯，说此事至关重大，不可轻易决定。

于是，惠后又想用自己的美貌牢牢地牵制武灵王，从长计议更立太子的事。但是，天不助人，近来经常闹病，容颜明显地衰老了，这朵迷人的凌霄花再不像先前那样具有魅力了，惠后因此很不安，担心有朝一日会落个像韩夫人那样的下场。由于思虑过度，又染上了头痛的毛病。现在，惠后又头痛起来。这是因为阴姬的刺激，她不愿意见到这个新的对手，一听到她的名字就头痛。可又苦于没有什么好办法改变这种窘境,或对阴姬进行报复,因此,头痛病又加重了几分。

惠后正无计可施的时候,平日很少光顾的韩夫人来到她的房中。她手里拿着个小绢包,进得门来,把绢包一放,甜甜地说:“听说妹妹病了,我心里急得没法,请人访得一位名医,开了一服药来。那名医极古怪,总是在乡间神游,多少达官贵人请他,他硬是不去,大王以前也曾召过他,可他却逃得无影无踪。此人据说是神医扁鹊的后人,这方子也是扁鹊的家传秘方呢!”

惠后很感动:“谢谢姐姐好意。我这点病,原是不碍事的,何劳姐姐费这么大心?”

“快别说这些,妹妹对我的好处,三天三夜也道不尽呢,做这点小事还不应该?”韩夫人说着,解开绢包,令官人将药拿去煎了,又嘱咐那宫人应如何细心,如何看火候。

惠后不由得流下几滴眼泪,忙把韩夫人拉到自己身边坐下,一个呼姐,一个喊妹,亲热万分,往日的仇怨、猜忌仿佛都化为乌有。

话题很快转到阴妃。韩夫人诡秘地说道:“我知道,妹妹心里有事,不痛快。那个狐媚子,妖妖道道的,算是把大王迷住了。可叹大王,全不念妹妹的情谊,理都不理,宫中其他姐妹,更是早已扔到脑后。那狐媚子哪一点爱人?颧骨那么高,眼睛那么小,眉毛又细,又难看。不是恭维,她连妹妹一半都不及呢!再说,还曾是中山王的人,据说还生过孩子呢!”

“真有此事?”

“我也是听来的。她在灵寿宫给中山王生了一个女儿,她很喜欢她的女儿。中山王将她赠给大王时瞒下了此事,一则是为了哄骗大王,此外,把她女儿留在中山,也可拴住她的心,叫她忘不了中山,忠心耿耿地为中山效力。”

“为中山效力?”

“妹妹还不知道吗?那狐媚子就是中山王派到我们赵国的西施,是来打我们赵国的主意的,朝臣们都这么说!”

惠后听罢,吃惊不小,近期以来,她因病很少与外人接触,外面的事也不愿打听,这个情况她还是头一次听说。

“若真是这样,可非同小可,应告知大王内情,这关系着赵国的安危啊!”

韩夫人苦笑道:“大王早就知道了,可大王已被那狐媚子迷住心窍,不管大臣们怎么劝说,硬是不听。明明伴着一只虎,硬说守着一只羊,真是临危不知危,将来后悔也来不及了!”

惠后着急地说:“不管怎样,我们应赶快劝说大王赶出这个祸星。我姐妹多年来备受大王恩宠,值此关键时刻,我们不去管,怎对得起大王?”

韩夫人却不着急,嘴一撇,说:“我们去劝怎能行,大王还不将我们的好心当嫉心?”

惠后道:“国家大事要紧,我们不能顾虑许多了,好姐姐,咱们一起去!”

韩夫人忽然热泪滚滚,激动地跪在惠后面前:“后,好妹妹!你的拳拳爱国心真是感天地、泣鬼神,令人肃然起敬!我代后宫姐妹们谢谢你,代赵国臣民谢谢你!”

惠后将韩夫人搀起,道:“别谢我,我们还是去见大王吧。”

韩夫人道:“我看先不忙,我们得想个万全之计。大王是个孝子,平日里最敬重太后,请太后出面要比我们强得多。”

惠后道:“也好,我们现在就去。”

当下,二人急令备车,和身边人只推说是去太后处问安,急匆匆地离开了梳妆楼,前往赵王城。

这几年,端太后一直住在她当王后时住的春华宫,现已改名为寿安殿。这寿安殿在赵王城西城北端,在以中央一组大殿为南北中轴线的一侧,靠近北城墙,城墙外便是苑囿,颇为肃静。寿安殿和赵王城其他宫殿一样,也是建筑在高台上,凭倚栏杆,赵王城两个紧挨着的“口”字形小城尽收眼底,连两城隔墙的门道也看得很清楚,端太后常倚着栏杆观景,心里觉得很敞亮。

端太后已是六十多岁的人了,她很少过问国事,每年祭奠先君赵肃侯是她的一件大事,常常要准备很长时间,仪式也十分隆重。因为在这个时候,她会一幕一幕地记起在赵肃侯身边的日子,赵肃侯的形象会活生生地出现在她的眼前,这对在孤独的寡居中生活的她来说是颇为欣慰的。因此,祭奠先君不仅不会引起她的悲哀与伤感,反倒是一件有益之事。

平日里,端太后喜欢敬神,她在神堂上供奉着许多神像,有日神、月神、风神、雨神等等,神堂内经常是香烟缭绕。

惠后和韩夫人到来的时候,端太后刚刚祭过闪电娘娘——一个样子很温和,一只手拿着一根小铁棒的女人塑像。据说她手里握着的是两根魔棒,两棒相接便会有电闪雷鸣。端太后祭闪电娘娘是因前些天雨夜里,一道闪电划破长空,像一棵光的树,那光树的影映现在屋壁上,十分清晰。端太后认为,那是闪电娘娘在向她要香火,所以,便连祭三日。

惠后、韩夫人向端太后请过安,就急不可耐地诉说起来。韩夫人很激动地将武灵王如何专宠阴姬,荒怠国政及阴姬其人的来历详详细细地说了一遍。二人流着泪对端太后说:“妾身遭冷落事小,要紧的是赵国的安危。让阴姬在身边,好比养虎遗患,害君害国,请端太后好好劝劝君王,勿一事做错而成千古之恨。”

惠后、韩夫人涕泪交流的一席话打动了端太后。她对二人说:“你们的一片真情我知道了,你们且先回去,我自有办法”。

二人刚离开寿安殿，端太后就派人将武灵王请了来。

坐定之后，端太后拉着脸说："你宫中养的那个中山妇人，很使你快活吧？"

武灵王有些摸不着头脑："不知有何见教，请母后垂示。"

"你可知那中山妇的来历？"

"儿臣知道。"

"既然知道，为什么不把她逐出宫去，却日夜厮守着，连国事也荒怠了？"

武灵王暗想，一定是有人跟太后说了些什么。他觉得，既然这样，将事情原原本本地说一说也好，便道："母后不必着急，容儿臣细禀。阴姬来赵之前，确曾领有中山王密令。可她并不曾做过一点危害本王、危害赵国之事，她并无过错，而且……"

端太后气呼呼地打断了他的话："怎么，你还为她辩解？儿啊，赵与中山是世仇之国，你可不能忘啊！想一想你父王吧，他为了解除中山的侵扰，夙夜劳神，费尽心力，只奈苍天不助，兵败鄗城，带着箭伤饮恨而逝。自你继临大位，原以为能够牢记旧耻，申报世仇，可你却引狼入室，认敌为友，贪恋女色，贻误国家，你怎对得起你的父王，怎对得起赵国，怎对得起列祖列宗？"

端太后越说越气，她脸色发青，浑身哆嗦，话也说不下去了。

武灵王赶忙搀扶她坐下，道："母后息怒，请慢慢说，慢慢说，气坏了身子可了不得！"武灵王不愧是个孝子，委屈地遭到一顿训斥还慢声细语地安慰他的母亲。

待端太后平静下来，武灵王才从腰间解下一件东西，恭敬地用双手捧着，递给端太后。

这是一个约有拳头大小的浅灰色绣囊，上面用金丝线绣着一个无头蚩尤像。蚩尤即刑天，传说他与黄帝争战，被黄帝斩首，但死后犹斗，以乳为目，以脐为口，操干戚而舞。绣像虽很简明，但形象颇生动。绣囊内装的是一枚暗赭色铁箭镞，因时间已久，上面锈斑点点。

端太后初见那蚩尤像，心里已犯嘀咕，再见这箭镞，手不禁颤抖起来。这是当年从先君赵肃侯身上取下来的啊！那时端夫人曾让武灵王将这箭镞收存，想不到他竟时时带在身上！

武灵王面色凝重，跪在端太后面前，道："儿臣自继大位，未尝一日敢忘国耻。这罪恶的箭镞，儿臣常带身上，日夜不离，每当看到它，我便想起父王的惨死，想到赵国的仇敌，记起父王临终的叮嘱。我发誓要使赵国富强，使外敌慑服，十余年来的苦心盖因如此，只奈天不助我，长子一战，惨败边城，多年经营，毁于一旦。但儿臣并未灰心气馁，玩物丧志。我将效战神蚩尤，苦斗不止，定灭中山，振兴赵国，即便儿臣难达目的，也要传之子孙。母后啊，你难道真的不理解儿臣么？"

端太后的眼睛湿润了，忙叫武灵王起身，可仍未释疑地问："那么，专宠中山敌妇是何道理？"

"中山敌妇？母后差矣。阴姬确曾服侍中山王，但她并非心向中山。她有她的仇怨，有她的苦难，有她的隐衷啊！"武灵王把阴姬的身世及在中山的境遇又详详细细地说了一遍。

端太后不言语了。

武灵王又道："至于阴姬是否存心害赵，有一件东西母后一看自明。"说罢，向随同前来的寺人缪韪嘱咐了几句，缪韪领旨去了。

不一会儿，寺人缪韪带来一幅《中山域图》，那域图清楚地画着中山国的山川形势、疆域四至。

对于中山域图，端太后记得赵肃侯是久寻不得的，因为有了它可给攻伐中山带来不少方便。端太后看到赵肃侯盼了一辈子的中山域图呈现在她面前，如获至宝，忙问："此图如何得来？"

武灵王道："此皆阴姬之功。阴姬真心助我报仇，曾口述中山疆域及山川形势，儿臣令画师手记成图。阴姬还将在中山所见和中山之虚实一一讲给寡人，使寡人受益良多。母后啊，赵之得阴姬，不啻得到十万大军，母后岂可怪罪于她？"

端太后面有愧色，说："如此看来，真的是错怪她了。"

说着，从妆台上取来一面方连纹凤鸟青铜镜，递给武灵王道："可将此镜赠阴姬，就算我的一点心意吧！"

武灵王知道，这铜镜是有名的楚镜，是几十年前楚人献给父王赵肃侯的，后由父王赐太后，太后一直十分珍爱。今见太后如此开恩，很是感动："儿臣代阴姬谢母后！"

从寿安殿回到梳妆楼后，武灵王心里很不平静。他断定，今日之事一定是后宫中有人向太后告了阴状。那么，这人是谁呢？猛然，他想到了韩夫人。

韩夫人有过她得宠的历史，但后来，武灵王却渐渐冷淡了她。武灵王觉得，她的心地与她那姣好的外表是那样不协调，而她的口尖舌利、嫉心太重以及因此而引起的脂粉战更使武灵王烦恼。

有一件事在武灵王的记忆中是十分深刻的。

这是在姜美人得宠之后。有一个时期，韩夫人对姜美人表示出异乎寻常的亲热，衣饰珍玩总是把自己喜欢的送给姜美人，宫室器具也是先让给姜美人使用，还常到姜美人面前姐长妹短地套亲近。武灵王想，善乃人之本性，韩夫人良知复萌，可喜可贺，便对后宫人说："妇人以姿色事夫君，然嫉妒亦妇人之常情。现在韩夫人知寡人善爱姜美人，其爱甚于寡人，此乃孝子所以事亲，忠臣所以事君，堪为后宫楷模！"

韩夫人得知武灵王夸奖她，心中暗喜，对姜美人说，大王喜爱你的美貌，但讨厌你的鼻子，再见到大王时，把鼻子捂着点，免得大王嫌弃。我这是真心为妹妹着想啊！

姜美人很感激，说："还是姐姐关心我，我注意些就是。"

这以后，姜美人再见到武灵王，总是捂着鼻子。

武灵王有些犯疑，问韩夫人："姜美人见寡人为何掩其鼻？"

韩夫人道："臣妾知道，但不敢说。"

武灵王道："但说无妨！"

韩夫人诡秘地说："她是嫌大王口臭！"

武灵王大怒："大胆悍妇，竟敢嫌弃寡人！"

韩夫人又添油加醋地说："大王身为一国之君，天下所有的女人都是大王的，六宫粉黛想接近大王还唯恐不及呢，她竟说大王口臭，这样的悍妇，就该割去她的鼻子！"

武灵王本来有一肚子气，可听了韩夫人这番话反倒冷静下来，心想：国君虽为一国之主，但决不可滥施淫威，妄罪无辜，商纣王不就是因过于暴虐才亡国的吗？况且，那姜美人也别无过错，不能治罪于她！

武灵王终于没有治罪姜美人。而且，当他得知是韩夫人玩的把戏之后，反倒对她嫌恶起来。

回忆起这件往事，武灵王断定告阴状之事定与韩夫人有关。他感到，现在是平息旷日持久的脂粉战的时候了。

当下，武灵王令人将惠后、韩夫人、阴姬一齐叫到面前，说："诸爱妃自侍奉寡人以来，朝夕相伴，体贴备至。但寡人尚不详诸爱妃各有何技艺。寡人今日高兴，诸爱妃在此竞献技艺，如何？"

韩夫人最爱要尖卖快，显示自己，武灵王话音刚落，便抢先说："请为大王起舞！"

武灵王点了点头。

韩夫人跳的是折腰舞。此舞源自楚国，楚灵王爱细腰，筑细腰宫以藏舞伎。韩夫人腰肢纤细，为卖弄风姿，便跳起了这个本不很熟练的楚舞来。只见她，折腰抬臀，扬臂举步，不时向武灵王献媚地微笑。

应该说，韩夫人是有些跳舞的才能的，她的舞姿也不能说不美。然而，因她急于表现，难免露拙。而且，武灵王早已看腻了韩夫人的起舞，他无动于衷，未作评论，韩夫人大为扫兴。

接着是惠后鼓琴。惠后纤手操琴，朱唇微启，唱的是《东门之蝉》。

东门之蝉，
茹藘在阪。

其室则迩，
其人甚远。
东门之栗，
有践家室。
岂不尔思，
子不我即。
……

这是一支女子的怨歌，怨她倾慕想念的男子疏远她不能前来。歌中唱道：东门长堤一道，坡上长着茜草，那屋子近在眼前，那人儿可真遥远。栗树挨着东门，小屋齐齐整整。怎么不巴望你来？望你来你偏不肯。这首歌恰好可以表明惠后的心境，所以，她唱得很动情，一曲未毕，已是眼泪汪汪的了。

谁知，武灵王却不为所动。他微笑着转向阴姬："爱姬欲献何技？"

阴姬上前给武灵王施了一礼，道："臣妾一不会歌，二不会舞，愿为大王骑射。"

"好！"武灵王大喜，又对侍者道："快为爱姬备马，前往金几岭！"

金几岭在梳妆楼之南，是一个孤立的矩尺形山岭，状若几案，故名。金几岭东侧是一块平地，名跑马场，坦荡无坻，是练习骑马射箭的好地方，武灵王在冬狩之前往往来此练习射术，那金几岭的土坡就是天然的靶档。

为壮声势，武灵王特请朝臣、妃嫔、王族参加，年少的太子章、公子何也由宫人、寺人陪伴着，前来看热闹。

跑马场的边缘上插满了各色旗帜，每杆旗帜下站着一个侍卫兵士。跑马场一侧放了一排专供倚伏的几，武灵王及朝臣等皆坐在上面。太子章和公子何分别站在武灵王两边。太子章今年十四岁，甲字形脸，身材较高，很像他母亲韩夫人。公子何比太子章小三岁，模样像武灵王，性格却像他母亲惠后。公子何比较老实，不爱讲话，他只是默立在一边，等着看。公子章却是不停地问："父王，怎么还不开始呢，我都急死了！"

武灵王是慈父心肠，尽管他对韩夫人、惠后已较冷漠，但对这两个儿子却十分溺爱，平日里总是惯着他们，不管儿子提出什么要求，他无不照办。武灵王在饮食服饰方面对他们十分优厚，武灵王吃点什么都要想着这两个儿子，让宫人们分两份给两个儿子送去。两个儿子的教育也受到极大的重视。以廷尉田不礼为太子章师，以郎中令李兑为公子何师，让他们帮助二子读诗书，习武艺，以期有所作为。武灵王之所以对二子溺爱有加，爱子成龙心切，是因为他把国家的富强、社稷的久长看得极为重要。儿子就是赵国的未来，他决心把强国的伟业一代代传下去，直至最后成功。

现在,武灵王又怜爱地把两个儿子拉到他身边,慈祥地对他们说:“别急,骑射马上开始,你看,来了!”

说话间,阴妃身穿短衣短褐,足蹬皮靴,肩挎箭囊,牵着一匹火红的骏马,英姿飒爽地来到武灵王面前,施礼道:“臣妾准备就绪,请大王降旨!”

武灵王一挥手,两名兵士敲响大鼓,阴姬敏捷地翻身上马,两裆一夹,那马长嘶一声,火苗子一般蹿了出去。阴姬骑着马整整绕跑马场转了十圈,还在马上作出马背站立、蹬下藏身等动作,观者为之目瞪口呆,连呼:“好骑术!好骑术!”

太子章、公子何从未见过这样的表演,一个劲儿地拍着手掌叫好。

惠后、韩夫人看呆了,她们有些不相信自己的眼睛,这真是那个文文雅雅、娉娉婷婷的阴姬吗?她怎么会有这等好身手?

公子成、公子绁、李兑、田不礼、周绍等也已看得入了迷,自愧弗如。相国肥义在长子之败后便得了病,一则是偶受风寒,更重要的是,大钟开道攻打中山是他的主意,他万万没想到,不仅未能克敌制胜,反而失去了国宝大钟,这对一个堂堂的相国来说是极不光彩的。尽管武灵王未责备他,他仍有负罪之感,便借病杜门不出。这次,是武灵王专门把他请来的。开始时,肥义兴趣不大,当阴姬驰马五圈以后,他被震动了。但肥义是个不大露声色的人,他只是默默地看着,看着。

阴姬的坐骑开始放慢了速度。她张弓在手,从箭囊中抽出一支利箭,搭在弦上,瞄准了金几岭前面的箭靶,等靠近了,瞅准时机,猛地一射,利箭嗖地飞出,直贯靶心。那靶子是一张干牛皮,因发箭极猛,牛皮被射了个洞。紧接着,阴姬又连发数箭,那牛皮靶子上的洞越射越大,后来,箭矢则从洞中穿过,直插进金几岭的泥土中。

武灵王和大臣、妃嫔们都被深深地吸引了,相国肥义也无法再沉默下去,他站起身,连呼:“好骑术!好箭法!如此巾帼人杰,古来鲜有!”

坐在武灵王身边的端太后也乐得嘴都合不上了,对武灵王说:“我儿好福气,赵国有了一位女英雄!”

阴姬骑射已毕,将马交给侍卫兵士,来到端太后和武灵王面前,深施一礼道:“臣妾不才,太后、大王见笑了。”

端太后将一块绢帕递给阴姬,心疼地说:“可累坏了,一个女人家,出这么大力气,快擦擦汗吧!”

惠后、韩夫人脸上绯红,很不好意思地说:“想不到妹妹有这样好的武艺,比起妹妹,我等真是枉活世上一遭!”

武灵王当然是得意的,他当即宣布封阴姬为妃,即日便行册封之礼。当他细细地打量着阴妃那英武的身姿时,一个使他激动不已的想法跳入脑际……

第九章　初议胡服

武灵王从金几岭归来之后，在信宫召见了相国肥义。信宫又称信武宫，是一座离都城最近的行宫，在邯郸城西北十来里处，赵国的大朝会都在此举行，武灵王也常与要臣在信宫商议大事。

“老相国，”武灵王对肥义道，“今观阴妃骑射，作何感想？”

肥义感慨地说：“一介女流，却有这等本领，实属不凡，就连我三军将校大概也少有人能与相比。赵军中若能有千个、万个阴妃，必成劲旅！”

肥义平日一般是很少感情外露的，可讲这番话的时候，他却很动感情。显然，金几岭前这一幕给他留下了极为深刻的印象。

“老相国，你可知阴妃其人？”

肥义晃了晃头，他确实不知道。作为相国，肥义关心的是国事，对后宫中事一概不闻不问，他觉得，自古以来，即便是再圣明的君主也是拥有成群的粉黛，好色也是君王的通病，只要君王能够勤于治国，这些事大可不必过责。再说，肥义已是六十岁的人了，又经过一段隐居生活，他对女人已失去热情，他不关心女人们的事。

武灵王告诉他，阴妃乃楼烦人之后，其骑射本领是从她父亲那里学来的。楼烦人男女皆善骑，作战十分勇猛，长子之败便是吃了楼烦骑兵的亏。武灵王还将阴妃在中山的经历及入赵后的情况详细讲给了肥义。

肥义感叹道：“阴妃娘娘不但有勇武，有才貌，还是一个轻利重义很有韬略的人，可敬，可敬！”

武灵王道：“寡人对阴妃也深重之。今日观其骑射，寡人更是从她身上看到了赵国的希望。”

“何以言之？”

武灵王道：“金几岭前阴妃那轻便的装束和精良的骑射技艺使寡人想到了长子之战，想到那次刻骨铭心的惨败。赵军之败当然与误中敌伏兵之计有关，但更重要的是败在装备上、武器上。敌兵皆身着短服，行动迅速，而我却宽袍大袖，行动不便，敌兵多精骑，驱驰自由，而我则是战车之群，调动困难。加之长子战场为山地，我庞大的战车群难以发挥威力，只能任敌敏捷的骑兵穿插其间，东击西杀，使我完全处于被动挨打之境地。此外，敌兵皆持弓箭，便于长距离进攻，而我仍以戈、戟、刀、剑为主，习惯于短兵相接的战法。相比之下，赵军装备之落后，战法之陈旧，显而易见。寡人曾是车战的推崇者，相信战车可以主宰未来战场。因此，寡人继位以来，将制造大量战车、组织众多车兵作为强兵的目标，并为之矢志不渝，呕心沥血。长子之战虽遭迎头痛击，但并未真正使寡人猛醒，甚至还想修我战车，练我阵法，再斗顽敌。今日阴妃的表演却使寡人大悟：此种想法何其可笑！相国说得对，赵国应该有千万个阴妃，赵军必须弃旧图新，否则，在强兵如林的战场上只能充当失败的角色！”

“大王是说要革新变法，重建赵军？”

“寡人正是此意。当年，吴起利甲兵，明法令，革新战术，声震遐迩，商鞅奖励军功，以战去战，秦兵大强，齐威王起用孙膑，训练军队，加强武备，使齐军成为有名的‘技击之兵’，韩昭侯以申不害为相，修术行道‘内修政教’，也使国势大振。寡人欲继其后，走变法图新之路，建装备精良之军，彻底改变旧观！”

肥义很感兴趣：“大王欲如何变法？”

武灵王道：“先服胡服，再练骑射！”

“好主意！”肥义击掌而赞，“臣闻之，嗣立大位，不忘先王之功业，乃国君应做之事，出谋划策，力求显扬国君之雄图大略，乃为臣之道理。因此，贤君平日有指导百姓、造福国家之策，一旦行动起来就可建立超过古代、盖世无双之功勋，做人臣的在家时有敬重长辈、谦虚退让之德行，做官后便可成就补益人民、辅佐国君之事业。大王欲胡服骑射，实乃继业开疆之举，臣虽不才，愿为大王手臂，助大王成就此事！”

武灵王高兴地说：“君臣之间莫贵于和契共事，相国自出山以来，忠心辅佐寡人，言语相投，心声互答，高山流水，堪为知音，有相国在侧，实乃寡人之福！可惜的是，并非所有朝臣都如相国，寡人欲进行军事改革，胡服骑射，很可能被认为是违反习俗。纵览古今，凡建立特殊功业的人往往受到非议，有独到见解的人往往遭到怨怼。寡人实担心别人不会理解和支持，致使革旧图新之事受阻。”

肥义道：“大王决心既定，不必顾虑许多。臣谋之，谋事不决便不会有成就，行动多虑就不会有结果。大凡成就功业之人都各有主见，不受制于众人，所谓‘筑室道谋，三年不成’便是这个道理。古时舜帝在宫廷上表演有苗氏之舞，禹王不穿衣服而入裸国，并非放纵欲望，而是为了降服异邦，追求功业，所以全不顾世俗之议。今日之事，大王亦当效仿先贤，莫徘徊，莫犹豫，速行之！”

武灵王道：“寡人之忧非仅群臣不予配合，还担心天下人笑我，今之服装人们已司空见惯，必视胡服为奇装异服进行嘲笑，贤者受到愚者的耻笑是最可悲哀之事。现在，相国既肯力助于我，胡服之功可成，即便举世之人笑我，我也无所顾及了！”

肥义道：“胡服骑射若能成功，胡地中山必为我所有！”

停了一会儿，武灵王说："变更服装非寻常之事，宜先制定式样，审慎推行。"

肥义道："大王言之有理！"

当日，武灵王派人将掌管衣冠制作的典衣、典冠召来，令他们仿照楼烦、东胡、林胡等胡人的装束，先制两套样服。武灵王着重向他们讲明，服装之改革一定要考虑到战场实际，以便于骑马射箭为宗旨。典衣，典冠领旨，下殿去了。

十天以后，典衣、典冠将官用样服呈上，武灵王又和肥义一道进行认真的研讨，最后确定：废除长袍大袖，改为上衣下裤，用革带束腰。带钩依官职分金、银、铜、铁不等，样式有的将带钩钮嵌入革带，钩首钩在革带另一端的带孔中，有的一端为环，另一端为钩；改以羔毛络缝的搭耳帽为轻便的、以绫绢制作的爪牙帽；以金当饰首，前插貂尾，以为贵职；改履为靴，用黄牛皮制作，靴筒稍高，以便骑马。

武灵王对肥义道："赵国朝野上下、庶人百姓都是宽袍大袖惯了，乍换胡服一定招来嘲笑，我二人先穿起来如何？"

肥义笑道："我活了这大半辈子，一向不注重衣冠，这次能步大王之后，出出风头，正求之不得呢！"

说换就换。两人将衣冠脱下，分别穿起了崭新的胡服。武灵王习惯了穿履，穿靴子很费劲，弯着腰吭哧吭哧了半天才穿上，他不禁大笑不已："难怪说万事开头难，连初次穿靴也不易！"肥义的身体较瘦，因革带过长，又换了一根才算合适了。

二人穿戴已毕，四目相对，不禁哈哈大笑起来。武灵王身体粗壮，一着短装，肚子显得很突出。肥义是个瘦子，原来穿长袍还可以遮一遮，换上短装后显得更瘦了。武灵王笑道："相国的腰身好苗细，若是在楚灵王时，相国定被封为天下第一美男！"肥义也风趣地说："大王的肚子也很可观哩！"

二人又一阵大笑。

武灵王在地上走了几趟，活动了一下胳膊腿，很是惬意，连声赞道："胡服好，胡服好，穿着它灵便多了！"

一时兴起，武灵王令人备马，与肥义尽情地在苑中骑马奔驰了一回，十分得意。他对肥义道："变服之利，今日初尝矣，只恨为时过晚。我想先在朝臣中推行，然后再及全国。相国现在就去见叔父，请其穿上胡服！"

公子成的家是市桥里内一所最大的宅第。现在，公子成正和内史赵造边饮酒边作投壶之戏，以助酒兴。

两人都跪坐在席子上，公子成身边放着八根楛木矢，以为投掷之用。他们中间有一个广口细颈大腹壶，壶旁有佳肴和一只三足酒尊，尊上搁置着一把供舀酒用的勺，两位妙龄侍女各立一侧。一侍从当"司射"，他手里捧着用木头雕成的名叫"中"的兽形盛器，里面放着“算”，用以计算二人投中的数目。另有鼓乐者四五人，跪坐一旁。

公子成宴请赵造不是没有缘由的：前些日子，公子成与赵造、李兑、周绍等人一同谏请武灵王诛阴妃，事情不仅未成功，还因阴妃在金几岭的惊人表演碰了一鼻子灰，为此，首倡此事的公子成闷闷不乐，也担心得罪了阴妃对自己不利。内史赵造惯于深思熟虑，专会揣摩别人的心事，他看出公子成的担心和忧虑，便常来公子成家坐坐，还赠给公子成一个叫做鲍乐的颇为滑稽的侏儒为他开心，公子成很感激他。

投壶开始前，公子成很客气地拿起四根矢，邀请赵造说：“我这里有杆不直之矢，一口不正之壶，请以乐宾，愿嘉宾赏光。”

赵造道：“大人以美酒佳肴相赐，又置乐歌，在下岂敢推辞？”

两人说的这番话完全是礼节性的自谦辞令，投壶戏之前按规定总是要这样客套一番的，而且要反复谦让三次。这一程式进行完毕，赵造才从公子成手中接过矢。这时，公子成一扬手，乐者奏《狸首》之曲，乐曲终了，鼓者击鼓，投掷才正式开始。

赵造先投，因用力过猛，矢被壶中装的豆子弹了出来，赵造惋惜地摇了摇头。

轮到公子成投。他先定了定神。念念有词道：

有酒如水，
有肉如山。
若能中此，
万事平安。

念毕，将矢投出，那尖头如刺的楛木矢稳稳地顺壶而入。公子成大喜，赵造也称赞道：“司徒好手力！”

乐声鼓声又起。赵造拿起第二根矢，没投之前，道：“下官这一根矢，为司徒大人祝愿。”

他定了定神，念道。

有酒如渑，
有肉如陵。
若能中此，
福禄康宁。

公子成睁大了眼睛望着赵造手里的矢。好，中了！公子成松了一口气。

之后又第三次击鼓投矢，四矢投毕又开始第二局，这样一连投了三局，赵造胜一局，司射为他“立一马”，公子成胜了两局，司射为他“立二马”。按规矩，至三马而成胜，假如只胜了两局，立二马，对方赢了一局，立一马，这一马就要归入那二马拥有者的名下,以凑成三马,表示庆贺胜的一方。赵造当然愿意这样做,平日向这位权倾朝野的王叔献殷勤还找不到机会呢!

公子成呵呵笑着给赵造舀上酒,说:“内史,请饮罚酒吧?”

赵造二话没说,端起罚酒,一饮而尽。

这时,侏儒鲍乐端着一只匜和一只承盘走来。匜和承盘都是青铜制的盥洗器。匜状如瓢,四足,内盛水,是给客人浇水洗手的,那承盘备在下边接水用。

鲍乐只有三尺来高,脑袋很大,四肢极短,样子十分逗人。

赵造道:“司徒大人,你看这鲍乐怎样?”

公子成道:“玩意儿不少,挺开心。来,鲍乐,做一个‘倒身转’!”

鲍乐趴在地上叩了个头,嬉笑着说:“遵命!”他十分灵巧地将身子倒立起来,大脑袋和两只拄地的手构成了个支点,两条小腿不住地向上蹬着,身子也以头为轴旋转起来。这便是“倒身转”了。

“好!”

“好!”

公子成、赵造一阵喝彩。

门役前来禀报:“大人,有客来见!”

是肥义。公子成知道,肥义相国是无事不登门的,他忙令人又添了些酒菜,说:“老相国,今日怎肯屈驾光临寒舍呀?”

肥义道:“不瞒司徒讲,今日还真有一事,一件大事。”

“大事?”

“大王鉴于宽袍大袖不便作战,欲效胡人,改为胡服,先从朝中做起,令朝臣穿胡服上朝……”

不等肥义说完,公子成、赵造都大吃一惊:“学胡人,穿胡服,这成何体统?大王怎么想出这个主意来?”

肥义道:“二位莫急,大王有话让我转达。大王说,胡服之意并非心血来潮,而是为了国家的强盛,百姓的安宁。大王知道,变更习俗,自古为难,特此首先想得到司徒大人的支持。大王说,家听于亲,国听于君,乃古今之公行,子不反亲,臣不逆主,乃先王之通理。治国有常,利民为本,从政有经,气行为上。显扬功绩要考虑到下面的百姓,但推行政令必须依赖贵戚,只有如此,国君的威望才不会受到损害。如果司徒不肯辅助,担心天下人会议论,所以,大王请司徒率先响应,佐成胡服之功。”

赵造听罢,微笑着瞅了瞅公子成,像是在说:大王将胡服成功的关键寄托在你这王叔身上了,你作何表示?

公子成心里很矛盾。武灵王特地派相国前来传话，而且从叔侄关系出发，极尽尊敬之意，如不积极响应，有些不知好歹，可是，如果明确表示支持，他又极不情愿。他低着头，用手指“笃笃”地在几案上敲了好一阵，最终还是这样说道。

“大王如此看重老臣，实在是感激不尽。可是……我赵国乃聪明睿智之地，仁义礼乐之邦，财货丰足，技艺精妙，圣贤在这里施教，《诗》、《书》在这里传诵，远方夷国争相前来仿效取法，赵国文化远播域外，大王怎可无视于此，卑身袭用胡夷之服呢？此举背逆了圣贤的教诲，离开了赵国固有的习俗，也难符国人之愿，恐怕会引起混乱。为国家计，还是请转告大王，慎思为宜。”

肥义看得出，公子成一时难以说服。况且，公子成是国君的叔父，他做相国的也不便深说，就有意避开直接谈论这个问题。他喝了一口酒，慢吞吞地说：“我听说这样一桩趣事，南方山中有许多孔雀，常常是几十只在一起飞翔。雌孔雀尾巴短小，且无光彩。雄孔雀生下后，经过三年才长出一个短小的尾巴，五年才长成五彩斑斓的大尾。孔雀十分喜爱自己的大尾巴，每当在山中停留时，总要先寻找一块能够放尾巴的地方，然后才停下休息。南方人要捕捉活孔雀，总是等下大雨时。那时，孔雀的尾巴沾上了雨水，变得沉重起来，不能高飞，即便人到了孔雀面前，孔雀也因为爱惜自己的尾巴，惧怕捕雀人抓坏，便不再飞走，于是，乖乖地成了捕雀人的猎物。孔雀之尾美则美矣，但因尾误身却太不值得。多少年来，我中原之民皆以自己的服式为美，很少有人看到它的弊端，致使因衣服不便而导致战事失利，像孔雀那样因爱尾而误了身家性命。当今骑兵越来越成为战场主宰，宽袍大袖有碍骑射，若不弃旧图新，强兵无望矣！”

公子成道：“相国言之太过了吧。赵国败于中山皆因谋划不周，指挥不力，怎能说是因服式不好？这岂不是风马牛不相及吗？我知道，长子之战，相国是曾参与其事的，胜败乃兵家常事，吸取教训，以利再战就是了，不必去找一些不相关的原因吧！”

公子成这番明嘲暗讽的话使肥义觉得很刺耳，脸红一阵白一阵。善于察言观色的赵造怕二人说僵了，忙上来打圆场。

“相国讲的孔雀爱尾失身的事很有趣味，但那不过是闾里之言，并无多少根据，司徒所言应从战事本身吸取教训，也不无道理。微臣也听说这件一件趣事。南海之帝名倏，北海之帝为忽，中央之帝为浑沌。倏与忽相遇于浑沌，浑沌待之甚殷。倏与忽便私下商量报答浑沌之德，倏帝说，人皆有七窍，以为视听食息，唯独浑沌没有七窍，我等给他凿一下如何？忽帝表示赞同。于是，二帝便每天给浑沌凿七窍，七日后，七窍凿成，但浑沌也死了。这也不过是闾里之言，无非是告诫人们不要轻易去改变已成定制的现状，以免弄巧成拙。好了，我等且饮酒吧。老相国，我们三人作投壶之戏如何？请相国先掷！”说着，将一支楛木矢递到肥义面前。

肥义没有去接。他站起身来，推说自己不胜酒力，想告辞回去。临行又对公子成道："明日早朝，大王请司徒大人必到！"

"知道了。"公子成有些不耐烦地说。

第二天，公子成没有上朝。

第三天，也没有上朝。赵造禀告武灵王，公子成病了，而且病得不轻。

武灵王猜得出，这位王叔害的是心病。于是，在一天下午，他乘车出了赵王城，亲自前往公子成家中。

公子成躺在一张四足卧榻上，榻的后面和左面有矮屏风，榻前放着一张案，案上有几样果品。方才，他并未躺在这里，得知武灵王前来，才拉开被衾，生起"病"来。

武灵王来到榻前，关切地问："听说叔父病了，很是挂心，现在怎样了？可服过药？"

公子成连忙装作很痛苦的样子从榻上坐起来，说："老了，经不住一点风寒。不过，不要紧的，何劳大王前来探视，这叫我心中何安？"

武灵王道："叔父何必这样讲？在朝廷，你我为君臣，在家中，你我为叔侄。晚辈看望长辈不是理所当然吗？我盼叔父上朝议事，是因胡服之事难以定夺，想请叔父力助。"

公子成道："大王欲行胡服，臣已知之，只因卧病在床，未能先向大王进言。臣与肥义相国说的那番话都是心里话，是为国为民而发，望大王体谅老臣之愚忠。"

武灵王道："叔父肯于直言，无可非议，只是叔父之言未免失之偏颇。服装都是为了方便使用，礼俗都是为了便于行事，所以古之圣人皆观察乡俗，因事制礼，使之有利于民，有利于国。古有瓯越之民，他们喜欢将牙齿染黑，还有大吴之国，喜欢在额上刺花纹，戴缝制粗劣的鱼皮帽。可见，天下各地的礼俗服饰是各不相同的，正如儒家都师于孔子，但关于礼法的细节各人的主张却各不相同。夷狄之国尚能因地制宜，我赵国为何还墨守成规呢？请叔父仔细想想我赵国的情况吧。我们东有黄河、漳水，和齐国、中山为界，但赵国却无水军，西边有燕、东胡、楼烦、秦、韩，却无骑射之备，这样怎能保障边境安全？所以，寡人准备聚集舟船，派水居之民防守黄河、漳水，变革服装，训练骑射，防守与燕、秦、韩、东胡、楼烦共有之边境，如此，江山何愁不固？"

武灵王很激动，不住地打着手势，胸中的宏伟计划使他难以安静。

公子成不为所动，他内心深处那根深蒂固的观念怎么也扭转不过来。自从洪荒时代结束，人知道了穿衣戴帽，服装就一直未改过。老祖宗留下来的，历经了世世代代而形成的定式难道是可以改变的吗？但是，他又不好当面回驳武灵王，想来想去，觉得还是旧事重提最有效。

"大王，自从简襄先王奠定了赵国的基业，赵国经常受到夷狄的侵扰，赵与戎狄结下了深重的世仇，兄君还因大志难申，羞愧而逝。我等后来之人怎可忘记这一切，师法夷敌呢？这样怎对得起先王，怎对得起赵国的万千臣民？”

武灵王道：“赵与夷狄确为世仇，先王遗嘱不应忘记，但更应激扬先王的进取之志。过去，简主没有把自己禁锢在晋阳，方得据有上党之地，襄王没有故步自封，才使国力日强，兼并了戎敌，驱逐了胡人。今胡服骑射近可扼守上党，远可报中山之仇，怎说是违背先王之意呢？叔父恪守国中旧俗，才是不思强国之计，忘记了世仇国耻。胡服之事寡人本以为叔父会鼎力相助，想不到叔父却持世俗之论，实在令人大失所望！”

公子成见武灵王生了气，忙赔不是道：“臣愚笨，未能体会大王之意，妄言世俗之闻。今日大王要继承简、襄之意，顺乎先王之意，臣敢不听命？”

武灵王闻听，脸上露出微笑，说：“方才之言，寡人有些冲动，万忘叔父海涵。既然叔父赞同胡服，可即令人将胡服送来，明日叔父就穿胡服上朝，给群臣作个样子！”

公子成心里“咯噔”一下：让我第一个当众穿起这种野蛮人的衣服，这不是要我难堪吗？我已是六十多岁的人了，这种丑事万万干不得！想着想着，他脸色煞白，额头上也是汗涔涔的了。

武灵王以为他太疲乏了，忙安慰道：“叔父有病在身，还是要安心静养才是，你累了，歇息吧。如果明日还不见好转，那就过几日再说。但寡人还是希望叔父先给朝臣带个头，朝臣都是看着贵戚的样子行事的啊！”

公子成只得点头应诺，他觉得四肢无力，精神倦怠。他真的病了。

一连三天，探病者盈门。公子绁、赵造、李允、田不礼，几乎所有的朝臣都来了。御史周绍是和太子章一同前来的，他新近已兼任太子章之师，与田不礼一道共同教太子章习经史。最初的时候，探病者多是谈论公子成的病情。问候、安慰，表达体贴、关照，人们对这位王叔献上了自己的深切的感情。后来，当他们从言谈语吐中得知公子成真正的病因之后，话题很快转移到胡服上来。

“我堂堂中原大国穿野蛮人的服装？真是丑煞人也！”

“胡人只配向我朝拜，岂可倒行逆施？”

“改变祖宗之法，那可要亡国的啊！”

“咳，大王一意孤行，世风将大坏矣！”

惊讶、怨怼、忧虑、愤懑，几乎众口一词。他们已经习惯了旧有的一切，忍受不了一点点改变。他们为赵国担忧，为国君担忧，大有杞人忧天之慨。有人想学习古之谏臣，冒死力谏，有人则激昂慷慨，痛哭流涕，发誓决不穿那种见不得人的衣服。

公子成也流着泪对众人说：“身体发肤受之于父母，舆服衣冠传之于先王，随意改变服装是对先王的不忠，对国家的亵渎。古人重衣冠比之于身家性命，当年孔子弟子子路因参与卫国政变受伤,临死前还不忘结好冠缨,我等亦当如此!”

共同的情感,共同的语言,使市桥里公子成家聚集起一批反对者。他们在探病的名义下,频频往来,交流看法,发泄怨气,这里成了一个新的舆论中心,使武灵王的改革面临着一个极大的障碍……

赵武灵王自从去公子成家探病以后,明显地感到,在公子成身上有一种很难改变的抵触情绪,这使武灵王很是担忧。

武灵王对公子成是寄予很大期望的。他凭着以往的经验认定,王亲贵戚在朝中占有特殊的地位,他们的一言一行都在强烈地影响着朝臣,没有他们的支持事情很难成功。他决心说服公子成,哪怕多费些力气。

这日,他正想再次前往公子成家中,寺人缪韪入报:“大行令求见!”

公子绁是迈着沉重的步子来到武灵王面前的。这位胆小慎微的王叔神情肃穆,心事重重,脸上的肌肉紧绷着,目光中充满了试探和疑虑。他仿佛不是来见国君,而是在一片随时都可能遭到灭顶之灾的薄冰上行走。

“大王……”话刚出口,又惶恐地收了回去,公子绁的一双眼睛紧盯着武灵王,像是在说:可以讲吗?

武灵王看出了他的心思,微笑着说:“叔父有什么话尽管说,请坐下吧。”

公子绁紧张的表情稍稍有些缓解。他咽了口吐沫,道:“禀大王,微臣是有罪的,当年你父王为太子时,悔不该与他争夺储位……”

“叔父,陈年旧事了,总提它做什么,叔父今天是怎么了?”

“微臣知道,大王不计前嫌,因大王宽宏大度,微臣才苟活至今,所以……”

“叔父,寡人历来不因个人好恶和私情旧怨而阻遏忠谏,这你是知道的,尽请直言,无须顾虑!”武灵王进一步开导他。

公子绁这才鼓足了勇气,说:“臣闻之,农夫劳力,君子受供养,这是从政之经,愚者陈述己见,智者议论,这是教化之理,臣不藏忠心,君不阻塞劝谏,是国家之福。臣虽愚钝,愿竭其忠!”

武灵王笑道:“忠无罪过,叔父请说吧!”公子绁道:“顺应潮流和风俗,这是古之道理,衣服有一定样式,这是礼义的规定,循法无过错,这是臣民之职分,此三件,皆圣人之所教。而今,大王忘记这些古训,袭用远方之服,改变古今之理,臣以为不妥,请大王三思!”公子绁一口气说完了这些准备已久的话,像是释去了沉重的负担,长长地出了一口气。

“叔父前来就是为这事?”

“正是。”

武灵王道："既然叔父开诚直言，寡人也直率地讲几句心里话。不怕叔父生气，寡人以为，方才叔父之言不过是世俗之论罢了。常民溺于习俗，学者拘泥书本，这两种人都喜欢循规蹈矩，按部就班地办事，毫无进取之心，创新之意，寡人最看不起他们！方才叔父言道，礼义规定了衣服的定式，然夏商周三代服装并不尽相同，但天下都得到治理。叔父说教化不应改变，但建立霸业的齐桓公、晋文公、秦穆公、楚庄公、宋襄公五位国君教化各不相同，这又作何解释呢？自古以来，都是贤者开创制度，改变习俗，愚者只知遵依旧习，一成不变。那种只知拘泥世俗之人，不足与其交谈。习俗、礼法跟着时代变化，乃圣人治国之理，继承教化而动，循法无私，是百姓之职分，真正饱学之士都是随着见闻而改变旧看法。寡人主张，自立者不必等待他人，治理今天不必师法古代，叔父还是放弃你的想法吧！"

这一番话说得公子绁面红耳赤，心里突突直跳，临进宫前在公子成那里熟记的一篇道理忘了大半。他像一个败下阵来的斗鸡，耷拉着头，垂着臂，无精打采地说："微臣不过是随便说说，治国大策还赖大王定夺，臣告退了。"

"叔父请便！"武灵王这样说着，又坐到御案前，展开一卷《商君书》读起来。耳边，公子绁那仓皇的脚步声在渐渐远去，直至消逝。

大约过了半个时辰，武灵王猛然想到，应该去东宫看看太子章的功课。太子章天资比较聪慧，但他不大务学，近来进步不大，但太子章的母亲韩夫人却总是宠着他，所以，又派御史周绍为其师，以加强对他的督促。

东宫在赵王城东城，与大内所在的西城仅一墙之隔。东城临近隔墙有两座高台，称南北点将台，远征出兵时在此点将。临近南将台有一座宫殿，名章德殿，为公子何所居，临近北将台也有一座宫殿，名乐成殿，这便是太子章的住所了。

此时，太子章正颇有兴趣地在庭院中观看斗鸡。指挥斗鸡者是一个壮年男子，他就是以养斗鸡闻名于都城的纪消子。他怎么来到宫中的呢？这里有一段缘由。

那年，五国兵马以会葬之名开进都城，胡作非为，纪消子的斗鸡被齐兵烹吃以后，纪消子前来宫中告状，当时尚未继承君位的武灵王对他有了一个最初的印象。后来，邯郸斗鸡之风日盛，不少宫人乐观斗鸡，寺人缪艱便向武灵王推荐纪消子，请将他召入宫中专养斗鸡，以供宫人们娱乐。武灵王默许，纪消子于是得以在宫中奉事。

当年的年轻人如今已是壮年汉子了。他身上已看不到穷困的影子，他的衣着挺整齐，身体还有些发胖，表明他在这里是绝无衣食之忧的。然而，他身上也失去了先前的纯朴和敦厚，他和那些寺人们一样，脸上常常挂着微笑，他学会了讨好和献媚，完全适应了宫禁的环境。还应说明的是，他入宫时已阉割了，有人说他是自阉的，因为在这后宫粉黛之地是不容许不相干的男人随便走动的。

现在,他正穿着一身色彩鲜艳的斗鸡服用铎拂导引着两只雄鸡相斗,以供太子章取乐。太子章平日最爱看斗鸡,他不住地叫好、喊叫。纪消子见主人这样高兴,像是得到了奖赏,更加活跃起来。他手拿铎拂,忽而跳东,忽而跳西,忽而打口哨,忽而弄怪姿,使尽浑身解数,刺激两鸡的争斗。那两只大雄鸡竖毛振翼,砺吻磨距,斗得难解难分,太子章又是一阵喝彩,连陪他观看的周绍也叫起好来。

就在这时候,赵武灵王来到了他们面前。

武灵王没有吱声,脸上却明显地表现出不满意的表情。知趣的纪消子马上把两鸡喝住,道:"大王,太子,御史,小人告退了。"说着,收拾东西,那两只斗鸡一前一后跟着他走了。

周绍忙对太子说:"想必殿下已尽兴了,请回房读书吧!"太子章正觉尴尬,周绍的话使他得到解脱,他痛快地答应着,走开了。

武灵王向周绍问起太子章的学业,周绍详细作了禀报,最后说:"太子天资聪慧,只是有些不够专心致志,慢慢就会好的!"

武灵王道:"御史与廷尉要对太子严加教诫,且不可迁就于他!"

周绍应诺。

忽地,周绍问:"大王,难道真的要改着胡服吗?"

"怎么,御史怀疑寡人的决心?"

周绍道:"大王,此事关系重大,切不可轻易为之啊!臣闻之,圣人行事皆据习俗而动,因而事半功倍,易于成功。而今,大王变旧制背离习俗,行胡服不顾民意,此非教民守礼。况且,服装奇特,心术便会不正,改变习俗,就会扰乱民心。所以,国君不袭用远方奇僻之服,国中不接近蛮夷之俗。按循古法绝无过错,请大王再思之!"

武灵王笑道:"御史言之大谬矣。古今习俗不同,为何还效仿古代?帝王都互不因袭,为何还遵循旧礼?伏羲、神农只教民而无刑罚,黄帝、尧、舜虽有刑罚但不滥用,及至夏禹、商汤、周文王都是观时而制法,因事而制礼。古之圣王的法令制度都各顺其宜,衣服器械各便其用。由此观之,为使国家有利,不必效法古代。圣人之兴起皆不相因袭而王,夏、殷之衰败并非因为改变了礼法,这一点,御史想必比寡人更清楚!进退之礼节,衣服之制度,原本用来使民一致,并非用以衡量贤者,相反,古之圣人都是顺应环境变化。有谚语说,按书本上的方法驾马,不能完全符合马之实情,用古法治理当今,不能通达世事之变。御史还是不要反对吧!"

武灵王这番话将周绍之论驳得体无完肤,无言以对,这位赫赫有名的儒者只得甘拜下风。不过,当他送走了赵武灵王之后,他又踌躇满志地前往公子成家中,只有在那里,才可找到共同语言,只有在那里,才会有结伴而行的同路人。

第十章　灌木丛下藏杀机

公子成家已是宾客满堂。公子绁、赵造、李兑都已到来多时，这些天来，他们几乎是每日必到的。平时，他们之间的关系并不亲密，特别是公子成和公子绁兄弟俩，四十年前当公子绁与赵肃侯争夺君位时，公子成是坚定地站在赵肃侯一边。他力助赵肃侯挫败了公子绁的政变，使公子绁流亡国外。这兄弟反目的往事在他们各自的心头上都有很深的烙印，而现在，他们一下子释去了往日的仇怨，道起了手足之情。公子绁多次带着丰厚的礼品来看望他的兄长，公子成也表现出异乎寻常的热情。这突然的变化有一个奇妙的缘由，那就是因胡服事造成的观点的一致，情感的相通。

今天，公子成决定盛情款待这些同一条道路上的知音。

菜肴是经过精心选定的。有清炖牛筋，卤鸡、焖鳖、用甜酱拌的红烧甲鱼、叉烧羊肉、烩水鸭等，密匝匝地摆满了几案。喝的酒是刚从窑里取出的陈年甜酒，解酒用的酸辣汤是仿照宫廷司厨的配料，这一席酒菜足可与国君的御宴相比。

为助酒兴，公子成除了让家养歌舞伎认真准备外，还派人请来几位邯郸倡人。邯郸倡即以卖唱为生的歌女。以邯郸为中心的赵国素以音乐歌舞著名，长期以来形成了自己的风格，并拥有一支相当大的歌女队伍。邯郸倡大多出身微贱，凭着歌喉和姿色为富家驱使，其身份不亚于女奴。她们以微笑向贵人取悦，以歌舞求得温饱，每个人都有一部苦难的历史，歌声的背后掩藏着她们无尽的辛酸。

应召前来公子成府的邯郸倡中有一位名叫莹姬，她便是那年曾在市桥里欲跳漳水自尽的少妇羊舌媛，她因丈夫战死，生活无着，被迫当了倡优，她游媚于茶肆酒楼，应唤于富贵之门，像一叶浮萍漂来漂去，以无休的歌舞换取简单的衣食。今天，她是第一次被召到司徒的宅第，有些紧张，与舞伎们侍立于侧，等待着主人的命令。

宴会刚刚开始的时候，一位中年官员走了进来，他是御史周绍。一进门，便歉意地拱手道："司徒大宴宾客，下官不请自来，该不会扫诸位的兴吧？"

公子成忙起身道："哪里哪里，本已派人去请的，未至乐成殿，听说大王正和御史议事，便折回来了，因为这，我将下人好一顿训斥。现在来了，正是时候，快请入席！"

"御史请！"公子绁、赵造、李兑同声说。

周绍也不客气，脱了鞋子，席地坐在靠近公子成的一张几案旁。

公子成首先举杯："近日老朽偶染微恙，承蒙诸位多次探问，老朽不胜感激，特备薄酒,以致谢忱。诸位,请!”

众人举杯,一饮而尽。

三杯下肚,赵造问:“周御史,大王在乐成殿前与你谈论何事?”

周绍发狠似的喝了一大口酒,摇头道:“咳,还是不谈也罢。”

赵造的目光往周绍脸上一扫,心里已明白八九分,他挑唆似的说:“大王未免太固执了,忠谏之言一点也听不进去!”

周绍的心弦被拨动了,诉苦说:“可不是,不知什么人给大王灌了迷魂汤,硬是咬住胡服不放,说破了嘴也无用。赵国人真的都穿上那种野蛮人的服装,还成何体统?”

李兑接上来说:“现在大王在后宫只宠阴妃,在朝廷只听肥义,胡服便是他们的主意,我们赵国迟早要叫他们毁了!”

赵造一边理着胡须,一边赞同地点头,眯缝着眼睛对周绍道:“周御史,你有幸在东宫奉事,太子、公子、娘娘、太后都相见甚易,难道就毫无办法劝谏大王?”

“难哪。不过,倒是可以请人代言……”

赵造抿嘴一笑:“周御史是个饱学之人,一向办事比我们聪明。来,为了御史的成功,我们同干此杯!”

在三人交谈的时候,公子成一直在侧耳静听着,但表面上却是若无其事地喝酒吃菜。公子继因有前科,胆子小,不大轻易发表意见。特别是前些天在公子成的唆使下劝谏碰壁之后,胆气更减弱了几分。进谏他是决不肯再干的,万一武灵王翻了脸,旧账重算,那还得了?他只希望别人出头,请别人替他说话。

于是,他煞有介事地说:“诸位听说了吗,近日宫中有灾变,一棵百年老梧桐干枯了!”

周绍道:“此事当真?梧桐是吉祥的凤鸟所栖之树,‘梧桐枯,灾祸至’,这是不祥之兆啊!”

赵造道:“方才大行令说起了灾变,我倒听到许多。石邑有一山,某日夜里忽然无影无踪。卜曰:‘山默然自疑。厥贤者不兴,社稷危矣。’仇由有雌鸡化为雄,卜曰:‘妇人专政,国不静。牝鸡雄鸣,主不荣。’武安某日大雨,天空中竟落下很多鱼来。卜曰:‘天雨鱼,邪人进,贤者疏。’还有,元氏有马生角,在耳前,向上,右角长三寸,左角长二寸,卜曰:‘臣易上,政不顺,妖马生角。’嗨,这些灾变,听起来真叫人不寒而栗!”

周绍摆出饱学的架势,晃着脑袋说:“善言天者,必质于人,善言人者,必本于天,故天有四时,日月相推,寒暑迭代。其运转也,和而为雨,怒而为风,散而为露,乱而为雾,凝而为霜雪,此天之常数也。如若四时失运,寒暑乖违,则五纬盈缩,层层错行,日月薄蚀,彗星流风,此天地之危诊也。商纣之时,大龟生毛,兔生角,此甲兵将兴之象,周宣王锦年,幽王生,是岁有马化为狐,晋献公二年,周惠王居于郑,有郑人脱化为鬼蜮，射人……”

此时，周绍已喝得半醉，说着说着，嘴边渐渐失去了把门的，公子成暗想，这样张口闭口暴君昏王，岂不是有讥讽朝政之嫌吗？一旦传出去，这还了得？他忙打断周绍的话，道：“诸位，来来来，说话别忘了喝酒，请举杯！”同时，他又向乐鼓伎一挥手，琴瑟之声顿起，一群艳装舞伎飘然来到宴前。

舞伎皆妙龄少女，个个妩媚多姿，一袭长裙广袖，加之手中的彩色绸带，更增加了几分生动之势，宛若一个美妙的仙境。

公子成喃喃地赞道：“都说长袍大袖不美，依我看来，简直是美不胜收！设使舞人都着胡服，短衣窄袖，还有何韵味？”

李兑也在一旁添油加醋：“若真是那样，以歌舞为业的邯郸倡也该饿死了！”说着，瞥了一眼待命的邯郸倡莹姬。

该莹姬表演了。她表演的是鼓舞。她身穿葱绿色纱裙，一双桃红色绣履，腰肢纤细，身轻如燕。她敏捷地在十来个小圆鼓上跳踏而舞，用脚尖上的一个木球“咚咚”地敲击鼓面，自成妙曲，观者瞠目结舌，连声叫好。

最后是侏儒鲍乐的小玩耍。他推来一个大绣球，绕场滚动了一圈，便跳上大球，用脚滚动起来。他的两只小胳膊一边作着平衡，一边挥舞弄姿，口里还唱着滑稽的小曲，逗得众人一阵大笑。

客人们在不住地添杯，周绍、赵造都已大醉，公子成也两眼蒙眬，昏昏沉沉中，一个念头又跳入脑际……

一直把后位看得比性命都要紧的惠后听到一个不知从哪里传出的消息，大王要废掉她，改立阴妃为后。这消息使她心里憋闷得很，吃不好，睡不实，好几次梦见她被打入冷宫，急得她在梦中惊叫而醒。

她并不怀疑这消息的确实性。因为自打阴妃册立之后，武灵王几乎与阴妃形影不离，她痛苦地尝到了失宠的滋味儿。

有一事使她难以忘怀。这是在十天前，她前往阴妃房中，见阴妃两腿交叉坐着，非常随便，心想，这妇人也太不懂礼节了，怎可这样无礼貌？她把这事告诉了武灵王，武灵王竟不以为然，还说：“这是你无礼，并非阴妃无礼。《礼》不是这样讲的吗：‘将入门时，先问谁在里面，要上堂时，一定要高声说话，要进屋时，眼睛要往下看。’这样方可使主人在没防备时不会措手不及。你到了她的寝处，进屋前也不说一声，使她这样坐着看见了你，这是你无礼貌。再说，即使阴妃失礼，也无伤大节。人非圣贤，孰能无过。古人云：‘人无疵，不可与交。’此言得之！”

惠后被说得面红耳赤，哑口无言，心中暗自埋怨大王对阴妃太偏袒了。

还有一次，惠后对武灵王讲起这样一个故事：很久以前，东方有一个名叫爰旌目的人，要到远地去，走到半路，饿倒了。狐父这地方有一个强盗，名丘，见爰旌目饿成这个样子，便拿来一些汤饭喂他吃。爰旌目喝了三口，睁开了眼睛，身上也有了力量，便问："请问恩人，尊姓大名，操何业为生？"盗丘答道："在下狐父人，名丘。你好些了吧？"爰旌目闻听，猛地站起身来，惊异地望着盗丘，说："哦，你不是强盗吗？为何给我东西吃？我是个讲信义之人，决不吃强盗的东西！"说罢，他两手按地，使劲儿将饭水呕吐出来。最终，爰旌目饿死了。不过，他宁死也不食盗食的美名却流传于世。

惠后讲这个故事，用意是明确的。对于强盗所赐，就是死也不能接受，气节为上，生命次之。中山为敌国，阴妃为敌国所赐，受而爱之，有失气节。

武灵王当然猜得到惠后的用心，他笑道："班狐父丘确为盗贼，但食非盗也。因食为盗赐，不食而搭上了性命，这太愚了。若吃下东西，身子有了力气，再助官府捉住盗贼岂不更好？对仇敌，也可学而用之，兵法上叫做'师敌制敌'，这有何不可呢？"就这样，惠后又碰了一鼻子灰，心里好晦气！

现在，当惠后回首这些往事的时候，心中的怨怼更增加了几分。她是个心胸狭窄的人，又不善言谈，不像韩夫人那样能说会道，有事只能在心里憋着，这样一来，情绪更压抑了，整日愁眉不展，闷闷不乐，好像得了一场大病。

真是雪上加霜。这天，她正闲坐宫中，望着窗外呆愣愣地出神，宫人惊慌地来报："娘娘，大事不好了，公子突然得了急病，昏迷不醒，净说胡话，快去看看吧！"

这突如其来的变故使惠后吓得脸都黄了。公子何是她唯一的儿子，惠后把他当成命根子，在他身上寄托着自己的未来。她发现，武灵王对公子何也非常溺爱，有时竟超过太子章。惠后曾试探着问过武灵王，可否改立公子何为太子，因为王后的儿子不是太子在道理上讲不通。武灵王尽管没明确表态，但已略有此意。公子何如果当上太子，便是未来的国君，她这个当母亲的还有什么后顾之忧？现在，听说公子何得了病，比自己得病还着急，她赶忙令人备车，前往东城。

公子何的寝殿内一片惊慌。宫女、寺人急匆匆地往来其间，奉药医食，一个个阴沉着脸，不吭一声。武灵王和肥义也在殿内，他们瞅着病人，无计可施。公子何双目紧闭，脸色发青，说着胡话，一位御医又是诊脉，又是开方，忙得不亦乐乎，但于事无补。

正是在这慌乱不堪的时候，惠后到来了。人未进门，哭声先闻。她衣装不整，发髻松乱，身子哆嗦着，由两个宫人搀扶着走了进来。在离公子何的病榻两三步远时，她突然挣脱了宫人，扑上前去，号啕大哭起来："我那苦命的儿啊，是什么人在咒你，让你得了这么个病啊……万一有个好歹，我可怎么办啊……我们母子不幸，无人疼爱，无人照应，受人冷眼，还不如去死……你要去了，我也不活了……"

积郁已久的怨愤和悲伤一股脑地像山洪似的倾泻下来，她的哭声撼动了殿堂，仿佛公子何已不在人间！

武灵王明明知道惠后泄怨，但却难以作任何解释和劝说，只是低着头，绷着脸，听凭这号啕如冰雹一样地向他砸来。

肥义、宫人、寺人都上前劝说，可那惠后硬是不听，哭个没完。众人劝又劝不了，退又不便退，只得僵立着忍受着这哭声的折磨。

这哭闹直到周绍到来才稍为消歇。周绍领来了一个男巫，他是周绍特地从城中请来的。原来，公子何得病的消息也很快传到公子成耳中。公子成此前已令人放出风去，武灵王欲另立阴妃为后，阴妃已有孕在身，若生子将立为太子。公子成企图以此挑起后宫纷争，阻止武灵王的胡服改革。听到公子何突然得病的消息，以为是天赐良机，马上派人把周绍找来，如此这般叮嘱一番，周绍连连应诺，很快做了布置，并以玉璧一双为代价请来了这个男巫。

周绍向武灵王介绍，此男巫名孙休，绰号孙半仙，觋视极灵验。曾有人为试验他的巫术，杀鹅埋于苑中，架小屋，施床几，把妇人的屐履服物放在上面，请他觋视。告诉他说："如能说出冢中鬼妇人的样子，给予厚赏，并相信他的巫术。"孙半仙视后没有说话，经追问才说："实不见有鬼，只见一白头鹅立在墓上。之所以不当即说明，是怀疑鬼神变化为此相，待恢复其真形后再告。"主人听罢，连声叫绝，孙半仙之名也因此传遍都城。

还有人说他曾服过神农时的雨师赤松子服过的"水玉散"，能入火不烧。这种"水玉散"是用玄虫血渍玉屑和水而服，很少人服过。

武灵王并没心思听孙半仙的传闻，只是催他赶快为公子何诊病，孙半仙连声应诺。

孙半仙首先看了看公子何的面相，又闭目养神片刻，说："公子是中了邪魔，待我破它来！"

说完，先让公子何服了一粒丹药，又取来一钵清水往公子何榻前一洒，口中默念了一阵符咒。接着，从袖中取出一只两寸来长的木雕鹰鹫，托在掌心，念念有词——

厥我神鹰，
施神力兮。
除却妖孽，
祈乎安兮！

念罢，手托木鹰，走出公子何的寝殿，直奔梳妆楼而去。

风景如画的梳妆楼如往日一样地幽静。树木掩映的楼阁，清澈见底的照眉池，鸟儿的鸣唱，动听的乐曲，还有那悠闲美艳的宫人，雍容华贵的妃嫔。

这几天，阴妃没见到武灵王。她知道，武灵王正在赵王城忙于国事，所以，她只是默默地等待着，等待着君王的驾临。她和贴身宫人慧儿把宫室收拾得很干净，还令慧儿采来一束野花插在陶瓶中，摆在几案上，屋内顿时充满了清新的花香。

看着这束野花，阴妃情不自禁地回忆起那充满坎坷而又不乏欢乐的少女时代。她想到了楼烦国那一望无际的大草原，草原上盛开的野花，纵马驰骋的欢快情景。她清楚地记得，在她很小的时候，她慈祥的父亲就把她带在马上，稍长，是父亲教会了她骑马，以至成为楼烦草原上出色的女骑手。当然，她也想起了母亲空洞氏，一个不幸的王妃。她心里一阵作痛，热泪遮住了双眼，她俯在几案上，低声啜泣起来。

当她再抬起头来时，眼前的野花又幻化为一个女孩子胖胖的红润的脸蛋。啊，女儿，是女儿！这是她和中山王昔生的孩子，她非常爱自己的女儿，但当她被赐给武灵王前来赵国时，中山王却强行把她母女分离，将女儿留在中山。

啊，遥隔千里的女儿啊，你是否长高了？你不想念你的母亲吗？母亲却是时时刻刻在想念你啊！神灵啊，请保佑女儿平安无恙，健康成长。她期待着见到自己的女儿，爱而不见的痛苦在强烈地折磨着她，她感到一阵身在异国、远离亲人的孤独……

可聊以自慰的是，她现在已有了身孕，腹中蠕动的小生命便是她在这空寂的宫室内的精神寄托。她希望这是个男孩，凭着她的感觉，她相信这种希望并非毫无根据的想象。她在心里和这个小生命对话，她仿佛看到了他，他出世了，他长大了，他成了一位英俊的王公……想到这里，阴姬那略显苍白的脸上露出了兴奋的红润。

“娘娘，快来看啊，外面来了好多人，不知来干什么！”一个宫人急匆匆的禀报打断了阴妃的遐思，她情不自禁地移动着笨重的身子，走近窗前。

说时迟，那时快，那伙人已来到楼前的庭院内。他们是孙半仙、惠后，还有几个寺人、宫女。周绍原本也是跟随孙半仙前来的，但将近梳妆楼时突然不见了踪影。

孙半仙手掌上还托着那只小木鹰。只见他在一丛灌木前停了下来，嘴里一边叨咕着谁也听不懂的咒词祝语，一边围着那灌木丛转了起来。一连转了三圈，又停下来，蹲下身用手扒土。扒着扒着，突然扒出一个刻制粗糙的小木人，那小木人身上扎满了铁针。孙半仙如获至宝，得意地一笑，将木人交给惠后，说：“娘娘，公子的病源就在这里，娘娘一看自明。我去也！”

惠后也顾不得送他，将那小木人翻来覆去地看起来。忽然，她发现那木人的脖颈上有一个墨染的黑点，像颗痣，再细看那木人的背上，用小字写着公子何的名字。惠后大叫一声，大哭起来。

“是哪个黑了心肝的背地里咒人啊，老天不会叫他好死……”

惠后一边指桑骂槐地哭叫，一边往阴妃住的屋里看。可她是个胆怯的人，不敢进去和阴妃论辩，骂了一阵子，便带着寺人、宫女回赵王城报告武灵王去了。

这一切，阴妃都看得真切，听得真切。她心里顿时像压了块石头，气闷得透不过气来。

关于公子何的病她已有所闻，只因为行动不便，未前去探望，但心里一直惦记着。料想不到的是，竟有人栽赃陷害于她，是什么人这样恶毒！事既如此，恐怕浑身是嘴也难说清了。她越想越生气，只觉得一阵眩晕，摔倒在地上。

却说惠后回到赵王城以后，等不及到自己的房中站站脚，便急不可耐地前去见武灵王，大放悲声地哭诉道："大王啊，真是知人知面难知心啊……公子的病，全是那黑了良心的恶人咒的，她容不得我母子，是要把我母子置于死地啊……"

武灵王如坠五里雾中，惊问："你说什么？细细道来！"

惠后把孙半仙如何行法术捉妖，在梳妆楼前扒出小木人的事说了一遍，并将那木人递给武灵王，说："大王，那妖妇也太毒了，她有了身孕，便把公子当成眼中钉，肉中刺，恨不得公子早死，若不是周御史及时请到神医，太子说不定早就不在人世了……"

武灵王将那木人审视了一回，心里很矛盾。自从阴妃入宫后，他和阴妃情深意笃，他也十分了解她的为人和性情，他不相信阴妃会如此心胸狭隘。况且，每次他二人谈起未出世的孩子，阴妃从未流露过为孩子争名位之意，她怎么会加害公子何呢？可是，这木人又如何解释，孙半仙作为名巫怎么言出无据？

武灵王左思右想，既不敢相信，又不敢不信。他心里很烦躁，一时难以定夺。他让惠后暂且回宫，他要一个人静下心来好好想想。

他奇怪地想到了古老的神判：让二人同来神堂，牵一公羊至二人前，由二人面对神像宣读各自的申辩之辞，然后往公羊身上扎一刀，使公羊痛极触人，触到谁谁便是有罪者；还有，令二人把手伸入沸水中，看谁的手被烫伤，然后定其有无罪行；或者，将二人抛入河里，以能浮起者为无罪……武灵王嘴角上露出一丝苦笑。他惊奇于自己为何想到这些粗俗的处理狱讼案件的办法。若在民间，这种办法或许可行，可这是在宫廷，是他这个当国君的断定王后与王妃的曲直啊！如果真这样做，世人岂不要笑国君无能？而且，若是阴妃真的败讼，岂不要使他处于十分为难的境地吗？

他实在想不出一个好办法，他感到头痛，感到苦恼。

相国肥义闻讯来到了武灵王的寝宫。

"此事大王不觉得蹊跷吗？"肥义颇有疑难之色地说，"那孙半仙虽有些医术，可我看他很像是故弄玄虚，且隐藏着一种莫名其妙的恐慌。他并未细诊公子病情，一见公子就说中了邪魔，直奔梳妆楼捉妖，当场找到'病源'。臣怀疑他是在玩把戏，说不定是受人指使。”

“相国不疑阴妃?”

肥义晃了晃头:“老臣不疑。阴妃虽已有身孕,但她决不会嫉恨公子。阴妃娘娘自入赵国,对大王一片真情,这一点,大王想必更清楚!臣听说这样一件事:昔时有人赠郑国子产一尾活鱼,子产令管理池沼的小吏养于池中,那小吏却烹食之,还回报说:‘刚才把它放到池塘里,它还呆死不活的样子,过了一会儿便欢快起来,一甩尾钻进深水中。’子产闻之,道:‘得其所哉!得其所哉!’子产是有名的贤者,却被小吏以合乎情理的话蒙骗了,此事难道不值得深思吗?大王自从力倡胡服以来,闲言碎语时有所闻,而今又生出这等事来,大王切不可等闲视之!”

武灵王虽然对此事犯疑,但并未和胡服事联系起来,今听肥义之言,觉得很有道理。为了避免做出像子产那样的糊涂事,他决定暂不露声色,认真调查一番再说。他当即令人将寺人缪鞮叫来,嘱咐他多留心朝臣行止,缪鞮应诺,领命下殿去了。

接着,武灵王又和肥义谈起近日来关于胡服的种种议论,越发觉得困难重重。武灵王并不灰心气馁,他深知,自古以来的改革从没有一帆风顺的,现在不过刚刚开头,怎可知难而退?肥义也不住地给武灵王鼓劲,君臣二人的心贴得更紧了。

二人正谈着,一个宫人惊慌失措地前来禀报:“大王,不好了,阴妃娘娘她……小产了!”

武灵王像被冷水激了一下,急令:“快,摆驾梳妆楼!”

阴妃面无血色地昏睡在她的居室中。宫女慧儿一边用绢帕擦着阴妃额头上的汗珠,一边哭着怨道:“娘娘啊,你怎么这样摧残自己……都怪我,我没有看护好娘娘……奴婢有罪啊……”

阴妃无力地睁开眼,向慧儿和善地一笑,低声说:“慧儿,怎能怪你呢?是我,是我……”她说不下去了,两颗晶莹的泪珠从眼角上滚下。

一个时辰前,惠后和孙半仙大闹梳妆楼,使阴妃蒙受了巨大的刺激与耻辱。这无中生有的污蔑,突如其来的横祸使阴妃又悲又恨,痛苦万分。她自认无过于惠后,更未得罪宫中任何人,她想不通为什么惠后会这样恶毒地陷害她。阴妃是个烈性女子,她受不了这种委屈!她想到过报复,她并非没有这个力量。凭着她的武艺,莫说是一个无缚鸡之力的惠后,就是朝中身经百战的武将,她也毫不畏惧。她摘下了挂在墙上的短剑,她想冲出门去,杀死嫉妇妖巫,与他们同归于尽。但是,理智还是制止了她。

她也想到自杀。但她不忍心让武灵王蒙受精神上的巨大打击。思来想去,左右为难,她伏在榻上,放声痛哭起来。

这当儿,慧儿端来一盏酸梅汤,阴妃自怀孕以后,很喜欢喝酸梅汤,可今天,这酸梅汤觉苦涩难咽，满腔的愤懑都集中在腹中的孩子身上。她怨，她恨，恨这个给她带来奇耻大辱的孩子！待慧儿走开后，她返身拿起那短剑，狠了狠心，用剑柄在腹上猛撞！她只觉得腹痛难忍，两眼直冒金星，惨叫一声，便什么也不知道了……

慧儿闻声跑来后，一切都晚了。她赶忙招呼宫人将阴妃抬到榻上，同时，又惊又怕地前往赵王城，向武灵王禀报……

窗外，传来了车马之声。紧接着，一个惊慌失措的君王闯了进来，吓得面无人色的宫人们跪倒在地，哭作一团。她们说，这是她们的失职，是她们难以饶恕的罪过。她们战战兢兢地述说着刚刚发生的事情，等待着君王的惩罚。

武灵王顾不得追究宫人们的责任，一头扑在阴妃榻前，热泪滚滚而下："爱妃，你不该这样做呀……寡人虽昏，还不至于好坏不分，是非不辨，爱妃还不了解寡人吗？"

阴妃的眼里溢满了泪水。她委屈地颤动着嘴唇，真想大哭一场！但是，她已没有了这个力气。她也有满肚子的话要和君王说，但此刻却一句也说不出来了，她只是不住地垂泪，似乎只有这滚滚热泪方可倾泻她心中的一切！

宫人慧儿像个木人一样垂手恭立着。她想劝劝武灵王，却不知说什么好，只是陪着流泪。过了好一阵子，才小声说："大王，请节哀，龙体要紧，娘娘刚刚流了那么多血，也不可过度疲乏的。"

武灵王这才站起身来，疼爱地说，"爱妃先好好歇息，寡人回去了……"

阴妃猛地抓住武灵王的手，深情地望着武灵王，断断续续地说："大王……不必……太劳神，臣妾……不要紧……只要大王不疑臣妾，臣妾死而无憾……"

武灵王心中涌起一股热流，他情不自禁地抱住阴妃的头，在她的脸上亲吻了一下，然后又为她盖好被衾，走了出去。

武灵王没有回赵王城。经人指点，他在那丛埋了小木人的灌木前站立了好久，暗想：梳妆楼乃后宫禁地，不会有外人来往，那么，是什么人在这里布下杀机呢？他把梳妆楼的几个年长些的宫女叫到廊下，让她们详细回忆这几日的情况，不得隐瞒。

宫女们你一言我一语地述说起来，但并无一点蛛丝马迹可寻。武灵王又问这里可曾有什么人来往，宫人也说没有，只是说，曾有一个婆子来看一个叫纪英的宫女，但没有进来，只是在大门外说了一阵子话，递给她一包东西，便回去了。武灵王听罢，道："速将那个叫纪英的唤来！"

不多会儿，纪英被领进来了。这是个十六七岁的小宫女。她刚刚到梳妆楼不久，还未曾见过君王，站也不是，跪也不是。武灵王见她这副样子，和颜悦色地发问："你叫纪英？"

小宫女道："女婢正是。"

“什么地方人?”

“武安。”

“有个妇人来看过你?”

一听此事,纪英脸上顿时没有了血色,嗫嚅道:“是,是有这么回事。”

“她是你什么人?”

“姑母。”

“从何处来?”

“武安,不,大北城。”

武灵王犯了疑,心想:这小宫人说话颠三倒四,一定有鬼,不吓唬她一下,不会说实话。他把脸一沉,喝道:“你们做的恶事,岂能瞒过寡人? 快讲!”

小宫人吓得瘫倒在地,叩头不止,哭着说:“奴婢年幼无知,罪该万死。大王息怒,奴婢从实讲……”

原来,那妇人并不是纪英的姑母,是她的一个同乡,现在大北城一官宦之家做浆洗妇。她交给纪英的一包东西有一块绸缎,两颗鸡血石珠,一对耳饰玉玦,除此之外就是那个招来祸端的小木人。那妇人要纪英将小木人埋在阴妃房前灌木丛中,不要被人看见。纪英问埋这个干什么,那妇人没告诉她,只是说,悄悄埋上就是了,先给这些东西做赏物,事成之后,还有厚赏。小宫人见到这么多好东西,满口答应,也不再细问究竟,直到惠后和孙半仙来到,扒出了那小木人,她才恍然大悟。她吓得魂都飞了,她悔不该做此错事,但一切都晚了。

武灵王听罢,怒不可遏,骂道:“大胆贱婢,竟敢做此伤天害理之事,推出去,乱棍打死!”

话刚出口,又觉她既已说了实话,又属年幼无知,便赦免了她的死罪,逐出宫去。纪英千恩万谢,又愧又悔地离开了梳妆楼。

武灵王嘱咐宫人好好看护阴妃,伺候她饮食起居,接着,便返回赵王城。

寺人缪鞮正在宫中等着他。缪鞮向武灵王禀报:“今日御史周绍未来东宫教太子章功课,小人奉韩夫人之命前往周御史府上请他,刚进门,听到一声惨叫,只见两个壮汉正扭住一个妇人,还用手捂住她的嘴,往一口井里拖。妇人拼命挣扎,最终还是被投入井中,盖上了石盖。周御史远远地站在后面,他脸色很难看,未等发问,他便说,那妇人是他府上的浆洗妇,触犯了家规,罪当身死。平日,官府上杀死个把家奴婢女似不足奇,可今天,小人觉得周御史似乎有什么心事……”

“浆洗妇?”武灵王打断了缪鞮的话,“是个中年妇人?”

“正是。”

武灵王断定,这妇人很可能是纪英的那个“姑母”。他让缪鞮再加留心,有何可疑行迹,及时禀报。

两天后,公子成突然来见武灵王。

武灵王面露惊喜之情,问:“叔父病卧多日,现在痊愈了?”

公子成道:“老朽染恙之后,蒙大王多次垂问关照,不胜感激,请受老朽一拜!”

武灵王道:“叔父怎么这样讲?叔父乃赵国贵戚,德高望重,理应如此。只愿叔父贵体康泰,助寡人成就强国之业。”

公子成面有愧色地说:“老朽蒙大王厚爱,却未尽心尽力,实在惭愧。有一事,老朽本应早些来报,只奈卧病难行,又不便托人代讲,致使恶人迟受惩治,实属老朽之过,望大王见谅。”

“恶人?”武灵王很是纳闷。

“就是御史周绍!”公子成愤愤地说,“平日,大王并未亏待于他,可他却恩将仇报,为了反对大王胡服之策,肆意挑起后宫纠纷。他利用在东宫奉事之便,无中生有地向惠后说大王有废立之意,使惠后不满。公子何病时,周绍又通过府上一妇人买通了梳妆楼一个叫纪英的小宫女,用木人栽赃陷害娘娘。此后,又请妖巫大行巫术,妄想置阴妃娘娘于死地,逼使大王放弃胡服。后来唯恐事败,又杀人灭口,真是罪莫大焉!周绍自以为和老臣有旧,向老臣讲了真情,还拉拢老臣为他遮掩周旋。老臣虽昏聩不才,怎能为恶人张目?只是现在来报,有些迟了……”

武灵王闻听,默然良久。他感激地对公子成说:“叔父忠心为国,可钦可敬。若不是叔父,寡人还蒙在鼓里呢!”

武灵王下令将周绍逐出东宫,贬为仓廪守官啬夫。同时,令内史起草诏令,朝野上下一律改穿胡服。

公子成暗自庆幸自己的高明,可是,当他极不情愿地穿起胡服时,心却像被戳了一刀。

武灵王又对公子成说:“寡人之志并非止于胡服。为了更新武备,强大国力,还须建立一支强大的骑兵。为此,寡人拟张榜天下,招募识马者和善射者,以便广选良骏,训练射手。寡人拟微服乡间,亲自寻找,叔父以为如何?”

公子成大吃一惊,暗想,大王这是要把整个世道翻个个儿呀。但他又不便反对,口吃着说:“这……这样……当然好。欲何时成行?”

“近日。”武灵王近前一步,说,“寡人打算让肥义相国代理国政,叔父可协助于他,让国尉李疵同我前去,叔父是否赞同?”

“当然,当然。”公子成应诺着,但他那多皱的脸上却罩上了一层阴云。

第十一章　走马川遇相马人

走马川确实有一位相马人——这是微服私访的武灵王一路打听，找到走马川后得知的第一个令他愉快的消息。不过，此人不是他原打算要找的姓郇的相马人，而叫柳下且。武灵王胸中原有的热望顿时冷了半截。但武灵王还是决计要见一见这位柳下且。于是，在村民的指引下，他来到了柳下且的住处。

眼前是一间低矮破旧的茅屋，房门落着锁，小院中长满了野草，几棵葵菜杂生于野草之中，一汪积水被绿绒般的藻类遮盖着，不时有几只青蛙钻进钻出，发出令人心烦的叫声。屋旁有一个饲养家禽的窝，已经坍塌，一只野狗正贪婪地啃着不知从什么地方叼来的骨头，见有人来了，“汪汪”地叫了两声，惊恐地叼着它的食物，逃去了。

武灵王木然地站在小院中，强烈的失落感袭扰着他的心头。正呆愣着，忽听身后传来一个老者闷声闷气的声音：

“找谁呀！”

这沙哑低沉掺杂着疾喘的发问使武灵王吓了一跳。回头看，是一个驼背老翁，光着脊梁，满脸污垢，头发和胡须像一团乱麻，那双凹陷的阴森的眼睛紧盯着武灵王，投来冰冷的目光。

“找谁，嗯？”又是一声闷声闷气的发问。

“找柳下且。”武灵王作出一种彬彬有礼的样子，“请问老丈，这可是他的住所？”

“是倒是。可他好几年不住这屋了，不知什么时候才回来看看，谁也不知道他在哪里做事，我是他的堂叔，给他看着这间破屋。”说到这儿，老翁发现了武灵王手中的马鞭，口气略微有些缓和，“你们是来还马鞭的吧，昨日傍晚他回来时说过，你们可能来，他让你们先在这儿等一等。”

“就在这儿？”

“嗯，这是钥匙。”老翁用他那只枯枝一样的黑手哆哆嗦嗦地从腰间解下一把生着红锈的钥匙，递给武灵王，然后，车转身，用拐杖噔噔地敲击着地面，走了。

李疵望着老翁的背影，说：“这老东西，是从哪个坟堆里钻出来的？”

武灵王瞪了他一眼：“别瞎说，我们进去吧。”少室周沉不住气了：“这哪是人住的地方？大王实在要等，我们找间客栈好了。”

“不，就住在这里。”武灵王执拗地说。他让少室周卸下牛车上的东西，将牛拴在木桩上喂草料。这一路上，武灵王一直骑着柳下且在马市帮助选购的那匹骅骝马。武灵王嘱咐少室周要精心饲养此马，不可懈怠。

然后，他们铲除了庭院里的杂草，清扫了茅屋内的积尘。并从附近农家买来一些蔬菜和粟米，动手搭灶做饭。破屋中升起了炊火，近乎死亡之地又出现了生机。

茅屋的夜晚是难熬的：潮湿，阴暗，蚊虫叮咬，李疵和少室周叫苦连天。

武灵王何尝吃过这种苦，但他完全被一种强烈的欲望支撑着，那就是尽快找到识马者，建立骑兵，强大国家。当然，还有长子之战的耻辱，这耻辱是他心灵上的重创，为了洗雪这耻辱，他可以忍受一切痛苦。当年，越王勾践为了复国报仇，甘为吴王夫差的奴仆，住石屋，睡茅草，任驱使，尽卑躬，比起他，眼前这点苦处算什么？

武灵王的脑海中还浮现着一个人的影子，此人便是赫赫有名的周文王姬昌。文王被封为西方诸侯首领“西伯”以后，一面按照后稷、公刘的办法发展农业，一面效仿祖父古公亶父，广求贤才，终于在渭水南岸寻得怀才不遇、垂钓水边的贤者吕尚，从此如鱼得水，力量日强，终至“三分天下有其二”，一步步向商都朝歌进逼，奠定了灭商的基础；到了他儿子周武王姬发这一代，终于实现了周朝的夙愿，灭掉了商朝。

武灵王是周文王的崇拜者。他敬佩周文王的自强不息，敬佩他的礼贤下士，把他当做心中的偶像。他决心像周文王那样，用不懈的毅力将天下贤能聚集到自己的手下，组成一支强大的复兴国家的大军。他相信，只要心诚，金石为开，赵国不会没有吕尚，吕尚也不会永远对他远而避之。

就这样，武灵王在茅屋中耐心地等待着，度过了一个个黑夜，迎来了一个个黎明。

黎明，又一个黎明到来了。这是武灵王来此茅屋后的第十个黎明。武灵王如往日一样地走出茅屋，立于庭院之中，凝望着，凝望着连他自己也莫名其妙的方向。

远方飘来一支歌，一支很少被人记起的古老的歌。

龙蛇上天，
五蛇为辅。
龙已升天，
四蛇各入其宇。
一蛇独悲，
终不见处所。

这是三百年前那个性情古怪的晋国功臣介之推唱过的《龙蛇之歌》。介之推以一片赤诚辅佐流亡公子重耳，茹苦含辛地随他在外奔波十九年，他视重耳为晋国的希望，不惜把大腿上的肉割下来给重耳吃，可万万想不到，重耳返国后大赏功臣时却没有想起介之推。介之推心灰意冷，是有此歌。介之推后来携老母逃往山中，任晋文公重耳燔山以求，终不肯出，抱木而死。

《龙蛇之歌》向来被视为幽怨之声。今天，是谁在抱怨呢？

啊，真是鬼使神差，竟是在来路上马市中碰到的那个相马人！

“柳下且，相马师傅，你叫我等得好苦啊！”武灵王如见仙人，兴高采烈地迎上前去。李疵、少室周也闻声从茅屋出来，微微施过一礼，眼神里闪动着怨怒之光，只是因武灵王在，才没有把满肚子不好听的话说出口。

相马人微笑着还了礼，说：“实在是怠慢了诸位。我不过一乡野草民，何劳你们远道来访，且又吃了这么多苦？”

武灵王道：“足下乃天下之才，理应如此！”

“先生过奖了。”柳下且环视了一下已面目全新的庭院和茅舍，目光停留在拴在木桩上吃草的那匹骅骝马上。他看到，那马的鬃毛被梳洗得十分光洁，缰绳饰件也已更新，脸上露出欣慰的神色，说：“我想你们一定有事相求，可我不过是从马医而食的微贱之人，不知能帮你们什么忙？”

武灵王心中一惊，暗忖：马医是一种极卑贱的职业，给马医做杂活不亚于乞丐，城里人都以此为耻，站在眼前的这位相马高手怎么落到如此田地？

柳下且看出武灵王的疑窦，说：“请进屋说话吧。”当他坐在收拾得很整洁的茅屋里时，歉意地说：“我年复一年地在外面，这间破屋很少来，诸位见笑了。”

武灵王不以为然地晃了晃头，问：“如果我没有听错，足下方才哼的是介之推的《龙蛇之歌》。歌为心声，足下想必有隐痛在胸吧？”

柳下且苦笑道：“不说也罢。”

“足下虽不肯讲，但你的幽怨已写在你的脸上。”武灵王似乎“看”懂了柳下且脸上的“文字”，试探着说：“先生的歌声使我想起一个人，他是赵国的相马名家，叫邮无恤。他的后人也都身怀祖传绝技，驰名于世。这个家族也有幽怨，那是因为数年前一起预想不到的祸难所致。不过我想，是真金终不会永久被泥沙埋没，一个真正的高士应将绝技献给他的国家，像介之推那样，抱木不出，却也不大可取……”

武灵王的话音停了下来。他注意到，柳下且的表情发生了奇怪的变化：惶惧、疑惑、惭愧，并悄悄地低下头去。

武灵王突然站起身，说：“实不相瞒，寡人历尽艰辛，巡访贤良，便是要以实际行动向他们表明：寡人以诚招贤，决不计较旧怨！”

这时，李疵、少室周从雕木漆盒中拿出一张印有国君宝玺的招贤帛书，向柳下且眼前一展，说：“这是大王，还不叩拜！”

柳下且如梦初醒，连忙叩头：“小人有眼不识君王，务请恕罪……”

武灵王笑道:“不知者不怪,快请起吧!”

随即,武灵王向李疵一摆手,李疵从一个陶罐中取出一本已经破损的帛书,封面赫然写着三个大字:《相马经》。

武灵王接过书,和蔼地说:“此书可是你的家藏?”

“正是。”

武灵王道:“此书是收拾房屋时偶然见到,未经主人同意,失礼了。如果寡人未记错,这是赵伯乐邮无恤的家藏,这么说,先生便是邮氏的后人了?”

柳下且额头上浸出汗水,道:“小人有欺君之罪,小人是邮氏的后人,名邮于期,因家世沦落,且有反逆之名,埋名于此……”

武灵王喜出望外,忙将邮于期扶起,说:“邮于期,寡人不怪你!”

武灵王如遇至交,和邮于期攀谈起来。他谈到长子之战的惨败,谈到改革军备、建立骑兵的宏图,谈到准备请邮于期协助此事的打算。

武灵王的诚恳使邮于期感动万分,说:“我邮家数代磨难,不为人知,大王屈尊枉驾,不弃卑微,真乃我邮家之大福,天下之大福!既遇明主,我邮于期自当竭献驽钝,听凭大王驱使!”

“好,我们一同前往都城!”

邮于期迟疑了一下,说:“小人还有些事情需料理,在田氏之厩的杂役还需辞掉,为人当有信,望大王恩准。”

武灵王将印有国君宝玺的招贤帛书递给邮于期,说:“既然这样,寡人就在都城迎接你。届时你拿着这帛书进城,可直接见寡人!”

稍顷,武灵王拿过马鞭,说:“这马鞭也该物归原主了吧!”

邮于期道:“这不过是小人的一件日常用物,如大王不嫌弃,就献给大王吧。”

武灵王道:“也好,寡人收下,待我骑兵强盛日,就用它驱使着先生助我得到的骅骝马奔赴疆场,杀敌雪耻!”

邮于期是在武灵王回到都城的十多天后到来的。因武灵王事先已有交代,邮于期进入戒备森严的赵王城时没有受到阻拦,不仅如此,还有专门负责礼宾的官员引导,径直前往武灵王的寝宫。

当邮于期置身于这宫殿之林,成为万千庶民百姓中绝无仅有的幸运者时,他的感触是很多的。他想到了先祖邮无恤。在那个早已被淡忘的遥远的年代里,邮无恤也一定有过这样的时候,作为一个普通的相马人被国君像客人一样请到宫殿,并成为这个最高统治机构中的一员。邮于期为此而感到荣耀,因为邮氏家族绝非凡夫俗种,他们的血管中也流着高贵的血。当然,邮于期更多地想到的是那个给邮氏后人留下了无穷灾难的郈门巢，若不是他牵扯到那个倒霉的叛乱事件中，坏了郈氏的名声，后人们怎么会这样一代复一代地伸不开腰身？这么多年来，自己是怎样过来的啊！空有旷世之才却不得不隐姓埋名，苟且偷生，到处奔波，衣食不给，低矮的茅棚埋葬了宝贵的青春。而他的叔父呢，沉重的劳作累弯了腰，年逾花甲却孤独一身，几件麻布烂衫，两餐糟糠藿羹，伴着他度过了一个个春夏秋冬！

郈于期追思这些往事的时候，他有些不敢相信眼前这天翻地覆的现实了。国君真的会捐弃前嫌，起用他这个“逆贼之后”吗？

郈于期半信半疑地拾级登上高高的殿基，由礼官和寺人引导着进入了国君的寝宫。他吃惊地看到，宫内的门户、屋檐、房顶、墙壁都雕画着五颜六色的花纹，刻花的烧砖地面铺有编着精细花纹的席子，席子上摆着彩绘漆案和木雕座屏，简直是一个画的世界。墙是用平滑的石板嵌成的，四周挂着饰有玉璜的精美的帷帐，还有不知名目的珍宝珠玉、翠鸟羽翎之类的装饰。

郈于期眩惑了。他平生只见过茅棚和黄土，再就是那散发着刺鼻的粪尿味的马厩，哪里见过这样丰富的色彩，这样富丽的装饰？

“郈于期！”一个熟悉的声音在叫他。

抬头看，正前方坐着一位贵人。他头戴冠冕，身穿究服，神采奕奕，高大威严，全然不见了走马川茅屋中那个奇怪的乡下人的影子。在那时，郈于期还可以和他相对交谈，甚至可以故作高傲的姿态来怠慢他、激怒他，而今，他觉得他们之间的距离陡然拉开了，大得简直难以企及。他郈氏家族素有不阿权贵、专助贫寒的传统，这传统在郈于期身上仍然保留着，此时，它在悄悄地起着作用。他后悔了，悔不该进入这高深莫测的宫廷，原来的日子虽然清苦，但那天地是属于自己的！

“郈于期！”又一声熟悉的呼唤。

郈于期的思绪被牵了回来，寺人示意他叩拜，郈于期缓缓地屈下身去。

就在这当儿，武灵王走来了。他双手将郈于期扶起，拉到几案前，赐他坐下。接着，叫人送来几份肉食，两尊甜酒，一边与郈于期同饮，一边叙起往事。

郈于期的情绪轻松了。他像是又回到了茅棚，眼前坐着的不再是须仰视才见的国君，而是那个心诚如铁的奇怪的乡下人。

“大王召小人进宫，有何吩咐？”

武灵王慈祥而关切地说：“先歇息几日，让人陪你看看赵王城，观一观歌舞。”

郈于期是个“滴水之恩涌泉相报”的人，他觉得，国君是个值得尊敬的人，堪称知己。为了知己，可以舍出一切。他回答说：“小人不过乡野之民，没有那么多闲情逸致，只想干些事情，为国君效力，为国家效力。”

武灵王见他如此性急，只好说："寡人想让你出游各地，选买些良马来。你是相马名家，相信一定不辱使命。"

邮于期道："这不难，我赵国便是良马之乡，虽然多年来马政不兴，良马日渐减少，但仍不难寻找。再者，秦、燕皆狗马之地，可以罗致。"

武灵王大喜，即令邮于期带上玺书，随员数人，黄金数车，前往各地，广购良马。一个乡野庶人得到如此信任，大臣们目瞪口呆。特别那黄金数车，更叫人不放心。

"他不会回来了，那么多黄金足可为天下巨富！"

"他邮氏家族有仇怨于赵，说不定会投奔他国！"

风言风语，议论纷纷，舆论大噪。

武灵王却不相信这些，他相信他自己。他认定，他没有看错人，他的热忱，他的希望，他的信任绝不会落空。他信心十足地等待着，等待着那个令人鼓舞的明天——满眼尽是奔腾的骏马！

一个月，两个月，三个月……

第四个月的一天，邮于期的一个随员回到都城。他向武灵王禀报：于期已购得良马千匹，即日将抵京师！

这一喜讯使武灵王惊喜若狂，一连饮酒三巨觥！他当即将大行令公子绁召来，让他速备仪仗，大礼相迎。

欢迎的时刻到来了。武灵王身着胡服，骑着那匹在乡间购得的骅骝马，在旗幡和仪卫的簇拥下，亲率众臣僚出了赵王城，在南郊摆开了"八"字形队伍，武灵王即立马于那"八"字的中间。

什么声音？是马嘶，是令人心旷神怡的马嘶！武灵王一挥手，让人们不要喧哗。他想让一切声音都停下来，只留下这隐隐传来的马的嘶鸣！刹那间，这里成了一个无声的世界，人们在屏息静听，在翘首远望！

突然，像是自天而降，庞大的马队驰进人们的视野！大臣们从未见过这么多的马，惊叹不绝。太子章和公子何更是大开眼界，禁不住呼喊起来。

武灵王看到，风尘仆仆的邮于期一行皆乘骏马，一个个英姿勃发，威风凛凛，俨然猛将，武灵王大喜过望，连说："诸位辛苦了，寡人感激你们！赵国感激你们！"

邮于期下马叩禀：匆匆四月，他们走遍国中，还北上燕国，西入秦疆，南叩楚门，购得良马千匹，皆合人意，安全抵京。武灵王也翻身下马，抚摸着那一匹匹骏骥，喜爱异常，不住地说："好马，好马呀，强兵有望矣！"

邮于期道："禀大王，小人还带来一匹病弱之马，不知大王是否中意！"

武灵王顺邮于期手指的方向望去，看到一辆车子，车上载着一个木笼，木笼内有一匹马。不,应该说是一个囚徒。

"这是……"武灵王愕然了。

"啊?"臣僚们一齐发出这个充满疑惑、充满失望、充满愤怒的单音节,像一股巨大的声浪,朝那笼中的"囚徒"冲去!

那"囚徒"发抖了。一阵畏惧的、卑微的、惊慌的颤抖。它自惭形秽似的低着头,偷偷地向人们投去胆怯的、老鼠一样的目光。

邮于期道:"此马是在一家农户的磨房内偶然看到的。我觉得有些眼熟,像是在哪儿看到过。经询问,得知此马是从盐贩手中买来的。因其无力驾车,就让它来拉磨。我看到它时,它正在黑暗的磨房里,在一条永远也走不到头的磨道上走着。路已经凹下,上面散布着马粪。此马遍身灰尘,在石磨的嗡嗡声中不停地迈着步子。小人看它可怜,将它买下。此马长期劳作,已不堪骑乘,故造此木笼,以车载之……"

武灵王在倾听着。迎马的人们在倾听着。那"囚徒"似乎也在倾听着。它那胆怯的老鼠一样的目光中蓄满了乞求和悲哀。

武灵王的心中一阵作痛。他想,如此良骥却被摧残折磨成这个样子,实在太不公平,也是莫大的悲哀!由此他也想到普天下怀才不遇、埋没乡野的良才,他们的遭遇不是也同于此马吗?邮于期便是这样的。他空有绝世之才,多年来却关闭在那破旧的茅屋中,依靠为马医做杂役勉强度日,这岂不是太不公平!欲建立骑兵,必广选良马,欲复兴赵国,必广招人才,决不可让邮于期这样的贤才久不得用!

武灵王嘱咐御厩养马官员,一定要好好喂养病弱的千里马,使其尽快康复,繁衍后代,并思忖起朝廷中人才的使用。

为了表彰邮于期的功劳,武灵王经过一番思考,任命邮于期为掌管舆马的仆大夫,负责驯养战马,筹建骑兵。

一个地位卑微的相马人被任命为仆大夫,成为高贵的朝廷大臣,这在众多朝臣们看来都是无法理解的。自古以来,天子、诸侯、卿、大夫、士和庶人已形成不可改变的等级序列。士的上层以上,皆为贵族,贵族是世袭的,他们的存在依靠着血缘的纽带。士的下层以及在社会中占有很大比例的庶人,还有那多得无法计数的、身份名称各异的奴隶,他们则是天然的被统治者。等级的界限不可逾越,一个下层庶人决不允许登上贵族的阶梯。尽管邮于期的先人曾有一段短暂的、高贵的历史,但那历史早已翻过,当今的邮氏是不可与贵族同日而语的庶人,庶人!

顿时,赵王城内大哗!最不满的是李兑。邮于期将要和他一起上朝,比肩而坐,他忍受不了这奇耻大辱!

出于一种畸形心理,李兑对于那些充斥耳鼓的闲言碎语感到分外亲切,最能产生共鸣：

“邮于期，什么贱坯俗子，听说他祖父还当过家奴呢！”

“他小时候也被卖过，只换了两斗粟米！”

“知道他叔父吗？是个驼背，做苦役压弯了腰，还行过乞，下贱得与狗争食！”

“他只配和牛马打交道，有什么资格进赵王城？”

这一言一语像火星点燃了李兑心中的干柴。他带着冲天的怒火来见武灵王。

赵武灵王正由寺人缪鞮陪伴着在御厩中看马。这里饲养了百余匹骏马，大部分是邮于期新选购来的，一个年长的养马人垂手侍立一旁。

那匹病弱的燕国名骥畏缩在一个角度里。在这些慓悍的同类面前，它自愧弗如。它不敢到槽前，也不敢去吃食，就连同类的一声叫它都要吓一跳。它已习惯了那黑暗的磨房，习惯了那条永远也走不到头的磨道。真是难以想象，那条永远走不到头的磨道居然印下了一层又一层千里马的足迹！难怪它神姿消损，难怪它鬃毛脱落，难怪它变得这样卑微、怯懦，那磨房哪里是它的天地？

赵武灵王在这匹弱马前心事重重地站了好久。他怨恨那磨房，怨恨那磨道，怨恨摧残了天下良骥的一切！他令养马人对此马要另槽饲养，格外精心。

李兑的到来使武灵王颇感意外。他那有失君臣礼仪的发问使武灵王更为惊奇：“大王，让一个相马人跻身卿大夫之列有失妥当吧。臣担心违迕礼制，贻笑天下！”

武灵王没有立即回答李兑的话，而是慢步走出马厩，谈起了一件毫不相干的事情：“郎中令，楚国新近发生的事情你可知道？”

“在下不知。”

“楚怀王再次受骗，中了秦国的安抚之计！”

李兑闻听，不觉停住了脚步。

关于楚怀王，李兑有所了解。他是楚威王之子，八年前，秦国想攻打齐国，齐国约友邦楚国共同对付秦国。秦惠文王害怕齐楚联盟，便派纵横家张仪前往楚国，试图拆散齐楚联盟。张仪素以能说善辩著称，他见到楚怀王后，便用他那三寸不烂之舌对楚怀王说：“大王如能闭关绝齐，我请秦王献商於之地六百里。这样，大王就可以北弱强齐，西和秦国，还得到了商於之地，这是一举三得的好事，大王何乐而不为？”楚怀王利欲熏心，很痛快地答应了。楚国的大臣们也很高兴，都向楚怀王祝贺，唯独陈轸不贺，认为如与齐国绝交，楚国就会孤立，秦国也绝不会将六百里土地送给孤立无援的楚国，只能促使齐秦联合，给楚国带来无穷祸患。他给楚怀王出主意说，不如表面上与齐绝交，暗地里又和秦联合，然后派使者随张仪去秦，如秦国给土地，和齐国绝交也不晚，如果不给，就暗地里和齐国对付秦国。

楚怀王正在兴头上，哪里肯听？他急不可耐地派使者随张仪入秦取地。半道上，张仪假装坠车，说三个月不上朝。楚怀王认为张仪不相信自己，便派一勇士去齐国大骂齐王，断绝了与齐国的关系，齐国转而与秦和好。

当齐楚断交已成事实后，张仪"伤"好上朝了。他对楚怀王说，他有六里俸邑，愿意献出。楚怀王这才知道受了骗，气急败坏地发兵攻秦。但是，楚国哪里是秦国的对手？初战丹阳，阵亡将士八万余人，丢失了汉中郡。再战兰田，又遭大败。韩、魏两国也乘机出兵攻楚，楚军两面受敌，赶快撤退，不得不割地与秦讲和。

楚怀王受骗之事在列国中引起广泛的议论，赵国君臣们也曾评说不已，都认为楚怀王是敌友不分，见利忘义，轻信别人的引诱。李兑在朝臣中素来都是自命不凡的，他凭着自己的精明和才艺，一向傲气冲天，目中无人。他得知楚怀王受骗，逢人便讲："昏王！昏王！堂堂楚国非断送在他手里不可。要是我，张仪这套骗术休想得逞！"

现在，使李兑又为之咂舌的是，这个昏王怎么会再度受骗呢？

武灵王道："前不久，秦王派使者来见楚王，谈及愿以秦之武关换楚之黔申地，楚王声称，不愿换地，愿得张仪而秦得黔中地。楚王急于报仇，对黔中地也豁出去了。"

李兑道："楚王此举倒有点丈夫气概。疾恶如仇，理应如此！"

武灵王笑道："你以为秦国真的会交出张仪？"

"不交又怎样，秦国不是早就对黔中地垂涎三尺了吗？"

"这倒不假。但秦王也颇重张仪，那是他的智囊。他先找张仪商量对策，张仪当即表示愿去楚国，他很有把握地说，秦强楚弱，楚国决不敢杀害秦国的使者，再者，楚大臣靳尚是我的好友，勒尚又颇得楚王宠姬郑袖的信赖，楚王对郑袖言听计从，所以此去万无一失。经张仪这样一说，秦王应准了张仪之请，张仪于是到了楚国。"

"楚王将他杀了？"

"当初，是将他关起来，要杀死他的。谁知靳尚在中间搞了鬼，私下对郑袖说，秦王要用上庸六县之地和美女换回张仪，一旦秦女得到宠幸，夫人就难免被逐了。郑袖担心失宠，便日夜在楚怀王面前哭劝，楚怀王终于放虎归山，张仪平安地返回楚国。后来，楚怀王后悔了，派人去追，但为时已晚。"

"昏王！昏王！一再受骗，真是愚蠢至极，和他的先王，那位任用兵家吴起、变法图强的楚悼王相比，真是一个好比地上的萤火，一个是天生的明星！"

武灵王没有作声，他把那灼灼目光投向李兑："一国之君，高贵莫名，却又如此愚蠢，岂非怪哉？"

李兑觉得武灵王话中有话，不觉一愣。正自疑惑，又听武灵王道："郎中令想必知道秦国有个百里奚吧，他出身微贱，家境贫苦，中年时方外出谋事。他先到齐国游说，无人用他，不得不靠乞讨度日，后又与一个穷隐士蹇叔一起到洛邑帮子颓养牛。因不愿在周为官，百里奚又回到虞国，虞国被晋灭后，百里奚当了晋献公家奴，作为陪嫁随晋献公之女前往秦国。路上，百里奚逃走，在楚国为人养牛看马，秦穆公得知百里奚之德，用五张羊皮将他换回，任为大夫，位至宰相。秦穆公得了百里奚如虎添翼，终至强盛。纵观百里奚身世，可谓卑贱之甚，但他终成国家栋梁，这又如何解释？”

李兑明白了，原来国君是在以事喻理对他进行开导啊！武灵王又说：“卑贱者未必愚蠢，高贵者未必聪颖，此乃古之至理，郎中令何以固执成见，以地位出身取人？邮于期有功于赵，其才德绝不在一般大臣之下，怎可因其出身寒微便弃而不用呢？寡人虽无德，但愿效秦穆公，用人不拘一格。寡人素重卿，以卿之精明通达，万勿与世俗之见合流。”李兑听罢，语塞良久，但心中仍不平，道：“贵贱有别，王侯有种，此亦古今之至理，大王这样做，臣担心天下人非议。”

武灵王大笑道：“郎中令过虑了。天下人无不希望国家富强，寡人与天下人同道而行，岂会非议？世卿世禄使平庸之辈袭继高位，等级的高墙使万千才能之士埋没乡野，这是人世间最大的憾事，寡人听说，有人在背地里指责寡人意欲何为，寡人要告诉他，寡人是要拆掉这高墙，不以尊卑定高下，但凭才学授官爵，郎中令，你以为如何？”

李兑嗫嚅着说：“我是说邮于期并不通诗书，只会相马……”

不等李兑说完，武灵王激动地说：“人才何必唯诗书？大兴骑兵乃寡人之宿愿，兴骑须有善骑者，邮于期精于此道，怎可不用？你身为将领，想必不会不知道骑兵之利。它机动灵活，行动迅速，可迎敌于始发，乘敌之虚背，绝敌军道，败敌津关，发敌桥梁，攻敌懈怠，战车远不及也。要建立骑兵，像邮于期这样的人不是多了，而是太少！”

李兑知道，他是根本无法与武灵王辩争的。再者，他也有些不敢正视武灵王那和蔼中透出的威严，只好说：“大王卓见，如大王言！”

午时左右，赵王城南门外来了一群吵吵嚷嚷的种田人。他们大多是放鸠聚的乡民，还有一些看热闹的夹杂其中。放鸠聚的里正开始时一直走在队伍前面，等到了城门口，却退到队伍中间，使眼色将一个岁数大的人叫到前头。

“这是王城禁地，你们前来做甚？”守城的校尉大声喝问。

“我们要见大王！”队伍中有人呼喊。接着，人们七嘴八舌地喊了起来——

“我们要见大王！”

守城校尉拔出佩剑：“见大王？你们这帮草民也能见大王吗？赶快回去！”

校尉的话似乎起了作用，人们停住了脚步，但仍吵嚷不休。这时，公子成迈着慢步从城门走出，未等开口，校尉赶忙拜禀：“这帮草民要闹事，是否将他们赶走？”

“慢！”公子成一摆手，对众人说，“你们前来做甚？”

里正鬼头鬼脑地从队伍中钻出，满脸堆笑地跪地道："禀大人，我们是放鸠聚的乡民，这位……"他用手指了指一个老者，"他叫牛子耕，是个老实巴交的种田人，我们是来为他鸣不平的，他有冤屈。"

"冤屈?"公子成眼珠一转，"冤从何来?"

里正瞅了瞅牛子耕："快给大人跪下!"又向后一扬脸，"跪下，都跪下!"

众人"扑通"、"扑通"地跪了一地。

牛子耕有些胆怯，他头一次来到王城门口，更是头一次见这样的大官。他用颤抖的手从怀中取出一卷帛书，举过头顶："小人冤屈已请人写在这上面，请大人过目!"

里正将帛书转呈公子成。公子成草草看过，说："你们可暂在此稍等，我替你们代呈大王!"

"谢大人!"

"望大人为小民做主!"

人群中一片呼喊。

公子成理着胡须，思忖有顷，踱着小步前往武灵王寝宫。当公子成颇为郑重地将这份普通百姓的上书转交给武灵王时，他那爬满皱纹的老脸上现出一种奇异的表情。他仿佛在揣摸，又像是在庆幸，同时又潜藏着莫名其妙的惊慌。

武灵王没有注意到这些，他只专注于那上书。这是以放鸠聚全体百姓的名义写给国君的，内称邮于期在郊外驯马，践踏庄稼，大片良田被毁，秋收无望。其中，尤以牛子耕之田为甚，上书请求国君停止驯马，惩办害民者。

上书讲的这个情况使武灵王很感意外。因为驯马场是在金儿岭前禁苑中，并不靠近民田，何来扰民之事?特别是，武灵王曾向邮于期反复叮嘱：注意不要让战马离开金儿岭害稼伤民，难道邮于期故意违旨?

公子成敏锐地发现了武灵王脸上的疑问，凑上前来说："大王，乡民所告，想必属实。不然，他们是不会冒着杀身之祸群起上书的!"

"群起上书?"

"正是。乡民百余人都在南门吵个不停呢!"

"有这等事?待寡人前去看个究竟。"

公子成道："大王乃一国之君，何堪与这些卑贱之人相见?大王只需有个明令，由老臣处置就是了。"

武灵王道："此事非同小可，如引起民怨，将坏我大事!两百年前，北方的盗跖作乱于郑，南方的庄蹻兴兵于楚，不可为后事之师!"说着，武灵王起身就要走。

公子成连忙阻止："大王，不可，不可!倘有不逞之徒图谋不轨，国将危矣!"

武灵王道："叔父言过矣。事情不会那么严重吧。"

武灵王大步走出了宫门，几个卫士像尾巴一样跟在他后面，武灵王摆手让他们退下，只留寺人缪鞮随从。

宫门外，上书的百姓们正静坐以待。他们万万没有想到国君会出现在他们面前，禁不住一阵惊慌，嘈杂声戛然而止。

"是你们上书寡人？"武灵王的问话温和而平静。

无人敢应声，只是微微地点了点头。

"马踏田稼真有此事？"

里正连叩了三个响头，说："绝无半点虚假，请大王明察。"

有一个人接着说："若不是冤屈难忍，小民们长几个脑袋敢到王城告状？"

"哪一个叫牛子耕？"

听到国君直呼其名，牛子耕如闻惊雷，吓得一哆嗦："小民是牛子耕。"

"听说官马毁了你的庄稼？"

"小民不敢撒谎。"

"几时发现的？"

"今日早上，昨日里大片庄稼还好好的，可早上一看被踏倒了许多。那是小民一年的汗水啊。"牛子耕挺伤心，眼泪都流出来了。

武灵王心想：早上？邮于期驯马都是在白天，可据牛子耕所言，马踏田稼当在夜里，难道战马夜间跑出？但转念一想，邮于期管理战马有方，手下人也大都恪勤职守，战马不会随便跑失。再说，即便有跑失，也会及时禀报，说不定践踏田稼的并非邮于期驯养之马。那么，又是何人的马呢？这时，只听里正道："民以食为天，庄稼是种田人的命根子，马踏田稼是养马人的失职，大王万勿姑息呀。"

公子成小声说："大王，为了平息民怨，当治驯马人之罪。"

武灵王道："事情还不甚明了，怎可随意治人以罪？先查清后再作处理不迟。"

"那么……老臣派人去查？"公子成自告奋勇。

武灵王想了想，说："也好，那就有劳叔父了。"

公子成对众人道："你们先回去，大王会替你们做主的！"

"谢大王！"

众人叩拜不止，然后退去。公子成理着胡须，沉思良久。

第十二章　身祭铸箭炉

一连三天，太阳一直躲在云层中，透不出一线光芒，天空像是罩着一层漫无边际的暗灰色的阴翳。大地似乎是昏沉沉地睡着，压抑和沉闷充满了宇宙空间。早该痛痛快快地下一场大雨，可雨脚却迟得很，一步也不肯挪动。

位于金几岭附近的兵器铸造工场这几天显得有些沉寂，一座座丈余高的炼炉呼呼地冒着黑烟。因为天气阴沉，又没有风，烟散得慢，炉群区淹没在烟雾之中，远远望去像大海中的一块块礁石，那不时腾起的火苗像时隐时现的渔火。

这是赵国最大的官营兵器铸造工场，有铁和青铜两种铸炉，铸造矛、戈、戟、剑、殳、吴钩等兵器。这里的殳铸得很出色。殳为圆筒形，首呈多角尖锥状，无刃，非实战兵器，供卫队仪仗用。所铸青铜吴钩也可与其原产地吴越相媲美。吴钩是半椭圆形弯刀，刀身断面似枣核形。相传吴王阖闾得到莫邪剑后，又出百两赏金，制作吴钩。一位工匠杀了两个亲生儿子，以血涂金，铸成二钩，献给吴王。为了检验其珍贵，匠人向钩呼唤二子名字，那钩忽地飞起，归入匠人怀中。吴王甚喜，终日腰佩二钩。这个传说未必可信，但南方兵器中吴钩很是盛行，而且制作也极精妙，赵国是以铸剑闻名的。这几年，兵器制作种类日多，吴钩也占有了一定的比重，声誉日渐提高。

然而，自打武灵王决心更新武备之后，这里所有的兵器制作都停止了，无论是炼铜炉还是炼铁炉都转向同一兵器的制作：铸箭。胡服骑射需要大量的箭矢。赵武灵王坚信，箭矢在当今形势下是最具威力的武器。

当这一命令在冶铸工场宣布的时候，曾引起了不小的波动。包括管理工场、督造兵器的冶官和工匠在内，一时间也很难接受。工匠们习惯了原来的兵器制作，换了样式，做着很不顺手。当他们把使用多年的陶、铁型范搬开，一律换上镞范的时候，几乎每个人的脸上都表现出一种失落和不适应的情绪，特别是担任总熔铸师的欧成，更是眉头紧锁。他是武灵王在三年前派人专程从魏国请来的铸客，是著名的铸剑工匠欧冶子的后人，深得祖传冶铸技艺，铸剑是他的拿手好戏，但铸箭却干得不多。

还有那掌管青铜兵器铜锡比例的执齐师冯比，他平时已经熟练地掌握了所铸兵器的配料，什么“五分其金而锡居其一，谓之斧斤之齐，四分其金而锡居一，谓之戈戟之齐，三分其金而锡居一，谓之大刃之齐”，这些配比规定经常挂在他嘴上，配料时只需一搭眼便会准确无误。但改铸青铜箭镞后便不同了，其原料配比是五份铜两份锡。

如果锡的比例大了,箭镞缺乏韧性,易脆折;比例小了,影响锋利程度。

这绝非仅仅是原料配比的变化,而是一种顺应已久的习惯的改变。习惯了的方式会顽固地守卫并扩大自己的阵地,阻止新方式的注入。所以,执齐师总有些提心吊胆,担心配错比例,影响箭镞质量,那对他来说将是罪莫大焉。

因为心理因素的驱使,欧成和冯比在一起的时间明显地多起来。当然,谈话的中心内容离不开牢骚和怨怼。

“祖上的绝技要在我这不肖子手上丢掉喽。冶铸小小的箭镞,哪及铸剑痛快!”

欧成说:“反正我是赵国请来的铸客,这里无用武之地就到别国去,不愁没饭吃。”

冯比也是气不打一处来:“我这个执齐师快不中用了,实在不行,就让冶氏官另请高明吧。”

他们在一起说这些话的时候,兵器铸造工场的官长、瘦高个子冶氏官时或听到一点。奇怪的是,他像是没听见,只是催促说:“欧成,快看看炉温去!冯比,投料可要及时啊!”然后,便背着手,无事人一样地走开了。

开始几天,整个工场的气氛是沉闷的。新换一种制作,难免窝工和手忙脚乱,也有人在悄悄地说三道四。不过,工匠们,包括自由人和徒隶在内,干什么都是出卖汗水,而且他们的劳动也较简单,所以没过几天便悄无声息了。

羊舌征没有经历这种变化,他没有什么不适应感,有的只是新奇。那么多高炉,他还是第一次见过。

他也蛮有热情。他是从羊舌里随购马的郇于期来朝见赵王的,武灵王命他到这兵器场供职。来时的路上郇于期曾向他讲过。国君要进行胡服骑射的军事改革,穿胡服,养战马,铸箭矢,训练骑兵便是这一宏伟计划的组成部分。羊舌征虽然是乡野俗子,国家的事他管不着,但使国家富强的事他还是十分赞成的。多年来,赵国积弱,屡败于他国,这也是百姓的耻辱啊!

羊舌征分担的活计是鼓橐。橐是用牛皮缝制的大皮囊,两端紧括,中部鼓起,好似骆驼峰。上面有几个把手,鼓橐者拉动把手鼓风,通过与炼炉相连的鼓风管将风送入炉中。这种鼓风设备在空虚时是鼓起来的,越是鼓动它,空气也就越吹出来,被称作“虚而不屈,动而愈出”。每座炼炉都有四个左右风口,每个风口都通过鼓风管连接着一个鼓风橐。鼓橐的活计是单调的,“呼哧、呼哧”地挤压个不停,有的在上面压,有的在下面仰着挤,两边也分别安有把手。鼓橐时喊着号子,上下左右一齐动作,炼炉便呼呼地冒出通红的火苗。羊舌征觉得倒挺有趣,当他看到那炽热的铜水倒在泥质镞范中,铸成一排排铮亮的箭镞时,他感到说不出的喜悦。

当然,他对学骑马的热情并没减退。晚上,当他躺在简易的工棚里,与那些沉沉睡去、浑身散发着臭汗气息的工匠们挤在一起时，他脑海中经常出现万马奔腾的场面。有好几次，他还梦见自己骑上了一匹腾云驾雾的天马，尽情地驰骋于浩缈的天宇中，星光在身边闪烁，白云在马蹄下飘动，声声马嘶若迷人的仙曲，骏马扬蹄带着呼呼的风声，啊，多惬意呀！

值得庆幸的是，羊舌征有好几次被派往金儿岭送箭，因而有机会看到了那使他羡慕不已的骑射训练的情景，特别使他难忘的是，有一次他看到仆大夫[illegible]于期驯服了一匹烈马，那场面，现在想起都有些心惊肉跳。

那是一匹毛色黑里透红的骏马，全身好似披着一匹锦缎，光亮耀眼。那马的性子烈得很，有好几个兵士都被他摔得遍体鳞伤。那天，郚于期决定亲自动手。他让两个兵士把这匹桀骜不驯的马牵到他跟前，郚于期刚要上马，那马猛然一声长嘶，挣断了缰绳，围着驯马场奔跑起来，美丽的长鬃在飘拂，四蹄拉平像翱翔。郚于期没有去追它，而是等它跑到跟前，瞅准机会，突然一个弹跳飞上马背。那马好像受到了凌辱，尥起后蹄突然来了个急转身，郚于期还未来得及调整两腿的位置便被着着实实地摔在草地上。然后，那马停下来，得意地迈着步子，像是在嘲笑。郚于期被激怒了，他从草地上爬起来，瞅准马转身的瞬间，又一次腾身飞上马背。

那马发狠似的收紧了前蹄，全身直立起来，然后纵身向前疾跑，想把它身上的包袱甩下来。这一次，郚于期却有了准备，他顺着那马乱踢乱跳的动势，紧紧贴在马身上，任凭它怎么折腾，始终没有被摔下来。半个时辰过后，那马也筋疲力尽了，终于停下了脚步，低下了高昂的头。郚于期翻身下马，亲切地抱着它的脖颈，轻轻地抚摸着它。那马居然一扫狂躁的脾气，顺从得像一只小羊……

羊舌征对这激动人心的一幕是印象极深的。他钦佩郚于期的骑术，更钦佩他的勇武。羊舌征还得知，郚于期驯马很有办法，他不仅制服了许多烈马，而且还使用穿刀枪之林、钻火障、越沟堑的办法，把一匹匹骏骥训练成优良的战马……

金儿岭还有一位神射手蒲苴，他是从楚国来的。羊舌征听说，他的射术高明得很，能拉九石强弓，能用带丝绳的箭缴射杀天鹅，平日里射物也是百发百中。不过，羊舌征并没见过蒲苴，但蒲苴也和郚于期一样在羊舌征心目中是崇拜的偶像，他是多么希望成为他们的属下，学一学骑马射箭的本领啊，即便是多看看他们的训练也好。

真是天遂人意。这日，羊舌征又被派往金儿岭送箭，他高兴极了，巴不得有这个机会！

兵器铸造工场离金儿岭并不算远。因山路崎岖，不便用车，往金儿岭送箭除了用马驮，便是用人背。专门的运送者有三十多人，他们都是军队中的徒兵，临时抓的公差是铸造工场鼓橐装炭的换班杂役，他们是用肩背或用箭菔。箭箙每箙二十支，每人每次背五十箙。这样的负重是考选武士的标准。考选武士要能操十二石弓，背五十个箭箙，置戈其上，备三日粮，每日行百里，中试者可免除全户徭役和田宅租税，运箭的兵士都经过这样的考试，但走山路、穿树林仍觉得吃力。羊舌征自然更累些，但他坚持着，他恨不得一下子赶到金几岭。

金几岭前的驯马场是一片面积很大的开阔地，四周环绕着密匝匝的树林，有兵士把守和警戒。平日，作为国君的禁苑，这里是严禁一般人入内的，现在武灵王恩准将此地改为驯马场，虽说较以前宽松了不少，但仍保留着一种森严的气氛。

往常，这里是一个人欢马嘶的世界，可今天，这情景已不复存在，只有死一般的寂静。战马都拴在马厩里，兵士们懒散地闲待在营帐中，只有一些闲杂人员走来走去。

羊舌征很感意外。当他放下箭，其他人在喝水歇息的时候，他独自在马厩前徜徉起来。他有些纳闷，这里究竟发生了什么事？

羊舌征正愣神，身后有人喊："什么人，到马厩来做甚？"

羊舌征吓了一跳，回头看，原来是养马人城旦！城旦的哥哥鬼薪也是鼓橐的，就和羊舌征在一个炉上。那日，羊舌征和鬼薪同被派往金几岭运箭，陪他一起去看过城旦，就这样，两人有了一面之识。

城旦很快认出了羊舌征，上前搭话道："原来是羊舌哥，又来送箭啊！"

"是哩。城旦，真高兴见到你！"

"快，到里面坐坐。"城旦拉着羊舌征的手，走进厩内。

这个马厩里有马四五十匹，正在吃食，厩中弥漫着呛鼻子的骚臭味，马的吃草声、打响鼻声、踢踏声，一片嘈杂。马厩内有一间小屋，里面有一个用破木板和半截灰砖搭起的桌案，上面放着一个陶壶，两个陶碗，地上有一个草铺，草铺上有一个破被，这便是城旦的住处了。

"我哥哥好吗？"城旦给羊舌征倒了碗水，说："哥哥上次说，炉长说他强悍不听使令，差一点将他处劓刑，可是真的？"

"真的。"羊舌征说，"不过，现在好了。我们几个鼓橐的兄弟给他凑了点钱，送给了炉长，炉长不再对你哥哥鬼薪那么苛刻了。"

"这就好。我们这副头脸是谁也得罪不起的。"

羊舌征突然问："城旦兄弟，今天这金几岭怎么这样冷清？"

"唉，别提了。"城旦叹了口气，小声说，"这里出事了！"

"什么事？"

"前天夜晚，这里的马跑失了好多匹，也有我这厩中的两匹，虽已找回，可践踏了附近放鸠聚村的一片庄稼。今日朝廷派人来调查此事，一口咬定是仆大夫失职，不容分说将仆大夫带走了。仆大夫一走,这里像没人管一样。仆大夫是个好人哪,对下人体谅得很。有一回我喂的马生了病,他不但没处罚我,还亲自和马医一起给马治病。听说他也是贫贱出身,还给马医当过杂役。只是这一去,怕是凶多吉少,真急人哪!"

"战马怎么还能跑失,是没拴好?"

"不,我拴得结结实实,缰绳扣子紧着呢!"

"马会挣断缰绳?"

"更不能,要是马乱踢腾,我还能听不见,我睡觉死是不假,可那么大动静,会听得到的!"

"这可奇了。"

羊舌征费神地思索起来,城旦也默然无语。

过了一会儿,城旦凑近羊舌征的耳边,小声说:"我觉得这事有些蹊跷。我仔细看了看那断绳头,齐刷刷的,像是被刀子割的。还有,我在马槽子下捡到一串饰物,像是从什么人身上刮掉的。你知道,我们养马人是不佩饰物的,难道有外人来过?"

"那串饰物在哪儿?"

"在这儿。"城旦在草铺下摸索了一阵,将一个破麻布包递给羊舌征说,"想必是那人走得太急了,系在腰间的饰物刮在木槽上裸露的铁钉上,硬刮掉的。"

羊舌征将麻布包打开一看,是一块玉琉璃珠。羊舌征想,现在男女都崇尚各种玉饰佩用,可这块玉玦晶莹剔透,不像是一般人所用之物。那么,这是什么人的呢?

城旦胆怯地说:"羊舌哥,这事可千万不要对外人讲啊,弄不好,会掉脑袋的。今早上,朝廷来的人和冶氏官还专门将我们养马人召集到一起,声严色厉地训斥了一阵,不许我们乱说,否则,轻则刖刑,重则乱箭穿身!"

羊舌征微微一笑:"城旦兄弟,你怕了?"

城旦一吐舌头:"死谁不怕呀!"

"那你不怕仆大夫死?"

"那还用说吗?他是个好人!从早上他被带走后,我就提着一颗心呢。我合计了,万一仆大夫有个三长两短,我就天天给他烧香,祈祷他冥福,报答他那次不罪之恩。"

"就这样?"

"还能怎样?我又救不了他。"

"你可以救他。"羊舌征的目光停留在城旦那惊恐未定的脸上。

城旦的脑袋晃得像个拨浪鼓:"你净开玩笑。咱这样的人怎么救得了仆大夫?"

"能!"羊舌征的语气是那样坚定:"就用这几件东西。"

城旦惊得张大了嘴，静听下文。

羊舌征道："我看，战马跑失肯定是有人故意给仆大夫施加罪名。仆大夫出身微贱，贵人们看不起他，想除掉他，这个道理不用费力也想得出来。这几件东西便是有人加害仆大夫的证据，你可将他交给蒲苴，听说那人挺公道的，请他代向大王察奏。"

"你说得挺有道理。可是，我平日只和这些不会说话的牲口打交道，金几岭是人都比我这养马的高贵，我是靠不上前的。退一步讲，交给他，万一他不相信怎么办？"

听城旦这一说，羊舌征也不免为难起来，耳边仿佛有一个声音在耻笑他。你不过一个小小的鼓橐者，虽非毫无自由的奴隶，但也是低贱至极。你能进得了赵王城？前些时候，你在羊舌里和城南郊见到国君不过是极特殊的偶遇。若不是国君微服乡间，你绝无可能和国君对面而语，若不是被购马有功的邮于期带到都城，你更不会有被国君亲迎于郊外的幸运！如果说，羊舌里那个穿布衣的国君还可以接近的话，那么，现在戴冠冕、穿衮服的国君则如天上神仙，如在云端，要见国君岂非妄想！你有证据又怎样？你哪能救仆大夫，真是自不量力！

羊舌征像一个泄了气的牛皮橐，难过地低下头去。

"羊舌哥，我们还是不要自找麻烦了，每天有粝米藿羹填肚子就算了，分外的事，还是不要去想吧。"城旦摇着头，从羊舌征手中拿过那麻布包，重新塞在草铺下面。

羊舌征的想法确实太天真了，但城旦的怯懦却使他愤慨。他气呼呼地离开了城旦，走出了马厩。此时，运箭兵士和杂役已歇息完毕，该是回兵器铸造工场的时候了。

整整一个上午，有几个青铜炼炉总是冒着黑浊之气，任凭鼓橐者怎样拼力地鼓橐，总不见青气冒出。

按常规，铜、锡混合熔融时，首先有挥发性不纯物气化，成黑浊之气，等到炉温上升，比铜熔点低的锡就有一部分熔融气化，出现黄白之气，温度再上升，铜的青焰色也有几分混入，就会出现青白之气，待到铜完全熔融，就只剩下青气了。青气出现，标志着青铜合金基本冶炼成功，可以把铜汁倒入型范中。不见青气，这是炉温不够，火候不到。

铸师欧成最怕的就是这种情况，这不仅会大大降低铸箭的速度，弄不好还会使炼炉报废。他急得像热锅上的蚂蚁，来回走动着，一会儿看看这个，一会儿催催那个，汗水把衣衫都湿透了。几个炉长也分外焦急，竟然也动手与工匠们鼓橐装炭。

执齐师冯比悄悄地用手捅了一下欧成，把他叫到一个僻静之处，对他说："今天有点犯邪，我看是不是触犯了神灵？"

"嗯，兴许。"欧成理着胡须，忧心忡忡。

他记起了一桩使他心惊肉跳的往事。那是五年前在楚国铸剑，也是烧冶已久不见青气冒出，大家正犯急，只听炉中隆隆作响有如雷声，刹那间，炼炉破裂成两半，一炉铜汁四处飞溅，当即烫死了五个工匠。原因是炼炉下部已经烧空、熔化，炉缸内聚积了很多铜水，当上部炉料突然下落时，因炉缸承受的压力过大，致使炉子爆裂。

“这是触犯了神灵。”事后，他和工匠们一致这样认为。在他们看来，茫茫上苍有冶铸之神，在他的指点下人们学会了冶铜炼铜，铸造器物。一千三百年前，有了两合范、三合范和内范，能铸造锛、凿、爵等小型生产工具和日用器物，稍后，又发展到能用多个型、蕊组成的复合范铸造百斤以上的大型铜器，有名的商时国宝司母戊鼎，造型瑰丽浑厚，纹饰复杂，重达千余斤。还有那青铜四羊尊，尊身由四只带着卷曲角的羊构成，尊中间的四壁上各有两条身子一个头的双角小龙，龙头在两只羊中间，四个羊头，四个龙头都突出在尊外，尊上的花纹和镂空的扉边精细无比。新近，又有了铁范。使用铁范能使铸件很快冷却，利于得到白口铁，经处理后变成可锻铸铁，是制造农具、手工工具的理想材料。

冶铸师们认为，所有这些，都是冶铸神的恩赐，冶铸工匠不过是冶铸神的奴隶，把神的意旨化为现实。神的意旨不可违犯，否则便会身败名裂。炉体破裂是冶铸神在惩治匠人的不恭。

今天，经冯比的提醒，这位被恼人的事弄昏了头的欧成又战战兢兢地想起了此事。

“嗯，是触犯了神灵。”他喃喃地说着，从怀中掏出一个一指多长的青铜神像，双手举过头顶，跪地而祝道：

不肖欧成，
十代为铸。
仰赖尊神，
赐我此艺。
欧氏之剑，
犀利无比。
欧氏之铸，
遐迩称奇。
祈我明神，
再助神力！

欧成在虔诚地敬神的时候，执齐师不以为然，嘴角上还挂着一丝冷笑。

“怎么，你在笑我？”欧成有些不满。

“我哪敢耻笑冶铸大师？”执齐师收住笑，道：“我只是说，仅仅这样敬神还未必能够奏效。”

“那该怎样?”

执齐师道:“此次冶铸神发怒,必有因由。师傅想想看,自打我们这里改铸箭镞之后,哪一天顺利过?不是风,就是雨,眼下又一连好几个阴天,闷得人难受,这征兆难道不是显而易见吗?”

“以你之见?”

“上书大王,停止铸箭!”

欧成迟疑了:“这……这恐怕不行吧。”

“怎么不行?昨晚,冶氏官把我找去,赐我饮酒。席间,他讲了好多朝廷里的事。他说,现在大王改革武备,胡服骑射,大臣们包括司徒公子成大人都不赞成,跟着大王跑的只有相国肥义。祖宗之法是改变不得的,神灵也不依。前些年,楚国令尹吴起逆天道、违神意,变其故而易其常,落了个乱箭穿身,秦国的大良造卫鞅废除了世卿世禄,实行编户制和连坐法,奖励耕织和军功,一改祖宗之法,也被五马分尸。他们乱了国家,祸了百姓,理应遭此报应。现在大王听了肥义的话,也要改这改那,后果也难设想!”说到这里,冯比颇为自豪地扬了扬头,说:“这些话,冶氏官是不会随便对人讲的!”

“这么说来,足下得到冶氏官的赏识了。”欧成从执齐师的话语中感觉到异样的味道,不免有些反感。

执齐师没有注意到欧成话中带刺,更为得意地说:“你知道吗,司徒大人很器重冶氏官呢,还要送两个美人给他做妾。冶氏官说,他知道我们大家对铸箭想不通,让我们集体上书,由他代呈。欧成师傅是识字的人,你来草拟,我转给冶氏官,如何?”

欧成这才看清执齐师的真实目的,婉言回绝说:“这事关系重大,我得再想想。”说罢,离开执齐师,又回到炉台上。

铸箭炉仍在呼呼地冒着黑浊之气,欧成心急如焚。作为一个冶铸师,眼睁睁地看着冶炼难成,炉将报废,他心痛呀!

猛地,他想起了冶铸工匠们人人熟记的一句古训:“铜铁不熔,毁身成物。”他的嘴角抽搐了一下,心跳个不停,默念毁身以成物,此冶铸师之天职!

他仰望苍天,天是阴晦的,环视炉群,心血直往上涌。他真舍不得离开这炼炉、离开这冶铸工场啊!他年纪还不大,他还要为天下人铸好多好多的剑,他祖传的技艺还要传下去!然而,看来是天在召唤他了,他应该尽此最后的责任,以不负冶铸师之名!

他留恋地看了看炼炉下的人们,便要纵身向炉内跳去。

“欧成师傅,等一等!”

欧成一愣神,回头看,是羊舌征从金几岭回来了。

羊舌征急跑几步,登上炉台,一把拉住欧成,急切地说:“欧成师傅,你不能跳炉,这里离不开你,赵国离不开你,我们要铸箭,要铸很多的箭啊!以前,我们空有那么多人,不会骑马打仗,不精通射术,结果惨败于戎狄之手,大好疆土被敌抢去,这奇耻大辱只有建骑兵、习射术才能洗雪。欧成师傅,你肩上的担子重着呢,大王在期待着你,赵国的百姓在期待着你!你不比我,一个杂役,可有可无……”

羊舌征眼里噙着泪花,拉着欧成的手,慢慢地跪在他的脚下,十分诚挚和恳切地说:“欧成师傅,请求你让我祭炉吧,为了铸箭,我死而无怨。只有一件事放心不下:我有一个恩人,他是仆大夫郇于期,现在正受人诬陷,生死难卜。鬼薪之弟城旦在金几岭养马,他可以救仆大夫,他有证据,可他胆子太小。欧成师傅,你要找到他,要救仆大夫。他和你一样,是个好人,是个能人!”

欧成被这位地位低贱、从不被人看得起的鼓橐工深深地感动了。他后悔不该只囿于个人好恶,忘记国君的重托、国家的强盛,内疚地说:“好兄弟,你是对的。那件事,只管放心……”

羊舌征站起身,欣慰地笑了笑,纵身跳入炉中。

大地静了,时间像是停止了,人们垂手而立,引颈翘望。高高的炼炉中,腾起一股红红的火苗……

午时时分,下了一阵小雨。小雨过后,郁积的乌云散开了,渐渐地闪出了一点蓝天,隐藏了好几天的太阳终于露出了脸子,将光和热投向大地。

也许是因为羊舌征以身祭炉激发了工匠们的热情,也许是天气好转对提高炉温有利,下午的时候,炼炉终于冒出了青气,冶铸成功了。

欧成很激动,大喊:“开——炉!”

刹那间,分管浇铸的工匠们忙作一团。搬型范的,舀铜水的,清场地的,来来往往,气氛紧张而热烈。迸着火星的铜汁在型范内“嗤嗤”作响,浇铸好的铜镞摆满了炼炉四周。接着,便有分管加工制作的工匠按各自的分工忙碌起来。有的锉磨,有的抛光,有的安装箭杆并在箭杆上涂上红、褐两色漆,有的把制好的箭按一定数量分装在用鱼皮、兽皮或木板制的箭箙中。铜镞的种类很多,有的首为三角锥形、平底锐角、身有下托的三棱铜镞,有的三面为薄刃、镞身周围有六个侧刺的三刃铜镞,有的镞首为两面、中起脊、有双翼、呈倒须式的双翼铜镞,还有一种铜首铁铤镞,镞首的横断面为三角形,每面有凹槽三道。各种样式的铜镞性能各异,显示了工匠们高超的技艺。

在众人异乎寻常地忙碌着的时候,总冶铸师欧成却没有了力气。他现在才觉得疲乏得很,羊舌征以身祭炉的情景不断地在他脑海中浮现着。他的音容笑貌,他的言谈举止，历历在目。

“多好的小兄弟啊！”他喃喃地说着，悲痛和惋惜使他心如刀绞。他也仿佛觉得，周围的人都在暗暗地耻笑他，耻笑他的怯懦，耻笑他的失职。以身祭炉应该是他这个总冶铸师义不容辞的分内事，怎能让一个年纪轻轻的杂役去替代呢？他欧家自操此业以来，一直享有极高的声誉，今天的事情世人将作何评论？他们会说铸师是个怕死鬼，对冶铸神不虔诚，玷污了欧家的名声！

欧成像一切有名望的工匠一样，把名誉看得高于一切，为了名誉他甚至可以舍出性命，像这样有损名誉的事对他来说还是第一次，他不能原谅自己。

在极端的痛苦中，欧成产生了离开赵国的念头。他想到别国去，另换一个环境，免得在这里丢人现眼。

执齐师冯比笑微微地走来了。“欧成师傅，出箭了，该高兴才是，怎么一个人在这里发闷？”

“嗯。我不大舒服。”

“还为那个叫羊舌征的难过吗？大可不必，大可不必！一个小小的杂役，死了算什么，多得很！”

一听这话，欧成气得够呛，他结巴着说：“你……你这是什么话？他……他比我强！”

冯比道：“欧成师傅别开玩笑了，他怎能比了你？你铸的剑遍布天下，你的名字谁人不知？可他……”

“别说了！”欧成打断了他的话，“我不配！我不配！”

“这是怎么说？”

“是的，我不配！”欧成低下头，“我没勇气以身祭炉，我是懦夫！我坏了名声，不能再待在赵国了，我得走！”

“啊，原来是这样。”冯比骨碌碌地转了转眼珠，说，“欧师傅说得也是，换个地方吧，在这里丢了名声，也丢了手艺，光铸这些铜镞有什么意思？凭着欧成师傅的手艺，还愁没有用武之地？”

冯比不怀好意的怂恿使欧成猛然想到，昨日他鼓动我上书国君，停止铸箭，今日又劝我离开，他安的是什么心？

这时，一个声音又在欧成耳边响起：“欧成师傅，你肩上的担子重着呢。大王在期待着你，赵国在期待着你，这里离不开你！”

欧成的心中一阵作痛，他烦恼地摆摆手：“执齐师，你忙去吧，我心里乱得很！”

“也好，也好。你自己再想想，可要拿定主意呀！”冯比说着，悄悄地走开了。

欧成确实是心乱如麻,他像是处在一个十字路口,不知该走哪条路。

“欧成师傅,这是新铸的箭,请你检验。”一个工匠恭恭敬敬地将一束箭矢递到欧成面前。

真是好箭,箭刃锋利,制作精巧,那青铜箭镞上还带着暖烘烘的余温。作为一个冶铸师,有什么比看到自己的成功制作更高兴的呢?

他又想起了羊舌征。这箭镞上有他的血,他的肉啊!他情不自禁地从腰间取出一柄小钢刀,在一个箭镞上刻下了“羊舌征”三字。

欧成责问自己,羊舌征把命都留在这里了,我走了,对得起他吗?我虽然不是赵国人,但现在已被赵国召为铸客,赵王又如此信任我,以我为总冶铸师,我若一走,铸箭炉将有停工的危险,这岂非无信无义,信义难道不比我个人的名誉更重要么?再说,我若背信弃义,将更有损于我的名声。

经过痛苦的权衡,欧成选择了信义,选择了铸箭炉。眼下,他感到应该赶紧去办羊舌征嘱托的事。

他找到了鼓橐工鬼薪,问:“你和羊舌征是朋友?”

“嗯。”

“你兄弟城旦在金几岭喂马?”

“嗯。”

“你告诉他,羊舌征死了。”

“嗯。”

“羊舌征死前说,城旦曾给他看过一件东西,你去一趟金几岭,把它取来。”

“嗯。”鬼薪一边答应着,抬腿就要去。在他看来,杂役应该毫无条件地听从冶铸师的吩咐。

欧成叫住他:“你先别忙。听说你兄弟不愿声张,你一定要说服他,把那东西拿来。你为朋友办事,他会在九泉之下感激你的。”

“嗯。”

鬼薪一路小跑着出了冶铸工场。

傍晚,鬼薪回来了,上气不接下气地说:“欧成师傅,没误事吧。我兄弟不肯交出,我好说歹说才要来的。欧成师傅,你要这个有什么用啊?”

“不要问了,没你的事了。”

“嗯。我干活去。”鬼薪答应着,走开了。

欧成打开麻布包,看着那半截缰绳和玉佩,陷入沉思之中……

第十三章　悲歌《长子恨》

自打郇于期从金几岭囚入宫中听候处置以后，武灵王整日心急火燎，坐卧不宁。金几岭离不开郇于期，蒲苴的射术堪称高明，但对训练战马却缺少经验，所以，郇于期一走，金几岭的训练事宜基本上陷于停顿。

这是件非同小可的事！赵武灵王打算将全部车兵都改为骑兵，这样就需要成千上万匹训练有素的战马。可以说，金几岭的战马训练是这一重大改革的关键，战马驯不出来，便无法装备军队，就会延误车改骑的速度。囚禁郇于期，事关全局！

按照武灵王的本意，郇于期早该放出了。马踏田稼并不是什么了不起的事，何必闹得这么大？但公子成却坚持说，民心向背关系到国家的兴衰，害民之事从来不可轻视，否则，引起民怨，国将危矣。他主张将郇于期处以流刑，永世不得回都城。武灵王不赞成这样的处理，但一时又无法说服他，这个案子就这样不死不活地拖下来。

武灵王感到奇怪，百姓怎敢群起上书，请愿皇城？为什么又把一个新任不久的仆大夫牵扯进来，非要治他渎职之罪，远流千里？他虽为一国之君，权力至高无上，现在却觉得是被别人牵着走的，完全是按别人的安排行事，他想摆脱这个处境，各方面的消息又向他封锁着，他无从知道内情。他第一次感受到被架空、被封闭、被控制的痛苦。

阴妃在宫人慧儿的陪伴下来到武灵王面前。去年，她因无辜蒙冤，愤然堕胎，身心遭受到很大创伤，大病了一场。经调养，已恢复了元气，但看上去仍有些虚弱。亏得她是个硬性子，经得起折腾，要是别的嫔妃，说不定会一蹶不振。

因怕武灵王为她劳神，阴妃在武灵王面前常常是格外打起精神。她知道武灵王近来不大愉快，心里很着急，总想安慰他一番，让他放松一下。

她来到武灵王跟前，问道："这些天，大王总为马踏田稼事劳神，依臣妾看大可不必。"

"此话怎讲？"

"郇于期是大王亲自从庶人中选出来，并授以重任的，他能不尽职？即便小有过错，也不应轻易治罪。再说，现在正需要他，把他处以流刑，谁来驯战马？大王的事业岂不要蒙受损失？"

"依你之见？"

“快将邮于期放出，驯马要紧。那个事，慢慢追查，以后再作处置。”

武灵王觉得阴妃之言很有道理，但转念一想，这件事叔父公子成多次过问，擅自将人放了，叔父定会不悦。便说：“爱妃的主意不错，可是还需要与叔父商议一下。”

“商议？”阴妃马上接下来说，“恕臣妾心直口快，我看大王现在胆子越来越小了。叔父又怎样？大王是国君，一国之主！难道什么事都得经叔父允许吗？那样，大王又算什么？”

武灵五知道阴妃的直性子脾气，也不怪她，只是苦笑道：“此事并不简单，你不知内情，不要多言了。”

阴妃无奈，和慧儿回宫去了。临出门，急切地说：“大王，‘筑室道谋，十年不成’，不要再犹豫了！”

阴妃走后，铸师欧成跟在相国肥义身后来到了武灵王寝宫。欧成是在宫门口遇到相国肥义的，肥义曾过问铸箭炉之事，欧成与他有初识，欧成道过原委，相国肥义感到事情重大，才把他引来见武灵王。叩拜之后，肥义代欧成启奏：“铸师欧成有要事向大王禀报。”

武灵王在前些天听冶氏官奏报，欧成对冶铸工场一律改铸箭镞不满，打算上书谏止，如不成则离开赵国，所以感到欧成辜负了他的心意，有些不满，武灵王以为他是为此事而来，表情有些冷淡，说：“欧成，寡人以重金请你来赵国，是希望你为赵国的强盛尽力，你可不要辜负寡人啊。”

欧成惶恐地说：“小人不敢负大王！”

“那你前来做甚？”

欧成悲痛地说：“一个好兄弟，羊舌征，以身祭炉了，小人和工匠们请求对他的家人进行抚恤。”

“羊舌征？”

肥义在一旁说：“就是羊舌里那个少年，在铸箭炉鼓橐。”

欧成将那天炼炉出现故障，羊舌征以身祭炉的情景述说了一遍。

武灵王沉默了，一个充满活力的、很惹人喜欢的少年恍若就在眼前。他很惋惜，羊舌征才只有十九岁啊！他家里还有父母双亲，他本人还想当一名骑兵为国家杀敌立功呢，可如今，他年轻的生命即化作通红的炉水，熔铸在箭镞之中。他虽为低贱的杂役，却是为赵国的强盛而死的，不能漠然处之。武灵王当即决定，赏赐羊舌征父母黄金百镒，以为抚恤，并在铸箭炉起冢立碑，以资旌表。

听到国君这样的决定，欧成感激涕零，连连叩谢：“大王对一个微贱的杂役如此恩赏，古来鲜有，羊舌征好福气呀！”

肥义道："铸师不必惊异，大王历来不重富贵欺贫贱，只要有功于赵，虽徒隶也敬他三分。还是快向大王说说那件急事吧！"

欧成顿悟，从怀中取出那个麻布包，呈给武灵王，并将事情的来龙去脉细细禀奏。末了，他说："金几岭的战马是有人故意放跑的，说不定就是这串佩饰的所有者。这佩饰我有点熟，就是铸箭炉运送箭只的伍长伊丁的。他曾向我显示，说这串佩饰为一贵人所赠，价值千金。"

武灵王一边听着，一边费神地思索。根据这两件证物看来，肯定是有人故意栽赃陷害邮于期，这一层，他是没有料到的。使他疑惑不解的是，这半截缰绳、一串佩饰是否联结着一个罪恶的企图？

肥义也有这个看法。他提议，此事不可轻视，先令有司审问伍长伊丁，然后顺蔓摸瓜。

武灵王以为然。他马上让寺人缪韙把廷尉田不礼叫来，让他尽快弄清此事。吩咐已毕，他语重心长地对二人说："老相国，廷尉，你们为寡人分忧了！"

这一时期来，相国肥义一直和郎中令李兑掌管着变车兵为骑兵的事。起初，武灵王是准备派李兑去金几岭掌管战马训练的，因他不甘与邮于期在一起比肩而语，推说不知马事，武灵王便派他辅助肥义。

这是一件十分艰巨而复杂的工作。赵国有战车万乘，每乘以十人计，则是十万之众。其中有一万驭者，两万甲士，余下的便是七万步卒。打乱原有的编制序列，将这样一支庞大的队伍重新组编为骑兵，岂非易事？编制的改革将使一些甲兵失去他们的优越地位，不再威风凛凛地坐在战车上挥舞矛戈，而是要和地位低下的步卒混编在一起。部分战车的卒长将改任为骑兵的伍长、什长。

这是一次重新组合，是一个巨大的变动，赵军历史上从未有过的大变动！有如江河改道，地覆天翻！偌大个军营宛若一个大漩涡，波涛在这里激荡，沉渣在这里泛起，激流在这里翻腾。风的呐喊，浪的喧嚣，雷的轰鸣，一时间都在这里汇聚，这里成了变革中的赵国的缩影！

肥义便处在这个大漩涡中间。他几乎每天都待在兵营里，家也难得回一次。因为这里有许多棘手的问题需要他去处理，有许多重大的决策需要他去落实，而那些接连不断的争吵、纠纷，冲天怒气的发泄，无名之火的肆虐，更使他心绪难宁。他随便走到哪里，仿佛都有一些仇恨的目光在盯视着他。一些人对他敬而远之，如同躲避瘟疫。当然，也有相当多的人把他当成救星，奉若神明，看作希望的使者。每当肥义出现在兵营的时候，他们总是远远地垂首恭立，双目凝视，处于抑制不住的激动和亢奋之中。这是那些地位卑下、从来被人瞧不起的步卒和杂役，因为他们之中的很多人将改为骑兵，和高高在上的甲士们一样同乘战马，并驾齐驱。这个变化对他们来说可以说是人间天上。他们平日里受尽了甲士们的奴役和欺侮，像奴隶一样地遭训斥，受责骂，挨处罚，每天有干不完的繁重杂务，而在战场上，他们必须疲于奔命地跟在奔驰的战车后面，跑断了腿，累弯了腰，冲锋陷阵，赴艰蹈难，时刻面临着死神的威胁，稍有落后，甲士手中那几乎等于两个人高的青铜戈会朝后挥来，将你打倒在地。或者落个临阵怯懦后退的罪名，被处以严厉的刑罚。改变这样的处境，是他们做梦也不会想到的！

“我们也要骑马了，和甲士一样了！”

“天变了，老天爷长眼啊！”

“受罪受到头了，我们好运气啊！”

欢乐的情绪使他们激动万分，他们的喉咙里冲动着一支歌，一支有如奴隶上升为自由人般的人身解放的歌！

肥义对徒兵们这种情绪是深深地感受到的，他也为之欣慰。因为他们是十万赵军的基本力量，他们的支持将是这场变革的有力保证。

然而，肥义不能不注意到那些出身贵族的乘长和甲士们。他们人数虽少，但属于军队中的上层，他们掌握着大小不等的权力，有着巨大的能量，他们是决不愿意与低贱的徒兵们平起平坐的。在他们看来，驾着战车打仗才像贵族的样子，走在徒兵队伍里有失身份。徒兵们不配和他们站在一起，只能听凭他们役使。

从这些人愤愤不平的议论中，从频频发生的纠纷和争吵中，肥义切实感受到问题的严重。他觉得，必须慎之又慎，弄不好将会引起混乱，使改革难以进行。

已经有不少甲士不告而辞，一些校尉和乘长抵触情绪很大，要么不予配合，要么躺倒不干，致使军纪废弛，军心涣散。

中军甲一卒便是突出的代表。乘长敬君虽然曾经是肥义亲随，但他对肥义所掌管的这件编制改革的事却阳奉阴违。他嘴上不说，心里却是极不赞成的。他不愿意看到那些平日被他役使的步卒们也和他一样骑上骏马，成为骑兵。若是那样，他这个乘长的威严将从何谈起？强烈的抵触情绪使他对改革得拖且拖，而且不时发泄无名之火，对步卒进行处罚。有一个被他砍掉了双腿，有一个被他割下了鼻子，还有一个被他用马拖死。当然，这些处罚的理由据说都是违犯了军纪，谁知道是违犯了谁的纪律？

由于敬君滥施淫威，甲一卒人心大乱，本来热情很高的步卒们被一棍子打了下去，个个心灰意冷，无人敢提当骑兵的事。更有一些人担心自己的性命，偷偷开了小差，一百号人仅剩下六七十人。对这些情况肥义是有耳闻的，他也当面教训过敬君，让他带个好头，注意对全局的影响，敬君表面答应，背地里却依然故我，为此，肥义很是忧心。

这日，肥义刚从赵王城回到家中，便有禀事兵士来报："相国大人，大事不好，中军乱了营，动起武来了！"

肥义一听，如闻惊雷，赶紧驱车前往中军营地。

位于大北城郊外的中军营地一片混乱。厮杀声、叫喊声、刀枪棍棒的搏击声响成一片，数百名车兵、徒兵、勤杂兵手持兵器，打得难解难分。有人被长矛刺倒了，胸口在冒血，有人被刀剑砍下了臂膀，躺在地上呻吟，有人多处负伤仍在拼力砍杀，他们穿着一样的军服，同在一个军营，如今却情同仇敌，势不两立，有我无你！

"骚乱！"肥义的头脑中迅速闪过这两个使他震惊的字眼。他只觉得心血直往上攻，两眼直冒火星，他急令御者停住车子，从车厢内站立起来，抽出佩剑，凌空一挥，大声喝道："住手，不许胡来！"

没有应声。有几个人回头看了一眼，却根本没当回事。几个未参加骚乱的校尉和兵士见相国来了，也跟着大声呼喊，并上前阻止，但兵士们已打成一团，根本难以劝解。肥义无奈，急令校尉击钲。

"当！当！当！"十数个金钲齐鸣，声动天地，骚乱这才慢慢停止了。兵士们见相国来了，生怕祸及自身，纷纷丢下武器，狼狈逃去，洒满鲜血的营帐前，只留下一具具血淋淋的尸体和呻吟着的伤兵。

肥义跳下车，踏着血迹走到一个捂着肚子的伤兵面前，厉声问："这……这是怎么回事？"

那兵士脸色蜡黄，额头上滚着汗珠，断断续续地说："大人……我兄弟死得……冤啊！"

"细细道来！"

"这几天，有人说……我们当步卒的……骑马是欺祖，要……祸灭满门。一位弟兄……是位驭者，叫东野及……因为教人骑马，被人在暗地里用乱刀砍死，陈尸在营帐外……死得好惨。弟兄们气不过……寻思怎么也是个死，反了，可是……"

这伤兵因流血过多，说不下去了，头一歪，昏死过去。

肥义赶紧让人把他抬走，然后命令兵士："郎中令呢？快请他前来！"

话音刚落，郎中令李兑风风火火地来到肥义面前。他又急又气地对肥义说："出了这等事，太叫人痛心了。可惜我因事出了军营，晚回来一步。事出有因，一定要严惩祸首！"

"祸首？"

“正是。”李兑用手指了指身后一个被绑缚的兵士，怒气冲冲地说：“他就是这场骚乱的祸首！”

那兵士是一个脸色黝黑的年轻人。他背缚着双臂，衣甲上沾满了泥浆，精神沮丧，双目无光。在他身后，是手持青铜剑的乘长敬君。

“大人，叫您受惊了！”敬君用胆怯的目光瞅了瞅肥义，施礼道。

肥义有些奇怪。敬君何以介入到这件事情中来？正在纳闷，只听李兑道：“相国大人，详情可否让敬君细为禀报？”

不等肥义应允，敬君急不可耐地述说起来。他说，这兵士是他属下的步卒，名黑夫，因和驭者东野及发生争吵，将东野及乱刀砍死。有人误传东野及是因教人骑马而被杀死的，因此招致步卒们的不满，要为东野及复仇。黑夫鼓动一部分人与之对抗，酿成这场惨祸。敬君气愤地说，如此拨弄是非，制造骚乱，军法难容，应处以五马分尸之刑，以警其余。

尽管敬君说得绘声绘色，可肥义觉得事情并不那么简单。他不相信这么一个小小的步卒会有这样大的能量，再者，通过这么多天来的接触，他对自己先前的弟子、亲密的属下敬君也有些失去了信任。他用命令的口气说：“先将人放开，我要亲自问他！”

黑夫被解开了绳索，带到肥义面前。

“是你蓄意制造混乱？”肥义逼视着黑夫，厉声问。

“嗯，是小人。”黑夫供认不讳。

“你为什么要杀死东野及？”

敬君一把揪住黑夫：“你这是想混水摸鱼，逃脱罪责。不然，怎么不回相爷的话？”

黑夫低下头，默然无语。猛然间，他“扑通”一声跪倒在肥义面前，哭诉道：“大人……我……冤枉啊！不错，是小人杀死了东野及，是小人挑起了械斗，但并不是小人真心想这样做，是乘长逼我的！现在！事情闹大了，他又要处死我，我冤枉啊……”

黑夫正诉说着，只见敬君气急败坏地拔出佩剑，怒骂：“好啊，你死到临头，还血口喷人！”紧接着，“扑”的一声，将利剑插进黑夫的后心。黑夫一声惨叫，倒在血泊中。

肥义一下子明白了。他怒指敬君，气得浑身直抖。

这时，黑夫的哥哥禾生闻声赶来，他伏在黑夫身上，放声大哭：“兄弟，我的好兄弟啊，哥哥来晚了，来晚了啊……”

哭着哭着，他拼命地扑向敬君，扯着他的衣服：“敬君，你这毒蛇，我和你拼了！”

敬君脸色苍白，咬牙切齿。他强作镇静地对肥义道：“相爷，这小子如此无礼，您看……”

肥义冷冷地说:“杀了他！你手里不是有剑吗?”

敬君一愣,惶惑地说:“相爷,您这是……”

“说到你心上了吧?”肥义鄙夷地一笑,“不过,这一次可由不得你了!”

肥义又喝令兵士:“把这蓄意制造混乱的敬君绑了!”话音刚落,两个粗壮的兵士大步前上,不容分说把敬君捆了个结结实实。

一直沉默不语的李兑看出风头,大梦初醒似的点着敬君的鼻子说:“好你个敬君,原来是在玩花招儿！亏得相国及时前来,不然竟被你骗了!”

肥义微微一笑,对李兑道:“郎中令,欲如何处置他?”

李兑犹豫起来。他知道,敬君是肥义的弟子,随肥义入朝后,因为他和肥义这层关系,人们都高看他一眼。刑不上大夫,礼不下庶人,这是定不可变的铁律,敬君虽称不上大夫,但其特殊身份也非一般人所能比,若将他处死,岂不要得罪相国？但看今天这势头,相国是要严处敬君。他猜不透肥义的心思,一时难以作答,只好说:“请相国大人裁定。”

肥义道:“那就以黑夫之刑还治其身!”

“五马分尸?”李兑大惊失色。

敬君更是吓得魂飞魄散,哭求道:“相爷,恩师,恕小人一死吧！想当年在黑龙潭边,恩师视小人如爱子,小人敬恩师如至亲,风里雨里,恩师与小人相依为命,日里夜里,恩师与小人共度艰辛。纵使小人有千般不是,恩师难道就一点也不可怜小人？恩师啊,这次如蒙宽恕,来世变牛变马,侍奉恩师……”

敬君的哭声牵动了肥义的心,黑龙潭隐居的日子如现眼前,低矮的茅棚,昏暗的灯光,明净的潭水,苍郁的山峰。在这熟悉的图景中,一个聪慧、机灵的小敬君出现了。他蹦跳着,欢唱着,呼喊着,奔上前来,喊着“恩师,恩师”的声音,是那样的悦耳,面容是那样的可爱……

肥义觉得一阵心痛。

“饶恕这无依无靠的孩子吧。”肥义默默地想。但这同时,禾生的哭喊传入他的耳鼓,黑夫那流血的尸体映入他的眼帘。他眼前的幻影消失了,可亲可爱的童子敬君不见了,却实实在在地匍匐着一个可憎可恶的敬君。他狠了狠心,向兵士一挥手,严厉地命令:“行刑。”

兵士没敢动手。

肥义放大了嗓门儿:“行刑!”

兵士这才挪动脚步,把已经瘫软在地的敬君拉了起来。这时,有五名兵士牵来五匹强悍的马,马头朝着不同的方向,每匹马身上都带着一条用来捆绑罪犯肢体的长长的绳索。

越来越多的围观者都被吓傻了,他们屏住呼吸,大气都不敢出。

面无人色的敬君怀着一线希望,乞怜地瞅了瞅李兑,嘶哑地喊:“郎中令,李大人,救救我……”

李兑走到肥义面前,乞请道:“相国大人,敬君制造祸端,罪不容诛。但这并非他一人之过,微臣也有责任。再说,敬君也曾为赵国立过战功,他身上还带着长子之战的箭伤哪!当今赵国正需骁将强兵,还是饶他一死吧!”

敬君因其特殊的地位,在军中也有一些朋友。他们知道肥义的脾气,开始时无人敢为敬君求情,今见郎中令带了头,纷纷跪倒在肥义面前,异口同声地乞请:“相国大人,饶恕敬君吧!”

肥义迟疑了。沉思了半晌,道:“既然郎中令及众校尉求情,那就暂且饶他一死,先鞭打二百,然后撤销其乘长之职,在军中做杂役,以观后效!”

“谢相国开恩!”李兑和诸校尉同呼。

行刑兵士放开敬君,敬君跪行到肥义面前,重重地给肥义磕了三个响头,泣不成声地说:“恩师再生之恩,弟子感激不尽,终生难忘!”

不过,一想到杂役的苦处,敬君却浑身发冷,沮丧地低下头去。

当中军发生骚乱的时候,铸箭炉出现了一桩莫名其妙的事情,伍长伊丁失踪了。

对此,廷尉田不礼大伤脑筋。因为伊丁是金几岭失马事件的唯一线索,伊丁的失踪使刚有头绪的案子又成了一团乱麻。

田不礼正为难,冶氏官急匆匆地前来见他。

“廷尉大人,听说伊丁跑了?”

“嗯。”田不礼无精打采地回答。

冶氏官道:“伊丁一定是畏罪潜逃,说不定会跑到齐国去。他本是齐国人,因为杀了人,才来到赵国,投奔他的一个族叔。他族叔在鄗城经营一个制陶作坊,有工匠和徒隶百余人,很有钱,因他生性粗野,喜欢舞刀弄棒,他族叔将他送入军中,当了伍长,后又调来我这里押送箭只。这个人可给我找了大麻烦了,要抓到他,非把他投到铸箭炉烧死不可!”

冶氏官絮絮叨叨地述说着,田不礼根本就没听进去,他关心的是要尽快找到伊丁,便问:“冶氏官,你有什么办法找到伊丁?”

冶氏官皱了皱眉头,道:“难哪。他如果真的跑到齐国,即便找到了也难押回。赵国与齐国有仇怨,随便到齐国抓人,万一引起战事可怎么得了?大王说过,当今赵国要养生息,尽量避免战事,我们不可不慎。”

田不礼心里也嘀咕起来。但他并不甘心，因为事情弄不出头绪无法向君王交差。他对冶氏官说："先派人在近处找找吧。今日暂不向金几岭运箭，人员分成数队，撒出去寻找。"

"也好，那就试试看。"冶氏官说。

寻找伊丁的人员当即组织起来，分成五队，每队由田不礼指派专人负责。

第一天，没有结果。

第二天，仍不见各队前来报告。

第三天傍晚，第二队的人抬回一具尸体。那尸体的面容严重被毁，身上满是血迹。他们报称，这尸体是在一个山涧里发现的，被乱石掩埋着，经辨认，他很像伊丁。

田不礼又找来一些平日和伊丁熟悉的人前来验证。一个曾跟随伊丁多次往金几岭送箭的工匠说："他是伊丁，没错！他颏下有颗黑痣，他向人炫耀说，这是富贵痣，将来能做大官。尸体虽已毁容，黑痣却在！"

还有一个和伊丁要好的兵士说："这尸体左耳少一块。伊丁说过，那是小时候和人打斗，被人咬掉的。"

田不礼又将尸体审视了一回，他断定，伊丁是被人杀死的，显然是杀人灭口。那么，杀人者是谁呢？为什么要杀他呢？

田不礼猛然想到一个人。冶氏官！曾有人说，在伊丁失踪的前一天晚上，伊丁被冶氏官请去喝过酒，此后便没见回来。

作为一个掌管狱讼的官员，田不礼敏锐地把疑点集中到冶氏官身上。他令人把尸体埋了，准备找冶氏官当面追问。然而，正在这时，冶氏官却来到田不礼面前。

冶氏官满脸堆笑，根本没有一点惊慌的样子。他双手将一个用竹片制作的名帖送到田不礼手上，嬉笑着说："廷尉大人，今天是下官的喜日，司徒大人赏给下官两个美姬，要我现在就去把人带来，并特地请廷尉大人和我一起前去赴宴。"

田不礼猜得出，公子成是不会轻易请他吃酒的，一定是有什么事情。他清楚地知道公子成在朝中的权势，再说，他本人当上廷尉也全靠公子成举荐，所以，他无法拒绝，也不能拒绝。

公子成的家宴是丰盛的。酒至三巡，公子成当着田不礼的面将两个美姬送给了冶氏官，并盛赞冶氏官如何精明强干，请田不礼多多关照。

田不礼是个精明人，他看得出，此案已无法再追究，索性也作个人情，附和着公子成夸奖起冶氏官来。

当夜，田不礼烂醉如泥地回到了自己的宅第。第二天，他给武灵王上了一道奏表，声称偶患风疾，近日内不能上朝。关于金几岭的事，他只写了这样几句话。

金几岭纵马害民,系伍长伊丁所为。为逃脱罪责,自杀身死。

田不礼的表奏与肥义关于中军骚乱的奏章几乎同时呈上。武灵王看罢,心里很沉重。他不信金几岭纵马事件会如此简单,伊丁纵马的目的并未搞清楚。他一个当差吃饭的伍长干这种事做什么?这背后又是怎样的情况呢?中军骚乱更令人担忧,此事并非偶然,它反映了一种可怕的抵触情绪……

武灵王心里很烦闷。他把奏章往旁边一推,站起身来,一边低着头踱着步子,一边喃喃地说:“难哪!”

不知什么时候,寺人缪韅已站在他的旁边。待武灵王抬起头的时候,缪韅先是迅速地扫视了一下武灵王的脸色,接着用试探的口吻小声说:“大王,要不要出去走走?”

缪韅的话正好说在武灵心坎上。他真是想出去走走,赵王城的空气使他感到太压抑了。

平时到外城大北城去,武灵王总是轻装简从,他不喜欢前呼后拥,他觉得这样做实际上是把自己封闭起来,很无聊。这一次,他仍然是这样做,而且除去朝服,只穿了一件轻便的胡服,用了一辆普通的驷马车,随员只有缪韅一人。他没有通知卫队和仪仗,只是和内史赵造打了个招呼,让他不要声张,说是到大北城兜个圈子就回来。

赵造不放心,待武灵王的车子开动后,悄悄地派了两个禁军校尉,穿上百姓的衣服,骑马跟在后面,以保卫武灵王的安全。

大北城如往日一样地热闹。乘车的,徒步的,来来往往,川流不息,那些做买卖的,弄杂耍的,看斗鸡的,听唱曲的,以及沿街各种作坊的紧张劳作给这个中原都会增添了繁荣的气氛。

因为人多,又无人开道,武灵王的车子走得很慢。不过,这也不无好处,给武灵王提供了观赏市容的机会。这样的机会是不多的。当他作为一个帝王出行时,行人远远地就闪开一条道路,车子飞快地行驶,旁边的建筑和各色人等都是一闪而过。这一次却大不相同了,从外表上看,他不过是一位普通的贵族,人们对他不是敬而远之。武灵王对此感到惬意,这是一种作为众人一员的自豪的感觉。

武灵王很留心人们的穿着。他看到,大多数人都是身着胡服,只有少数贵族和上年岁的人仍是长袍大袖。武灵王感到欣慰,他的号召已有了众多的响应者。至于少数留恋旧俗的人并不足怪。莫说是民间,宫廷中不是也有人总是向后看吗?

还有一些年轻人骑着马。尽管他们骑马的姿势还有些蹩脚,时或露出惴惴不安的样子,唯恐从马上掉下来,但他们仍执着地前行,表现出青年人特有的好奇心和实践勇气。大部分人显然并非显贵,他们穿的胡服很粗糙,马也多是劣马,甚至没有漂亮的马鞭,手里拿着一根树条,但他们的表情却是得意的,像是凯旋的英雄。他们根本不理会别人的鄙视和议论，只顾吆喝着他们的马，径直朝前走。有一个骑马的青年在武灵王的车旁擦边而过，并超过了他，还骄傲地回过头来朝武灵王笑了笑，然后，南腔北调地哼起了一支带着草原风味的胡曲。

武灵王没有恼怒他的失礼，反而产生一种亲切之感。从这个青年和众多的行人身上，他仿佛看到赵国百姓的心头正萌动着一种改变旧生活的要求，这种要求尽管是朦胧的、初步的，却是可贵的。赵国要变革图强，不正是需要这种精神上的和思想上的基础吗？

赵武灵王心中的郁闷和苦恼像是一下子被风吹散了。他示意缪鞮把车子驶快一些，像是要和那青年比试一番。谁知，那青年走了一程后拐了个弯，走进一条里弄。这里弄不宽，容不下驷马车，武灵王只好不再去追，令车子停下。就在这当儿，从一座院落里传出一阵歌声。武灵王侧耳细听，那是一位倡人在卖唱，那歌词是：

长子皇皇兮，
吾土吾乡。
战祸连绵兮不息，
胡骑出没兮无常。
黎庶无宁日，
田亩尽荒凉。
长子凄凄兮，
亦悲亦伤。
征夫远戍兮王事，
洒血暴尸兮异乡。
盼归不得归，
念彼伤愁肠。
长子恨恨兮，
期炽期昌。
家仇何日兮申报？
国恨何日兮昭雪？
嗟我桑梓地，
举国盼富强！

倡人的歌声搅动了武灵王的心事，并对这位无名歌者产生了深深的敬意。他驻足良久，浮想联翩。

回到宫中后，武灵王马上派人将歌者请来，并亲自接见了她。

这妇人长得并不算美,中等个子,身体略微有些发胖,脸上的红润已经减退,眼角上爬上了浅浅的皱纹,她没有像一般邯郸倡那样浓妆艳抹,只是涂了一层薄薄的白粉和一点勉强可见的唇膏。她的服饰素淡,发髻上还戴着一朵绢制小白花。从外表上可以看出,她是属于那种在邯郸街头卖唱的下等倡人。不知怎的,平日在美女群中生活惯了的武灵王对这位妇人产生了奇怪的好感。是她的歌声打动了君王,还是她的朴素之美赢得了君王的青睐?

武灵王用善意的、喜爱的目光打量着这位略显局促的妇人,像与近人交谈似的询问着她的身世。妇人怯生生地回答说。她的艺名叫莹姬,住邯郸大北城如邑里。丈夫原在军中,战死于长子。丈夫死后,公婆请人占相,说她面相克夫,是家中的祸星,把一腔怒气都发泄到她身上。她不堪凌辱,离家为倡人。说起这些经历,妇人不胜伤感,欷歔泪下。

武灵王很怜悯她,问:"所唱曲子出自何人之手?"

莹姬道:"奴婢怀念夫君,因作此歌,大王见笑了。"

武灵王道:"好,好! 真看不出,你原来还是位才女哪!"

妇人道:"大王过奖了,民女哪有什么才可言? 常言道,诗言志,歌诵言。有感于心,不吐不快而已。"

说到这里,妇人的眼圈红了,她极力控制住自己的感情,说:"大王,我赵国不能让人欺侮啊,奴婢夫君的悲剧不能再重演,赵国的百姓希望看到赵国的富强!"

武灵王被打动了。在他面前,又浮现出记录着奇耻大辱的长子之战,他也油然记起了胡服骑射以来的种种坎坷,他为自己的逡巡不前而感到羞愧,为莹姬的热情而肃然起敬!

武灵王想,雪耻图强,改革积弊,乃千秋大业,不能希图一蹴而就。知难而上,方真丈夫也!

武灵王对莹姬道:"寡人拟将你留在宫中,教习宫中乐人,你意如何?"

莹姬忙跪谢:"这可使不得,奴婢这微贱之身,怎敢教习宫中乐人? 大王还是让奴婢重返街头吧。"

武灵王笑道:"你不必顾虑,就这样定了,回头寡人再向乐宫吩咐。"说罢,他让缪韪叫来几个宫人为莹姬准备饭食,沐浴更衣。莹姬谢恩,随宫人去了。

第十四章　当机立断

一只小小的马蝇飞进了郇于期的视野。蝇体为灰黑色，蝇背有四条光泽，它微微地振动着前翅，享受着温暖的阳光。

“它大概是从御厩中飞来的吧!”郇于期这样判断着，因为他被囚禁的囚室离御厩并不算远。

一想到御厩，一想到马，郇于期心里说不出是什么滋味。郇于期爱马。自打他诞生在那个有荣有衰的相马世家以后，他便与马结下了不解之缘。他认识的第一个字是马字，读到的第一本书是相马人奉为经典的《相马经》。书内有图有文，少年郇于期对它产生了浓厚的兴趣。书中的文字他可以背诵，书上的图画他可以默画，他很快成为一位技艺高超的骑手，成为一位独具慧眼的相马者。马进入了他的生活，占据了他的情感，他生命的意义在与马的联结中得到了充分显示。在他被武灵王召入宫廷，得以大显身手时，他是多么兴奋啊！他曾从《相马经》中描下良马的外形，带领随从遍寻国中，他曾在金几岭前竭尽全力地训练骑手，并向武灵王表示，他郇于期决不辜负君王的厚望，为建立赵国的第一支骑兵效犬马之劳……

而今，他已被迫离开了马，离开了他的事业，离开了那个有着诸多辛苦也不乏欢乐的金几岭，以莫须有的罪名囚禁于赵王城。

这是一个特殊的囚室，他不同于一般囚犯。他在饮食上受到特殊的关照，一日三餐不仅可以吃饱，而且还有酒喝，有肉吃，囚室内有几案，有草席，有被衾，绝无饥寒。武灵王有旨，不许看守人员怠慢他。他除了不能随便走出室厅以外，生活上毫无不便。

郇于期无神的目光停留在墙壁上，那上面的一道道指甲划痕在向他显示：这种度日如年的生活已经过去了四十一天。他不知道还要延续多久，他感到绝望。有时，他也想到死。这种活死人的生活并不比死舒服！

随着一阵嗡嗡声，那马蝇飞落到他的衣袖上。他下意识地用手一捂，那马蝇被他环在手中。他无心去伤害它，把它看成是无言之友的使者。他小心翼翼地走近窗前，张开了手，喃喃说道：“飞吧，马蝇，飞到你应去的地方吧。”随即，那马蝇飞走了，飞得无影无踪。郇于期呆望着，他的心也随着那马蝇飞到御厩，飞到金几岭，飞到走马川，飞到天涯海角……

“仆大夫,仆大夫在哪里?”一个声音打断了他的思绪。接着,守兵打开了囚室的门,一位老者走了进来。他身后跟着一个随员,随员手里提着一只食盒。守兵道:“仆大夫,相国大人来看你了!”

肥义相国?邮于期大吃一惊,忙上前迎接。

邮于期与相国肥义只有几面之识。因为自打他被召入宫后,绝大部分时间都在金儿岭,很少与其他大臣见面。不过,对肥义相国的名声,他还是多有耳闻的。他知道,老相国是武灵王的良佐,许多军国大事都是肥义帮助国君谋划决断,关于胡服骑射的改革便是如此。老相国虽年届七十,但身体壮实,精神矍铄,思路畅达,且为人公正刚直,是非分明,在朝中威望很高,邮于期对他是敬仰久之。

自打邮于期被这样特殊地监禁起来以后,没人来看过他,但守兵的态度极好,有时甚至不像是看守,倒像是徒隶,恭听邮于期的吩咐。对此,邮于期一直觉得疑惑不解。今天,堂堂的相国又亲自前来探望,这究竟是什么原因呢?

邮于期就是怀着这种半惊半喜、半信半疑的心情迎接肥义的到来的。

肥义进门后,先问了个好,然后让随员打开食盒,内有一篮鹿肉,一壶酒。肥义将酒肉推到邮于期面前,说:“吃吧,这是大王送给你的。今日大王去御苑狩猎,收获甚丰。挑选了一些肥大的祭祀宗庙,余下的烹煮了分赐近臣。你这一份,大王让老臣送来。”

“近臣?分赐近臣?”邮于期莫名其妙,不知是吉是凶,僵立着不敢上前。他怎么也想不通,一个囚犯何以受到如此厚爱?他战战兢兢地想到另一层:君王赐死犯罪的臣僚往往是用美酒佳肴鸩杀的。

肥义看出邮于期的疑虑,笑道:“仆大夫,你觉得大王待你如何?”

邮于期张了张嘴,难以作答。君王将自己从微贱中选来,委以重任,恩宠莫大焉。可是,下令监禁又作何解释呢?

“大王无时无刻不在挂念着你!”肥义道:“不错,你是被监禁了,但你见过这种整日酒肉,且有人服侍的囚徒吗?”

邮于期道:“自入此室,饮食倒是极好的。不过,我想不通,一个囚徒为何受此款待。”

肥义诡秘地一笑,道:“你应该想通的,你还记得大王下令将你囚禁时说的话吗?”

怎么不记得呀?那日,邮于期被莫名其妙地从金儿岭押解到赵王城。大殿内,群臣面色凝重,兵士手持利刃,个个杀气腾腾,大殿内的气氛令人透不过气来。邮于期不知自己犯了什么罪,糊里糊涂地被两个兵士按倒在地,一个寺人在宣旨:“仆大夫邮于期,渎职卸责,疏于教化,致使战马跑失,毁稼伤民,怨尤滋生,危及国家。着将邮于期囚于他室，听候处置……”

寺人宣旨已毕，两兵士将他拉起，推出殿廷。临行，他听到武灵王说了句：“邮于期，‘由之君子，交绝不出恶声’。望勿怨寡人，勿负寡人！”

邮于期初闻此言是不屑一顾的。他想，自己怀璧而来，君王受其璧而治其罪，怎可无怨？是君王负我，我无负君王！

现在，肥义再度提起此事，邮于期仍怨怒难已。他说：“大王用不着我这个相马人了，‘交’已绝矣，我虽非君子，但至死不会出恶声的。世事本来如此，有何怪哉？”

肥义笑道：“仆大夫想到哪里去了？实话和你说吧，你被监禁不过是大王的一个缓兵之计。大王是个爱才之人，费了那么大力气把你请来，是为了推进胡服骑射，如今事未就，功未成，怎能让你离开？但是，当时有人逼之甚急，如不应允他们，会使不明真相者气焰更高，甚至会加害于你。所以，大王将你名为囚禁，实则保护起来，待事情弄清后再请你复出。”

“是这样……”邮于期深以自己的失言而懊悔。

接着，肥义告诉他，金几岭失马事已真相大白，那是一个居心险恶的阴谋，朝中有人指使铸箭炉冶氏官胁迫伍长伊丁借往金几岭运箭之机，放跑战马，毁稼伤民。此后，又鼓动乡民上书，栽赃陷害。肥义对邮于期道：“这个密谋并不仅仅在于陷害你邮于期，而是以此阻挠金几岭的战马训练，给大王施加压力，迫使大王终止胡服骑射的改革！”

邮于期听罢，十分气愤：“真是心如蛇蝎，毒之甚也！”

肥义道：“可气者非此一桩。他们还鼓动一些不明真相的兵士反对改车兵为骑兵，甚至制造流血骚乱！”

邮于期问：“他们究竟是什么人？他们为何对大王有如此仇怨，难道他们不希望富国强兵、洗雪旧耻？”

肥义道：“仆大夫暂不必问，以后你会知道的。先喝酒吧！”说着，亲手给邮于期斟上一杯，又从那个叫“簋”的食器中拿出一块鹿肉，撕成两半，一半递给邮于期，一半自己填在嘴里，举杯相邀道：“来，我二人同干一杯！”

“干！”邮于期一饮而尽。

这时，寺人缪鞮走了进来，说：“老相国，仆大夫，大王请二位到龙台宫议事。大王还赐仆大夫一件新制胡服，请仆大夫换上。”

“我？”邮于期不敢去接。

肥义站起身来，接过御赐胡服，递到邮于期手上，说：“还愣着什么，快换上吧！”

赵王城的龙台宫是赵王城的正殿，规模最为宏伟。相传筑台建殿时，有巨龙驾云在台基上方停留,故名龙台宫。

殿基是六丈高的夯土台,东西二百七十五步,南北二百九十五步,有殿阶数级直达殿门。大殿为三层建筑,底层排列着七个单室,出檐设廊,上层正中是主体殿室,主室东西两侧有卧室和盥洗室。顶层有四望的楼阁,可以俯瞰全城。整座大殿层楼高耸,飞檐雕栋,宛与天接。殿内地面铺着暗红色的席子——筵,筵上放着供坐卧的席、几、案、屏风等。墙壁坚实而光滑,绘有彩色壁画。殿内还设有冷藏食品的竖井和取暖的土炉,且有由倾水池、淘水道、渗水井组成的排水系统,设计十分巧妙,宫廷的一些大的政治活动多在此进行,上层主室一侧的卧室是武灵王经常居住的地方。

肥义和郇于期在缪鞮的引导下,沿着宫中甬道,来到龙台宫前,扶栏拾级而上。

上层的主体殿室宽敞明亮。此时,赵武灵王正面南坐在一个矮榻上,面前是一张彩绘几案,背后是绘有巨龙图案的屏风,艳妆宫女数人侍立一旁。

王座的两侧是两排木雕花几,文武大臣排班列座。

肥义和郇于期在殿门前脱掉鞋子,进入殿厅。当大臣们看到郇于期的一刹那,几乎都惊得目瞪口呆,那神情像在发问:郇于期,一个罪囚,他怎么来了?司徒公子成的脸色青一阵白一阵,凹陷的眼睛疲惫而毫无光彩,潜藏着失败的懊恼和沮丧。郇于期将被赦免的消息是在金儿岭纵马事件败露、冶氏官被革职查办后传到他耳中的。前些时候,田不礼负责调查纵马事件以伍丁之死画了个问号,武灵王并未就此罢休,让赵造继续查实,终于又将伍丁幕后的冶氏官揪出问罪。这对公子成来说实在是个不小的打击。他心中憋着一股无名之火,却无法发作,也不能发作,只能这样忍耐着,等待着下一次机会。

武灵王并没有注意公子成的表情,他示意肥义和郇于期坐在离自己最近的位置上,亲切地说:"二位怎么才到,寡人已等候多时了!"又对郇于期说。

"仆大夫,这些日子你受委屈了。寡人还是那句话:勿怨寡人,勿负寡人!"

郇于期连忙再次拜谢道:"微臣不敢怨大王,也决不负大王。君臣和契,贵在心通,大王的心是和微臣的心、和赵国百姓的心相通的啊!"

武灵王爽朗地笑了起来。

武灵王转向两旁的臣僚,道:"今日召诸卿上殿,一不论国事,二不议政情,只想请诸位听歌观舞,诸卿有意于此乎?"

诸大臣面面相觑,莫名其妙。他们知道,武灵王自即位以来,潜心国事,发愤图强,几至废寝忘食。他曾以力主挣脱古礼的束缚,变法而治,锐意进取的商鞅自励,立志胡服骑射,改变赵国的落后局面,他也曾效仿卧薪尝胆、终胜夫差的越王勾践,克制自己的欲望,力戒奢侈,不恋声色。可今天,大王不仅自己要听歌观舞,还把大臣们都召来，这究竟是什么原因呢?

众人正猜测，只听武灵王道:“歌舞上殿!”

寺人马上传呼:“歌舞上殿!”

首先列队进殿的是一支大型乐队。主乐器是一架编磬，立柱为两个长颈怪兽，横梁分上下两层，悬挂着三十二枚大小石磬，立柱两端用龙形透雕为饰，石磬皆彩绘。配属乐器有虎座鸟架悬鼓，十弦琴，二十五弦瑟，五弦筑，十四簧笙和篪。各乐手迅速站好位置，鼓手“咚咚”地敲起一阵悬鼓，紧接着，各种乐器一齐奏响。乐声中，一群浓妆艳抹、服色绚丽的歌舞伎仙女般飘上殿来，一位头挽高髻，身着朱红色长袖舞衣的歌者迈着轻缓的步子走至大殿中央，放开了歌喉:

长子皇皇兮，
赵土赵疆。
先王草创兮此邑，
万民繁衍兮此乡，
自古皇家地，
源远至流长。
长子凄凄兮，
亦悲亦伤。
胡骑凶驰兮何虐，
敌矢交飞兮何狂，
战车弃陵冈，
冤魂号暝荒。
长子恨恨兮，
期炽期昌。
重振雄风兮雪耻，
胡服骑射兮图强，
子孙承永福，
宏业继简襄!

歌声时而豪迈悠扬，时而悲凄哀婉，时而雄壮激昂。歌者的情绪也随之变换，时而喜形于色，时而满面哀容，时而又激动不已。八佾六十四位美貌的舞伎伴着歌声起舞，舞姿优美，意境深远。

大臣们看得十分入神。有的如痴如醉，目不转睛，有的屏息扼腕，跃跃欲试，有的凝神思索，心绪难平，也有的低眉敛目，面有惭色。他们仿佛看到了一部历尽沧桑的赵国史，听到了一曲激人奋起的强国之音，那是赵国百姓震天撼地的呼喊。快强大起来吧，赵国！

在歌舞表演过程中，司徒公子成的脸上一直凝聚着化不开的乌云。他不住地理着胡须，用两眼的余光扫视着诸大臣，企图寻找一点慰藉。但是，他失望了，臣僚们只顾观歌舞，没人理会他，就连平日关系较密的田不礼、李兑也没有望他一眼。

他也悄悄地瞥了瞥肥义和郦于期，眸子里闪动着嫉恨和愤懑，他心里在骂：你们不要高兴得过早！吴起曾得意于一时，结果却是乱箭穿身，商鞅也曾不可一世，到头来连个完整的尸首都没保住。只要我不死，我会看到你们的结局的！

公子成也在偷偷地观察着赵武灵王。武灵王今天特别兴奋，脸上焕发着蓬勃朝气。他已经陶醉于歌舞之中，不住地用手指叩着漆案，频频地点着头，配合着大殿中间那舞步的节奏。

公子成觉得有些发冷，浑身不住地战栗，他忍受不了这对他来说有如严冬般的冰冷的气氛，却又不能退下，在这里等于活受罪。

公子成这种极不协调的情绪并未对武灵王君臣产生影响，只是把全部注意力集中到歌舞者身上，用自己的身心去体验、去玩味歌舞的深厚蕴涵和国君的良苦用心。随着乐曲声，他们痛苦地回顾着赵国的过去，焦虑地想象着赵国的现在，充满信心地展望着赵国的将来。歌舞退下时，他们兴犹未尽，直到目送着歌舞伎们走出殿厅，活跃的思绪才从遥远的地方返转回来，便好像刚刚从一场梦境中苏醒，相互间点头称道，异口同声地发出由衷的赞美："好歌，好歌，好舞，好舞啊！"

待大殿上复又平静之后，武灵王对众大臣道："这曲《长子恨》是寡人一时兴起，挥笔写来，在此请诸卿品评。寡人献丑了。"

"如此仙歌妙曲，真是千古绝唱！"

"大王不唯有武略，亦旷世文才也！"

"歌曲激动人心，当遍传国中！"

武灵王挥了挥手，道："诸卿不必恭维。其实，寡人既无武略，也少文才，寡人不过是续人之作，改动了几处字句而已。诸卿这些赞誉之辞当赠予那位歌者，一位微贱的邯郸倡，莹姬！"

"莹姬？"

"这是她的艺名。她本名羊舌媛，出身贫寒，远嫁邯郸。丈夫在长子之战中阵亡，如今孑然一身，流落街头。她怀念亡夫，思雪旧耻，因有此歌，寡人闻之，特地将她召入宫中。诸卿还记得铸箭炉那位以身祭炉的羊舌征吧，那是她的亲兄弟！这一双姐弟位卑不忘国耻，可钦可敬。他们，连同那些数不清的普普通通的人们，比起那些安于现状、不思进取的尸位素餐之徒不知要强多少倍!”

说到这里,武灵王激动得站起身来,环顾了一下文武臣僚,道:

“当今天下,战火连绵,兵戈如云,列国都在竞相变革旧貌,探寻富强之路,以求立身于诸侯之林。我赵国有过值得骄傲的过去,那是先王建树的赫赫功业。但现在,赵国已远远落后于他国,以致屡受欺凌,国土沦丧。这是因为我们多年来囿于旧制,不思进取。如此下去,先王开创的基业必将在我们手上丧失,赵国富饶的国土必将被人吞噬,我们将成为赵国的不肖子孙!诸卿如有爱国之心,当丢弃偏见,为胡服骑射推波助澜。当然,有人食古不化,甘愿充当巨流中的顽石,这也无可奈何,任他去好了。赵国必须改革,赵国必须富强,这是任何力量也无法阻止的!”

“大王卓见!”

“大王英明!”

“誓随大王,胡服骑射!”

大殿上,响起一阵雷鸣般的欢呼声。公子成的头被震得嗡嗡作响,他好像置身于一叶漂荡不定的小舟上,四周是汹涌的浪涛,小舟随时都有倾覆的危险。他脸色蜡黄,心惊肉跳,魂魄似乎飞出天外,只剩下一具可怜的躯壳……

铸箭炉旁边的山脚下筑起了一座新坟。新坟比一般庶人的坟头略高一些,而且坟上栽植了一些树木。坟上植树这是古来习俗,坟上的树木多少往往用来区别尊卑贵贱,有的富家大姓,坟上及周围植树很多,蔚然成林。

这新坟是羊舌征的坟墓。羊舌征作为一个微贱的鼓橐工能够起坟如此,这是武灵王对他的特殊奖赏。

新坟前,一位中年女子在低声啜泣。她是莹姬——羊舌媛。她已经卸去了华丽的头饰,身上穿着麻衣素服,腰间束着一根素带,发髻上插着一朵白花。离她不远处是一辆马车,车旁站立着一位御者,两名士卒。

按武灵王的意思,是要把她留在宫中的,可她百般不肯。她流着泪对君王说,她感激君王的厚遇,但这金碧辉煌的宫廷不是她这样一个贫家女的栖身之所,她应该回家乡去,她很想念多年不见的父老双亲。武灵王是个重感情的人,他理解了羊舌媛的心情,赐给她一些小资和赏物,并特意为她准备了一辆车子,让两名兵士护送她回乡。

羊舌媛就要离开都城邯郸了。这里有她的公婆,有她和亡夫一起生活过的居室,有她奔走过的大街小巷,但她并无留恋之意,她的最大愿望就是到铸箭炉去,看看那吞噬了小弟生命的铸炉。

羊舌媛是在这日上午到达铸箭炉的。欧成听说羊舌征的姐姐前来,老早就前来迎接。自打羊舌征以身祭炉以后,欧成的心里总像是压着块石头,他觉得对不住羊舌征,是自己的失职使一位好端端的少年葬身炉火。见到羊舌媛后,一时间不知怎样才能表明自己的歉意,呆了半晌,竟从腰间的佩囊中取出自己积攒下来的一些刀币,双手捧着,举到羊舌媛面前说:“羊舌兄弟还未来得及报效父母的养育之恩便早夭于异乡,这点钱就请你带给二老,代他略表孝心吧。”

面对这位好心的铸师,羊舌媛心里暖烘烘的。她想,小弟能以微贱之身得到君王和铸师的厚爱,实在难得。她对欧成说:“小弟是为国而死的,这钱我不能收。我会将师傅的好意带给父母,他们会感激你的!”

欧成见羊舌媛不肯收下,只得作罢。又道:“羊舌兄弟匆匆离去,也未留下什么话语,你有什么事情,尽管直言,我欧成一定尽力。”

羊舌媛道:“我别无他求,只希望到小弟殉国的铸炉上看看,并请送我几枚箭镞,以为存念。”

“这容易,我陪你前往。”欧成说着,极热情地引导着羊舌媛来到羊舌征殉国的铸炉,陪她登上了高高的炉台。

铸炉内,烈焰熊熊,随着皮橐的鼓动发出呼呼的响声。

举目四望,只见铸炉林立,烟气升腾,一片繁忙的景象。羊舌媛有生以来第一次见到这样的场面,顿时产生了一种男人那样的豪壮的感觉。她多希望自己是个男人啊!那样,可以在小弟的殉难地做工,永远伴随着小弟的在天之灵!

望着这通红的炉火,羊舌媛仿佛看到了她可爱的小弟正站立在烈火中。羊舌媛从十四岁远嫁到邯郸,至今已十五年。那时,羊舌征还在襁褓之中,此后一直没见过小弟。她只记得,小弟有一双很大很亮的眼睛,方额头,大脸盘,下颏浑圆。娘说,这是富贵相。家里人相信这是真的。种田人苦了多少代了,哪一家不盼着有个转机啊!她羊舌家几代受苦。听爹说,曾祖父不堪冻饿之苦,自卖为奴,先后转卖过三家,后来被赠予一个姓羊舌的人家——把奴隶随便送人在当时是很平常的事。这个姓羊舌的主家把曾祖父招为女婿,称作“赘婿”,在身份上仍为奴隶。随着社会的变化,曾祖父上升为自耕农。这样的家世,使得父亲羊舌盈总有一种自卑之感,羞于对人提起。父亲是一个老实得有些发愚的种田人,自幼便生活、劳作在那块狭小的黄土上,从未出过门,羊舌里以外的世界对他来说是完全陌生的,他也从不去打听。他习惯了旧有的一切,对新的东西有一种固有的排斥意识,村里人戏称他为“河石”,意思是任凭河水怎样冲刷也不肯动一动。起初,“河石”是想把羊舌媛嫁到本村的,可那一年,村里一个兵士回家探亲,经他撮合,羊舌媛嫁给了那兵士同一战车的邯郸籍弟兄。羊舌媛离家远嫁时,十分依恋她那可爱的小弟,她多么希望小弟快快长大,真的使羊舌家变个样子啊!使她痛苦的是,她只见到了小弟的幼小,而未见其长成!

望着通红的炉火，羊舌媛想到了漫天战火。铸炉啊，你不知在这里矗立了多少个春秋，你那炽热的炉膛中流出的铜水不知铸造过多少剑戈刀矛。男人们，千千万万的男人们拿着它，走向边城，走向战场。他们怀着胜利的希望而去，可是有多少人一去不归？他们，连同铸炉的儿子——各种各样的兵器都被战争弃之荒野，葬入黄壤，这中间，就有自己的亡夫！几百年了，各诸侯国之间就是这样互相砍杀，争战无已！不管是胜利者还是失败者都涉过一条血的河，那血的河中有着千千万万战死者的魂灵。他们有的在高唱，有的在低吟，有的在哀怨。他们都是热血男儿，都竭诚地在战场上献出过他们的勇武，可是，他们有多少人知道，他们年轻的生命究竟换来了什么？

想到这里，羊舌媛开始诅咒起战争来。她多么希望这铸炉不再铸造兵器，而是铸造钮、夷、斤、犁等农具！但，她又是矛盾的。她还希望多铸造一些箭镞，让士卒兄弟们都使用上得力的兵器，多打胜仗，为自己的亡夫，为赵国的战死者复仇！

羊舌媛用颤抖的手从头上摘下那朵白色的野花，扔进铸炉，那白花化作一点火花，熔进炉火中。

羊舌媛走下炉台后，欧成送给她几枚还带着炉温的青铜箭镞。她小心翼翼地用白绢包裹起来，像是包裹着一个生命。

离开了铸箭炉，羊舌媛又来到了小弟的坟墓前。此时，她再也按捺不住悲痛，放声大哭起来："小弟啊，你为什么这样早就离开了我们啊，父母还盼着你……盼着你哪……小弟，姐姐来看你了，姐姐跟你说话呢，你听见了吗？姐姐就要走了，回家里去，回到咱们的羊舌里。你想家吗？跟姐姐一起回去吧！"

风声和着哭声，哭声融进了风声，撕裂着人心。御者和护送的兵士也禁不住抹起了眼泪。他们劝羊舌媛节制哀痛，尽快上路，羊舌媛这才依恋地抓起坟上的一把泥土，上了车子，一程一回望地朝着她的家乡驰去……

自打龙台宫那次别开生面的歌舞以后，公子绁同其他大臣一样，心海里卷起一场风暴。他第一次对自己进行了冷静的审视。他大吃一惊。他羞愧难言。这几年，在他重返宫廷后究竟做了些什么呀？这对得起不记私仇、宽宏大量的君王吗？

由于数年前那个不光彩的宫廷政变，公子绁一直背着沉重的包袱。在朝廷中，他是一个最小心谨慎的人，从不敢越雷池一步。对于朝中的重大决策，他一向不直接参与意见，唯唯诺诺，看风使舵。他怕触怒君王，也怕得罪群臣，尽管他身居高位，但他尽量不担事，不管事，得过且过。他的处世信条是：多一事不如少一事，多一言不如少一言。事多出错，言多语失。他只求平平安安地度过余生，对国事不大关心。这个政治斗争的失败者，对政治变得麻木不仁。什么胡服骑射，什么变法图强，在他都无所谓，保护自己要紧。自己已经历了一次失败，再不能有第二次。遇到非要他表态时，他也不过说一些无济于事的废话，遮遮掩掩，含含糊糊，不知其所以然。或者鹦鹉学舌般地重复一下君王的或大多数人的看法，自己毫无主见。因此，这几年，他这个大行令除了一些礼宾事务外，几乎成了一个多余的人。

对此，武灵王是不满意的，可又不便直说。他知道，这位叔父在他面前极为敏感，他说的每一句话叔父都要寻思好久。有一次，武灵王只是轻微地指出了礼宾事务的一些差池，公子绁竟吓得大病了一场。从此，武灵王再不对他说什么，二人相见，只有缄默。

令武灵王惊奇的是，这个胆小怕事、沉默寡言的公子绁竟破天荒地来到武灵王的寝宫，进献了自己的政见。

"大王，"公子绁一改往日吞吞吐吐的样子，直截了当地说："老臣有几句心里话，愿请大王教正。"

武灵王从未听过叔父用这样的口气讲话，他感到非常亲切，兴奋地走上前来，拉着公子绁的手，并肩坐在几案前，以一个晚辈对长辈的恭敬说："叔父尽管直言，毋庸忌讳。"公子绁道："若依我原来的想法，是要先向大王赔罪的。因为自打我重返宫廷以来，大王不念旧恶，授臣以要职，委臣以大事，然臣只求明哲保身，不思有所作为，遇事毫无热情，有负大王信任。但现在我想，一切空洞的忏悔都无益处，重要的是拿出行动。当此之时，就是要为赵国的富强，为大王胡服骑射的改革奉献薄力。"

武灵王点点头，朝着他的叔父满意地一笑。

公子绁此时俨然像个政治家，振振有辞地说："当今赵国正处于强国的包围之中，而胡人的侵扰，秦国的威胁，是赵国最大的心腹之患。秦国自从称霸西戎成为强国以来，一直伺机东侵，有一匡天下之野心，只因时机尚不成熟，未能付诸行动。赵国若继简襄之伟业，当采取防秦抗胡之策，大王胡服骑射、师胡制胡，堪称英明大略。胡人自有其长处，不师其长，难制其长。这是赵国历史上前所未有的变革，内中难处，尽人皆知。重要的是，不管多么艰难，改革只有加速，任何迟延和犹豫都将贻误大事。恕臣直言，大王有时稍欠果毅，该决断时且决断，不可拖泥带水！"

武灵王有些不相信自己的耳朵。这是叔父在讲话吗？看来对叔父实当刮目相看了。他很有兴致地问："叔父有何高见？"

公子绁道："臣听说，有人对变车兵为骑兵多有抵触，肥义相国对此颇为劳神。臣以为，真正从骨子里就反对的为数甚少，大多数人是对大王的决心、成功的可能及实际好处看不清楚，因而观望徘徊，热情不高。大王可否将战车焚毁，以表示大王的坚定决心，也绝了一些人的幻想！"

"焚车？"

“焚车!”公子绁果决地说。

正在这当儿,缪韄入报:“禀大王,相国大人求见!”

“快请!”

肥义是来向武灵王禀报军队改编情况的。他谈到,自打平息了骚乱、惩处了敬君以后,兵营内平静了,无人敢再闹事,但有人却变换了另一种方式:嘴上不说,行动上却不积极,消极怠工,软磨硬泡,骑兵训练也是应付差事,进展不大。

武灵王问:“相国有什么好主意?”

肥义道:“臣有一策,不知大王能否应允。”

“请讲。”

“焚车!”肥义说,“校尉和车兵们总是留恋战车,他们习惯了那种旧有的作战样式,他们的长处和优势也与战车连结着,离开了战车,他们便觉得一无所能,失掉了一切。此种失落心理是他们不愿改骑兵的根源。臣想,若断其流当绝其源,源不断,流难止!可我又有些迟疑,赵国的万乘战车是赵国国力的支撑,经过了世世代代的惨淡经营方达到如此规模,真的焚烧了,又未免可惜。为此,愿闻大王教示!”

武灵王瞅了瞅公子绁,道:“看来相国和叔父不谋而合了。”

肥义道:“怎么,大行令也有此意?”

公子绁道:“方才,我正与大王谈论此事呢。”

武灵王没有马上明确地表明自己的态度。他在沉思着,苦苦地沉思着。

毫无疑问,两位老臣的话都是耿耿忠言,也确为卓见,但是,如若马上下一道焚车令,武灵王却颇费踌躇。

自打老祖宗看到飞蓬的转动而知道造车以后,这种交通工具便风行于平坦开阔的中原大地。黄帝号称轩辕氏,“轩”、“辕”二字都有“车”字。最初的车是人力推挽,牛马被驯服后便代替了人力。这以后,车进入了战争,应用于战争,车战成为主要作战方式,战车成为主要攻防手段,车兵也成为军队的主力。三军器用,攻守之具,最先者为战车,陷敌阵,败强敌,依靠的是各种战车。商汤灭夏,使用的主力是良车七十乘,武王灭殷,使用的主力是戎车三百乘,著名的晋楚城濮之战,晋军主力是战车七百乘,二百年前秦楚联军对吴国的作战三国投入战车总数超过两千乘,而拥有战车的数量也成为衡量国家强弱的标志。赵国是号称“万乘之国”的,对此,赵国的历代国君都曾引以为荣,武灵王也曾为此感到骄傲,他喜爱赵国强大的战车队伍。他觉得,战车速度快,机动性强,冲锋时破袭力大,无可阻挡,防守时只要将战车横排相连为一列,敌方就很难从正面逾越。战车在中原大地这个良好的战场上有着无与伦比的长处,战车为赵国建树过不可磨灭的功业……

想到这些的时候,武灵王心里一阵难受。好端端的战车怎能付之一炬啊!先王的在天之灵岂不要怨怒我这不肖子孙,国人岂不要说我败坏基业,此间倘有外敌来侵我将如何应付?

“疑事无功,疑行无名!”先前议胡服时,相国肥义那番高谈阔论又在耳边响起来。这声音把他从对战车的爱恋中拉了回来,在他的面前,出现了险阻的地形,凹凸的坡地,卑湿的地面,丛生的荆棘,奔流的河川,起伏的丘陵,茫茫的水乡,以及在这些被兵家称为“险地”、“绝地”中难于行驶、被动挨打的战车,出现了长子之战中惨败的场面,出现了未来的进攻战中在敌人的坚城前战车无能为力的情景,再看看肥义和公子继期待的神情,武灵王终于下定了决心:“依卿之见,焚车!”

肥义、公子继喜形于色,齐呼:“大王英明!”

当下,武灵王与肥义、公子继共同制定了焚车计划,决定只保留少部分战车,余者当众焚毁,把车兵和徒兵立即改为骑兵。焚车场就选在邯郸郊外,三军要对所属战车进行清理,然后把所焚之车聚集在一起,进行焚烧!

武灵王又令寺人将国尉李疵、内史赵造、郎中令李兑等人召来,讲明此意。开始时,他们都面有难色,咋舌良久,因为这是赵国历史上从未有过的事情,在当今列国中也属仅见。他们想进行劝阻,但见武灵王口气十分坚定,知道事情已无法逆转,只好表示照办。当即,由武灵王口授,赵造起草了诏令,然后,武灵王责令李兑、李疵到军中宣布,并立即着手进行焚车准备。

诸臣散去之后,一种前所未有的不安情绪又奇怪地袭上武灵王的心头。方才他决定焚车时,他是激昂慷慨的,坚定果决的,现在,当这一重大决策即将变成现实时,他不禁又紧张起来。这毕竟是一次需要担当巨大风险的行动啊!它不仅将在赵国引起震动,也将在列国中引起反响,是褒是贬,是毁是誉,他难以预料。他也想到军中那场骚乱,这种事情会不会再发生呢?

他的手握住了佩在腰间的青铜剑。这是父王临终时的赠物,这佩剑寄托着父王的殷切期待。可是,父王地下有知,会不会同意他这样做呢?

“疑事无功,疑行无名!”武灵王自语着。他走到寝殿中央,拔出佩剑,用手拄地,面南长跪,仰天而呼。

“我大功大德的先王,我大智大勇的臣民,给我以理解吧,给我以力量吧,富国强民,报仇雪耻,舍此别无出路!”

第十五章　祖庙里的哀号

因为焚车是件举足轻重的大事，朝臣群请选个吉日，武灵王准其所请。武灵王先初定了一个日子，请星占官断吉凶。星占官认认真真地观察了一阵子天象，说："这个月黄道正处于胃宿附近，并逐步由胃宿移至昴宿。胃宿附近北边有星座名大陵星，大陵星座中有星名积尸，大陵主死丧，积尸星的厉鬼逃逸出来会危害世人。"

与星占官这蛊惑人心的说教相呼应，一些人不断向武灵王报告灾异之变。有的说，有一棵大樗树生出的树枝如人头，眉毛眼睛胡须俱全，木生枝如人形，这是王德衰落的象征；有的说，有人见到滏阳河中有巨大的黑色的鱼游于波浪间，水中见巨鱼，是邪人进、贤者疏的征兆；还有人报称，邯郸有人与猪交配，猪占为北方胡人。与异类交，是国有兵革，生祸害之象。

如此等等，奇说纷纭，扰人视听。

武灵王还得知这样一个情况：自打下令全国胡服以来，有人走向极端，把胡人的一些落后习俗搬了来，加以扭曲夸张，肆意胡来。他们披散着头发，一边喝酒，一边哼着胡曲。趁着酒兴，让婢妾在光天化日之下脱光衣服，追逐淫乐，大伤风化。

在这些或真或假的情况面前，有的大臣为武灵王的举动担心了，他们唯恐焚车会带来想象不到的祸殃，提出请武灵王穿上冕服，携太子、妃嫔到祖庙举行隆重的祭献仪式，以求助于先王的在天之灵。

大臣们异乎寻常地积极准备起来，礼官早早地就派人缝制了一套新冕服，送到武灵王的寝宫。冕服是一种特制的礼服，上有代表不同含义和象征的纹饰和饰物。日、月、星代表光明，象征君王的威仪和三光之曜；小纹代表稳重的性格，象征君王安镇四方；火纹取其火焰向上，有天下向归上命之意；黻纹作两己相背形，喻君臣相济，见恶改善。冕服采用前低后高的形式，喻示君王不尊大，有恤下之气，垂旒以蔽明，喻示君王不视非邪，等等。武灵王看着这套严格按照礼制规定缝制的冕服，不禁愣神良久。他不大赞成搞这种仪式，他不大相信会产生怎样神奇的力量，但是，又如何说服众人呢？

正在这当儿，李疵喜气洋洋地来到武灵王寝宫，奏报：焚车令传到军中后，士卒们一片欢腾，他们迅速将预焚战车推到郊外聚集地，还有人自告奋勇充当点火手。

这一奏报，使武灵王欣喜万分。他想，有万千真心助我的将士，何必相信那些星占、灾异之类的无稽之谈？又何必兴师动众大搞祭献？他让人收起礼官送来的冕服，哈哈大笑道："天命不足畏，可畏者人也！"

两天后，焚车场准备就绪。这日早上，武灵王穿着胡服，骑着胡马，携带阴妃、惠后、韩夫人及太子章、公子何等前往郊外，指挥和观看焚车。

焚车场是一片宽阔平坦的郊外空地。往日，这里是演练驾驭战车的地方，今天，战车交驰的场面不见了，一辆辆守车和攻车像木柴一样堆在一起，成了一座巨大的车山。车山四周围满干草，一队充当点火手的兵士手执火把，排列于前，只待一声令下。赵国的三军将士则列队于车山四周，等待观看从未见过的场面。

武灵王到达后，由寺人引导着登上一座高台，妃嫔、太子、大臣分列于两厢，整个焚车场呈现出肃穆庄严的气氛。

今天，天气格外晴朗，蓝蓝的天空没有一丝云，没有一缕风，太阳的光显得格外洁净而明亮，它照耀着地上万物和那堆积的战车。因是杂乱堆放，战车歪歪扭扭，破损严重。有的车厢破裂，有的车轮失落，轮辐折断，车前驾马用的直木辕和辕前端套在马脖子上的曲木轭多半被砸掉了，这些坚固威武的战车大都残缺不全，一片狼藉，褐色的车体毫无光泽，有如一堆死气沉沉的尸体。

辰牌时分，焚车总指挥李疵向武灵王报告，根据武灵王的旨意，这里共集战车九百六十乘，攻车、守车各半，都是装备军队的服役车。

武灵王微微地点了点头。他站起身来，走到高台的栏杆前，看着队伍整齐的三军将士和堆积的战车，大声说道："将士们！今天，我们将在这里把近千乘战车焚毁。这一行动将记入赵国的史册，毁誉由后人评说，我们难以得知。不过，有一点寡人坚信不疑。此举是为了国家的富强，为了推动胡服骑射，我们的后人是会给予公正评论的！寡人深知，这些战车是你们作战的依靠，风里雨里，血里火里，战车成为你们最好的伴侣。你们的汗水流在战车上，鲜血抛洒在战车上，战车联结着你们的感情，是你们的爱物！寡人何尝不爱战车？这是我赵国的重要财富，是先王多年的心血啊！然而，寡人更爱赵国，更希望赵国强大！当今天下，不改革无以立国，不改革无以生存。这些过时的、极不适应当今战场的装备如不下狠心抛弃，赵军面貌必难改观，战斗力必难增强。古人云'舍其旧而新是谋'，我们抛弃旧具，正是为了更换新装。我们将用机动灵便的骑兵代替落后笨重的车兵！寡人寄厚望于诸将士，愿你们苦练骑射，个个都成精锐，人人杀敌立功！"

武灵王讲这些话时，心情很是激动，热泪流过了他的脸颊，但他没有去擦，而是在审视着将士们的神情。

队伍中，不少人也在抹眼泪，有的竟低声啜泣。

武灵王完全理解他们。特别是，许多战车都是家庭富有的车兵们自备的，还有不少乘则是屡立战功的英雄车。这些车子，每一乘都有着动人的战斗经历，都紧连着将士们的心！但是，他们的脸上并无痛苦和怨恨的表情，有的只是信任和拥戴。

武灵王对此感到满意。他庄严地向李疵下令："点火！"

李疵向点火手们大声传令："点火！"

话音刚落，点火手们迅速跑近车山，将火把扔进干草中。

大火烧起来了，越烧越旺。火舌曲卷着，旋风似的直往上蹿，褐色的车体逶逶迤迤地缠满了红色和金色的带子，在这些带子中间，车辕、车轮、车厢等各部件冒着烟，突突地响着，噼噼啪啪地破裂着，散落着，逐渐被火焰所吞没。车身上的铁钉和青铜物件被烧红了，熔化了，渗入逐渐积厚的灰烬中。车山成了一片火海，火浪一个接着一个，发出像涛声那样的声响。焚车场烟雾弥漫，仿佛浓云降到地面。围观的人们忍受不了烟呛和火烤，自动地后退了一段距离。但队伍始终未散，他们表现出惊人的纪律性，他们心中也燃着一团火，那是对明天的火热的向往……

在武灵王君臣及三军将士观看焚车时，许多看热闹的百姓已密密匝匝地站立在三军队伍的后面。这中间有乡民牛子耕、蚕农秦庆和他的女儿罗敷。

去年，经秦庆和牛子耕商定，禾生与罗敷已完了婚，新婚后一个月，禾生便回队伍上去了。禾生现在挺受器重，已被提升为骑长。前些时候，禾生为报告他弟弟黑夫的死讯回了一趟家，带来了队伍上发给的抚恤和黑夫的几件遗物。罗敷看到，禾生比在家时英俊多了，特别是穿上崭新的轻便军服，十分威武，罗敷心里充满了幸福感。

此刻，罗敷在悄悄地在队伍中寻找着禾生。可是，队伍中的兵士都穿着一样的衣服，几乎长相相同，哪里去寻呢？她暗笑自己的傻气，目光转向那大火。好大的火啊，烤得人脸痛。她问爹爹为什么把这些好端端的战车烧掉，爹爹告诉她，君王决计改变赵军的旧观，这些战车过时了，用不着了。将来队伍上都要变为骑兵，就像禾生一样。一听到禾生的名字，罗敷脸上一阵发烫。她用手捂着脸，遮掩说："这火太烤人！"这样说着，她的身子却又不自觉地往前挪了几步。

焚车场不远处有一座小山，此时，山顶上站立着几十个人在观火。他们的情绪迥然不同，那是一种低沉、愤懑、心灰意冷的情绪。他们是不满于改车为骑的车兵们。他们开了小差，准备溜回家。观看焚车是对他们死也不愿离开的战车的最后的告别。看到冲天的大火，他们在流泪，有人跪下来，悲天怆地喊着："战车，我的战车啊！"

被罢免了乘长职务的敬君也在其中。他拄着一根拐杖，左腿在挨罚板时被打断了。他没有哭，也没有喊，只是用死鱼一样的眼睛望着那燃烧的大火。他脸色铁青，毫无表情，那只拄拐杖的手不住地颤动，发出吱吱的微响。

大火是在黄昏时熄灭的，整整烧了一天。

今天的晚霞特别红，红得似火。人们说，那是被焚车的火点燃的。

公子成压根儿没去焚车场。理由很简单。他身体不适，不便行动。其实，他何尝有病？他得的是心病，是最痛苦的心病！

这天早上，公子成只吃了一点很稀的豆羹。他吃不下，胃里满满的，像是堵着什么东西。按往常习惯，吃罢早饭是要在庭院中走走的。看看花，看看草，或者舞几回剑。可今天，他哪儿也没去，侍婢将装早餐的漆木食盒拿下以后，他仍坐在桌前，一动不动，像一截枯木桩。他脸上阴沉沉的，像布满了不散的乌云，目光是呆滞的，如同两汪死水。侍婢前来给他梳理蓬乱的头发，被他骂了回去，侍婢又给他送来药饵，被他打翻了。他不让一个人走近他，不管是谁。他只是这样坐着，静静地坐着。

他看见了火。好大的火啊，烧红了天，烧红了地，烧红了整个赵国。邯山成了火山，鸟兽拼命奔跑，滏阳河的水在沸腾，沸水上面飘浮着一尾尾死鱼。邯郸城内各作坊、店铺、酒馆、房舍、街道都淹没在火海之中，一条条黄灿灿、红闪闪的火舌时而伸向大地，时而蹿向空中，一树浓阴顷刻化为乌有，只剩下一根光秃秃、黑糊糊的树干。烧着的树叶带着火花漫天飞腾着，像一个个火蝶。一座座房宅都是一个个火堆，呼呼的火声中时或夹杂着隆隆巨响，那是墙壁在断裂，房顶在坍塌，楼台在崩摧。男人、女人、老人、孩子、富家、贫户此时都变作同一个模样，烧焦的头发，布满黑灰的脸庞，褴褛的衣服。他们在大声地哭喊着，绝望地四处乱窜。他们的身上也着了火，数不清的火人互相碰撞，拥过来，跑过去，像一束束火把。不多时，他们一个个地倒下了，带着火倒下了，消逝在无边的火海中……

大火也逼近了他的宅门，守门人早已逃得无影无踪。火舌只轻轻一舐，紧闭的大门便化作一缕青烟。接着，火头一转，一分为二，分别向住宅的左右侧延伸。右侧的那一股首先进入前院，厨房燃着了，水井口被烧坍，晒衣的木架被烧成灰烬，然后，冲过木构回廊，烧到后院。后院中有一座方形看街楼，四柱式屋顶下饰以斗拱，那是瞭望和储藏贵重物品的地点。火舌很快缘上高楼，楼顶着了，楼墙着了，只听轰隆一声巨响，几丈高的看街楼倒塌了。左侧一股火头烧遍前院后，也向后院正堂烧来，这座面阔三间的单檐悬山式房屋很快将被燃着，烧毁……

坐在正堂中的公子成浑身像僵了一样，燥热使他难以忍受。但他动弹不得，只是声嘶力竭地喊着："火！火！火烧来了！"

"老爷，您这是怎么了？"一位娇滴滴的中年妇人出现在他面前，这是他的小妾梅姬。公子成转动了一下眼睛，天是蓝的，地是黄的，花木依旧，宅院依旧，哪里有什么火？怎么大白天做起梦来，难道是中了邪？他害怕起来，直勾勾地瞪着眼睛，额头上冒出冷汗，像呆傻了一样。

梅姬吓得玉颜变色，赶快去搀公子成上床，可她怎么搀得动，便尖声呼唤侍婢，一下子来了一群。她们有的抱头，有的托肩，有的抬臂，有的拽腿，总算是把他抬到内室的矮脚木床上。梅姬让侍婢们先到外间侍候，有事再叫她们。她自己则坐在公子成旁边，把他那发凉的手放在自己暖烘烘的大腿上，用两只纤手紧紧地握住。

医生来了。这是一位银须老者，自云曾受业于神医扁鹊的高徒，特别擅长诊脉，又能洞见内腑五脏的症结，有起死回生之术。据说，有一次，一位贵族的公子死了，全家正在痛哭，他来了，经过仔细地望、闻、问、切，确认公子不是真的死去，而是"尸厥"。他立即用针砭进行了急救，不一会儿，那公子果然苏醒过来。又开了汤剂，连服十多天，公子的病全好了。这事不知是真是假，他自己是这么说的，人们也是这么传说。今日他被请来之后，先是向梅姬询问公子成发病的原因，梅姬说，这几日司徒大人精神不好，总叨咕焚车的事，方才还喊叫有大火烧来了，怪吓人的。

医生点了点头，然后开始切脉，又扒开公子成的眼皮看了看，在他身上扎了几针，开了个方子，说："司徒大人是急火攻心，一时昏迷了，不要紧，喝下这汤剂，歇息一下就会好的。"

汤剂很快熬成了，此时公子成已渐清醒。梅姬服侍他喝了药，公子成觉得好多了，但仍浑身无力，眼睛睁不开。梅姬让他不要动弹，好好睡一觉，她则坐在一旁陪着，用柔软的身体拥偎着枯瘦的公子成。论年岁，梅姬比公子成的女儿还小，可她现在却是这个家庭的女主人。公子成原配夫人已死，梅姬虽未扶正，但事实上已成为夫人。梅姬原来不过是这个家庭中的一个小婢女，她之所以到这个地步，事出偶然。

那是前年春天的事了。有一天，公子成在一群婢女簇拥下在庭院赏梅。看到一株老梅花开满枝，像挂着一团团白雪。公子成很喜欢，连声赞道："好梅！好梅！"并顺口诌了一句诗，"梅香流溢兮，沁人心脾！"

话音刚落，一个小婢女走上前来，怯生生地说："老爷，唤奴婢何事？"

公子成愣住了。一问才知道，此婢叫梅香，方才观梅时她走了神，正寻思别的事，听到公子成说出"梅香"二字，以为是叫她。

公子成家是赵国少有的大家庭，婢妾、僮仆、食客上千人，还有众多的杂役。婢女按地位高低分为几等，有的根本不能接近正堂，更难见公子成本人。梅香是刚买进的，加之现在正做粗活，公子成根本不知道她的名字，也没见过她。现在，当这位如梅花一样白嫩的少女出现在公子成面前的时候，公子成眼睛都直了，暗想，天底下难道有这样娇美的人儿不成？他上下细细地打量着梅香，像是要把她一口吃掉。

年轻的时候，公子成最贪色，经他玩弄的女子无法计数。年岁大了，色欲犹存。

不过，他已变得十分挑剔，只有极少数女子才能打动他。今天，这个情窦初开的少女使他动了心，当夜便被召去侍寝。梅香虽然年纪小，却是极精明伶俐的，能受到公子成的青睐，她感到是平生最大的造化，因为这样可以摆脱低贱的地位，成为人上之人。那夜晚，她顺从得像个小羊羔，听凭公子成那枯瘦的双手在她那微隆的乳房和细嫩的肉体上抚摸，娇声细细地接受着公子成的狂吻。公子成则兴奋异常，一边喘着粗气，一边紧紧地搂抱着梅香，恨不得化在梅香身上……

第二天，公子成又让梅香陪他饮酒。梅香不会喝酒，公子成硬让她喝。梅香说："既然老爷一片真心赐奴婢酒喝，就是毒药奴婢也要喝下去。不过，奴婢有一句话，老爷答应了，奴婢才肯喝。"

公子成笑道："你只管说，别说是一句，千句万句我也答应。"

梅香嫣然一笑，羞惭惭地说："我要是喝了，老爷……得把心给我！"

公子成越发急了，他把梅香拥到怀中，说："行！行！我的心肝，我的心只给你，给你！"

当日，梅香被纳为妾，唤作梅姬。去年，公子成夫人死了，梅姬成了只差名分的夫人……

梅姬从这回忆中返转来时，不免对自己的未来担起心来。公子成这一段时间苍老多了，精神很不好，说不定什么时候会离她而去，若是那样，她怎么生活啊？这两年，她深感好多人都在恨着她，对她这样一个小婢女一跃而成为司徒家的女主人愤愤不平，万一公子成有个好歹，那些人还不把她置于死地？想着想着，不觉落下泪来。

这时，只听公子成的喉咙里发出闷呼呼的一个长声。"唉——"接着，他睁开眼，坐了起来。

"老爷，您醒来了，好了吗？"梅姬喜出望外。

公子成苦涩地点点头。

"老爷，要吃点什么？"

"不，不吃。"

"那么，让妾陪老爷出去走走，散散心？"

"不，不去。"

梅姬为难了，正琢磨着如何使公子成开心，只听公子成闷声闷气地说："传我的话，为我准备一身麻衣，一份祭品。"

"麻衣？祭品？"

公子成眼睛一瞪："快去！不要人陪我，就我一个人，到祖庙！"

梅姬胆怯地答应着，退了出去。

这日黄昏，赵国祖庙内燃起了香火，死一样的沉寂中，一个遍身白色的人沙哑地哭号："先王啊，你们的基业将尽，国将不国矣！"这哭声和着呜呜的风声在空荡荡的庙堂中回荡着，像是来自另一个世界的哀鸣。

这一夜，武灵王睡得出奇的好。白日里，他观看焚车时发现，尽管将士们不可避免地流露出一种怀恋和惋惜的表情，但总的看来，他们的情绪是振奋的，是拥护和赞成这一行动的。特别是，当千乘战车化为灰烬之后，他在肥义陪同下察看实行了新编制的骑兵营地时，见那些平日用惯了战车的将士并没有多少不适应的迹象，反而透出一种新奇和得意的感觉。他们的高昂士气在显示，他们喜欢自己的战马，他们憧憬着充满希望的明天，过去的一切并没有阻遏他们走向明天的脚步。武灵王放心了，他感到自己完成了一件前无古人的大事，睡梦里都在得意地微笑。

红色的朝霞辉映着苏醒的大地，火球般的太阳从黛色的邯山后升起来，赵王城注满了灿灿金光，新的一天开始了。

晨鼓声传来的时候，武灵王醒来了。他轻轻地推了推身边那个暖烘烘的肉体，阴妃微微抬了抬眼皮，嘴角轻轻地动了动，将头移到武灵王的臂弯里，沉沉地睡去。

阴妃，这位来自敌国的胡女，到武灵王身边已经三年多了。如果说在开始阶段武灵王感受到的多是肉体上的快感和精神上的陶醉，那么现在，这种爱则进入到更深层次，是心灵上的贴近和精神上的结合。每当她那双好看的眼睛里放射出来的光投射到武灵王身上时，满足的热流便立刻涌遍武灵王的全身，产生一种不可分割的感觉。他感到，阴妃的可爱不仅仅在于她女性的魅力，倒是那种不同于寻常女子的特殊气质。她不是那般浅薄的、平庸的、徒有美的外表的妇人，而是一位思想豁达、见解不凡的女性。她那不多的话语、甜美的声音常使武灵王受到某种感悟、某种启发，心中腾起爱的火苗。

昨夜里，阴妃在侍婢惠儿的陪伴下来到武灵王寝宫的时候，她穿的是一件缀着金色花边的火红色长裙，一双淡粉色的绣履若隐若现，发髻上盘着一圈鲜红的小花。平日，阴妃多穿绿色裙，她说过，那是大草原的颜色，她是在绿色中出生，在绿色中长大，她的生命离不开绿色。由于她的倡导，宫人争穿绿裙，绿色成了后宫的流行色。所以，今天的异常不禁使武灵王有些诧异。未等武灵王发问，阴妃伸出纤手，抻了抻裙裾，笑道："大王不喜欢这颜色？"

武灵王歪着头，审视了一回，说："怎么不喜欢？什么颜色的衣服穿在爱妃身上都是美的！只是寡人有些奇怪，你为什么又爱起红色来？"

阴妃甜甜地一笑，说："是的，我说过，我爱绿色。可是，当我看到焚车场那通红的火光时，一种前所未有的感觉却浮上心头。大王，那是多么好看的红色啊！它蓄满了希望，辉映着富强，也升腾着大王炽热的心愿！”

武灵王听罢，激动得走上前去将她抱了起来，说：“好阴妃，知寡人的心啊！”

阴妃却挣脱了他，说：“大王此举，有勇气，有胆略，不愧为伟丈夫！只是，大王可以把陈旧的战车化为灰烬，可以凭借威严对军队进行翻天覆地的改编，然而，那些根深蒂固的对旧物的依恋，对新生的排斥，大王能凭借一声号令全部根除吗？”

“这……当然不能。”

阴妃道：“依臣妾看来，这也并非难事，只要大力地催促新生，有意识地吸引臣民的热情，他们是会尽快走出恋旧的樊笼的。”

“爱妃有何高见？”

“王既已毁车为骑，不妨大造声势，使人人识骑，人人爱骑，人人善骑，让骑射成为当今时尚。时尚是难以改变的，但时尚又是人造成的，完全可以用新的时尚代替旧的时尚。如蒙大王应允，臣妾想教练宫人骑马，如当年孙武操练吴姬。以后宫人出城，也不妨弃车从骑，给百姓们做个样子。大王也可率先垂范，和那华贵的金根车、安车、立车告别！”

金根车是专供君王乘坐的，由四马或六马驾驶，车上有许多佩饰，不建旗帜。安车又称温凉车，车身低有窗可以启闭，调节车内气温，人可以在车中躺卧。立车又叫高车，人能立于车中，不设座位。君王乘金根车，以安车、立车各一为副车相陪。

阴妃提到这一层的时候，笑眼朝武灵王一眨，说：“大王，你舍得吗？”

武灵王笑道：“舍得，舍得！千乘战车我都舍得，寡人自己的车子何足留恋？就依你，今后再郊游或巡视，寡人就弃车从骑！”

“恕臣妾直言，大王骑术还欠精到。”

“那当然，明日爱妃操练宫人，寡人也学练学练。”

“这么说来，关于操练宫人一事大王应允了？”

“利国利民之言，岂有不允之理！”武灵王拉着阴妃的手，到几案前并肩坐下来，说：“人生难得知己，寡人之有爱妃，如鱼得水。来，我们同饮几杯！”

武灵王令宫人置酒，边说边饮，直至深夜。

也许是由于太兴奋，也许是因为总记挂着操练宫人之事，武灵王今日醒得早些，但阴妃却像没事人一样，睡得极香。

武灵王怕扰了她的美梦，没有叫醒她，只是当他那只被阴妃枕着的胳臂觉得有些麻了的时候，才轻轻地动了动。这一来，阴妃醒了。她睁开眼，看了看窗外，有点不好意思地说：“昨日想必是酒喝多了，睡到现在！”又娇嗔道：“就怨大王，硬让臣妾喝酒！”

武灵王道："是你自己嗜睡，怎能怨别人？好了，快去梳洗吧，一会儿，还要看你操练呢。寡人倒要看看，你这位巾帼人杰能不能比得上兵家孙武！"

早膳过后，武灵王让缪襲挑选了四十个年轻宫人，让她们一律脱去长裙，换上短装，又从御廊中选出四十匹较驯服的马，每人一匹，令阴妃在禁苑的草坪上组织她们操练。

这些后宫娇娃平日里出门即乘车，都是柔弱身子，哪里能骑马？有的一听马嘶就吓得直往人身后躲。还有一位，见马那样高大，又前踢后蹶的，吓得嘤嘤地哭起来。

阴妃知道，这些人娇养惯了，柔弱无力，不能操之过急。她微笑着对众宫人道："今日请众姐妹前来此地，并非存心让诸位受苦，更不是让诸位上阵杀敌，而是让诸位给赵国的女人们、百姓们做个样子，我们是大王的人，应为大王分忧，为赵国分忧！"

宫人们听了直晃头。她们不理解，这事与大王何干，与赵国何干？

阴妃道："诸位已经知道，大王为复兴赵国，已经毁车为骑，可是，旧俗和偏见仍束缚着人们的手脚，是胡服骑射的无形障碍。我等今日所为，就是要向世人表明，世俗是可以改变的，不仅男人可以骑马，女人也能！"

武灵王向阴妃微微一笑。对宫人说："阴妃所言甚合寡人之意，你们务必用心，给世人做个样子，移风易俗！"

整队已毕，阴妃给众宫人讲了马的习性，骑马的要领，并让侍婢慧儿做示范。为了更加稳妥，武灵王召来一些寺人给宫人牵马，宫人们这才开始练习起来。

初学骑马，宫人们都觉新奇，嘻嘻哈哈，又逗又闹。阴妃见此，沉下脸来说："如此大事，众姐妹休要视同儿戏！孙武练兵斩吴姬的故事你们想必已经知道，兵事是不容轻视的。大王已有言在先，敢不听调遣或蓄意违抗者，将视情节轻重，罚金、杖责或贬作粗使宫婢！"

众宫人听罢，吓得直伸舌头，老老实实训练起来。

练了一阵，宫人们已香汗淋漓，力若不支，阴妃便叫她们回去歇息。

这中间，武灵王一直在旁边观看着，他见阴妃训练有方且骑术精湛，心中很是佩服。他诚恳地对阴妃说："寡人对骑术一知半解，爱妃肯赐教否？"

阴妃笑道："臣妾哪敢教大王？若大王有兴趣，臣妾就陪大王比试一回吧。"

"也好。"

于是，二人上马，指定前进路线，勒缰催马，开始比赛。

武灵王使尽全身力气，时而在前，时而落后，到终点时，还是被阴妃超了过去。

武灵王赞道："爱妃骑术不凡，寡人远不及也。"

阴妃道："大王并非不善骑，而是骑不得法，故至此耳。"

“此话怎讲?”

“骑术之要,在于一心一意地去调度马,大王落在后面便想追上我,跑到前面又怕我追上,心里过分热衷于先后,却忽视了对马的调度,这便是落后的原因。”

武灵王以为然,说:“言之有理！看来,无论做什么事都须扎扎实实地去做,否则,欲速则不达。”

“大王明鉴。如再比试,大王一定远胜臣妾!”

“好了,今日不比了,爱妃累了。走,回宫去!”

二人掉转马头,一路说笑着,离开了禁苑。

自打与爹爹往焚车场观看焚车以后,罗敷的心里隐隐约约地产生了这样一种感觉:当今世道似乎在发生着变化。这种变化,不是帝位的承继、王朝的更迭,而是一种生活、生产方式和社会风气的变化。她从记事时起就听老人讲过战车和车战的故事,战车作为一种可攻可守的强有力的作战工具在她幼小的心灵中留下了深刻的印象。她小时候还看到,放鸠聚一个富家子弟被征调到队伍上,按规定须自备战车,这富家子弟制备了一辆独辕两轮方车厢的车子,由四匹骏马驾车,车轴两端还安装着锐利的矛刺。离村那天,富家子弟绕村一周进行夸耀,好多人都来观看。小罗敷记得,那富家子弟戴的是青铜胄,身穿缀有铁甲片的皮革甲衣,足蹬有铜护的靴子,手里拿着绘有彩色图案的盾牌和长矛,威风极了。

当时,放鸠聚的村民都对这富家子弟羡慕得了不得,仿佛是崇拜一尊偶像。而今,这偶像竟被打破了,战车被抛弃了,人们不再崇拜那威武的车兵,而是把倾慕的目光投射到那些骑着骏马的将士身上。

放鸠聚也在悄悄地变化着。就说土地的耕作吧,牛耕是普遍使用了,播种的方法也越来越讲究。先前,一般只是把种子撒播或点播在地里了事,现在人们则注意起行距的适当和通风的效果。积造各种肥料也被重视起来。夏天,人们把野草割下来晒干或烧成灰,要么就浇上水沤肥。动物粪也开始根据土质的不同,有选择地施用。赤色而坚硬的土壤用牛粪,沼泽土用羊粪,盐碱地用貍粪。害虫是田稼的大敌,以前,人们每遇虫灾都是要祭祀田祖和日神,希望田祖驱杀害虫、日神晒死害虫,现在则不光是求神,而是自己动手捉害虫。罗敷就曾多次随爹爹去除虫。她认识了好几种虫子,有吃苗心的螟,吃根的蟊,吃节的贼,等等。

人们还引滏阳河的水灌田,有些盐碱地里长出了庄稼,罗敷家的桑园就多受其利。有一首歌便是歌颂倡导开渠引水的县令的。据说县令姓吴,很有政声。

县有贤令兮,为吴公!
决滏水兮,灌田畴;
千古泻卤兮,生稻粱。

这首歌，罗敷就会唱。她那甜美的音色，赢得了不少喝彩声。

放鸠聚邻近都城，不少人当工匠。有的打制农具，有的生产炊具，有的编制麻鞋，有的盖房。他们或在都城开店摆摊，有的走乡串户。前几年，工匠中最红火的是专造车轮车盖的轮人和擅长车厢制造的舆人，他们活计很多，有的因此致富，可近一时期来，他们渐渐不那么兴盛了。不少人没事可干，有的改了行，有的改做木农具。而原先不怎么景气的会弯弓的弓人却交了好运，他们几乎每天往城里跑，活计堆得忙不过来。罗敷的一个邻人叫左水的就是这样，新近被都城一家制弓的作坊雇了去，两个多月没回来了。

还有，这是最新鲜的，有些处于最下层的奴隶成了自由民，靠租种"豪民"土地为生的"庸客"有了自己的土地，像罗敷家这样的自耕农越来越多起来了……

不过，罗敷毕竟是个女子，村里的事她知道得还少，她关心的是那些女伴们。她发现，女伴们也在变化着。她们穿的衣服不再是那种单一的色调，不管是丝织品还是麻织品，已普遍染成五颜六色的了，式样也不断更新。每有染人进村，姑娘们总是流水一样地拥上来，叽叽喳喳，问这问那，抱来一大堆刚织好的素布请染人染色。新近，她们还学着先将线染上各种颜色，然后按图案配花线，织出带有彩色图案的花布来。姑娘们个个心灵手巧，争强好胜，聚在一起时，常常把自己心爱的花布拿出来，较一高低，单调、寂寞的织机旁展示出一个彩色的世界。及笄之年的姑娘最大的心愿是织几块最好的花布，以备出嫁时用，这是不能轻易拿给人看的，只有在出嫁那天才穿出来，一鸣惊人。说来叫人脸红，罗敷也藏着一块呢，是准备在夫君禾生回来时穿的……

"罗敷！"一声呼唤打断了罗敷的思绪，抬头看，是爹爹回来了。他满脸挂着喜气，一进庭院，便急匆匆地对罗敷说："快去弄点吃的，一会儿跟爹进城去。听说新出了一种叫耨的小锄，间苗除草方便极了。顺便再给你选几件心爱的东西！"

一听说进城，罗敷心里乐开了花。放鸠聚就在邯郸近郊，但上辈人老是厮守着田园，大多数人一辈子也没见过邯郸城是什么样。现在却不然，人们不再死待在放鸠聚这块小天地里，总喜欢往外跑，看一看外面的世界。罗敷就是这样。自打上次随爹爹去焚车场看热闹，一直想到城里看看。今天如愿了，她怎能不高兴呢？她很快地准备好了饭菜，父女俩吃好了，便向都城走去。

邯郸城的繁华景象深深地吸引着罗敷。那拥挤的行人，嘈杂的市声，宽阔的街道，鳞次栉比的房舍，使罗敷目不暇接。街上有不少地场，艺人吹竽鼓瑟，爬竿弄丸，吸引围观者。秦庆也领着女儿去看热闹，那个弄丸的最叫罗敷惊讶。他能弄九个丸，两只手里两个丸，七个常在空中。丸为铁制，里面是空心，中有铁砂，扔起来发出很好听的响声。爬竿的也很精彩，一人的额头上顶着竹竿，另一人爬上竿尖。罗敷第一次见到这样的玩耍,感到十分新鲜。心想,怨不得村里人都喜欢进城,这都城与放鸠聚相比真是两个天地。

不知怎的,当罗敷置身在这邯郸城中的时候,一个人的影子不知不觉地出现在她脑海中。啊,禾生,他在哪里呢?听说他就在城里的队伍上,是否调防到别的地了?她在心里描绘着禾生的马上雄姿:一匹枣红色的骏马,上面有金色的鞍饰,那位身着铠甲的骑手腰挂箭囊,背挎弯弓,手执长矛,英俊无比。他在向她微笑着,招着手,走来……

罗敷正无边际地遐想着,忽听人群中爆发出一阵惊呼声:"啊,快来看哪!"随即,人们像得到命令似的"刷"的一声让开了街心,站立在两边,店铺、作坊里的人们也都走出来,街两旁形成两道密密的人墙,罗敷拉着她爹爹的衣襟,一步也不敢离开。

街心传来了马蹄声,是一队骑着骏马的盛装宫人。她们个个花枝招展,娇美艳丽,骑在马上又平添了几分英气。多少代了,邯郸人是第一次看见这种女人的马队,而且都是这么美貌的女人!

"啊,都是女人,女人也可骑马?"

"世道变了。好有本事的女人哪!"

人们又惊又喜,赞叹不止。也有人摇头皱眉,叹息世风不古,有的竟掉转头,不愿去看。大多数人却是被这种新鲜事带来的喜悦情绪激动着。他们瞪大了眼睛,抻长了脖子,唯恐别人挡住他们的视线。

这支宫人的马队是由阴妃率领的。经过一段时间的训练,宫人们已初通骑术。于是,阴妃向武灵王请旨,想带她们到大北城闹市区,一来检验一下她们的骑术,二来也让百姓们看看。武灵王同意了,这支特别马队便离开赵王城,进入繁华的大北城市区。

这支特别马队的出现在邯郸城中产生了很大震动,一股清新的气息如春风般吹进人群,对新鲜事物的向往和追求悄悄地在人们中间播下了种子,唤起了一种求新的冲动。

"看来,天下事无不可为!"

"女人骑马都这么威风,男人就更不用说了。废战车,兴骑兵,好啊!"

看着那马队,罗敷羡慕极了。她恨不得也骑上一匹骏马,跟在宫人们后面走一程。她想说:"爹,回去我也学骑马!"但,这话没说出口。她看到,爹正如呆如痴般地朝街心望着,望着。

第十六章　铁骑踏宁葭

沉寂一时的金几岭又恢复了生气。连日来，这里人欢马叫，箭响嗖嗖，一派龙腾虎跃的练兵景象。

邮于期重返金几岭后，精神大振。他和蒲苴协力同心，一个操练骑术，一个教授射技，受训兵士进步很大。蒲苴不愧是知名射手，他的训练方式很奇特。先让兵士练“望功”，不眨眼地望着挂在百步之外的小铜环，等兵士们视小如大，视微如著，再操弓实射。实射训练也分两个步骤，先是徒步射，有立、跪两种姿势，接着是骑马射，分立马射和走马射。他对射手讲，射箭时不要患得患失，后羿是古之神射手，但在“射中则赏，不中则罚”的气氛下，却容无定色，一箭不中，这当引以为戒。卓有成效的操练激发了高涨的热情，金几岭的向阳坡上天天插利箭，日日响弦声。

这日早上，邮于期和蒲苴很早就醒来了。前几天，他们接到通知，武灵王将于今日巳时率大臣前来金几岭，观看骑射操练。这可是一件非同小可的事。得此消息后，二人马上进行了缜密的筹划，又挑选了百余名骑射能手，编排了队伍，设计了程序，进行了多次预演。

蒲苴与邮于期年纪相仿。他出身于善射者之家，自幼与弓箭在一起，射箭是他生活中的重要内容。他的家庭比较富有，父亲曾在军中为将，后离军归家，在乡里办起一个武馆，教习乡里少年习武，颇有声名。蒲苴自幼在这种环境中长大，加之天资聪慧，射技日精，后来，父亲竟让他代替自己教习，蒲苴因此得以大显身手。

蒲苴曾是春风得意的，可是，在他来赵国的前一年春上遇到了一件麻烦事，他的一位弟子在军市上惹了祸。军市是驻军附近的市场，主要有两种形式：一种设在城市中和边地，一种是临时性的。前者是驻军将士收入的重要来源，并用作赏赐，后者是根据战争需要而设立的，战争发生时设立军市，给士卒购买日用消费品提供方便。军市管理很严格，不准女子上市，不准私自去贩卖粮食，不准轻浮者在军市闲逛，以保持军队的正常秩序。有一天，蒲苴的一个弟子在家里喝了点酒，逛军市时与管理市场的市者发生口角，并动起手来。市者以扰乱秩序罪将他抓起来，处以罚金，并关进牢狱。此事自然而然地牵连到蒲苴及其武馆，有司以“聚不逞之徒，滋事扰民”的罪名关闭了武馆。蒲苴受不了这窝囊气，接连向县衙申诉，一无结果。正在这时，得知赵武灵王招募善射者，便辞别父母，愤然离楚来赵。

从那时起，蒲苴很顺心。赵国对他很器重，武灵王还曾三次将他召入赵王城，问以射术，相谈甚恰。蒲苴幸遇明王，决心竭尽赤诚。正因如此，蒲苴对武灵王要来巡视一事十分重视。他和邮于期都有这样一个愿望，一定要拿出最好的成果请国君检验，以不负国君的重托。

早饭后，邮于期和蒲苴一同来到演练分队的营帐。他们逐个对兵士们检查一番，嘱咐再四，此后，又前往马厩查看战马状况。

二人刚到马厩，城旦便满脸堆笑地出来迎接。城旦因在处理失马事件中提供了重要线索，邮于期报请有司给他立了军功，并提升为金儿岭养马兵的火长。前些日子，赵王城遣放宫人，经邮于期撮合，城旦得到了一个出宫的宫人为妻。城旦不过是一个地位卑微的养马人，二十多岁了还是孤身一人，他做梦也没想到能与宫人结为夫妻。尽管赵王城中每年都有一些色衰的、失意的、年长的宫人放出，准其婚配，可这样的好事哪能轮到他这样的养马人？这宫人比他大两岁，但风韵犹存，细皮嫩肉，在城旦看来，简直是仙女下凡！城旦乐得嘴都合不上了，对邮于期感激涕零，发誓竭诚效命，不惜肝胆涂地。

这几日，城旦几乎是废寝忘食。马厩打扫了一遍又一遍，战马刷洗了一回又一回，整个马厩干净利索，战马喂得个个身健体壮。邮于期和蒲苴看过，很是满意，将城旦赞扬一番，然后便回去准备迎接君王事宜。

巳时初刻，武灵王的大驾准时到来。随同前来的还有相国肥义、大行令公子绁、内史赵造、国尉李疵、廷尉田不礼等。田不礼在处理金儿岭失马事件中充当了一个不太光彩的角色，心里有愧，很想好好表现一番，以重新博得君王的信任。这次来金儿岭武灵王并未派人通知他，是他听到消息后主动要求前来的，说是要开开眼界，助助威风。武灵王猜得出田不礼的心思，同意了。

武灵王一行稍事休息后，便下令演练开始。邮于期马上将演练分队集合起来，在金儿岭前开阔地列队。战马皆剪鬃，长尾梳成辫形，马背铺鞯，鞯上放有鞍垫，鞍垫中间微凹，有红、白、赭、蓝四色，并有排列齐整的小圆钉，周缘缀有彩色垂缨和短带，鞍垫后置有鞧带套结马臀，辔和缰绳都有青铜饰件，显得异常慓悍。百名骑兵都头戴新装备骑兵的头盔——兜鍪，用八十九片铁甲片编成，顶部用两片半圆形甲片合缀成圆形平顶，以下主要用圆角长方形的甲片自顶向下编缀，共七层，仅用于护颏。护额的五片甲片形状较特殊，额部正中一片向下，伸出一个护住眉心的突出部分。他们的铠甲是皮革做的，甲片为铁制，身甲较短，长仅及腰，且无披膊，脚上着靴。这种为方便骑射和马上格斗而新设计制作的防护装备轻便坚固，是防护装备的重大改革。骑兵们每人腰间都佩有铁剑，手中拿着强弓，身上背着箭囊，一个个精神饱满，英气浩然。

一通战鼓响过，骑兵们散开队形，进入临战状态。此时，只见前方金几岭下燃起了三堆大火，郇于期驱马来到队伍前面，对兵士们大声说道："弟兄们！我赵国自立中原，已历百年，基业恢宏，疆域辽阔，国泰民殷。可是，近年来，北方胡夷屡有侵扰，边鄙城邑多遭洗劫。前面大火就是被胡夷焚烧的边城，那里，胡兵在大肆烧杀掠抢，百姓正临深渊。弟兄们，我等是大王的仆从，受命于大王的重托，练兵千日，用兵一时，值此立功效命之机，务要奋勇争先！"

随即，手旗一挥，蒲苴擂响了战鼓，众将士勒缰催马，呐喊着向前冲去。冲至火堆，他们拔出佩剑，向着一些泥塑的假设敌一阵砍杀，"敌兵"的头颅纷纷落地。尔后，拉弓搭箭，向箭靶射去，只听"嘭嘭"一阵弓响，无数支利箭齐中靶心，一些箭只力量极大，穿过靶子，直插入金几岭的泥土中。

接着，骑兵们又进行了单人较射。分驻马射和驰马射两种，驻马射为一百步，驰马射为五十步，骑兵们箭无虚发，一个更比一个强。郇于期、蒲苴也都表演了他们的骑术和射术。武灵王和众大臣叫好不绝，田不礼更是看得目瞪口呆。他第一次亲眼看到郇于期的非凡才能，他有些不敢相信：一个来自乡间的相马者怎会有此大将之风？看来，前些时候若真的治他以罪，还是赵国的一个损失呢！

骑兵们演练完毕，武灵王提议与众大臣校射，众人齐声说："愿陪大王！"

郇于期让兵士抱来一些弓箭，分送诸大臣。当郇于期将一张弓和三支箭递到田不礼手上时，田不礼的脸"刷"地一下红了，一时不知说什么才好。郇于期却笑着说："廷尉大人，请吧，祝大人马到成功！"

田不礼这才说："谢仆大夫。"

武灵王与大臣们的射技远不及那些训练有素的骑兵们。

田不礼的三支箭一箭未中，武灵王也只中了两支，君臣相对大笑，连说："骑射之术，我等差之远矣，须后起直追才行啊！"

武灵王来到金几岭的山坡前。他看到，一支支利箭深扎于泥土之中，只露着一截箭羽，一时大为感慨，道："如此劲骑神射，何敌不克！"

当即，武灵王将金几岭改为插箭岭，并决定以插箭岭为训练基地，尽快把所有的骑兵都轮训一遍，让赵国强大的骑兵在插箭岭成长起来。众人连声叫好，都说插箭岭这个名字起得太好了，既切实际，又寓意深远。内史赵造还手捧木简笔砚，请武灵王提字。武灵王提笔濡墨，一挥而成三个草篆大字：插箭岭。

这三个大字没有采取传统的工整写法，而是非常随便、不拘一格，笔画上很像民间自由创造的俗体，圆笔近似于方笔，弧线近似于直线，突破了传统篆书的规范，透出了一种革新的气息。赵造看罢，暗自惊叹：大王真是个不循旧章、锐意图新的人，连写字都这样无拘无束！

攻打中山的准备紧张而有秩序地进行着。为了加强军队的力量，武灵王派人去胡地招募善于骑射的胡人。胡人入军中可以享受与赵军士卒一样的待遇，确有才能者还可晋升校尉。胡兵加入赵军，提高了赵军的素质，促进了骑射训练。

这是一场关系赵国生死存亡的战争，必须有足够的谷物、刍稿准备，所以，检验仓储的工作也必不可少。

赵国设有中央、县、乡三级粮仓，中央由内史属官太仓主管，县由县啬夫或丞等官吏负责，主要是丞直接参与粮仓的具体管理，乡则设有主管禀给的仓佐，各粮仓都专门设有仓啬夫的职官，务必严格遵守粮仓的管理制度，他们都受中央内史的管辖。

每年秋收后，国家按田亩数来征收谷物、刍稿。刍稿是作为谷物来征收的，每顷田需缴纳刍三石，稿两石，谷物、刍稿入仓时，县啬夫或丞、仓啬夫、仓佐都要参加，首先要进行验仓。谷物、刍稿按种类分开，以万石为一积排列，用荆苞隔开，设置仓门，然后由参加入仓的各级官吏共同封缄，并留给仓啬夫，仓佐各一柄钥匙，以便发放粮食。全部入仓结束，要进行详细登记，要求清楚地写在入仓簿籍上面，到每年上报账目时，一并将粮仓的籍簿上报，以备查验。

内史赵造听说武灵王过问仓储情况，马上把一大堆簿籍抱了来，禀报说这两年年成尚好，谷物、刍稿征收顺利。据簿籍看来，各级粮仓储备殷实，概略算来，支付这场战争困难不大。

武灵王闻听，很是满意。但武灵王是个细心而又讲求实际的人，他没有就此而止。他想到，国家面临着这样大规模的战事，哪一环都不能疏忽，须件件落实才行。他沉思了一会儿，对赵造说："仓储之事，簿籍当然可以为凭。为了不使疏漏，还应派遣一些检验人员前往太仓和县、乡粮仓，逐一进行核验，内史以为然否？"

赵造暗想，全国这么多粮仓，逐一核验，绝非小事。尽管仓储数目都是各级粮仓的官员共同封缄的，不必称量，只需重新封缄便可以了，但也十分费时费力。核验人员从哪儿出？何时才能核验完毕？

赵造正自思忖，只听武灵王又道："此事务必抓紧，半月可否完成？"

"半月？"赵造一愣，"大王，时间这样紧恐怕不行吧，人员也难调集。"

"那就再宽限五日。二十天内一定完成，时间不等人的！"

赵造知道，国君是急性子，他一心想着战争，战争使他把时间看得十分重要。赵造不好再说什么，应诺而去。

内史廨署异乎寻常地忙碌起来。二十天，只有短短的二十天啊！一百二十天内必须走遍国中大小粮仓，时间何其紧迫！他把属官都动员起来，只留少数几人留在都城,其余分赴各县,即日启程,不得有误。他也用武灵王对他的口气严厉地对属官说:"十五天内必须返回,贻误者以渎职论处!"

当日,一队快骑出了邯郸城,奔向四面八方。

这天,一位验仓官员进入邯郸西南的武安县界,来到石鼓山下的一座乡仓。

石鼓山在武安东南,亦称滏山、鼓山。其所以称滏山,是因为它是滏水的发源地,滏水自鼓山向东南流去,汇入漳水。其所以称鼓山,是因为山上有两块巨石,南北相对,形状如鼓。有时遇大风天,巨石会发出如击鼓一样的咚咚响声。当地民谚说:"石鼓山,有二鼓。二鼓鸣,动刀兵。"民谚虽不可信,但石鼓山确为要地。山中有一小路,是太行山的第四条路径,号称险途。因为这样的地理位置,设在石鼓山下的一座乡仓也便举足轻重了。

这座乡仓四周环以高墙,与民户相隔很远,邻近只有乡仓人员的住宅,俨然是个独立的小村。高墙内有仓三十余座,仓顶呈圆锥形,顶尖有气口出檐,外形呈椭状,由上往下逐渐收缩,每仓有两个门,便于发放粮食。粮食下面都垫有木头和草垫,用于通风和防潮。

核验官是在午时左右到达鼓山仓的。接待他的仓啬夫是一个儒生打扮的中年人,他就是当年的御史周绍。

周绍当初贬官时是到都城太仓当仓啬夫。没过多久,善于趋利避害的周绍暗自合计,太仓就在君王的眼皮底下,经常有朝官来此,这里有什么事都会很快地传到国君的耳朵里。周绍自幼饱受儒家教育,精通儒学,深知《周易》所言"履霜,坚冰至"的道理,感到如不防患于未然,就好像溺水后再打听如何防溺,迷途后再向人问路,临难而铸兵器,渴极而掘井,虽费力而无补于助。所以他来了个"鹿死不择荫",赶快找了个天高皇帝远的地方隐蔽起来。

他选中了偏僻的鼓山仓,主动要求"下调"。他写了一份表奏报请有司,措辞委婉而巧妙。他说,他能以获罪之身到太仓任职,是国君对他的莫大爱护。按照他的罪过,处以刑罚或囚入囹圄都不为过。圣明的国君实在是太宽容了,太仁慈了,他为之感激涕零,没齿难忘。但是,尽管国君宽大无边,朝臣鼎力相助,他仍不能饶恕自己。为了洗心革面,痛改前非,他请求到艰苦的石鼓山下,如矿石之入铸炉,经受火的熔冶,以便使自己早日洗刷罪过,重返朝廷,为国君效命。

他的这份表奏首先到了内史赵造手里。赵造念及和周绍的老关系,又想到当年议胡服时他们曾同持一论,便将表奏转呈武灵王,又说了许多好话,得到了武灵王的同意。

现在,周绍到石鼓山已一年多了。这里虽远离都城,不靠村舍,但环境幽静,风景宜人。闲暇之时在林间闲步，听百鸟齐鸣，探溪流远去，访滏水源头，或登上石鼓山顶，观赏一下据说可以不击自鸣的“鼓石”，都别有一番乐趣。而在这里阅读儒家经典，含英咀华，更可陶冶性情，简直是神仙过的日子。此外，这石鼓仓不过是一个乡仓，规格很低，像他这样的朝官从没有来过。他虽是被贬，但余威犹在。他几乎是一手遮天，一人说了算，连县令都对他敬畏几分，完全放权给他。这样一来，他诸事遂心，悠然自得。他曾写了一首诗来记述这里的生活：

吾为僇人兮居是乡，
泥水自蔽兮绝交往。
施施而行兮寻幽宗而观怪石，
漫漫而游兮吟诗书而入林莽。
穷山之高兮望天地之寥廓，
披草而坐兮频引觞而醉琼浆。
悠悠乎恍在云间，
洋洋兮荣辱俱忘。
世官高官之极贵，
独不似吾之悠然。

诗言志。此诗当是周绍心境的真实写照。

不过，周绍也有烦恼。他对仓储之事几乎是一无所知，又怠于管理，致使鼓山仓多次发生谷物霉烂和被盗事件，仓储也不充足。按律令，粮仓是国家要地，必须加高墙垣，百姓不准靠近居住，鸡畜不得在附近饲养，要防贼防盗，严禁烟火。仓里只要有了个鼠洞，仓啬夫就要受到法律惩处。有霉败和被盗，官员要罚一甲或一盾粮食，或如数赔偿。如对谷物、刍稿不足数的情况隐而不报，或采取移多补少、假公济私等手段，则与盗贼同样论处，受到经济和法律的双重制裁。

对于这些律令条文，周绍是一清二楚的。但他以为这里远离都城，根本不拿着当回事。万万没想到，朝廷派来的核验使竟鬼使神差地来到鼓山仓！

周绍一下子慌了神。他首先是对核验使热情招待，企图用酒肉堵住他的嘴，又绞尽脑汁，百般遮掩，不让他看到鼓山仓的真面目。然而，霉米的味道还是透过酒肉的香味扑进核验使的鼻孔，而仓中老鼠的横冲直撞、仓储簿籍的名实不符更给核验使留下了难以磨灭的印象。碍着面子，核验使当着周绍的面没说什么，悄悄地离开了鼓山仓。不过，在他到达邯郸的当天便将此情况报告内史赵造。赵造不敢隐瞒，如实地向武灵王进行了禀奏。武灵王听罢，盛怒难已，他当即将廷尉田不礼召了来，令他马上派差役赶赴鼓山仓，将玩忽职守的周绍解来问罪。

差役当天离开了都城。但是，他们晚了一步。在他们到达鼓山仓时，周绍已逃得无影无踪，只留下一个混乱不堪、朽粮遍地的粮仓……

黄昏的太阳隐入西山，晚霞的红光罩住了邯郸城。晚霞消退之后，天地间变成银灰色，夜幕悄悄地拉上天空。临街的酒旗收了，店铺关起了大门，行人匆匆赶往家中。赵王城的灯烛亮了，宫殿群沉浸在夜色中，像一座座黑黝黝的丘岚。

赵武灵王正在宫中踱步，相国肥义由寺人缪鞮引导着来到武灵王跟前。

不等武灵王发问，肥义道："大王，周绍逃到中山灵寿去了！"

"当真？"

"是一位商人说的。他刚从中山来到邯郸，他说，周绍到了中山后，受到中山王的接见，还赐以官职呢。此事在中山轰动很大，商人所言想必无误。"

武灵王皱起了眉头。自周绍逃走后，他最担心的就是他逃往中山。周绍曾为御史，对赵国国力及兵备颇为了解，如果他向中山透露了内情，于赵国大不利。他焦急万分地说："老相国，周绍逃归中山，后果不堪设想，为之奈何？"

肥义道："《军志》云：'先人有夺人之心，后人有待其衰。'当此之时，只有先发制人，后发则为人制。庞将军也作如是说！"

武灵王以为自己走了神，听错了，不解地问："老相国，你方才说的是何人？"

肥义脱口而出："将军庞焕！"

武灵王道："相国莫不是诓寡人吧，庞焕已弃官出走，杳无音信，他会从天边飞回来？"

肥义道："老臣岂敢诓大王，庞将军真的是飞回来了，此刻就在老臣家中！"

武灵王道："既如此，他为何不来见寡人？"

肥义道："内中自有缘由，容老臣细细禀来。"

庞焕真的是回来了。此一去，倏忽已三年。

起初，他曾想入山学道，隐姓埋名，了此余生，但他到道观不久，便厌倦起那种清静无为的生活来。他想，自己虽因用兵不当使国家蒙受了耻辱和损失，但毕竟为将多年，且得到了国君的信任和器重。身怀武略，不思报国，怎对得起赵国和国君？他也思念百依百顺的郑氏。临离家前，夫人精心烹制的肉羹，他一口也没吃，真是辜负了她的一片心意。他没有向夫人告别，更未告知他将前往何方，何时归家，郑氏一定在苦苦地等他呢！想到这些，庞焕不禁动了归家之念，但重重顾虑却使他裹足不前。自己是弃官出走的，在国家有难时逃避隐匿无论如何是不光彩的，即使国君不怨，朝臣不责，自己也觉难堪。他后悔了，悔不该草率行事。假如自己再冷静一些，决不会铸成此错！往事已矣，悔之无益，大丈夫不应徒作无益的叹息，要紧的是用行动来弥补。想来想去，他决定到长城要塞作一番实地考察，以便在回朝之日向国君献上一份切实可行的建议。他从战败的教训中认识到，建筑长城要塞是阻止胡骑突袭的有效屏障。

在一个初春的日子里，庞焕离开了道观，与随员韩举扮成游侠模样，沿着赵国的长城，开始了漫长的考察。

因为受到匈奴、林胡、楼烦等游牧部族的频频袭扰，也是为了防备他国的入侵，近几十年来，修筑长城成为列国的一项重要军事设施，其中以赵、燕、秦三国最为重视。赵国筑长城，始于肃侯。肃侯十七年(公元前333年)，赵攻魏之黄城，不克，于是，由进攻转入防御，筑长城以防齐、魏。这道长城是以漳水、滏水的堤防为基础，据险立城。西起南太行山下，沿漳水流向东南行，约至番吾西南，再过滏水向东，经武城、梁期的南面，再沿漳水东北行，经裴氏城南，东抵于漳水之滨，长城走向呈"V"字形，称南界长城。另有西北界长城，东起自代地附近的飞狐以东之地，西行入句注，又转向西南行，止于离石。离石和蔺、郭狼等地是赵国的西部边界，此为林胡、楼烦所据，南近韩地，西面隔河与秦国为邻。西北界长城主要是防备林胡、楼烦和秦国的。长城为土石建设，跨山越谷，逶迤蜿蜒，隔一段距离便有一小城堡，远远望去，很是雄伟。

庞焕和韩举先是在西北界长城巡游。这一段山路崎岖难行，村舍又稀少，他们有时连吃的都找不到，只得采些野果子充饥，到离石时，整整走了一年零两个月！

按计划，他们本想折向东南行至南界长城，但在离石要塞他们滞留了三个月之久。那些日子，林胡兵袭扰频繁，经常向长城守军放冷箭，有几次竟越过长城，进入离石抢掠一番，然后逃去。庞焕领兵多年，他哪能置之不理？他以侠士之名向守军校尉自荐，愿意义务在长城守戍。边防守兵是最艰苦的，内地兵士都不愿意到边防，守兵中的逃跑现象时有发生。校尉见这两人自荐守城，满口答应，给予与兵士同样的待遇。庞焕毕竟是兵家，又有实地考察的经验，他敏锐地发现了此段长城在设防上的薄弱环节，帮助校尉重新调整了兵力配备，使林胡兵无机可乘。校尉深敬其能，准备上报有司，庞焕哪能接受他的举荐？在一个黑夜里，二人给校尉留下一封告别信，悄悄地离去了。

这年夏天，庞焕和韩举来到南太行山。他们沿漳水而下，饱览了这里的山河之美，同时也发现了南界长城走向和建筑的某些不合理之处，酝酿了新的构想。但是，这段长城他没有考察完毕。因为在此期间，他得知了胡服骑射的改革取得了极大进展的消息，并获悉，国君准备进攻中山，报仇雪耻。庞焕备受振奋，他就是盼着这一天啊！他与韩举中止了对长城的考察，化装成商人，北入中山，了解中山虚实，准备在大战打响前夕为国君贡献良策。

肥义向武灵王介绍了庞焕三年来的行踪后，还特别提到，庞焕在巡游时一直是乘马而行，练出了一身好骑术。肥义深有感触地说："古有'不在其位不谋其政'之说，今庞将军所为，则反其道而行之。庞将军不愧为爱国之将啊！”

武灵王原来对于庞焕的不告而辞、弃官出走是很恼火的，认为他是釜底抽薪，在关键时刻不肯出力。今听肥义这样一说，前嫌消解，高兴地说：“既如此，相国为何不与庞将军同来！”

肥义笑道：“庞将军还担心大王不肯谅解呢。老臣先来一步，就是来探探大王的口风啊。”

武灵王佯怒道：“好哇，原来你们是狼狈为奸，共同对付寡人！”

武灵王急于见到庞焕，他让缪鞮带上他的圣旨，拿着宫中独备的莲花炬，用国君的副车到肥义府上将庞焕请来。

大约过了半个多时辰，庞焕风尘仆仆地来到武灵王面前，君臣相见，感慨万端，万语千言不知从何说起。庞焕长跪在地，请求君王恕他离官之罪。武灵王没有怪罪他，请他平身，说：“庞将军，方才老相国都对寡人讲了，寡人不怨将军！”

庞焕热泪纵横，连呼万岁。武灵王令人置酒，三人频频举杯，互叙别情。

酒过三巡，武灵王问肥义：“老相国，你说周绍逃入中山是商人所谈，那商人今在何方？”

肥义朝庞焕一努嘴：“远在天边，近在眼前！”

武灵王大悟，道：“庞将军，原来是你呀！”

庞焕道：“正是末将。末将扮作商人入中山以后，听到的一个最令人气愤的消息便是周绍投贼。周绍现已被中山王礼为上宾，那寡廉鲜耻之徒得意忘形，极尽忠诚。中山王重用周绍是不无缘由的。现在的中山王为好蚉，此人不同于他已故的父亲中山王昔，对儒家经典奉若神明，对儒生特别推崇。周绍因系儒者，故被重用。当今中山，唯儒为尊，唯儒为上，农夫不事耕耘，士卒怠于征战，都想学儒术官，致使兵弱国贫。此实为可乘之机，发兵勿疑。如迟疑不决，燕国有可能抢先发兵！”

武灵王击掌而赞：“庞将军，你向寡人报告了一个最好的消息啊。及早发兵，正合寡人之意！”

又问庞焕：“将军到过西北边鄙，楼烦、林胡有何动静，如攻中山，有无后顾之忧？”

庞焕道：“林胡、楼烦虽时有侵扰，但不会酿成战事。且末将已将西北界长城的设防进行了调整，可谓固若金汤，大王尽管放心！”

武灵王道：“如此甚好。那么，应从何处进击？”

庞焕道：“击中山当先择其要点，待一点突破后再扩而展之。中山宁葭城与灵寿仅有咫尺之隔，兵力甚少，防守薄弱，我如先取宁葭，可陷都城灵寿于孤立之境，破之不难。”

武灵王、肥义都表示赞同。当即，武灵王下定决心即日发兵，进攻宁葭。

武灵王二十年（公元前306年）初秋的一天，赵国历史上第一支骑兵队伍，穿着整齐的胡服，斗志昂扬地集结在邯郸城西北部的洪波台前。

这洪波台是当年赵简子所建。当时，赵简子的近臣周舍死了，简子怀念周舍，与诸大夫在洪波台上饮酒，酒酣泣曰："吾闻千羊之皮不如一狐之腋，众人之唯唯不如周舍之谔谔。"表达了对周舍的怀念和敬重。赵简子死后，这洪波台常作点将发兵之用。今天，武灵王重上洪波台，遥思简、襄业绩，联想今日征伐，倍加感慨。

这支整装待发的骑兵共千骑。以太子赵章为中军，武灵王亲自率领。庞焕为左军，新近提升为将领的原国君侍卫长少室周为副，李兑为右军，李疵为副，郇于期也骑着一匹栗色的战马编制在中军，紧随武灵王，充当谋士。

经武灵王恩准，庞焕在发兵之前在家歇息了五日。武灵王特赐其美酒二十瓶，麋鹿三只，让他在家和夫人郑氏好好欢聚欢聚。庞焕离家后，可苦了贤惠的夫人郑氏。她茶饭无心，神不守舍，天天望郎归，日日盼团聚。见到久别的良人，她又喜又怨，不住地落泪。庞焕安慰了她一番，在家稍事休息后便到军营去了。面对这样一个大规模军事行动，他这个当将军的哪能待得住？特别是，这几年赵国军队发生了天翻地覆的变化，形势喜人，形势逼人，他难以平静。

发兵誓师在一阵震天动地的战鼓声中宣告开始。武灵王身着胡服，腰佩青铜剑，英姿飒爽。面对排列有序、斗志旺盛的骑兵队伍，心里有说不出的喜悦和激动。三年了，武灵王呕心沥血，惨淡经营，冲破了多少阻力，克服了多少困难，又饱尝了多少烦恼！回想初议胡服骑射之时，朝野上下，议论纷纷，好像一釜沸水。有人徘徊观望，有人摇头叹气，有人视为异端，有人居心叵测，制造事端，致使这一场改革忽进忽退，步履艰辛。但是，在富国强兵的强烈愿望促动下，凭借着肥义等大臣的辅佐，还有内廷良佐阴妃的力助，终于使这一开天辟地的改革坚持下来，取得成功。十三年前，他只羡慕胡人的精骑，而今，赵国自己也有了足可与之抗衡的骑兵。面对如此伟绩，作为一国之君的武灵王怎不备感自豪？他喜不能禁，脱口赞道："美乎哉，铁骑之伍！"

洪波台前寂静无声，龙虎旗迎风飘扬。将士们引颈注目，期待着君王的发兵号令。

武灵王很激动，大声说："将士们，今天，我们终于可以告慰列祖列宗了，赵国有了自己的骑兵！"

洪波台下涌起一阵海涛般的欢呼声。

武灵王努力使自己平静下来，说："中山夷国，持其强盛，侵扰赵疆，为害已久。寡人将奉行天罚，率尔等出征。尔等务必奋勇争先，为国效命，鼓之则进，一往无前！寡人历来不以家世定尊卑，而由才能论高下。此战至关赵国生死存亡，寡人将效魏武侯，奖励有功，激励无功。待王师凯旋之日，寡人将以上功、次功、无功为序，论功行赏，望尔等勉之！”

“誓立战功，舍生忘死！”台下又响起一阵呼喊。

此时，乐工们奏响了手中的乐器，歌者齐唱出征歌。

看着这支求战心切、军威赫赫的队伍，武灵王想起了魏国兵家吴起的几句话：“发号布令而人乐闻，兴师动众而人乐战，交兵接刃而人乐死，此三者，人主之所持也。”心想，有如此骁勇之士，何敌不克，何城不摧？

武灵王向留守赵王城的公子何和相国肥义嘱咐了一番，然后拔出赵肃侯留给他的那柄青铜剑，凌空一挥：“发兵！”

命令既下，队伍以中、左、右军的序列离开洪波台，奔向北上的大道。

邯郸人第一次见到如此强大的骑兵队伍，纷纷站在路边观看。他们脸上挂着激动的泪花，久久地望着。有人举手欢呼，有人闭目合眼祝福兵士们得胜回来。一个青年人冲动地跑到街心，朝兵士们喊：“哪位是大王啊，大王万岁！”

兵士们没有回答他，只是朝他微微一笑。武灵王发现了这位青年，听到了他的呼喊，向他感激地点了点头。平日武灵王每天都要接受大臣的朝拜，山呼海啸般的万岁声震耳欲聋。这声音他听惯了，不以为然。可今天这青年的欢呼却深深地触动了武灵王的心，他仿佛第一次真正地受到拥戴，第一次真正地得到敬重。他骑在骅骝马上，心里在说：我多灾多难的子民啊，寡人决不负你！

赵军出城后，昼夜兼程，以迅雷不及掩耳之势，向中山城邑宁葭扑去。

宁葭城是一个不大的却是易守难攻的城邑。城墙百步之外有一系列防御工事，弩台便是其一。弩台和城墙一样高，上建女墙，台内通暗道，有软梯，人上去了便卷收起来。台上储备了干粮、水和引火之物，台与台之间相距百步，每一个台都是独立的作战单位。城上除了城门上的城楼外，还建有堠楼守望。城门另挂木板，作为重门，所有城门、城楼、堠楼中的木料都涂上了厚厚的泥巴，以防火攻。城上一步一甲卒，五人有伍长，十人有什长，每十个甲卒都有五人给他们做杂物，每五十甲卒、一百甲卒都有官长统率，另外还有精锐骁勇的士卒十队，由大将、副将分别带着巡城，传达命令，鼓舞士气。宁葭因为有坚固的防御，守军并不多，他们没料到赵国会派出三千骑兵前来攻城，所以当赵军的马蹄声临近的时候，不免一阵紧张，守城将军马上命令城外的弩台进行狙击。

赵军士卒被强弩射倒了，赵军第一次冲击受阻。武灵王命令队伍暂时停止前进，组织人员消灭城外的弩台。庞焕的左军中选出三十名，李兑的右军中选出二十名，中军暂时不动。这支弩台破袭队由少室周率领，其余兵马在后面待命。

破袭队都是赵军中的神射手,他们抵近弩台以后疏散开队形,向弩台一阵猛射,压得弩台上的中山兵抬不起头来,有的当场被射死。中山兵见形势不妙,狼狈地通过台内暗道,逃往城中。

冲破了弩台的阻遏,三千赵军兵临宁葭城下,将全城围了个严严实实。因为宁葭城居高临下,中山军不住地发射箭矢和投掷石块,给从城下仰攻的赵军带来很大困难。郎于期向武灵王建议,可采取抛车和车弩破城。武灵王以为然,马上令人准备。

车弩是将强弩安置在转轴车上,用转轴引弩,弩牙一发,箭矢齐飞,射程可达七百步。抛车是用高竿安置在车上,竿头与桔槔相似,用来抛石,破坏力也很大。赵军使用了车弩和抛车后,很快地压住了城上飞来的矢石。武灵王抓住战机,令李兑的右军以填壕车运土填壕,庞煥的左军则派出精兵百余人,由骑长禾生带领,趁黑夜摸至城墙下,挖地道毁城。

这是一个至关重要的艰巨任务。挖地道需抵近城墙,万一被城墙上的敌兵发现,便无法进行。为了避免目标过大,他们成一线散开,几乎是爬到城下的。进入了城上守军视界的死角后,他们迅速聚拢在一起,将百人分为五组,轮流挖洞和警戒。为了抓时间抢速度,兵士们都拿出了最大的力量,热汗湿透了衣衫,时至半夜,洞子挖好,洞顶紧挨着城墙底部。他们用木柱将洞顶支起,在柱子旁边堆上柴草,此后,禾生令兵士退回,他与一个兵士留下,等兵士们走远了,他二人点燃了木柱周围的柴草,跑开了。城上守军发现火光,大喊不好,向城下一阵乱射。因天黑看不见目标,百名赵兵无一伤亡。这时,大洞里的火越烧越旺,只听"轰"的一声,木柱烧掉,城墙坍落一个大缺口,毁城成功了!武灵王马上指挥中军向城内猛攻!

喊杀声中,赵军骑兵越过护城河,冲过城墙缺口,进入城中。宁葭城上原有四支侦察队,每队都有四面旌旗,一旦发现敌人从哪方进攻,即举旗以示,夜间则举火为号。坐在城内任总指挥的将军,举目观旗,就可大致知道情况,制定相应的措施。这一切本来是十分严密而有效的,但因赵军的攻势异常猛烈,又是黑夜,宁葭守军慌了手脚,指挥陷入混乱。经过一夜激战,至第二天早晨,赵军终于攻入城中,将宁葭城全部占领。

武灵王登上宁葭城楼,令兵士升起赵军的旌旗。正在这时,只见西北方烟尘蔽天,探子来报:中山的援兵杀来了!

他们是从中山城邑番吾来的援军,共两千骑,来势异常凶猛。武灵王急忙收拢三军,在宁葭城外摆开阵势,一场骑兵大战开始了。

强悍的、盛气凌人的中山骑兵根本没把赵国的军队放在眼里,那些曾参加过长子之战和边城骚乱的老兵们,一提起赵军就不屑一顾地直撇嘴。他们大都使用和收藏着从赵国掠来的物件，身上穿的衣服，喝酒用的酒器，腰间佩挂的铁剑，手里拿着的铁矛，乃至各种各样的铁制品和陶器，应有尽有。他们甚至以谁得到的赵国的东西多作为向人夸耀的资本。至于将校们的家里，则以掠来的赵国女子为婢妾，像奴隶一样地驱使、责罚和杀戮。在中山与赵的关系史上，中山人只记得他们战胜的光荣，如探囊取物般的抢掠，以及赵军兵士狼狈的溃逃。他们认定，中山小而强，赵国大而弱，中山不仅可以在赵国腹心站稳脚跟，而且，化赵之国土为中山三境也不为难。他们也依稀知道赵国进行了胡服骑射的改革，但顽固的偏见却使他们认为，骑射乃胡人之本能，中原之人学而难及，他们永远也无力与胡人匹敌。基于这种对自己力量的过高估计，中山骑兵在交战之初采取了毫无顾忌的一线直进战术，大队骑兵不分梯次、不分队形地潮涌般地杀了过来。武灵王经与庞焕、李兑、郇于期等人商议，决定仅以中军正面迎击，左右二军分别由东、西两个方向直插中山军侧后。

中山军只是一味地向前猛冲猛杀，忽视了对侧后的防御，很快地由主动的一线进攻陷入被动的多线防御，赵之左右军则迅速在中山军后面合拢，与中军相配合，把中山军团团包围。中山军气焰大减，慌了手脚，盲目地左冲右突起来。经过了严格训练的赵国骑兵时而猛射，时而砍杀，中山兵士一一跌落马下，惊马嘶鸣着到处奔窜，马蹄杂乱地在血染的尸体上踏过。

骑长禾生勇猛地冲杀在敌群之中。因为战马跑得太快，和弟兄们离了群，成了一乘孤骑，十余骑中山兵向他围攻过来。禾生顽强地拼杀着，身上多处受伤，最后终于寡不敌众，跌落马下。当他醒来的时候，这场恶战已经结束。他看看天，天是旋转的，看看地，血红的夕阳下满是横躺竖卧的尸体，浓烈的血腥味儿使他直想呕吐。他觉得身上的伤口在剧烈作痛，他的心在一阵阵紧缩着。

“难道我要死了吗？”他痛楚地自语，“我不想死，我不想死啊！我舍不得这蓝天，这山冈，这树木，这花草。还有我的家乡，我的亲人……我得回家去，回家去……”

他挣扎了一下，想起来，但身子已不听使唤。昏昏沉沉中，一个人向他走来。啊，是罗敷，是朝思暮想的罗敷！“罗敷，是你吗？是你到我身边来了吗？我喜欢你，我要见你！”

他张开手臂想去拥抱她，但罗敷的影子不见了，而换成另一个人，是国君。禾生紧张起来，想给国君叩拜，但无力站起。渐渐地，国君的影子也淡漠了，消逝了，他眼前什么也没有了，什么也不知道了……

远处，武灵王正和太子章、庞焕、李兑、郇于期等人雕像般地伫立着。一个清理战场的校尉前来报告，这场恶战赵军损失近千骑，中山两千骑兵大部被歼，少部溃逃。武灵王似乎没有理会校尉的报告，只是凝神注目着滹沱水对岸的灵寿城。他对公子章、庞焕、李兑等人说：“从速整集队伍，安置伤员，三日内攻打灵寿！”

第十七章　灵寿决战

中山国都城灵寿与宁葭城中间只横亘着一条滹沱河水，宁葭的陷落无疑使灵寿失去了重要屏障，陷入十分危急的境地。

对于赵武灵王的这一行动，新继位不久的中山王好蚉显然准备不足。或者说，他太麻痹了。他根本没料到武灵王会大举进攻，而且这样迅速地攻下了一座城邑。

其实，赵国的战略企图早已风传到灵寿城。赵国前御史周绍叛归中山的当天就向好蚉密告：武灵王正加紧训练骑兵，扩充军队，向中山发动大规模进攻的日子已经不远。熟悉情况的周绍还向好蚉献策，应趁赵军羽翼未丰，先声夺人，打进赵国，摧毁其有生力量，使赵武灵王的计划难以实现。或者，加高灵寿的城墙，在灵寿附近增加兵力，以防备赵军的突袭。他指出，因中山未设边防，骑兵行动迅速，赵军很可能在一个早上突然出现，万万不可掉以轻心。

前些天，老将张登也进宫报告了一个极为重要的情报。西方的秦国对赵国虎视已久，齐国也对赵国怀有敌意，秦、齐两国已加强了联系，大有从西、北两个方向夹击赵国之势。张登对好蚉说，应该速派使者前往秦、齐两国，献上一些好马和毛皮，请他们从速进攻赵国，以减轻赵国对中山的威胁，待两国疲惫，坐收渔翁之利。

周绍和张登的建议可谓木芝见地，但迂腐而又过于自信的中山王好蚉根本没有听进去，只是一笑了之。他十分傲慢地对二人说，中山骑兵独一无二，中原列国无法与之相比。赵国虽组建了骑兵，不过如孩童学步，远不会有大的进展。他吩咐周绍致力于儒学的教习，不必过问兵戎之事，以免分散精力。对张登，觉得他年事已高，有些糊涂了，还是安享晚年为好。他赐给张登一些酒食，并挑选了两个漂亮的宫女侍候张登起居，张登见好蚉如此粗心，叹了一口气，摇头而去。

年轻的好蚉不以战事为虑，自有他的心事。这一向，好蚉的大部精力都集中在建造王、后陵园上。这是一项大工程，从他父亲姬昔在世时就已动工，至今已历数年。

陵园在灵寿城郊，规模宏伟，占地辽阔。陵园由邦相司马喜提出规划和形制，专职官员设计绘图，经中山王昔亲自审定，然后制作了规划图“兆域图”，使总体规划最后定型。

这“兆域图”是在一块铜板上用金、银错出建筑平面、名称、尺寸和中山王昔的诏令。诏令写明了此图的由来及营造法规，并标明此图一式两份，一份随王而葬，一份藏之于秘府。令人写道：

> 王命喜为兆法阔狭小大之制，有事者官图之。进退违法者死无赦，不行王命者殃连子孙。其一从，其一藏府。

陵园为长方形，建有外、中、内三道围墙，陵园禁区内有池、囿等林园。陵园正中为正堂，是好蚉之父中山王昔的陵墓。王堂包括回廊在内是一座以夯土台为基的台榭建筑。先夯筑出高大的土台，四周绕以回廊，台顶中部立都柱，周围设四根辅柱，呈梅花形。台榭以夯土台及都柱、辅柱为骨干，上建两层楼台。配上夯土台四周的底层回廊，外观看上去为三层。层顶建有供祀墓用的享堂，为五间四阔，堂外环绕回廊，堂下为木构楼层，廊外挑出平台，绕以栏杆，中间四层也有回廊，上出腰檐，下出平台及栏杆，底层在夯土台四壁上有壁柱，外绕回廊。回廊无腰檐，檐柱上承二层回廊的楼板、平台及栏杆。台底有阶数级，可直升享堂。

王堂东侧有先于昔死去的哀后之墓，其建筑与王堂相同。按"兆域图"设计，还要在王堂之西建王后堂，即好蚉母亲的陵墓。哀后堂和王后堂两侧按尊卑等级建造规模小于此三堂的夫人堂。在这一排建筑后面建召宗宫、正奎宫、执旦宫、大将宫四宫。待这五享堂四宫建成之后，整个陵园建筑才算竣工。

现在，这一工程刚刚进行了一半。王后堂的夯土台工程刚刚结束，正开始立都柱、辅柱及建造回廊，好蚉对工程十分用心，他不但明令有司督促工匠及徒隶加紧施工，还与他的母亲多次前往施工现场。他调集了国中最好的木、石、漆等建筑材料，招募了国中最好的木工、石匠、金工、漆工等工匠，甚至不惜重金从他国聘请。许多士卒也从驻防地撤了下来，投入到这一工程中。陵园四周到处是工匠们住的简易住房，建筑工地上一派紧张而繁忙的景象，夯土的，抬木的，运石的，漆绘的。

好蚉和他的母亲都对此很是满意，他们期待着陵园早日竣工，然后举行一次盛大的墓祀仪式。使好蚉大为吃惊的是，正当他全神贯注地进行陵园建造的时候，赵国的骑兵已集结于滹沱水之滨，准备渡水攻城了！

好蚉一时间没有了主意，不知如何应付这一紧张局势。

老谋深算的邦相司马喜却很镇定，他如此这般地向好蚉耳语了一回，好蚉那布满愁云的脸上才露出一片蓝天。

这天夜里，司马喜令兵士将一百余面大鼓运上灵寿城墙，同时派出二十名水性好的士卒潜入滹沱水，将滹沱水上的一座木桥和桥桩锯断。老将张登则率骑兵弓弩手千余人在滹沱水边列阵。天刚放亮，灵寿城上百面大鼓一齐擂响，守城兵士也大声呼喊，造成了一种要与赵军决一死战的态势。赵军将士正希望与中山军决战，听到鼓声后个个摩拳擦掌，跃跃欲试。武灵王想，中山军杀过河来，对赵军不利，莫如先人一步，渡河直捣灵寿。主意已定，即令太子章从中军选出骁勇者百余人，率先渡河，占领桥头要地，大军随后杀将过去。

说时迟，那时快，赵军的百名精骑冲上了滹沱桥。刚至桥中，只听“吱哑”一声，桥面塌了，冲在前面的骑兵连人带马跌入水中，此时，河对面的中山军在张登指挥下万箭齐发，赵军的进攻被严重阻滞。

武灵王知道中计，只得停止进攻，返回宁葭城中。

赵军的士气因进攻受挫骤然低落下来。宁葭城中已看不到前几天休整时三三两两在街上游逛的士卒，酒肆内也不见了用手撕着大块羊肉，用陶碗大口喝酒的校尉，他们待在自己的营地，没精打采地低着头，默不作声。时或会传来几声沉闷的吟唱，几曲低沉的篪声，那是他们在发泄心中的郁闷。

伤兵们的情绪尤其不好。他们在抱怨，在呻吟，甚至大声嚎叫。平日，他们的伤痛似乎还可以忍受，可现在，却像是陡然加重了似的，非得哼哼呀呀地叫几声才好些。

有人拿宁葭的百姓出气了。他们放火烧毁民房，杀害百姓，奸淫事件也不断发生。在李兑的右军中，有一个伍长带领五名兵士黑夜里摸进一户富人家，将男人全部杀死，将女人进行轮奸。对此严重破坏军纪的事情，李兑大为恼火，他当众将那伍长处死，其他人均处笞刑，这才把不法兵士镇唬下去。

中山军的俘虏更成了赵军士卒的泄愤对象。一些兵士将其从关押的民房里抢出来，吊死在城中的大树上。俘虏中有的被割了鼻子，有的被挖去了膝盖，有的被砍下了四肢。俘虏不堪忍受，与赵军看守拼死搏斗，于是又导致更惨重的屠杀。

这情况使武灵王很担心。他决定与诸将商议一回，研定出一个权宜之计来。这样欲进不能、欲退不忍地待在宁葭总不是个办法。再说，天气一天天变冷了，兵士们衣服单薄，粮秣也出现了匮乏的迹象。

议事是在原宁葭将军府进行的，三军的主将、佐将都应召前来。

少室周是个急性子，他认为兵既发，不可退。撤退只能灭自己士气，长中山威风。现有兵力可在宁葭休整，再调一部分兵力前来增援，组织死士抢修滹沱桥，实施强攻。或绕道西南，对灵寿进行再次进攻。少室周流着泪说：“我们练兵多日，远道奔袭，就是为了灭中山，报世仇。灵寿不下，有何面目见国人?”

少室周的话触到武灵王的痛处。他不禁想，当初誓师出征，激昂慷慨，现在虽获小胜，攻占了宁葭城，远不是用兵的最后目的。如果就这样班师回国，不仅会贻笑天下，而且会给那些对胡服骑射持怀疑态度的人留下话柄。

他有心按少室周之言行事。但李兑、李疵和郇于期等人却说：“《军志》云：‘允当则归。’我们攻下了宁葭就是一个不小的胜利，不能企图在一个早上把中山灭掉，现在应从宁葭撤退，养精蓄锐，再图大事。”

议事之初，太子章没有作声。待诸将都说出了自己的看法，他才站起身来，对武灵王道：“父王，儿臣有一策，不知是否当讲？”

武灵王很高兴听听太子章的见解，忙说：“讲无妨！”

太子章道：“中山虽已衰弱，但余威尚在，且灵寿城已加强防范，不可力攻。依儿臣看来，莫如退出宁葭，挥师西北，转攻林胡、楼烦、然后再图中山。”

作为武灵王的长子，太子章受到了武灵王的器重。这次进攻中山，特命他为中军主将，目的便是想让他在战争中经受锻炼，以便将来继承王位。武灵王尽管还在壮年，但子嗣问题也不能不考虑。

平日，武灵王对太子章的看法是：勇则勇矣，但缺少谋略。今听太子章之言，大为惊讶，他想听听这位十八岁的太子究竟有多少城府，便追问道：“我儿此论何来？”

太子章道：“避强击弱乃用兵之要则。楼烦、林胡在我西北，国力不及中山，而且，听庞将军说，楼烦、林胡得知我以全力对付中山，忽略了对我之防范，以为与我遥隔千里，我军不会对其进攻。我攻楼烦、林胡系攻敌所未备，极易取胜，待西北宁静，再转戈中山，定能成功。”说到这里，他瞅了一眼庞焕，说：“庞将军，是这样的吧！”

庞焕平日和太子章说过他在西北界长城巡游时所了解到的楼烦、林胡的情况，今听太子章不以一城一地之得失为虑，心中暗自钦佩，说：“太子殿下卓见！”

庞焕又对武灵王道：“末将也对中山估计不足，以为宁葭既下，灵寿不难攻克。现在看来，灵寿城高兵多，又有滹沱水为屏障，远非宁葭所能相比。可如太子殿下之言，先清外围，解除西北方之患，再以蚕食之策，进一步、占一地，使灵寿成为一座孤城，可不攻自下。”

武灵王很同意太子章和庞焕这个有远见的意见，当即决定留一部兵力戍守宁葭，其余向西北的楼烦、林胡进发。

武灵王进攻楼烦、林胡之战是顺利的。赵军以迅雷不及掩耳之势大破楼烦、林胡部落，兵锋直抵榆中，林胡王献马乞和。在赵国骑兵的打击下，林胡、楼烦开始了大规模北迁，留下来的部分则成了赵国的臣民。武灵王在新辟的土地上建立了云中、雁门两郡，在原阳专设了骑邑，以邮于期为骑邑总管。这是又一个插箭岭，一个新的、规模更大的训练骑兵的基地。

武灵王还在河套内的九原设置郡县，并下令向九原移民垦殖，巩固北疆。

因为将士们在云中、雁门休整了一段时间，又在那里换了冬装，所以武灵王率军回到邯郸时已是雪花飘飞的冬季了。

公子何与肥义率留守官员在邯郸城外隆重而热烈地迎接了武灵王和将士们。第二天，公子何和肥义向武灵王详细禀奏了这几个月国内的情况。他们说，自大军出发后，整个赵国都在关注着战争的进展，宁葭城破的消息传来后，邯郸城几乎要沸腾了！那天夜晚，不论是官是民，都自动走上街头，举着火把，纵情欢呼。人们说，这几年受尽了中山的欺侮，现在总算吐了一口闷气！一连好几天，邯郸城的酒肆里挤得水泄不通，致使酒价大涨。肥义还报告说，公子何年少有为，国事处理得有条不紊。公子何则说，这都是老相国大力相助的结果。武灵王将他二人赞扬了一番，并赏以金帛。

午膳时，武灵王特意将公子何与肥义留在宫中赐宴。酒宴之上，肥义问："大王下一步有何打算！"

武灵王想了想，说："宁葭一战，我军虽力胜，但亦痛失精骑一千，胡人的骑射之术还高我一筹。为使再攻中山稳操胜券，寡人拟派人进一步联络和训练胡兵，此事可由太子章掌管。此外，在宁葭时太子与庞将军曾言，灵寿不可强攻，对中山当取蚕食之策。寡人以为此计甚好，拟派使臣前往秦、韩、楚、魏、齐诸国，申表友好之诚，争取其对我进攻中山的声援，如此，中山则成孤家寡人，我则有机可乘矣！"

武灵王在信心十足地说这番话的时候，两次提到太子章，公子何心里很不是滋味儿。太子章与公子何是异母兄弟，太子章长于公子何，按长幼之序理应立为太子。但公子何的母亲惠后又是王后，在地位上尊于太子章的母亲韩夫人，若从惠后这一方面说，公子何当立为太子。所以，公子何对太子章很不服气，愤愤不平。尽管这几年来，惠后与韩夫人都因阴妃事而失宠，但惠后的后位并未废除，仍然是名义上的后宫之主，公子何也因此觉得自己完全有资格荣登储位。今听武灵王要让太子章掌管联络和训练胡兵之事，唯恐太子章声誉地位日高，对自己不利，便说："大王此计甚好。只是兄长身为太子，还是专司东宫事为好。庞将军离官巡游期间与胡人多有接触，此事若由庞将军去做，会更为妥当。"

武灵王是个对儿女很有温情的人，尽管惠后和韩夫人都已失宠，但对她们的儿子却一如既往地打心里喜欢。儿子们的话很少驳回，儿子们要什么东西，从来都是满口应承。他作为一国之君可以日理万机，洞察秋毫，但强烈的爱子之心却使他并不了解潜藏在二子心中的秘密。他认定二子相处得很好，他也毫不偏倚地将温暖的父爱分赐给二子，他期待着他们并肩携手，无猜无忌，共理国政。他不相信古来宫廷的争斗会在他武灵王的子嗣中间发生。

武灵王瞅了瞅公子何那圆鼓鼓的放射着光彩的小脸，笑着说："我儿所言不无道理，就依你了！"

一听这话，公子何打心里乐了。

老成持重而又多谋善断的相国肥义对这两个王子的关系是看得清楚的，但他不便宣明,也不偏袒任何一方。他故意避开对这两个人的评说,对武灵王道:"大王联他国、弱中山之策甚好。臣以为,还应加强对周边的戒备,以防侵扰。与燕、秦、韩、三胡相接之边界,可抽调一部兵力防守,黄河、薄洛水也须加强戒备,可在黄河和漳水训练舟师,以备齐患。"

武灵王听罢大喜,道:"还是老相国想得周密啊!"

当即,武灵王又与肥义详细筹划起来,开始部署第二次进攻中山。

度过了漫漫黑夜,又一个黎明到来了。

太阳还没有出山,晨雾像缥缈的精灵,袅袅婷婷,掩去了晦岩的突兀,遮蔽了山岫的洞壑,淹没了山庄林树,给人带来隽永的柔情,又平添了几分渺茫的愁思。

罗敷起了身,走到房外,望着这迷蒙的世界,不禁又想起禾生来。自打禾生随军开往中山后,罗敷一直是捋着指头过日子,当赵军攻占宁葭的消息传来后,她与其说是喜悦,莫如说是忧虑。因为她听人说,宁葭城外的一战,打得非常艰苦,赵军损失很多人。禾生会不会在其中呢?她提心吊胆地这样想着,唯恐那可怕的一幕会变成现实。

昨夜里,她做了一个噩梦,梦见禾生浑身是血地回到了放鸠聚。他脸色是灰白的,目光是呆滞的,任你怎样和他讲话,他只是一声不吱。罗敷急了,上前去扶他,禾生却头一栽,倒了下来。啊,他死了,死得无声无息!罗敷伏在禾生身上大哭起来,等哭醒了,才知道是一场梦。

现在,面对着迷蒙的世界,罗敷的眼前又浮现出那个无声无息地躺在地上的禾生,她心中一阵紧缩。"女心悲止,征夫归止!"她口里念叨着这《诗经》中的两句诗,心在呼喊:"夫君啊,你快回来吧!"

"罗敷!"身后,是父亲秦庆在叫她。秦庆十分理解女儿,他安慰她,让她不要乱猜想。他说,现在的兵士都是战时为兵,平日为农,等战争一结束,禾生就会回到放鸠聚。到那时,中山平灭了,百姓也再无征战之苦了。

秦庆这样劝女儿,其实他心里也没底。私下里,他多次向人打听过战场的情况,可是没有一个人能说清楚。他不敢向牛子耕打听,怕他担心。其实,牛子耕比他更牵肠挂肚,背着秦庆,他已经好几次去邻村几个当兵的家中打听了,但二人见面时,彼此都讳莫如深,生怕给对方增加负担。特别是,当赵军西征归国,而不见禾生返回时,二人更是觉得凶多吉少,他们寡言少语,谁也不提此事,但内心里却燃着一团火!

秦庆如此惦记着禾生,莫如说是为了他的女儿。他就这么一个女儿,女儿的一切都连着他的心。他知道,女儿这些天心事重重,睡眠不好,便悄悄地到郎中那里讨了一服药,大清早就在灶间煎起来。药煎好了,见罗敷还在房外愣着,便来叫她。

罗敷随爹爹进了屋，见到陶碗里的药汁，脸微微一红，娇嗔道："爹，看您！我哪有什么病，劳您这么费心？"

秦庆道："你的病，爹知道，快喝下去吧！"

秦庆哄着劝着，罗敷总算是把药喝了。

早饭的时候，房外街上忽然传来一阵车马声，秦庆侧耳听了一阵子，对罗敷道："该不是过兵了吧，我们去看看！"罗敷放下碗，随秦庆走出房外。

真的是过兵了。一大队人马正穿过放鸠聚，浩荡西去。队伍中有骑兵，有步兵，还有一些拉着东西的车子。

"老哥，这是往哪里调兵？莫不是又要打仗了？"秦庆凑近一位白胡子老者问道。

那老者理着胡须，笑眯眯地说："不是打仗，是换防。听说这支队伍原来驻防在马服山，现在要到离石去，戍守长城，防备韩国和秦国。秦庆，是来找你女婿的吧？"

秦庆正要答言，一位青年人凑上来道："老伯你看，骑兵们多神气！听说他们打仗厉害着呢，有一员中山大将被我们一名骑兵追得狼狈不堪，那兵士的箭用完了，就急中生智，在地上拔了一根蒿秆向胡将射去，正中那胡将的后心，胡将以为是真箭，吓得昏了过去，跌落马下。等他醒来了，才知道是根蒿秆，他想反抗，晚了，身子已被紧紧地绑在马上……"

老者道："你知道什么？中山兵也不好对付呢。听说我们也死了不少人，血把地面都染红了，尸体来不及一个个埋葬，就挖一个大坑，用车子一车一车地将尸体往坑里倒，然后再盖上土。不少兵士因无法救护，死了。打仗总不是好事情！"

一听这话，秦庆的心里"咯噔"一下。他瞅了瞅罗敷，罗敷已经不在跟前，正走近队伍寻觅呢，等队伍过完了，仍呆愣地站在那里。

这位老者是秦庆的邻居，姓尤，他知道秦庆父女的心事，说："现在列人城驻了不少兵，造大船，练水军。水军中多是当地水居之民，也有的是从队伍上调来的。禾生会不会在那里呢？"

列人城在邯郸以东七八十里处的漳水之滨，禾生究竟是否在那里，秦庆无法得知。他见女儿那愁眉不展的样子，心里焦急得很。他把家里安置了一下，备了一辆车子，与罗敷前往列人。

列人城内果真是兵马云集。城门加强了防守，漳水边新辟了造船场，众多的工匠在紧张地工作着，有的战船刚搭构架，有的已近完工。漳水中，两艘战船正在演练，不少百姓站立在岸边围观，秦庆也带着女儿凑上前去。

战船很大，双层，下层容划桨水手，上层为作战水兵，无帆篷。战船上有旗鼓指挥进退，兵士们手里拿着弓矢、长钩矛、长斧之类水战武器，还有人拿着有很长木柄的大钩子。秦庆正琢磨它的用处,只见那执钩兵士在两船接近的一刹那,猛地伸出长钩,钩住对方船舷,随即有好几个兵士上前帮助拉拽,把“敌船”拽了过来。这时,水中又冒出几个泅水的兵士,也帮着拽。

“敌船”靠拢了,那船上的兵士登上“敌船”,开始了一场厮杀,直至指挥的校尉鸣金收兵,才算罢了。

待演练的兵士上了岸,秦庆迎上前去,问一位校尉:“请问军爷,你们是从哪里来的,向军爷打听个人行吗?”

那校尉横了秦庆一眼,爱答不理地问:“打听谁?”

“叫禾生,在队伍上当骑长。”

“禾生? 不认识。”校尉摇着头,正欲走开,瞥见了秦庆身后的罗敷,眼睛顿时直了,禁不住自语道:“啊,天下竟有如此美貌的女子!”

罗敷的脸直发烧,拉着秦庆的衣角,低下头去。

校尉只顾看罗敷,步子也迈不动了。停了好一会儿,献殷勤似的说:“你再详细说说,这禾生何时入军中,我再去给你打听打听。”

秦庆向他述说了一回,校尉乐颠儿颠儿地去了。

当他返转来时,对秦庆父女说:“你们好造化,将军有请!”

校尉说的将军是在这里督练水军的廷尉田不礼。田不礼本是专管狱讼的廷尉,怎么又当起将军来了? 原来,这田不礼祖籍吴国,吴国有着发达的造船业,被称作“不能一日废舟楫之用”的国家。舟师按陆军车战方式设置,其战舰分为大翼、小翼、突冒、楼船、桥船等多种。大翼像陆军的重车,小翼像轻车,突冒像冲车,楼船像行楼车,桥船像骠骑。田不礼的先人曾督造过战船,祖祖辈辈对舟船都较通晓,所以,武灵王调任田不礼为将军,督练水军。

关于禾生这个名字,田不礼是偶然从庞焕口中听说的。

庞焕说,他手下有一名出身贫寒的骑长,作战十分勇敢,宁葭城外大战时,一连杀死好几个敌兵,后来负了伤,昏死过去,在清理战场时才在尸体堆中发现了他。后来,大军西征了,他和其他伤兵一起留在宁葭。庞焕在讲述禾生其人其事时很动感情,因为他平素很敬重作战勇敢的人,田不礼因此也在头脑中留下了印象。

秦庆父女进帐后,田不礼被罗敷的美貌惊住了,他的目光凝固在罗敷身上,竟忘了禾生的事。罗敷被看得忐忑不安,两只纤细白皙的手不住地抚弄着裙带,低下头去,更增添了几分娇媚。

田不礼觉得整个营帐都增添了光彩,贪婪地看着罗敷。

过了好一会儿,才问秦庆:“你住何方,那个禾生是你的什么人?”

秦庆道:“小民家住放鸠聚,禾生是小女的夫君。”

“啊,原来如此。”田不礼说,“我倒是听说过这么个人,他现在原阳骑邑,随仆大夫郎于期训练骑兵。”

“原阳?离此地多远?何时回来?”

“远着呢。说不定再征中山时还得上战场,等平灭了中山,会回来的。”

田不礼没提禾生负伤和生死不明的事,他不愿见到这位天仙般美女的悲凄,所以编出这一套话来。

秦庆父女听田不礼这样一说,愁眉舒展了,千恩万谢一回,便离开了营帐。

望着罗敷的背影,田不礼自语道:“好一只金凤凰,怎么落在寻常农家了?”

公元前305年春,赵武灵王亲率将士开始了对中山的第二次进攻。

赵武灵王采取了多路突击深入的战术。他命令李疵率领骑兵和车兵与庞焕率领的胡、代、赵骑兵联军,首先由中山西境突入,攻破要隘井陉塞。尔后,分兵两路向牛山腹地深入,以骚扰其后方。赵军主力又分为三军,李兑为右军,公子何为左军,太子章为中军,由武灵王亲自统率。李疵、庞焕完成了各自的作战任务以后,便在曲阳会师,然后北向占领了中山的丹丘、华阳、鸿上塞。

丹丘城在恒山即丹丘山上,华阳郡在北岳恒山,鸿上塞是中山的一大要塞,又名鸿上关、鵶塞。赵军占领了鸿上塞,就等于掌握了由代地直入中山的门户。与此同时,赵军主力从中山南境发起了正面攻势,并相继占领了中石邑、封龙、东垣和原为赵国城邑,后被中山强占的鄗城。当多灾多难的鄗城重归赵国以后,鄗城百姓欣喜若狂,大庆三日。人们在城中竖起了一块石碑,上面刻上鄗城屡被中山攻占而今重见天光的经过,名之曰“雪耻碑”。雪耻碑前,人们设置祭案,摆上果品,祭奠鄗城劫难中的死者,告慰列祖列宗的在天之灵。

石邑是中山要塞井陉的依托,石邑被赵攻占,中山失去了太行之险,赵国则构成了对中山两面夹击的态势。而东垣则因濒于滹沱水南畔,由东垣沿滹沱水西进,可以直捣灵寿。这一仗,赵军配合默契,兵势神速。中山遭此打击后,被迫请和,中山王好蚃在请和书中承认了这次失败,认可了赵国所占的南部四邑归赵国所有。赵武灵王感到既定的初步战略目的已达到,便同意了中山的请和,将庞焕、李疵两军撤回。

至此,中山已失去了三分之一以上的国土,国势大衰。

此后,赵国又第三次进攻中山,均以中山割地求和而告结束。三战之后,中山的地盘越来越小了。

这时候,中原形势出现了新的混乱。齐、韩、魏三国攻打楚国,楚太子入秦为人质,秦前往救楚。不久,楚太子从秦逃回本国。武灵王充分利用了列国间的这场冲突，结秦联楚，离间了韩、魏与齐的关系，而赵国则巧妙地脱身于漩涡之外，在列国鏖战正酣时，赵武灵王亲率二十万大军第四次打进中山。赵军一举占领了中山全境，略地北至燕、代，即滹沱水、易水一线，这样，中山国便仅保有灵寿这座孤城了。

这次进攻中山之前，武灵王君臣对战争情况进行了充分的估计。他们效仿吴国谋臣伍子胥的做法，先想到一些可败的因素，做了一定的防败准备，然后才以必胜不败之心率三军开赴战场。武灵王相信伍子胥的这几句名言："知败者为致败之母"，"知败而防败者必无败"。他感到，中山与赵的强弱态势虽已发生逆转，但此战是最为关键的一战，中山必全力以赴，战争将异常艰苦。

基于这样一种认识，赵军抵近灵寿时并未急于与中山决战，而是在离中山军营地三十里外扎下营帐，进行休整，以逸待劳。尔后，派出三股轻骑轮番进行骚扰，敌出则归，敌归则出，而且方向不定，忽南忽北，忽东忽西，以此疲惫和消耗敌军，使灵寿守军日夜不得安宁。有一天夜里，武灵王派人在灵寿城下竖起了很多草人，中山军以为赵军前来攻城，向草人一顿猛射，赵军轻易获得箭只数千支。第二天夜里，武灵王派出一支兵马接近城门，中山军以为又是赵军设的草人，没有注意，赵军则在城门下放了一把火，险些将城门烧毁。中山守军苦于应付，士气大为下降，他们心里清楚，中山已山穷水尽，兵败国亡只是一个时间的问题了。

灵寿城面临着末日的恐怖。街市上冷落萧条，行人稀少，许多富户早已携带细软家小逃出家门，只剩下空荡荡的宅院。中山人崇拜山，平时若遇到什么灾异或兵事常有人到城中的一座山崖下举行祭祀活动，可今天，连最虔诚的巫祝也显得信心不足，山祭活动冷冷清清，毫无生气。城内的男子除伤老病残者外都抽调去守城了，官府说，这是至关中山生死存亡的最后一战，男人们有责任保卫国家。有些建筑物被拆毁了，木石之类都被搬运到城墙上。城内秩序混乱，抢掠现象时有发生，禁而不止。

王宫内，臣僚、妃嫔、宫人，一个个神色慌张，相对无言，他们不能离开这危在旦夕的王宫，只能坐等着厄运的到来。有人弹起了六弦琴，那曲调如泣如诉，如歌如吟，像一曲末日的挽歌。

中山王好蚉和邦相司马喜、将军张登及文武臣僚、国中名儒已研讨多时了。面对危局，他们感到只有拼死一战，舍此别无出路。备受器重的赵人周绍主战最为坚决。此时，他不再鼓吹什么"仁者爱人"、"去兵去食"的儒家说教，而是一反常态地认为应以血战求生存。他心里清楚，如果不战而降，他这个赵国叛逆会有什么结果。

好蚉和臣僚们都认为，尽管灵寿易守难攻，但死守城池已无出路。因灵寿四周均已被赵军占领，赵军若采取长期围困之策，灵寿必难久守。所以，他们决定只留少数兵力守城，主力全部拉到城外，摆开阵势，准备和赵军决一死战。

一个天色阴沉的日子,赵与中山的最后一战开始了。战前,武灵王留一部兵力于营中作预备队,然后以五千骑兵作中、前、左、右、后编组,前后左右军为尖兵和两侧、后方警戒,防敌袭击,作战时又相互配合。

中山军是倾巢出动,战斗队形由三个战斗梯队组成。第一梯队负责打开突破口,第二梯队负责扩张战果,第三梯队进行防御作战。

决战开始时,中山军的第一梯队向前猛攻,赵军并不接战,而是由前、左、右三军向对方发射箭雨,使中山军的冲击受阻,损失很大。中山王气急败坏地命令三个梯队的骑兵连续向赵军猛攻,赵军见中山军来势凶猛,佯装退却。这时,已近黄昏,中山军怕赵军有埋伏,停止了进攻,并向后撤退。然而,正在这时,只听赵军中一阵战鼓响,赵军突然回转身来发起反击,预备队迅速迂回到中山军的后方,赵军主力从正面和侧翼数个方向猛扑过来,中山军在退却途中遭此凶猛的反击,队形顿时大乱,而赵军则越战越猛,不同方向的兵力逐渐会合,形成了对中山军的包围,并不断将包围圈缩小。

血的厮杀在近距离交战中展开。兵器的撞击声、喊杀声、惨叫声响成一片,地上尸体狼藉,致使战马无法奔跑。随即变为步兵的肉搏。中山军完全丧失了整体的战斗力,只有势单力薄的单个拼杀。他们一个个、一片片地死在赵军的刀下,数千兵力顷刻间成了俎上之肉。将军张登身上多处受伤,因流血过多而死,中山王好蚉和邦相司马喜见败局已定,无法逆转,带领随员数人,杀出一条血路,向齐国逃去。

赵军中也有很多人倒下了。一个重伤的兵士倒在武灵王身边,武灵王望着他那流血的伤口,轻声问:“疼吗?”

那兵士摇摇头,像是想说什么,但什么也没说出来,头一歪,死了。

一个娃娃脸小兵左胸中了一箭,马也被射死了,他挺着长矛拼力死战,一连刺倒三个敌兵,这时,他后胸又中一箭,倒下了。这一幕,武灵王都看在眼里,不禁一阵心痛。

他下马走近那小兵,伏下身去,抱起他的头,说:“小兄弟,你不愧为赵国的子孙,赵国感激你!寡人感激你!”那兵士脸上露出一丝微笑,急促地喘着气,用最后的力气断断续续地说:“大王,我受伤了……我还在作战……请……请大王记住我!……”

武灵王眼圈红了,禁不住流下热泪。

这时,战场上已经渐渐平静下来。有兵士来报,灵寿守军杀死了周绍,已经向赵军投降。武灵王望着这到处是人马尸体的战场,千般感触、万种思绪一齐涌上心头。忽然,他从遍地尸体中站起身来,拔出佩剑,举起双手,仰天大呼:

“列祖列宗,赵国打胜了!打胜了!”

“轰隆隆!”天空滚过一阵雷声,像是无数面战鼓在空中擂响。

第十八章　断臂人返乡

武灵王是在一个晴朗的日子回到邯郸的。大行令公子继向武灵王报告，丛台竣工了！丛台是外城大北城的一座高台建筑，去年三征中山归来之后，由武灵王提议修建。当时，中山已被蚕食殆尽，赵国胜利在望，武灵王认为应效仿列国，修建一座像样的高台，台上可观歌舞，台下可阅武士，以显示国力强盛。

大臣们都以为，如此功德之事，上慰祖宗，下勉臣民，众口一辞地表示赞同。

相国肥义独以为不可。他援引了楚庄王的一件往事，向武灵王进行劝谏。

楚庄王是春秋五霸中最后一位霸主。有一年，楚国和晋国打仗，楚国获得了很大胜利，威震九州，各小国诸侯对楚国十分畏惧，担心楚国会出兵攻伐。得知这一情况，有位大臣便向楚庄王提议，筑一个大层观台，在上面阅兵，让各小国都知道楚国兵力的强大，使他们自动降服称臣，并说，应该比庄王初即位时修的那座高台更雄伟些。提起那座高台，历历往事浮现在楚庄王面前。那高台规模很大，兵士和百姓每天都到千里之外去运石头，到百里之外去运土，搞得天怨人怒，有几个大臣前来劝谏，被楚庄王杀死。最后，一个农人冒着生命危险前来进谏，终于把庄王说服。庄王于是下令拆了高台，让兵士去守边防，让农人不违农时，这样，顺了民心，楚国才逐步强盛起来。想起这些往事，楚庄王对那位大臣道："筑台可以，但只能筑一小台！"大臣问："筑多高呢?"庄王说："能看见纪南城便可。"又问："筑多大呢?"庄王说："能摆上几案酒席便可。"层台修好后，楚庄王亲自邀请邻近的诸小国国君前来赴宴。宴席上，庄王和蔼而真诚，频频举杯。小国国君们初来时还有点担惊受怕，今见楚庄王如此热情，受宠若惊，心悦诚服地推举庄王为盟主。这样，楚庄王不费一兵一卒便征服了诸侯。此事传为佳话，庄王台也被称为"钓台"。

肥义讲述了这段往事后对武灵王道："当今赵国，国力虽已复升，但根基尚不牢固，筑台扬威还不合时宜。再则，胡服骑射只限于军事，还应改革官制，振兴农事，与之配套成龙。农为国本，本固邦宁。当今强国无不重农抑商，其成功之妙，大可借鉴。赵国的农事还不兴旺，百姓尚较穷苦，驱使百姓筑台，有害农时，望大王深思！"

肥义这番话可谓入情入理，但武灵王炫耀武功的热望却难以改变。他婉言拒绝了肥义，令公子继尽快着手筑台。

这是一个大工程，需要在平地堆起数丈高的土台，然后缘台壁垒墙，在台顶建楼阁亭榭。一年来，公子绁任总督造，由掌管宫室营造、山海池泽的少府官员具体负责施工，从全国各地调集了石工、木工、漆工、画工、金工和建筑高手，征调了数万民工和士卒，整日烧砖运木，夯土垒石，风雨无歇，今日即将告成，实为一大盛事。武灵王很满意公子绁的努力，并答应亲自去丛台察看，择日在丛台大宴群臣，庆贺中山平灭。

恰在这时，田不礼从列人城回都城述职，武灵王便邀田不礼一同前往。

武灵王一行出了赵王城后，便驱车进入大北城。沿着大北城的中街北行，不多时便远远望见一高台平地而起，高与天接，雄伟壮丽，虎踞龙盘。高台上筑有楼阁，云蒸霞蔚，富丽堂皇。高台四周是青砖砌成的墙壁，犹如一座坚固的城堡。

武灵王心旷神怡，催促御者："快！快！"御者应诺，扬起马鞭，御辇飞一般地向前驰去。

丛台门阙中有一正门，左右有两个侧门，门柱漆以朱红，门额饰以彩绘，门上覆以重檐庑殿顶，气魄非凡。

武灵王进门以后，迎面是一假山，用太湖石叠造，形状奇特，洞碑天成。假山下是花圃，种植着奇花异木。旁有一人工开掘的水池，池边垂柳成荫，池中有小岛，上建亭榭。

池水明澈见底，荷叶漂浮，鱼游其间，优哉游哉。

武灵王在池边停留了一会儿，便沿着方砖铺筑的甬道，穿过一片片皂荚树、梧栅、松树、柏树，来到台下。由台底而上，是百余级青砖砌成的台阶，武灵王与公子绁、李兑拾级而上。公子绁因年岁大了，登阶时呼呼带喘，武灵王朝他一笑，道："叔父年事已高，随寡人登台，难为你了！"

公子绁忙抢上几步，赔笑道："大王说的哪里话来？陪伴大王，乃老朽三生有幸，岂辞攀登之苦！"

武灵王登到台上，顿觉胸怀开阔，心旷神怡。举目四望，只见紫山西峙，滏水北回，树色黏天，薄云遍野，偌大个邯郸城尽在眼底。市桥里的繁华，弦服市的热闹，林立的店铺，蚁群般的行人，四通八达的街道，历历可见。从台上看邯郸，如同观看一幅巨型风景画。西望照眉池，有如一块明镜，在阳光下熠熠闪光，南北两座梳妆楼紧紧相连，像一双姝丽，争奇斗艳。

与梳妆楼的富丽相比，铸箭炉、插箭岭则以雄奇见长。平时，武灵王多次到过插箭岭和铸箭炉，现在登高远望，别有一番景象。铸箭炉上空的烟火，使他想到繁忙的兵器制作，插箭岭的葱茏，使他想到龙腾虎跃的练兵场面。这两地，可以说是胡服骑射基地，第一支骑兵便是从这里起步的，灵寿城上飘扬着的胜利旗帜，辉映着铸箭炉的火光，印记着插箭岭的雄姿。

公子绁一一介绍着丛台上的建筑景观。有天桥，雪洞，花苑，妆阁，设置奇特，各具风格。天桥像一道长虹高架空中，雪洞为白色建筑，扑朔迷离，花苑中是各色花卉，散发着幽香，妆阁雕梁画栋，穷工极巧。诸景都有回廊相通，每到一处都有耳目一新之感。最高的一处建筑是据胜亭，公子绁说，其亭取据此而得胜之意。武灵王登上此亭，视野又开阔了许多。他看到，城郊的山冈上，牧童正在放牧，田野里，农夫正在劳作，桑园内，少女正在采桑，一片安居乐业的升平景象。武灵王感到一阵快慰，脸上露出得意之色。几年前，百姓们还遭受着外敌的侵扰，现在中山平灭，楼烦、林胡降服，边疆宁静，士卒无征调之劳，百姓的赋役也有所减轻，如此功业，岂逊先王。

田不礼看出武灵王的心境，道："大王平灭中山，功业古来鲜有，何不广选姝丽，置歌舞于其上，欢庆升平？"

公子绁说："此言得之。有弦歌美人，方不负此台！"

武灵王没有作声。他心里很矛盾。他希望得到把金尊以观妙妓的乐趣，但他又怕这样做会影响他的名声。特别是，相国肥义曾敬告过他：中山虽平，事业未竟，且勿沾沾自喜于一时之胜利，宜居安思危，枕戈待旦。

田不礼见武灵王迟疑不决，上前道："大王这些年戎马倥偬，历尽艰辛，也该轻松一下了。在列人城，臣曾见一女，堪称绝色，大王一定喜欢！"接着，田不礼眉飞色舞地把他见到罗敷的情景及罗敷的美貌述说了一回，并力主将罗敷召进宫来。

武灵王听得很认真，但对此事并未置可否，而是岔开话题，问起别的事来。他向公子绁打听修筑丛台用了多少土石，木料是否只采于邯郸山、紫山，园中栽植了多少树木，公子绁都一一作了回答。

田不礼一点也没听进去，他在揣度着武灵王的心思，琢磨着武灵王的追求。

放鸠聚还是老样子：简陋的房舍，狭窄的土路，日出而作、日落而息的人们。

武灵王尽管大张旗鼓地进行了胡服骑射的改革，造就了一支强大的骑兵，但支撑着赵国国力的乡村经济并未受到任何触及。乡村中，地主的势力在不断扩大，他们有的是由原来奴隶主下层因开垦"私田"转化而来，有的是工商业者在经营手工业和商业的同时兼并土地转化为地主，也有因军功上升为地主的。他们占有大量土地，还利用权势包庇所属农民逃避国家的赋税徭役，许多不堪赋税、徭役负担的农民被迫依附于他们。有些地方的地主还保留着奴隶制时代迫使人民进行集体耕作的习惯，一方面分配田地给农民，让他们"私作"，另一方面迫使农民到国家直接管理的农田上公作。自耕农拥有很少土地，他们除了"什一之税"外，还有赋税、兵役、徭役等沉重负担，再遇到疾病死丧，君王的临时赋敛，生活更为艰难，难以事父母，养妻子。若逢凶年，不免卖掉土地，流亡他乡。地主则趁机诱使贫民归附于他们，成为他们的佃农，有的则卖身为官府的或私家的奴隶。

这几年，虽说在土地耕作上广泛地使用了牛耕，采取了深耕、施肥等新技术，农作物的品种，产量有所增加，扩大了桑、麻、桐、漆和蔬菜的种植，但由于没有像胡服骑射那样自上而下地进行深入的变革，特别是土地问题没有解决，农事起色不大。百姓们背地里在悄悄地埋怨：君王只重兵，不重农！

秦庆和牛子耕都属于乡村的自耕农。秦庆的一块桑田是祖辈传下来的。这两年，幸赖年成尚好，秦庆又极俭省，善经营，日子还算过得来。秦庆打算积攒一些钱，等禾生回来给禾生和罗敷盖两间房子，添置一些器物。罗敷自与禾生成亲后，一直住在娘家。因为秦庆舍不得女儿离开，罗敷的老祖母也要人照顾，再说，禾生不在家，牛子耕家生活也不宽裕，秦庆感到自己应在女儿身上多负担一些。

罗敷自打从列人城打听到禾生的消息以后，心里踏实多了。她脸上已不见了愁容，闲居在家，时而抚琴，时而刺绣，时而和年迈的老祖母聊一会儿天，活跃得像个小山雀。老祖母眯着眼瞅着她，说：“罗敷，等禾生回来了，你到了婆家，可要常来看我！”罗敷红着脸，依偎在祖母怀中，撒娇地说：“我不离开祖母，一辈子也不离开！”

在桑田里，罗敷一边采着桑叶，一边甜蜜地回味着那个成亲的日子，那个使她激动、使她不安，又给予了她无限幸福的日子……

那是在花红柳绿阳春三月，正是民间成亲的大好季节。一天黄昏，罗敷穿着黑衣服，乘着黑车，由从者执烛在前面引路，来到婆家的家门。老人们说，男为阳，女为阴，娶妇意味着迎阴入室，所以婚礼只能安排在夜间举行。

罗敷清楚地记得，她上车前还换上了男家送来的一双新鞋，说是穿上男家的鞋子，踏在男家的地上顺道。罗敷由禾生牵着手引入车内，然后与禾生驾车同归。拜堂之前，先由禾生对雁拜奠，说是大雁随阳气往返，代表阳性，祭雁便是尊阳，如今阴要入室，请阳相配，避免相克。这以后，二人才一同拜堂。拜堂后，二人共食一牲，餐罢，又各持着同一个葫芦剖开的瓢，取酒漱口，取其“合同不分”之意，叫合卺。合卺酒后入洞房，罗敷的卧具是禾生家铺就的，禾生的被枕则由罗敷家放好。那一夜，说不尽的甜蜜，道不尽的温情，直至东方放白……

罗敷回思往事，总觉得那日子太短了。她开始抱怨起战争来。若不是战争，哪会有这样的思念之苦？现在好了，征夫就要回来了。她在心里描摹着与禾生重逢的情景，禾生一定变黑了，变瘦了，但一定会更加英武、强健。他会滔滔不绝地讲述那一幕幕你死我活的激战，讲述赵军的英勇，中山的惨败，攻占灵寿的情景，他也一定会述说他的寂寞，他的等待，他在感情上受到的煎熬……

“那么，我该说什么呢？”罗敷想。对了，应该给他准备一盆清水，让他好好洗洗脸,洗去积久的征尘,洗去战事的疲劳,洗去想而不见的苦闷。有一首古歌是描述女子喜逢爱人的,应该唱给他听,他一定会喜欢。

菁菁者莪,
在彼中阿。
既见君子,
乐且有仪。
菁菁者莪,
在彼中止。
既见君子,
我心则喜。
菁菁者莪,
在彼中陵。
既见君子,
锡我百朋。

正当罗敷陶醉在幸福之中的时候,放鸠聚的最高官长里正踏进了她的家门。

瘦小个子,有着一双鬼火般眼睛的里正一见秦庆就报喜似的说:“我们放鸠聚要出贵人了！不知是哪位朝廷官看中了你女儿,禀报了大王,大王派来宫使召罗敷进宫。秦庆,你真是祖上有德啊!”

秦庆听到这个消息,如五雷轰顶,惊问:“你说什么,召我女儿进宫？她是有了夫家的啊!”

里正道:“什么夫家？那禾生不过是个小小的骑长,好几年了,死活不知,万一他回不来了,你这如花似玉般的女儿难道要一辈子独守空房不成?”

“你,你怎么说这种话？禾生会回来的,我女儿不能违背妇德!”

“妇德?”里正一撇嘴,道:“妇德大不过圣命！我们赵国的土地,赵国的百姓,赵国的一切,都是属于大王的,大王无不可有,无不可为。你是个明白人,你会知道违抗圣命将意味着什么!”

秦庆一下子傻了眼,他双膝一屈,跪在里正面前,哭求道:“大人,请代我去求求宫使吧,我秦庆下世变牛变马,感谢里正的大德。”

里正道:“我不过乡里小吏,哪有这个胆量？依我看,你还是想通点,快让罗敷梳妆,宫使还等着回话呢!”说完,掉头走了。

临出门,又补了一句:“倘若宫使问你,你要说你女儿是黄花闺女,没嫁过人!”

秦庆两眼直瞪着,脸色灰白,连呼:“苍天啊,不要夺走我女儿,不要夺走我女儿!”

这时，罗敷悄悄地从里屋走出来，她搀着秦庆，流着泪道："爹，方才的事，女儿都听到了，快不要难过吧……"

秦庆一见罗敷，眼泪不住地落下来，哽咽着说："女儿，我苦命的女儿啊……"

父女俩抱头痛哭了一阵，罗敷道："爹，今日之事是没有法子了，君命难违呀。"

"这么说，你是要应召进宫？"秦庆惶惑地望着他的女儿。

罗敷双眉紧锁，痛苦地点了点头。

秦庆急了，道："宫墙内虽有享不尽的荣华富贵，却也埋葬着万千女儿的青春。再说，禾生也许就要回来了……"

一提起禾生，罗敷心如刀绞。但是，为了不使软弱而慈爱的父亲再增加一层痛苦，她强忍住泪水，劝父亲道："女儿已许夫君，决不依附他人。大王是英明的君主，他不会只顾自己的享乐而不顾百姓的家室之欢，爹尽管放心吧。"

第二天，罗敷乘上了宫使的车子。出村的时候，她心里袭上一种将要告别这个世界的恐怖。然而，这位刚强的女子没有流泪，因为她看到，他的父亲秦庆和公公牛子耕正木人一般地僵立在村头……

武灵王是在丛台的妆阁召见罗敷的。作为一个君王，拥有六宫粉黛，尽享天下美色，但从未有这样一个乡间女子使武灵王动心。只见那罗敷，鸭蛋形的面庞，白皙的肤色，两道柳叶修眉，一双泉水般明净的眼睛，鼻子和嘴唇的轮廓周正而纤秀，身材修短适度，亭亭玉立，娴雅轻盈。她的整个身体，从那光泽的、乌云般的黑发到裙裾下微露的鞋尖，全都那么姣好优美，闪烁着照人的光彩，透出青春的气息。武灵王觉得她简直是一块白玉，找不到一点瑕疵，就连她那冷漠的表情都具有特殊的魅力。

武灵王令官人拿来最好的服饰给罗敷换上，罗敷摇了摇头，没有理睬。

武灵王眯着笑眼走近罗敷，说："寡人喜欢你，你留在宫中陪伴寡人如何？"

罗敷毫无表情，摇了摇头。

武灵王又道："寡人的王宫雕栏彻玉，富丽堂皇，你难道还不满足？若不如意，可为你另造宫室。"

罗敷还是摇头。

武灵王为难了，不知如何能使这美人一笑。想来想去，令寺人将正在丛台紧张排练、准备迎接庆功大典的乐舞伎召来，让她们为罗敷表演。

乐声响起来了，美伎舞起来了，妆阁内妙曲回荡，舞姿飘逸。

罗敷仍不为所动，脸像玉雕的一般，没有一点表情。过了好一会儿，才冷冷地吐出一句："愿为大王弹筝！"

"弹筝，好哇！"武灵王终于听到美人开了口，此时的喜悦，不亚于登上灵寿城头。

他将手一挥："歌舞退下，为罗敷女备筝！"

罗敷接过筝，轻轻地拨动了筝弦，开启朱唇，放开了歌喉：

日出东南隅，
照我秦氏楼。
秦氏有好女，
幼名为罗敷。
凤鸟栖枝头，
罗敷自有夫。
夫婿入军中，
杀敌战功殊。
数载虽未见，
两心情益笃。
君王有天下，
姝丽无计数。
何需有夫妇，
离亲入宫显？
自古圣明君，
体恤民之苦。
大王功业著，
愿赐万家福！

开始的时候，武灵王还被罗敷那甜美圆润的歌声所吸引，但听着听着，渐觉不是滋味儿，脸上浮上一层阴云。他愠怒道："大胆民女，竟敢面刺寡人，停，停！"

在旁边伺候的一位老宫女见武灵王发怒，生怕给罗敷带来不测，赔笑道："大王，罗敷初到宫中，不懂规矩，望大王勿怪。依奴婢看来，莫如先让罗敷女在宫中熟悉几日，待她回心转意之后再作道理，不可操之过急。"

武灵王无可奈何地叹着气，道："走，你们都走开吧！"

老宫女应诺着，领着罗敷，到赵王城去了。

一个阴晦的黄昏，放鸠聚来了一个断臂人。他骑着一匹瘦驴，身穿破旧的战袍，腰间挂着一柄短剑，面色黝黑，风尘仆仆。刚到村口，他若有所思地停了一会儿，然后，用手牵动了一下缰绳，两腿一夹驴腹，策驴向村中走去。

他在牛子耕的柴门前下了驴子。牛子耕正抱着柴火欲进屋烧饭，猛回头看见这个骑驴人，似曾相识，不由得停住了脚步。当四目相对的一刹那，几乎是同时惊喜地叫了一声:“爹!”

“禾生!”

牛子耕扔下手中的柴火,迎上前去,老泪纵横:“禾生,你可把爹盼苦了。这几年,你到哪里去了啊!”

禾生抱住了他爹,哽咽着,万语千言,一时不知从何说起。

牛子耕似乎不敢相信,这就是他儿子!几年不见,怎么变成这样!人瘦得脱了形,原本圆鼓鼓的脸变得如刀削一般,滞留着风霜的痕迹。一片蓬乱的短须遮住了他的上唇和下颏,沾满了灰尘。他的眼睛本来是机敏有神的,现在却变得暗淡无光,充满了血丝。脸上一条隆起的紫红色的伤疤特别扎眼,一端连到耳下,一端斜过额头,像是斜爬在脸上的一条可怕的虫子。

当牛子耕那颤抖的手触到禾生右衣袖那空空的袖管时,他不禁惊叫了一声,放开了儿子,后退了一步。

“禾生,这……这究竟是怎么回事?”

禾生没吱声,苦涩地一笑,拉着他的爹,说:“爹,我们进屋吧。”

窗外,夜幕已经降临,黑色吞没了世界,夜风呼呼地吹着,发出冷酷尖利的啸声。

一点微弱的灯光,两颗颤抖的心。他们在述说着分别后经历的一切……

宁葭城外那场恶战,禾生受了重伤,他脸上挨了一刀,右臂和前胸连中三箭。他流了许多血,倒了下来,不省人事。后来,冷风把他吹醒了,他发现,自己躺在尸体堆中,他的头紧挨着半个血淋淋的人头,一个死难弟兄的半拉身子压在他的腿上。他动了动右臂,沉重得难以抬起,像是不属于他自己。额头上流下的血已挡住了他的视线,直流到他的嘴里,腥得他直恶心。此时,喧闹的战场已归于平静,到处是人马的尸体,死亡的恐怖笼罩着一切。他精神恍惚,灵魂似乎飞出了他的躯体,游荡在天地间。他觉得自己是死了,他听到了前来觅食的鹰鹫的叫声。

不知过了多久,他依稀觉得有人来到他身边,搬开了那个压在他大腿上的尸体,把他抬了起来,抬上了车子。以后,他似乎是睡着了,睡了长长的一觉。醒来时,他看到自己躺在一个矮床上。他旁边有位老妪,正端着一碗羹守护着他。

“我这是在哪儿?我的战马呢?我的队伍呢?”他睁大了眼睛,惊恐而惶惑。

老妪慈爱地微笑着说,他是三天前被抬到这里的,三天来一直昏迷不醒。他右臂的箭伤很重,像是中了毒箭,伤口发黑,皮肤溃烂,为保住他的性命,右臂已被截下。脸上的刀痕也很重,幸好没伤着眼睛。队伍向西北进发了,说是去打楼烦。

禾生闻听,痛不欲生。他恨自己为什么没有战死沙场,却在此活受罪。老妪百般安慰他,劝他什么也不要想,安心养伤。老妪说,她也是赵国人,年轻时被中山兵掠来，受尽了凌辱，她无儿无女，孑然一身，如禾生不嫌弃，她可以像对儿子那样待他。禾生被感动了，他不再焦躁，成了这个家庭的新成员。

禾生受到老妪的精心护理，伤一天天好起来。不久前，他听说灵寿已被攻下，中山王逃到齐国，便产生了回乡之念。于是，他告别了好心的老妪，回到家来。

作为一名骑长，禾生曾因赵国大胜中山而欣喜若狂，他甚至以自己曾参加这场神圣的战争，贡献了自己的鲜血而自豪，他觉得自己付出的代价是值得的，无愧于赵国，无愧于国君。可是，当他从爹的哭诉中得知他思念已久的亲人、他的爱妻罗敷被强召入宫后，他的心一下子掉到冰窟里。上天啊，人都说你最公正无私，为什么对此不平事坐视不管？国君啊，人都说你英明豁达，为什么只顾一己之乐不顾百姓之欢。

极度的痛苦使这个血性汉子简直要发疯了。他的脸色死一样的灰黄，两眼呆呆地凝视着，几滴冷泪流过双颊，流进蓬乱的、沾满灰尘的胡须里。他双唇紧闭着，没有吐出一句话，只有沉默，冷峻得有如电闪雷鸣般的沉默。

阳光和空气对世人是平等的，但欢乐和悲苦却大不相同。就在牛子耕、秦庆两家愁眉不开的时候，赵武灵王正和臣僚嫔妃齐聚于丛台之上，欢歌笑语，觥筹交错，举行着庆功盛宴。

武灵王身穿崭新的朝服端坐于北面的至尊之位，他身后是一面高大的描金屏风，宫女数人手举着团扇恭立其侧。以武灵王的御案为对称中心。两排添案列于两厢，上陈佳肴美酒，时鲜果品，臣僚、王公、后妃依次落座，诸人等都一色新装，满面春风。

武灵王喜欢新声，所以这次庆典上没有演奏传统的雅乐。这新声是一种有别于颂、雅、风的新曲调，首先产生于郑卫两国的民间，因此也称郑卫之音。一百多年前，当新声开始出现时，晋文公和卫灵公就很喜欢。有一次，卫灵公到晋国去，经过濮水，夜半听见有人弹奏新声，便把乐师师延召来，记录下这种曲调。新声尽管被一些人攻击为“亡国之音”、“乱世之音”，但它那婉转动听的曲调，新颖活泼的形式却赢得了从宫廷到民间的广泛注意。武灵王对新奇的东西素来偏爱，所以，在筹备这次庆典前他否定了有人提出的用雅乐的主张，令乐师排练新声。

乐工上场后，按序列迅速排好，编钟和编磬这两件大型乐器特别引人注目，它们悬挂在饰有龙头的架座上，编磬前有一鼓，鼓座为双鸟背立形，其余乐器如琴、瑟、笙、筝等排列左右，组成一支极为壮观的队伍。作为“五声之长”的竽首先吹起，尔后各种乐器齐鸣，奏响了一首宏大的乐章。

乐声中，大型武舞开始了。舞者身着甲衣，身背箭囊，左手持弓，忽而一腿跪地作发射状，忽而腾跃而起似追击歼敌。发射时拉动弓弦，“嘭嘭”作响，腾跃时奔放强劲，一往无前。舞者的队形也不断变换着，忽而为方阵，忽而为纵队，忽而如三军之阵，一军前出，两军侧助，忽而为“五阵”，一军居中，四军外向，作出行进间进攻的态势。

舞者个个英姿潇洒，表演真切感人，再现了胡服骑射和赵国骑兵的强大阵容，把观舞者引入战马驰骋、飞矢如雨的战场，激起一阵喝彩声。

这雄健的武舞在进行中又伴以激扬的赞歌，那歌辞是：

七雄并出，
吾王无两。
智略沉雄，
风流伉爽。
力倡胡服，
拓地云中。
兼工骑射，
通道上党。
疾驰出塞，
折降酋虏。
辟地安民，
泽被四方。
霸业千秋，
雄风永在。
明明吾王，
万寿无疆！

武舞过后是文舞。舞伎们身着委地长裙，手持彩色双巾，欢腾跳跃，两臂舒展，宛若燕飞鸿翔，展示了一种浓烈的欢快气氛，传达了胜利的喜悦。舞伎们艳丽的容颜，绰约的风姿，自然流畅、楚楚动人的舞步，使君臣们酒兴大发，不住地倾壶添杯。

武灵王一时兴起，下令宫中大庆三日，百官暂停一切政务，官员和嫔妃们可以在官邸和宫中宴乐，也可结伴郊游，宫中设俳优戏、斗鸡、举鼎、投壶等娱乐活动，供官员们观看和娱乐。民间则大酺五日，赐民饮酒，庆贺胜利。

酒宴正酣，寺人缪鞮急匆匆地走了进来，对武灵王小声说：“大王，丛台外有人挝鼓鸣冤，掌管路鼓的御仆阻止不听，竟要闯宫！”

武灵王把酒尊往案上一摔，说：“此等大逆不道之事，何需禀报，杀掉算了！”

缪鞮道：“他说要见大王，死也要死个明白。”

武灵王想了想，说：“也好，寡人倒要看看，这个吃了虎心豹胆的，究竟是什么模样！”

第十九章　庆功宴闯宫

欢庆的气氛被突如其来的事变打破了，一个闯宫的狂徒被押上丛台。

他是禾生。他穿着一身破旧的军服，腰间的佩剑已被拔下，只留着一个空空的剑鞘。他脸上有一块伤，还淌着血，显然方才和守门兵士搏斗过。

武灵王上下打量了一下这个断臂武夫，厉声问："你是何人？难道是活腻了，你知道这是什么地方？"

禾生并不显得惊慌失措。他扫视了一下满座的臣僚、丰盛的酒宴和匆匆退下的乐舞伎，不慌不忙地说道："我不过是一个无名兵士，大王不会认识我，我也无求于大王的青睐。但，那血染的战场记得我，用数千弟兄的生命换来的宁葭城记得我！我曾在那里苦战，在那里倒下，在那里失去了宝贵的右臂。我曾以为这是值得的，是一名兵士应尽的义务。现在我才知道，我的血，我千千万万弟兄的血流得是多么没有价值！他们的血流入了你们的酒樽，他们的苦战换来的是家破人亡！"

武灵王脸上像是扎满了钢针，灼痛难忍，怒吼道："大胆狂徒，我要让你碎尸万段！"

禾生轻蔑地一笑，道："我毫不怀疑大王的权力。何止是我，大王叫谁死谁敢不死呢？可是，请大王不要忘了，对于我这样一个从尸体堆中爬出来的人，死亡的威胁已不可怕，比起那些先我而死的弟兄，我能活到今天，上天已经够恩赐了。我只是怕我们的鲜血白流，前功尽弃，回想大王首倡胡服骑射之时，群情振奋，万民拥戴，应大王召唤，我踊跃入军中，誓为大王效死。练兵场上，挥汗如雨，宁葭城外，九死一生。我本以为，胜利了，该是万家团圆，国泰民安，万万想不到，换来的却是爱妻罗敷被强召入宫，好端端一双夫妻被大王拆散。我真为大王惋惜，为赵国惋惜！"

武灵王被震撼了。他不敢正视禾生那冒火的眼睛，他仿佛看到了千千万万的阵亡者，听到来自"鬼冢"的愤怒的呐喊：我们出生入死，难道就是为了今天吗？

在禾生被押上丛台的一刹那，将军庞焕便觉得他有些面熟，想了半天，他终于记起来了，他就是那个在宁葭城外的大战中杀敌数人、负伤倒下的骑长！庞焕素以爱兵著称，禾生被兵士们从尸体堆中救起时，庞焕曾亲自察看他的伤势，并令人将他送到一民户内护理。两年来，他时或想起这位骑长，惦记他的死活，今见他突然出现，不禁百感交集，惊问："你就是骑长禾生吗？"禾生看到庞焕，泪水顿时流下来，道："承蒙将军关照，禾生保全了一条性命。可叹的是，禾生未能报效将军于马前，却在此作为一名罪囚与将军诀别！”

庞焕的眼睛也有些发热，他对武灵王道：“请大王开恩，恕他一死，他可是有功于赵国的啊！”随即把禾生如何被晋升为骑长以及宁葭城外英勇作战的情景说了一遍，请武灵王体恤将士之苦，勿使天下人心寒。

庞焕的讲述把武灵王的思绪引入血战中山的艰苦卓绝的征伐中。在他眼前，出现了一支庞大的进军队伍，出现了夹道欢送的百姓。一个青年冲动地跑到队伍前面，喊着：“哪位是大王啊？万岁！大王万岁！”忽地，那青年又换了一副面孔，一边鄙夷地笑着，一边愤愤地骂，“昏君！昏君！”

他又看到了灵寿决战时那个有着一张娃娃脸的小兵，他的伤口在流着血，气息微微，他在说：“大王，我受伤了……我还在作战……请大王不要忘记我……”这声音在天地间回响着，越来越大，越来越大……武灵王觉得整个耳鼓里都充满了那使他灵魂都在震颤的喊声：“不要忘记我！”“不要忘记我！”

武灵王心里一阵慌乱。但是，对于这个冒犯国君威严的狂徒禾生他却是不能容忍的。他下令将禾生扭到廊下，听候处置。

这时，掖庭令来报，罗敷已经五日不进食水，誓死不从。

武灵王恨得直咬牙：“好一个刁妇！既如此，寡人成全他们，把他们囚于雪洞，让他们同死！”

肥义并不知道罗敷被强召进宫的事，他只是隐隐约约地听说，国君新近又在民间选了一些美女，充实后宫。他向身边的公子绁打听，公子绁胆怯地说出了事情的缘由。

肥义觉得，若处死禾生，便会丧失民心。他站起身来对武灵王道：“大王为万民之主，当一心抚爱百姓。身居殿堂之中，当想到百姓有庇身之所，吃着珍馐美味，当虑及百姓的饥寒之苦，看着左右成群的妃嫔，就该希望百姓有家室之欢。罗敷女既是有夫之妇，大王仍执意召入宫中，如今又要将他二人处死，颇欠妥当，请大王三思！”

武灵王没有应声。他心里很烦躁，庆功宴上的美酒顿时变得索然无味。

却说禾生被两名兵士押解着来到雪洞之后，便被严严实实地关上了门，一个兵士留在门外，持戈看守。

这雪洞本来是丛台上一处幽静别致的楼阁，现在却如牢狱般地肃杀可怖。衣单妆乱的罗敷躺在一张矮床上，半昏半睡，身体虚弱。恍惚间，觉得有人进来，睁眼一看，如在梦中：这难道就是他？他怎么会到这儿来？

禾生也呆呆地站立着，四目相对，惊喜、疑惑、痛苦、哀怨，百种感触，千般思绪，全在无言中。他们就是这样互相看着，看着，久久地看着……

终于，感情的潮水冲决了闸门，他们同时迈开步子，向对方走近，走近。两个身体抱在一起，两颗心贴在一起，哭声响彻雪洞，泪水沾湿了衣襟……

禾生把罗敷扶坐在矮床上，把她搂在怀中，向她述说着他经历的一切，罗敷抚摸着禾生那只断臂和脸上的疤痕，泣不成声。她和禾生一样，也曾对这场战争寄予了热情，她希望看到战争的胜利，看到赵国的强盛，焚车场上，她兴奋地前往围观，大军出征，她带着良好的愿望去欢送。在征夫远去、盼而不归的沉重的日子里，她忍受着爱的煎熬，等待着胜利的一天。如今，胜利到来了，可给予她的却是如此残酷的现实！她似乎明白了，国家不过是君王的国家，庶人百姓只有奉献鲜血和生命的义务，而没有享受胜利果实的权利。在他们用血肉之躯筑造的高台上，安放着的是君王的宝座！

禾生也暗笑自己的愚忠。军人的自豪，骑长的荣耀，如轻烟般地飘散了，只留下无尽的痛苦和懊悔！

夜幕降临了。没有烛光，一片漆黑，只有高挂在黑洞洞的天幕上的一弯月牙儿，和闪烁的点点星光。他们预感到死神正向他们逼近，但他们并不觉得可怕。他们感到满足。他们愿意这样依偎着向死亡走去。

禾生冒死闯宫给庆功盛典投下了阴影。一连好多天，武灵王闷闷不乐，寡言少语。这期间，惠后又因久病不治而死，更增添了几分不快。惠后虽早已失宠，但毕竟是王后，伴随武灵王多年，武灵王难免思念和哀伤。

这些天，武灵王一直没去丛台，赵王城也不大住了，政事多由太子章和相国肥义处理。他推说身体不好，整日在梳妆楼内与妃嫔们消闲解闷。

武灵王迷上了六博之戏。这是一种掷采下棋的比赛。棋盘上有行棋的曲道，棋盘两端各排列有六只棋子，其中一只叫“枭”，五只叫“散”，以“枭”为贵。棋盘中间放有六粒骰子，叫做“博”。骰子上刻有“五”、“白”、“黑”、“寨”等“采”，以掷得“五”、“白”两采为贵。两人对局时，先用骰子掷采，再根据掷得的采行棋。掷采时，往往要喝彩，行棋时，“枭”得方便就可以吃掉对方的“散”，同时“枭”在“五”、“散”的帮助下可以杀掉对方的“枭”，以杀“枭”为胜。

这日，阴妃正陪着武灵王玩六博之戏，寺人来报：“禀大王，蒲苴求见！”

武灵王停住掷采的骰子，暗忖：蒲苴不在插箭岭，来宫中做甚？莫不是来禀报插箭岭练兵之事？现在，武灵王对训练骑兵事已不那么热衷了，对插箭岭也兴趣大减。这几年，他常在马上，几乎将全部精力都集中在对中山的战事上，思想就像绷紧了的弦，不知劳累，浑身有使不完的劲。但现在，中山既平，大胜还京，他的思想武装一下子解除了。多年来他仿佛第一次感觉到疲劳，第一次产生了如此强烈的渴求安逸的愿望，他不希望有人再打扰他，他只需要休息，休息。

但是，对蒲苴是无法拒而不见的。他极不情愿地令阴妃暂时退下，懒洋洋地对寺人说:“宣他进来吧!”

蒲苴精神不振地来到武灵王面前,说:“微臣自从来贵国以后,蒙大王厚爱,诸事随心,但现在,微臣难以继续为大王效力了。我请求回楚国去,回到亲人身边。”

武灵王很纳闷,问:“此话从何说起?你若思念故国亲人,将他们接来就是了,何必要回去?”

蒲苴道:“微臣虽在贵国,但我毕竟是楚国人,谁不爱自己的国家呢?最近有消息说,我王被秦王扣留,楚国危矣!”

武灵王道:“有这等事?细细道来!”

蒲苴道:“想必大王已经知道,近几年,秦国与楚国多有战事,楚因战败数割地以奉秦。秦昭王假意要与楚国和好,给楚国送来了厚礼,还将秦女远嫁楚国。不久前,秦昭王给我王送来一信,信中说,秦与楚接界,互为婚姻,相亲已久。如今秦楚关系不好,便不能号令诸侯。愿意和楚王在武关相会,结成盟友。我王接信后,很是犹豫。如去武关,怕再次受骗,如不去,又怕秦国恼怒,昭雎、屈原等大臣都说秦国贪戾不可信,有兼并诸侯之心,劝我王不要去,宜发兵自守,但公子子兰却以为不应绝了秦之欢心。我王听信了子兰的话,前往秦国,秦王果真是设下了圈套,他命令一位将军埋伏在武关,假称是秦王,我王到了武关,秦军劫持我王去咸阳。到咸阳后,秦王要挟我王割巫、黔中郡,我王不答应,秦王便把我王扣留起来。听说现在楚国正为立新王事闹得不可开交,我楚国真是多灾多难啊!”

这些日子,武灵王不大打听外面的事,今听蒲苴这样一说,吃惊不小,暗想,看来中山虽灭,天下并不太平啊!

只听蒲苴又道:“臣观秦国,其志不小,大有吞并楚国乃至称雄天下之野心,楚王对我虽无恩德,但国家有难我不能袖手旁观,望大王准臣归国,报效我的国家。”

武灵王怎忍心让蒲苴离去?这几年,蒲苴尽心尽职,在插箭岭训练了一批又一批骑兵,有大功于赵,岂能就这样让他走了?但是,武灵王又十分体谅蒲苴的爱国之心,他沉思了半晌,说:“寡人实不愿将军离赵,既然将军执意要走,寡人也只好顺遂将军的报国之愿。将军为赵国立下了汗马功劳,有何要求,尽管直言,寡人将尽力照办。”

蒲苴道:“蒲苴不过是微不足道之人,大王不疑不弃,授以重任,如此厚恩,没齿难忘,何求之有?蒲苴一不要金帛,二不要封地,只想向大王说几句心里话。”

“请直言!”

“大王自居大位之后,不忘国耻,励精图治,终于平灭中山,实现了先王的遗愿,此举可比尧舜,不逊简襄。可是,大王自凯旋后,斗志锐减,渐不如初。至而广选民女,高筑丛台,寄情声色,追求安逸,大有马放南山、刀枪入库之势。臣以为,此非英明君王之所为,更非赵国之福!当今天下,并不太平,强秦崛起西方,有虎狼之心,时刻企图西侵,吞灭列国,大王如不警惕,楚国的今日必将成为赵国的明天,秦若灭楚,也将灭赵,由是观之,中山虽灭,强敌尚在,万不可安而忘危,贪享太平!”

武灵王被蒲苴这番诚挚、率直的话打动了。他想到自己近期的所作所为,脸上不禁露出惭愧之色。

他的目光又停留在挂在墙壁上的那柄青铜剑上。此剑自打从先王手上接过以后,二十多年来须臾未离,就是睡觉的时候也是把它放在枕下,以作为对自己的激励与催促。他深爱此剑,因为这柄剑寄托着先王的叮嘱,也联结复兴国家的宏大志向。可这些日子,他对这件心爱之物渐渐疏远了,竟将它高挂于墙壁之上。

一种难言的悔恨袭上武灵王的心头,他情不自禁地站起身来,摘下那柄青铜剑,重新系在腰间,对蒲苴道:“难得将军这一片直言,寡人谢谢你!请将军放心,寡人决不半途而废,也决不让楚国那悲惨的一幕重演!”

蒲苴深为武灵王的醒悟而感到欣慰,说:“大王不愧为英明之主,赵国的臣民会感激你的!”

第二天,蒲苴辞别武灵王要回楚国去了。武灵王本想在赵王城为他举行欢送仪式,但蒲苴执意不肯。他说,他只想去看看插箭岭,那里有他训练过的士卒,有他倾注心力的事业。武灵王也想到久违了的插箭岭去看看,便令人备马,与蒲苴一同前往。

插箭岭上,一片葱茏。这个矩尺形的丘陵虽无大山之高峻,却独具练兵场的风姿。几年来,它像一道巨大的屏障,为骑射训练提供了良好的场地,一个个神射手就是在它身边练出了硬功,走上了战场。应该说,赵灭中山,插箭岭立了头功!

武灵王和蒲苴登上插箭岭,举月四望,感慨万端。

蒲苴深情地捧了一捧插箭岭的泥土,喃喃地说:“插箭岭,别了,愿你与胡服骑射的宏业同在!”

武灵王的眼睛湿润了,道:“感谢将军好意,这插箭岭是不会寂寞的!”

送走了蒲苴,武灵王总觉得有些歉疚。蒲苴作为一个楚国人,辛辛苦苦地为赵国尽职多年,却不计报酬,不争官爵,默默地前来,默默地离去,这种精神是何等崇高!

他又想到那些为胡服骑射勤勤恳恳、尽职尽责的臣僚们,勤于职守、善建嘉谋的相国肥义,矢志图强、舍生忘死的将军庞焕,侠肝义胆、忠心保主的少室周,训练士卒、不辞劳苦的邮于期及李疵、李兑、赵造、田不礼、公于绁等。他想,如今平灭了中山,洗刷了旧耻,是与这些臣僚们的佐助紧密相关的,他不能忘记这些臣僚,不能有功不赏,于是,他亲自拟定,以肥义、庞焕、邮于期、李疵、少室周为上功,以赵造、李兑、田不礼、公子绁为次功。上功赐田宅一处、金帛一车,次功赐金帛一车,奴婢三十人,校尉以下也依据战中表现,分三个等级进行评功,上功晋爵一级,次功免二十年租赋。武灵王准备在信宫举行盛宴,大臣们按上功、次功、无功的次序排列,论功行赏。

为了这盛宴,庖厨整整准备了十天。

宴席上的肉食是极为丰富的。狗肉都是豢养一年以内的小狗,猪是出生两个月至半年的小猪,鸡是正下蛋的母鸡,羊是幼羊,此外,禽类有雉、雁、鹄、鹤、天鹅、鸠、鹌鹑,水产有鲂、鲤、鲫、鳜、鳅、鳖及蟹、螺、蚌、贝、蛤等,可谓应有尽有。

庖厨内准备菜肴的除了御厨外,又召集了邯郸城内一些名厨,厨师们大献技艺,使用了炙、炮、煎、熬、蒸、濯、腊、脯、醢、饰、菹等十余种烹饪方法。羹有牛首羹、羊羹、鹿羹、狗羹,还有加米屑的白羹,加葵菜的巾羹,加苦菜的苦羹,加香蒿的膑羹。炙是把褪掉毛的肉和以姜椒盐豉,用竹签穿成串加在火上烧烤而成,有牛炙、牛胁炙、牛乘炙、犬肝炙、鸡炙等多种。炮是将带有皮毛的兽肉裹上泥,放在火上烧烤,别有一番味道。煎、熬是放食物于釜中,加水,待烧至汤汁收干,肉烂熟叫煎,而在烧煮时加入桂、姜、盐等佐料,汤水仍保留叫熬。有煎鱼、熬豚、熬兔、熬鸡、熬雁、熬鹌鹑等。蒸是放食物于甑中,离水隔火,用水蒸烂炊熟食物,有蒸鳅、蒸鲍等。濯是投食物于沸油中炸熟,有濯鸡、濯豚等。脍是切生肉而食,有牛脍,鱼脍等。脯是用盐抹过晒干成咸肉,腊是将兽肉去毛经火烘烤再晒干的干肉,醢是肉盐,鲍是腌臭鱼。

以上菜肴,不下数十种。所用酒则是宫中御酒。这一盛宴的耗费、规模都是前所未有的。武灵王认为这样做并不为过。臣僚们为了平灭中山功高莫名,难道不应大大犒劳一番吗?

这一日,功臣毕集之后,首先由大行令公子绁唱功,班赐赏物,尔后盛宴开始。

武灵王首先举杯,对诸臣道:“寡人闻之,飞龙乘云,腾蛇游雾,全赖云雾之托,待云罢雾散,龙蛇则与蚯蚓、蚂蚁一样不足称道。国君治国,亦与此同。不管是怎样的明君圣主,如无重臣的辅佐,也将一事无成。自从寡人受先王之托,荣继大位,诸卿以寡人之忧为忧,以赵国兴衰为念,恪尽职守,胡服骑射,终成大功于灵寿,告慰先王于太庙。寡人虽愚,亦深知羽翼股肱之要,特备薄酒,聊表心意。请诸卿满觞!”

文武大臣们起身,举杯奇呼:“谢大王恩赐!”

随即,大臣们放开酒量,大饮大嚼起来。宫人们频频往来于席间,为大臣们添杯上菜,信宫之内酒气熏天,肉香扑鼻,诸大臣轮番向武灵王敬酒,来来往往,谈笑风生。

面对着如此丰盛的酒宴,相国肥义并没有其他臣僚那种受宠若惊的感觉,相反,却表现得很是冷漠。他没有喝多少酒,对多得无法计数的菜肴也很少去夹,只是拿起一串犬肝炙放在嘴里,慢腾腾地咀嚼着,像是细细品味着内中的滋味。

肥义就坐在武灵王身边,他这种情绪武灵王看得清楚。酒宴完毕之后,武灵王单独把肥义留下，问："今日宴席之上，我看相国有不快之色，难道因赏物太少，怨恨寡人？相国乃寡人之臂膀，不可一日离开，寡人可以与相国共有赵国，相国还不满足吗？"

肥义笑道："大王恩泽，无以复加，肥义何求之有？我只是觉得大王今日所为不甚妥当，故忧戚之。"

武灵王愣了，问："寡人信重功臣，有何过错？"

肥义道："大王爱惜人才，赏赐功臣，无可厚非，只是如此奢华，大可不必。"

肥义手指着屋角处一只食器上的饕餮纹饰说："这个有脸无身、高鼻阔嘴的饕餮相传为黄帝时夏官缙云氏之子，他贪吃好货，崇尚奢侈，搜刮聚敛，害及自身。人们铸饕餮于食器之上，盖为节制奢靡、不要放纵之戒。虽说鷦鷯巢于森林不过一枝，偃鼠饮河不过满腹，但如不注意节俭，也会导致灾祸。禹王卑宫室、菲饮食、绝旨酒，堪称千古风范，而夏桀挥霍放纵，无有休时，为酒池可以运舟，鼓而牛饮者千人，终为商汤所灭。商纣悬肉为林，以酒为池，也被周人所亡。由此古人有言：'甘酒嗜音，峻宇雕墙，有一于此，未有不亡。'此诚至理名言。当今虽胜中山，但国力尚不甚强盛，特别是因连年战事，耗费巨大，如此挥霍放纵，国人将如何看大王？节俭乃华夏之美德，若助长奢靡之风，后患无穷！"

武灵王听罢肥义之言，不觉面有惭色。

这时，宫人端上一漆盘鲜桃和一陶碗黍米饭。那黍米饭是用来粘掉桃毛的。武灵王把桃子和黍米饭推到肥义面前，请他吃桃。谁知，肥义并没有动手拿桃，而是吃了两口黍米饭了事。

武灵王感到好笑，问："相国为何不用桃？"

肥义道："黍米乃人之主食，用黍米饭粘桃毛实在是以贵为贱，大不当！"

说到这里，肥义理了理胡须，对武灵王道："我们还是继续方才的话题吧。我知道，大王盛宴群臣，是有感于蒲苴的离去。但是，难道蒲苴所期待的就是大王的赏赐吗？大王已经知道，楚怀王已被扣留于秦国，生死不知，此事若不引起警惕，赵国也将重蹈楚国之覆辙。秦国雄踞西方，有东侵之志，实乃赵国一大威胁，若不及早提防，其害莫大焉。依老臣看来，中山既平，当将防秦作为赵国第一要事。当此之时，应探明秦国虚实，制定抗秦方略，以期最后铲除秦国，如此，则霸业可成，社稷永安矣！"

武灵王听罢，抚掌赞道："相国一席话，使寡人顿开茅塞。寡人有相国，何忧之有？"

武灵王深深意识到时间的紧迫，不可掉以轻心。他令人将庞焕、李疵、李兑等大臣召来，共商防秦大计。

庞焕依据自己前两年巡游长城的体验，认为肃侯所筑的西北长城和南长城还不足以防秦。他提议，对原有长城应加以修复，有些要害之地应增加戍守兵士。同时，还应修筑一道新的长城。这道长城，可东起自代地，中经阴山，西达高阙。有此长城，可防备胡人南犯，保障南向击秦战略部署的实施。

肥义、李疵、李兑都表示赞同。武灵王当即决定，修筑长城一事，交由庞焕统管，人力征调，物资使用，悉听其便。

庞焕感激武灵王的信任，表示一定尽职尽责，不负圣望。

武灵王又对众人道："为探明秦国虚实，寡人拟传位于吾子，佯为使节，西入秦廷，诸卿以为如何？"

众人皆道："西入秦廷，山高路险，大王何必亲自前往？派一使节可也。"

武灵王道："不入虎穴，焉得虎子？寡人主意已定，望诸卿勿拦挡。"

肥义、庞焕、李兑等人都知道武灵王的脾气，只好不再劝阻。

接着，武灵王又与几个近臣商议起传位的事来。

在赵王城"品"字形的宫殿区内，太子章所居的东宫在东城。东宫的中轴线上是一组建筑在高台上的宫殿，这是太子章居住和处理政事之所。中轴线的两侧，还有一些殿宇，整个建筑和赵王城的风格一样，整齐、典雅而别致。

这段时间，太子章是十分惬意的。四攻中山时，太子章是中军主将，带领兵众冲锋陷阵，立下了战功。王师凯旋后，武灵王赐给他舞伎一队，金帛五车，并在文武咸集的朝会上赞扬了他的勇武和韬略，太子章高兴极了。一想到明日之赵国，将是他的天下，就精神百倍。一连几天，他在宫中陈舞伎，设酒宴，召集东宫幕僚与他分享欢乐。为了尽情消遣，斗鸡者纪消子、侏儒鲍乐也被他请来东宫。

纪消子的斗鸡术已闻名于赵王城。这些年，他因斗鸡而贵，远不是像先前那样走街串巷以斗鸡为生了。他多次得到国君、妃嫔、王公的赏物，他拥有一座宽敞的宅院，有僮仆数人。他本已有妻子，又讨了两个小妾。此外，还豢养了弟子数人，大养斗鸡，每当国君或王公有召，都是前呼后拥，车载马驮，俨然是一个斗鸡王。

侏儒鲍乐是宫廷里的一个玩物，王公妃嫔、达官贵人有召必到。这些日子，东宫是他常来之处。

公子章看完了纪消子、鲍乐的表演后，忽生一念，何不到郊外走犬取乐？纪消子、鲍乐都拍手赞同。纪消子并非专司斗鸡，宫中娱乐无所不能，他主动提出将他豢养的几只良犬奉送太子章，太子章大喜，遂令纪消子赶快进行准备。

不多时，纪消子让弟子从家中用车子载来两只良犬。一只为黑色，一只为红炭色，皆高大瘦削，粗颈大头，耳朵很长，腿很细，尾巴向下垂着，样子很是凶猛矫健。

纪消子介绍说，那黑色的是"韩氏之卢"种，红炭色的是"周氏之喾"种，源自于韩氏、周氏之手而得名，都是天下名狗。关于这两种名狗，公子章也有所闻。

纪消子还让人带来几只兔子。他说，此兔名“东郭逡”，跑得极快。公子章道：“你说这犬善快跑，兔也能疾驰，以你之犬逐你之兔，会怎么样？”

纪消子不以为然地说：“这有何奇怪？有一次，我的‘韩卢’追逐我的一只‘东郭逡’，绕过了好几座山，追逐了好几个时辰，结果，‘东郭逡’在前面累死了，‘韩卢’也在后面累得趴在地上，呼呼地喘着粗气，一步也挪动不得！”

公子章大笑道：“真是奇了。今天，我倒要看看你这名犬和名兔谁的本事大！”

当即，公子章令人备马，侏儒鲍乐和纪消子牵着狗，将几只“东郭逡”笼载于马上，前往南郊。

南郊有一片空旷的草地，正是走犬的好场所。他们稍事休息后，纪消子把“东郭逡”从笼中取出，令弟子们各把一只，两只名犬也解去了牵绳。准备已毕，纪消子吹了一声口哨，弟子们同时将“东郭逡”和“韩卢”、“周甞”放开，“东郭逡”没命地狂奔，两只猎犬穷追不舍，公子章等人则乘马尾随其后，大声吆喝，一场紧张激烈的追逐开始了。

太子章正玩得痛快，忽有一位东宫侍卫急匆匆地跑来。

“殿下，大王请你回宫！”

“回宫？”太子章停住马，很是扫兴，但他不知何事，不敢停留，马上拨转马头，回赵王城去了。

武灵王是在他的寝宫中接见太子章的。

武灵王对太子章道：“当今强秦无道，蓄意东侵，寡人拟西使入秦，察看秦国虚实，以定防御之策，我儿以为如何？”

太子章根本没想到父王会亲自前往秦国，忙说：“探察秦国虚实，当然必要，但父王为何要亲自去呢？万一平添不测，岂不令人担心？”

武灵王道：“我儿有所不知，这几年，我常在马上，征战无歇，列国形势知之不多，特别是秦国远在西方，交往更少。我亲自前去，了解可更真切些，对制定防秦之策有利。我与秦昭王没见过面，他不会认出我，我儿尽管放心。”太子章道：“父王乃一国之主，若离赵去秦，军国大事该如何料理？”

太子章说这话的时候，他的目光紧紧地盯着武灵王，他很希望武灵王能说出让他监国的话，他也满有信心地相信，武灵王是会这样说的，因为他赵章是名正言顺的赵国太子，按嫡长子继承制，君王不在国中，理应由太子监国。因为太子是未来的国君，代行国君之事是太子的本分。

武灵王显然已经看出太子章的心境，他微微一笑，道：“寡人找你前来，便是为了此事。先给你看一件东西。”

武灵王从案上取下一个拳头大小的漆盒,递给太子章。

太子章打开一看,里面有一粒丸药,还有一块帛书。太子章抖开帛书,见是公子何的母亲惠后写给父王的,内中说她现在已身染沉疴,自知来日无多,故愿向大王一吐心声。她自十四岁入宫后,备受恩宠。前几年,因受小人迷惑,误将阴妃视为周幽王妃褒姒那样的祸国的妇人,在后宫中掀起了一场轩然大波,致使阴妃蒙冤,君王的威名受损,此事让她悔愧不已。此后,她决心痛改前非,母仪后宫。她不仅视阴妃为亲姐妹,而且时时想着为君王分忧。君王远征中山时,她将一丸毒药带在身上,以备万一君王发生不测,即以身殉君。现在,她就要离开人世了,请君王体谅她的愚忠,原谅她的过错。她还有最后一个要求,就是希望能让她的儿子公子何继临君位。公子何聪慧过人,颇具雄才大略,若能荣膺大宝,定能光大帝业,使赵国江山永固……

太子章看到这里,觉得两眼发直,浑身上下直冒凉气,他口吃着说:“父王,难道……真要……这样做吗?”

武灵王为难地说:“这份遗书放在寡人案头已经多日了。惠后自奉事寡人以来,虽有小过,也不无功德,其临终之言,足见其忠。前些日子她离去时,还托梦于我,嘱我务必答应她的最后要求。儿啊,为父也有难言之隐啊。”

“如此说来,父王真的要让公子何监国?”

武灵王微微地点了点头,说:“实不得已而为之,望我儿多多体谅。”

太子章跪倒在武灵王面前,泪流满面:“父王!儿虽无德无才,但这几年鞍前马后,紧随父王,虽无大功,亦无显过,望父王勿弃我!”

武灵王的鼻子有些发酸。他有心改变主意,但那个不便向太子章讲出的术士之言又浮上心头。

前两天,为了在他这两个儿子中选定一个继承人,他曾请术士为二人占卜。术士说,太子章是五月五日生,长与户齐,将不利于父母;而公子何则是龙凤之姿,天日之表,日后大有作为。武灵王平日也觉得公子何头脑冷静,处事果断,所以对他也很偏爱。太子章虽有战功,但武灵王觉得他有些刚愎自用,且有些贪恋女色,让他监国,有点不放心。

经过反复权衡,武灵王打定了主意。他对太子章说:“章儿,依我之本意,实不愿你离开东宫,但事出无奈,望吾儿勿生歧想。”

公子章绝望了。他头昏脑胀,痛苦万分,跌跌撞撞地离开了武灵王寝宫。

三日后,赵武灵王准备在东宫正式传位给他的次子公子何,然后西使入秦。正在这时,一个意外的变故又使他踌躇起来。韩夫人癫狂了!

第二十章　乔装探强秦

妒火燃胸的韩夫人不在邯郸。这几年,她一直住在邯郸以东七十里漳水岸边的肥乡。在那里,武灵王给她修筑了一座宫殿,叫"夫人城"。城中有侍卫、宫人,还有一些女乐倡优,俨然就是一座小王宫。

武灵王为韩夫人筑城不是没有缘由的。那年,她与惠后合伙对阴妃进行栽赃陷害未成,气急败坏,在宫中大吵大闹,大毁大砸。有一件狩猎漆盒,是她的一件珍贵的嫁妆,上面用彩漆绘有上下两层图画,上层画有手持长戟、用力刺杀野牛的猎人,下层是猎狗与野猪相峙搏斗的形象,画面活灵活现,栩栩如生,堪称一件珍品,平日,韩夫人对这漆盒爱不释手,从不轻易示人,那次却被她砸毁了。还有一件龙凤人物帛画,那是由一位著名的楚国画师为武灵王绘制,武灵王赐给她的。画中左上是一条代表邪恶的独脚蛇状的怪物,右上为一凤鸟,下面是一位合十束腰的妇女在祈求凤鸟战胜邪恶势力。这幅帛画素为韩夫人所珍爱,也被她烧毁了。韩夫人还一连三天不吃不喝,要死要活,武灵王不得不增派宫人轮班守护她。

对于韩夫人的任性和胡来武灵王很感棘手。他不能行使国君的威严,将韩夫人打入冷宫,因为韩夫人出身名门,她祖辈都是赵国的老牌贵族,其父韩卯是赵国名将,赵肃侯十七年(公元前333年),赵肃侯率军攻魏,在黄城展开一场激战,赵肃侯车陷泥淖,魏兵将肃侯围住,十分危急,韩卯拼力相救,身上多处受伤,力竭而死。为感激韩卯舍身救主,赵肃侯赐韩卯一等爵位,世代相袭,并许诺与韩氏结为亲家。武灵王在他即位之后娶韩夫人便是遵循赵肃侯的遗嘱。因为这些原因,武灵王对韩夫人不免有几分敬畏,再加上韩夫人脾气古怪,喜怒无常,动辄会在宫中大闹一场,毫无顾忌,所以武灵王对她一直比较慎重。

韩夫人醋意大发使武灵王为了难,想来想去,还是让她躲开为好,于是,便在肥乡给她建造了一座宫殿,好说好劝地哄她前去。韩夫人尽管表面上很凶,但她心里也明白,女人好比一朵花,花开终有花落时,她已姿色大减,如花之将凋,而阴妃正当妙龄,势压群芳,她根本无法与阴妃争风,失去的宠爱难以再来。君王给她另筑新宫,远离王城,倒也清静,想到这一层,韩夫人又大闹了一回,也就收拾细软,往肥乡去了。

这几年,韩夫人在"夫人城"中还是很舒心的。她在城中说一不二,为所欲为,可以丝毫不受约束。她想听曲子,乐师随时侍候,想看百戏,各种玩耍一应俱全,要玩博戏、投壶之类,寺人宫婢争相前来奉陪。而吃的用的也不亚于赵王城。韩夫人在这里学会了喝酒,而且酒量越来越大。她把酒当成精神寄托,用酒来麻醉自己空虚的心。

韩夫人想在这"夫人城"中平平安安地度过余生。她也寄希望于未来,儿子太子章是未来的国君,待其登基之日,自己便是皇太后,可以让所嫉恨的人统统得到应有的制裁。然而,太子章将被废黜的消息使这一切都成了泡影。"夫人城"难以平静了,韩夫人的心难以平静了,极度的愤怒使她急火攻心,失去了理智,她发疯了!

韩夫人的癫狂惊动了武灵王的母亲端太后。这个上了年纪的老太后对韩夫人很有好感,加之太子章哭天抹泪地到他老祖母这里诉委屈,端太后被拱上了火,她气得哮喘病复发了。叫人搀扶着到祖庙上大哭了一场,对着赵肃侯的灵位诉说,武灵王要废太子,这是对祖宗的不尊,对礼法的背逆,她决不答应!她还把武灵王叫了来,声泪俱下地把武灵王训斥了一顿,威胁说:如果武灵王不改变主意,她就和韩夫人、太子章一起死给他看!

武灵王是个孝子,他不敢和他母亲顶撞,况且,他母亲又上了年纪,万一气个好歹,国人将如何议论?他的名声岂不要受损害?思来想去,武灵王又把肥义召了来,重新商议废立之事。

武灵王愁眉不开地对肥义道:"废立之事想不到会惹出这样大的麻烦,为了不致引起内乱,寡人想让章儿到代地去,自立为王。老相国,你看如何?"

肥义听罢,连连摇头道:"不可!不可!大王怎么想出这个主意?赵国牺牲了万千将士的生命,大王也费尽戎马艰辛,好不容易使赵国挖除了中山这个心腹之患,南北归为一统,东西连成一片,今日又要裂土分封,岂不要将胡服骑射之功葬送吗?再说,自古帝王之家,兄弟相残事屡见不鲜,若使章、何二位公子据地为王,必将互相攻伐,到那时,赵国的百年基业可就废于一旦了。"

武灵王道:"不如此,又将奈何?"

肥义道:"大王废太子章而立公子何,此事本欠熟虑,但既已如此,也只好这样了。法令不可数更,数更将失信于天下,依老臣看来,大王既已立公子何,那就要维护公子何的储位,至于废太子章,可多加安抚。我意,可封章为安阳君,大王再向他晓之以理,从厚赏赐,这样方可相安无事。也可让他到'夫人城'去住些日子,好好劝劝他的母亲。据说韩夫人不过是一时急火攻心,待平静一下会好起来的。"

武灵王道:"如此甚好。章儿可由田不礼辅佐,田不礼与章儿关系甚洽,他们能合得来。只是太后那里还是个难题。"

肥义道:"听说姜美人很会讨老太后喜欢,何不让她去向老太后说劝一番?"

武灵王道:"我倒忘了,前些天,姜美人还被老太后召去,为她说笑话解闷呢。"

当天,武灵王便向姜美人说明了此意。

姜美人是个很会看风头的人,她得知公子何将立为太子,巴不得为他出点力,日后好有个靠山,所以,听武灵王一说,一百个应承,马上带了一个侍婢,前往端太后的寝宫。

长于言辞的姜美人首先避开正题,跟端太后说了一阵子笑话,把个老太后笑得前仰后合,待气氛缓和了,又别有寓意地讲起故事来。

“自古明君,都是不拘一格,任用贤才。一百多年前,魏国要攻打中山,魏文侯到处网罗贤才,谋士翟璜向魏文侯推荐了一个叫乐羊的人,说此人文武全才,品行端正,可以为大将。魏文侯听了翟璜的话,就把乐羊请了来。朝中有人反对,说乐羊的儿子乐舒正在中山做大官,不能让乐羊带兵去打中山,但魏文侯仍对乐羊信任不移,让他和西门豹率兵五万攻打中山。乐羊作战很勇敢,大败中山军,并把中山城包围起来,中山王把乐羊的儿子乐舒绑上城头,说,如果乐羊继续攻城,就把乐舒杀了。乐羊毫不动摇,继续攻城,中山王无奈,把乐舒杀了,用他的肉做成肉羹,让人给乐羊送去,企图松懈他的斗志。谁知,乐羊把肉羹洒在地上,说,乐舒侍奉昏王,不是我的儿子,早就该死,并对中山使者说:‘你们会做肉羹,我们的兵营里也有大锅,正候着你们的昏王呢!’于是,加紧攻城,中山王走投无路,只好自杀了。中山城破后,魏文侯被封为灵寿君。魏国之所以占领中山多年,与魏文侯广用贤才紧密相关。当今天下,各国都在自强不息,赵国要使国运久长,也应选贤任能才是啊。”

说到这里,姜美人察看了一下老太后的神色,见她听得入神,并赞同地点着头,便不失时机地兜出了正题:“我知道,太后是很偏爱太子章的,不怕太后见怪,我听说大王说他缺少治国之才,公子何却颇得精治之道,大王很喜欢他。太后盼了大半辈子,不就是盼着赵国强盛吗?大王这样做,正是为了继续先王的宏业,太后何乐而不为?再说,公子何对太后极孝,还让我给太后带来一件东西呢!”姜美人向侍婢使了个眼色,侍婢打开一个漆木盒子,内有一幅帛画:《百子祝寿图》。

姜美人道:“这是公子何专门请画工为老太后绘制的,祝愿太后长寿百岁。有这样一个储君,太后还有什么不放心的?”

端太后终于被说服了,道:“我老了,管不了许多了,就依你们吧,只是苦了章儿。”

姜美人说,太子章已被封为信阳君,还给了他好多赏物,太子章心满意足,已前往肥乡“夫人城”服侍他母亲,韩夫人的病也大见好转了。端太后听了,这才放了心。

对于太子废立之事,阴妃始终是缄默不言。她放心不下的是武灵王。赵与秦国,远隔千山万水,行路艰难,而秦昭王据传又是个极奸猾狠毒的人,万一武灵王露了马脚,秦昭王一定不会放过他,到那时,可就凶多吉少了。

但是,她又无法说服武灵王。她知道,君王在有些事情上是很固执的,一旦拿定主意,八匹马也拉不回来。为此,阴妃心里七上八下,总担心着武灵王的安全。背地里,她请掌管占龟的占人卜以龟裂,卜求出使秦国当行不当行,占卜的结果为"多艰"。知道结果后,阴妃的心像被悬了起来。她相信卜兆是灵验的,万一真的像卦像所说,该如何是好呢?

这夜晚,当她和武灵王躺在榻上的时候,阴妃终于说出了自己考虑已久的想法。

"大王,"她将身子凑近了武灵王,小声说,"您真的要亲自出使吗?"

武灵王揽住她的肩头,笑道:"寡人之意已决,不会改变,怎么,你不愿寡人离开?不要担心,寡人很快就会回来的。"说着,亲昵地在阴妃脸上亲了一口。

阴妃依偎在武灵王那宽大的胸脯上,目不转睛地瞅着武灵王,说:"大王,臣妾也陪你前去,如何?"

"你?"武灵王推开她,惊问:"你一个女流,怎好随寡人前往?"

阴妃一努嘴:"女流怎的,大王不是还曾让臣妾像男人那样教宫人骑马吗?我们楼烦女人平日就是和男人一样外出狩猎,还可以入军中呢。"

"可你现在是王妃!"

"王妃是要服事君王,更应能保护君王。大王历来不囿于旧俗,这次就不能再破个例?"

"西入秦廷,山高路远,你一个千金之身,怎受得了?"

"大王,臣妾可不是那般弱不禁风的女人。我自幼摔打惯了,这几年总是关在宫禁之中,都快把我闷死了,我真想经经风雨,看一看宫外的天地。再则,我骑术好,也稍知剑术,出使路上万一遇到什么不测之事,兴许还能助大王一臂之力。大王,就依了臣妾这一次吧!"

阴妃的一片赤诚使武灵王心里感到暖烘烘的。他搂紧了阴妃,亲切地说:"真拿你没办法,就依你!"

三天后,武灵王正式在东宫举行仪式,将王位让给小儿子公子何,是为赵惠文王。他自己则号为主父,准备出使秦国。

仪式之后,武灵王又详细地叮嘱惠文王,要他加强军队的训练,不可懈怠。北长城要加紧修筑,庞焕如感人力不足,可再征调些民工去。原阳的骑邑也不可放松,他亲自给郇于期写了一信,嘱咐他按部就班地对兵士进行轮训。可分期进行,三个月为一期,每期训一千人。对插箭岭,武灵王主张让国尉李疵兼管,此处专门训练都城邯郸的守军。为了准备未来的对秦国的战争,武灵王要惠文王从现在起就要进行粮秣的储备。铸箭炉的箭镞铸造不可停止,要在铸箭炉附近建一个大武库,专门储存兵器。他希望肥义要好好辅佐惠文王，君臣一心，同舟共济。

惠文王、肥义一一应诺，并请武灵王放心。

末了，肥义用试探的口吻问："大王，自古新君即位都要大赦天下，可否据罪行轻重，释放一批罪囚，使其重返家园，以慰民心？"

武灵王瞅了瞅惠文王："你意如何？"

惠文王道："相国之言甚是。"

武灵王道："那就照此办理吧。"

肥义又问："那个闯宫的禾生呢？"

武灵王捻着胡须，没有应声。

武灵王是十分看重自己的尊严的。禾生狂暴闯宫，罗敷抗拒君命，使武灵王很难堪。当时，若不是庞焕力谏，他有可能早将他二人处死了。肥义的提起又勾起了他的旧恨，他拉着脸说："此二囚罪孽深重，实不可赦！"

肥义道："庞将军前往北疆之时，曾特意向臣提起此事，让臣务必请求大王宽恕。禾生虽狂暴不轨，但毕竟是为大王效过命的，作战中九死一生，留下伤残，实为可悯。那罗敷虽为寻常农家女，但恪守妇德，贞节可敬，堪与古之烈女媲美。大王为万民父母，独不能谅解这一双男女？记得大王曾说过，事业未竟，不可懈怠。大王囚禁民女，处死有功士卒，岂不要使国人误以为大王只图个人享乐不顾百姓安逸？而且，军中不少人都知道禾生之事，他们敬佩禾生的勇武，同情他的遭遇，大王若杀了禾生，可要伤了士卒们的心啊。若因此影响士气，可就因小失大了！"

武灵王最担心军中的士气，笃信"三军不可夺气"的兵家名言。今听肥义谈到这一层，不禁心里一动。他想，军中贵在士气，国家贵在民气，既如此，我何不效仿古之先王，为民做点功德？于是，他对肥义和赵惠文王说："相国之言有理，那就赦免他们吧。对禾生，可以有功之士卒进行赏赐，让他们回到田园，安居乐业。先前所选宫女，也放出一批，将其归还父母，或任嫁他人。"

肥义感激地说："大王圣明！"

当下，由赵主父口授，肥义起草了一份遣放宫人和大赦天下的诏书，由寺人缪鞮到宫中宣诏，一批年岁大的宫女计五百人被准予出宫。

大赦令传到丛台雪洞，禾生和罗敷喜出望外。当他们由兵士引导着，走出了丛台门阙的时候，二人不禁抱头痛哭起来。

他们双双回到了放鸠聚。桑田内又出现了罗敷的倩影，苦难的家庭又吹进了温暖的春风。

罗敷的贞节在乡间传为美谈。有人还以其人其事为原型，敷衍加工，作了一篇相和歌辞《陌上桑》,赞颂忠贞的爱情。其辞为——

日出东南隅,照我秦氏楼。秦氏有好女,自名为罗敷。罗敷喜蚕桑,采桑城南隅。青丝为笼系,桂枝为笼钩。头上倭堕髻,耳中明月珠。缃绮为下裙,紫绮为上襦。行者见罗敷,下担捋髭须。少年见罗敷,脱帽著帩头。耕者忘其犁,锄者忘其锄。来归相怨怒,但坐观罗敷。

使君从南来,五马立踟蹰。使君遣吏往,问是"谁家姝?""秦氏有好女,自名为罗敷。""罗敷年几何?""二十尚不足,十五颇有余。"使君谢罗敷:"宁可共载不?"罗敷前置辞:"使君一何愚!使君自有妇,罗敷自有夫!"

"东方千余骑,夫婿居上头。何用识夫婿?白马从骊驹;青丝系马尾,黄金络马头,腰中鹿卢剑,可值千万余。十五府小吏,二十朝大夫,三十侍中郎,四十专城居。为人洁白皙,鬑鬑颇有须。盈盈公府步,冉冉府中趋。坐中数千人,皆言夫婿殊。"

这首歌辞世代流传,广为人知,自然,这是后话。

却说赵主父将宫中事安排妥当,便整备行装,化名赵招,持节出使秦国,少室周被任命为副使,一同前往。赵主父拗不过阴妃,只好也让她同行。为掩人耳目,阴妃穿了一身男装,腰佩铜剑,肩挎弯弓,俨然是赵主父的一名贴身侍卫。

三人同乘骏马,是在一个寂静的黎明,从赵王城南门悄悄地离开赵都邯郸的。他们先向南进入魏国,然后到达韩国境内的成皋,准备从成皋沿黄河顺着成皋之路前往秦国的关隘和门户函谷关。

成皋之路是一条联结东西方的重要交通大道,东方各国合纵攻秦常常由此进军。行进在这条大道上,武灵王不禁想起十九年前五国联合攻秦的往事。那时,在齐、燕、赵、楚、韩五国的支持下,公孙衍当上了魏国的相国。公孙衍针对张仪为秦国搞连横活动,发起了一次五国合纵攻秦的战争。五国是:魏、赵、韩、楚、燕,以楚为纵长。赵主父因对当时形势估计不足,也参加了这次攻秦战争。当时,联军便是经成皋之路西进的。本计划打通函谷关后直捣秦都咸阳,没想到,联军在函谷关受到秦军的猛烈回击,把联军打得大败而归。次年,秦军又与五国的韩、赵、魏军队大战于修鱼,秦军获胜,三晋兵马被斩杀八万,合纵遭到惨重的失败。

故道重行,赵主父可谓感慨万端。成皋之路上那飞扬的尘土使他想起征尘蔽天的战场。他停下马来,在路边的蒿草丛中徜徉了好一阵子。他想,这蒿草中该会有联军将士的白骨吧,这黄土地中该浸染着联军将士的鲜血吧。他痛心疾首于这次联合攻秦,悔不该盲目从事。如果说这次联军的惨败在以前只留给了他一些痛苦的记忆,那么，今天重上故道，却使他坚定了这样一种认识：成皋之路是一条失败之路，欲攻打秦国，这条路走不通！因为此路是一条开辟已久、行人来往频繁的交通大道，军事行动极易暴露，很难有成功的可能。三百多年前，秦穆公劳师远征，攻打郑国，不就是被郑商人弦高发现了秦军的这一作战企图，及时地报告给郑穆公，有效地做好了防御准备吗？而秦军袭郑不果，回师路上又被郑人得知，在殽山遭到伏击，全军覆没。前事不远，后事之师，决不能再蹈秦穆公和五国联军的覆辙！

赵主父一行在成皋路上一家乡村客馆投宿时，遇到了一个经营丹砂的秦国商人。他是从巴郡的丹穴买来丹砂，运到东方各国，然后再从东方各国买来一些特产方物到秦国出售。其中有燕国的枣、栗，齐国的漆、丝、染织品，魏国的磐石、伫麻，楚国的竹竿、柚，赵国的玉器、皮革等，经营多年，已成巨富。不过，当赵主父假称是同行与他交谈时，他却流露出一些伤感。经盘问，才知道他原是宗室贵族，当过兵，因无军功，未能封爵，后又因参与盐铁走私事被治罪。走上经商之路，是被迫不得已。

赵主父听说他曾入军中，便有意识地向他打听秦国的军情，那商人见赵主父等三人装束平常，也无防范，尽他所知，和盘托出。他说，当今秦国正大力扩充兵源，实行全国性郡县征兵，凡国民都必须承担当兵的义务，男子到了法定服役年龄十五岁以上，必须到地方长官那儿登记入籍，先为更卒、正卒、戍卒，服役期限是到都城一年，戍边一年，另外，每年在郡县服役一个月，得到爵位不是靠门第权势，而是靠军功。在战争中斩敌首一个可以赏爵一级，给俸禄为五十石的官做，斩首两个以上可以类推，因此，兵士们作战极为英勇。他还说，当政的秦昭王是一个雄心勃勃的君王，一心向东扩张，南路伐楚是他扩张战略的第一步，楚国在武关被秦打败后，楚怀王已被扣留在秦，楚国被大大地削弱了。

赵主父很关心楚国的事，问："楚怀王现在怎样，是否放回？"

商人道："秦王哪会放他？听说他已客死秦国了。"

"怎么，秦王竟杀了他？"

"不。楚怀王被扣留后，买通了一个看守，逃了出去。没想到，秦军挡住了他去楚国的道路。楚怀王便想到魏国去，这时，秦兵追来了，把他捉回秦国。楚怀王又惊又吓，忧愤成疾，前些天死了。楚怀王真是昏庸之至，一再受骗，不知醒悟，偏信靳尚、郑袖等人，放逐了屈原，结果落了个可悲的下场。"

赵主父一阵伤感。他控制着自己的情绪，又和商人谈起经商的事，向他提供了一些货源渠道，请他去赵国做买卖。

商人很感激，说："前面不远就是函谷关了，那里有重兵把守，过关很不容易，我有一个友人是守关的副将，名叫孟由，我写一信给他，保你顺利通过。"

赵主父大喜，连连道谢。当即，商人修书一封，交给了赵主父。次日清晨，赵主父一行便告别商人，朝函谷关走去。

两天后，赵主父一行来到函谷关前。守兵大声喝道："三位哪里去，可有过所？"

少室周刚要亮出使节，赵主父忙挡住他，说："我等来自齐国，到贵国做买卖，这里有一信件和几样东西，请转交孟由将军。"

不多会儿，一个彪形大汉来到，他打开包裹一看，内有黄金二十锭，夜明珠两颗及一封书信，大汉顿时喜上眉梢，道："原来是客商到此，快请入关。"

他就是孟由。此人财迷心窍，见利眼开，再加上他友人的介绍，把赵主父礼为上宾，安排在驿馆内最好的房间，并设宴进行款待。

酒席宴上，赵主父问："将军在此驻防多久了？"

孟由带着三分醉意说道："我来此不过一年，先前在咸阳宫。你知道秦国有名的力士孟悦吧，我们是表叔侄。当今国君之兄武王喜欢角力，我与叔父曾同在宫中为武王力士。不久前，武王力举龙纹大鼎，吐血而死。继立的国君昭王不喜角力，力士们皆分至军中，我便来到这里。"

赵主父道："这函谷关乃秦之要隘，将军被派来此，看来是重用了？"

孟由道："什么重用？这里除了大山就是峻岭，哪有在宫中自在？"

赵主父给孟由斟了一杯酒，问："我看这函谷关驻兵不少，秦王想必其志不小吧？"

孟由道："可不是，大王的雄心大着呢！虽然当今秦国之疆已掩有西陲之半壁，但大王仍有待机东侵之志。我王东出中原，计有北攻赵、中攻韩魏、南攻楚三条路线，其利害均不同。由北路攻赵，有黄河与晋北之地阻碍，用兵不易，且中原尚强，亦恐韩、魏、楚从后面包抄。因之，决定先出中路与南路，削弱韩、魏、楚三国，然后再图赵。"

赵主父暗想：好一个秦昭王，狼子野心，何其毒也！但在表面上，却笑着赞扬秦昭王的雄才大略，盛誉秦国乃天下雄国，并说，孟由不愧为勇武之才，日后必有大用。孟由心里美滋滋的，不禁又多喝了几杯。

宴席上，少室周与阴妃也作陪。孟由见阴妃相貌俊美，献媚地前来给她倒酒。赵主父道："这小兄弟不胜酒力，将军还是不要难为他吧，我替他喝了就是了。"

孟由只得作罢，与赵主父同干了一杯。

第二天，赵主父提出要看看函谷关。孟由迟疑了一下，说："此关乃军事要地，还是不要看吧。"赵主父道："我等经商之人，与军事无涉，不过看看山川之胜罢了，将军何必认真？"

孟由因收了赵主父的礼物，又觉得他们确为经商之人，只好答应。

函谷关是秦国的重要关隘。这里地形十分险要，北面是滚滚东流的黄河，南面是一片崇山峻岭。这些山主要是由西面延伸过来的华山和东面的崤山组成，山势陡峭险峻。函谷关是东西交往的必经之地，只有穿越山谷而过。山谷两边是悬崖峭壁，深险如函，像个匣子一样，故称之为函谷天险。

谷中崖壁之上松柏茂密，遮天蔽日，谷底道路窄狭，车辆不能并行。赵主父、阴妃、少室周三人成一路纵队前行，由少室周在前开道，阴妃在中间，赵主父断后。赵主父一路上把这里的山川形势都记在心里，并让少室周悄悄地画了简要的图形。

赵主父一行在函谷关转悠了大半天。归来之后，便辞别孟由，前往秦都咸阳。

函谷关是秦国的门户，过了函谷关，展现在赵主父等人面前的是一派平和的景象，他们的紧张心情为之一扫。特别是阴妃，第一次到秦国，看什么都新鲜，快活得像个孩子。不过，在公开场合，她却极为注意，她知道自己的身份，赵国使节的侍卫。她必须做出一个侍卫的样子。

为了详细察看秦国之情，赵主父一行走得很慢，身份也不断变化，驻驿馆时是赵国使节，下乡间则自称游侠和经商之人。他们广泛地接触各色人等，留心秦国的政治、经济、文化等各方面的情况。

赵主父一行是在一个晴朗的日子到达秦国都城咸阳的。为了行动的方便，赵主父没有马上以使者的身份谒见秦昭王，也没有住在专门接待贵宾的“上舍”。他知道，上舍虽接待甚好，但管理极严，旅人住宿要交表明身份的“验”，来去要登记，否则，一经查出，店主要被治罪。上舍还经常有官员来盘查，住在这里极易暴露身份。所以，赵主父找了一间普通的馆舍，安顿好之后，便在咸阳城中访察起来。

咸阳是一座新城，秦孝公十二年（公元前350年）由栎阳迁都于此。此城由当时的大良造商鞅监修，筑冀阙宫廷，因“山南水北俱阳”，取名咸阳。但那时，只形成了都城的雏形。秦惠文王时，取岐山的巨材，新做宫室，南临渭水，北逾泾河，建离宫三百，以后又不断发展、充实、扩大。

赵主父走在咸阳城中的时候，深为此城的宏伟所震惊。

他看到，寝庙和皇家苑囿分别建在渭南的东西两区，诸多宫殿建筑则以渭水为轴线，有如飞禽之两翼，南北伸展。渭南的宫殿都是离宫别馆，有章台宫、兴乐宫、华阳宫、芷阳宫、六英宫等，宫殿林立，富丽堂皇。咸阳的街衢也很热闹，不亚于邯郸。

在咸阳城，赵主父像个百事问，从官员到百姓，与他们进行广泛的接触。这日，赵主父在街上结识了一个刚被免职的掌管宫内传达警卫的谒者，便打听起宫中的事来。这谒者叫卫方，是和其上司郎中令有隙而被赶出宫廷的。怀着对朝廷的不满，他讲了许多宫中秘事。他说，秦昭王为人诡诈，好大喜功。前几年，左丞相甘茂与右丞相樗里子不和，政局动荡不定。甘茂因攻魏不力，担心朝臣攻击谗谄，到齐国去了，樗里子也死了。现在掌握大权的丞相魏冉是太后之弟,他曾迎立昭王于燕国,又平息了企图争夺王位的庶长壮的叛乱,有功于国,很受信任。他极力为昭王筹划扩张之策,是一个专权而又狠毒的人。

武灵王认真地听着,不住地点头。二人正说着,忽见驰来一队骑兵,一路传呼开道,接着便过来一队人马,中间一辆是国君乘坐的金根车,后面还有一些仪仗、侍卫。

赵主父问卫方:“大王这是到哪里去?”

卫方答道:“可能是到雍城去祭祖。”

赵主父知道,雍城是秦人的第一座都城,由秦德公所建、有雍水绕城东南,凤凰泉临于城北,城内有雍太寝、雍高寝、雍受寝三个大型宫殿区,有外朝、治朝、内朝三朝,布局严谨,规模宏伟。城中的礼制建筑宗庙是国家的神圣之地,军国大事都在此决策。当年,楚人申包胥就是在秦廷哭了七天七夜,感动了秦哀公,出兵援楚攻吴的。现在雍城虽已不是国都,但有什么大事仍要前往雍城,告知祖庙。

想到这一层,赵主父问:“难道国中又有什么大事?”

卫方道:“我听说大王要发兵攻打楚国。楚怀王死后,楚人到齐国迎楚太子归国,立为顷襄王。我王对此很不满,所以要发兵攻打。告祭祖庙之后,大概就要出兵了。”

赵主父道:“原来是这样。看来,一场大战在所难免。”

卫方道:“大王忽而东攻,忽而南侵,伤害了多少人的性命,罪孽呀!”

赵主父微微一笑,又问:“听说六英宫建造极豪华,可是真的?”

卫方道:“那还有假?此宫建在高台上,是多层楼阁,雕梁画栋,花砖铺地,大门用瓷石制作,以防有人带兵器入内。帝誉时有一乐曲叫《六英》,六英宫便由此得名。”

卫方的介绍使赵主父产生了去六英宫的想法。阴妃阻止道:“那六英宫防守一定很严密,还是不去吧。”

赵主父道:“现在秦昭王不在咸阳,那里未必会戒备森严,去无妨。”

阴妃拗不过,只好由他。这日下午,三人同着短装,未带兵器,按照卫方指引的路线前往六英宫。天遂人愿,那里果真因秦王不在而放松了戒备,三人在宫外转了一圈,竟未被人发觉。

过了几天,秦昭王从雍城宫回来了。赵主父在咸阳对军情民心也察访得差不多了,便以使者“赵招”的身份前往秦宫,谒见秦昭王。

秦昭王是在渭南的主要朝宫章台宫接见“赵招”的。秦昭王是秦武王的异母弟,武王死后,诸弟争立,秦昭王稷曾在燕国为人质,在赵国的帮助下他回国继承了王位,所以对赵国的使者比较亲热,在章台宫设宴招待“赵招”一行。

“赵招”首先向秦昭王献上了一件织蒲龙文青玉大璧,说:“此璧乃周时蒲璧,由上等瑞玉雕凿而成,是我王之爱物,敝国之宝,今送大王,聊致友好之诚。小臣深知,贵国不乏珍宝,'昆山之玉','随和之宝','明月之珠','夜光之璧'及'江南金锡'、'西蜀丹青',远近闻名。此物不成敬意,望大王笑纳。"

秦昭王道:"贵国厚意,寡人至为感激,请代向赵王致谢。"

接着,秦昭王又还赠给"赵招"两件犀象之器,遂令宫人为"赵招"等人斟酒。

酒席宴上,秦昭王向"赵招"问起赵与中山之战,赵国的国情民情,"赵招"都适度地作了回答。

忽然,秦昭王想起赵武灵王传位的事,问:"贵国国君多大年纪?"

"赵招"道:"正当壮年。"

秦昭王问:"既当壮年,为何传位给儿子呢?"

"赵招"道:"大王有所不知,此乃寡君永固宏业之举。自古以来,嗣位之君皆因年少识浅,不谙政事,治国极不得力。故而,寡君先传位于太子,使其熟悉治道,以便弘扬王业。寡君虽号为主父,但并非退居深宫,国家大事仍由主父裁断。"

秦昭王用挑衅的口吻问:"贵国害怕秦国吗?"

"赵招"听罢,哈哈大笑:"以贵国之强盛,诸侯敢不畏惧?赵国也畏秦久矣,如若不然,寡君就不会胡服骑射、富国强兵了。而今,赵国的驰马控弦之士,已十倍于昔年,以此强兵,或可与贵国永结亲好。微臣奉寡君之命前来朝见大王,便是此意,大王不会拒绝吧。"

"赵招"的答问不卑不亢,无懈可击,使秦昭王不禁对这位气度伟岸、谈吐不凡的"赵招"肃然起敬,好一个精明的使者!

"赵招"见秦昭王已无戒备,便一面颂扬昭王的功德,一面探听起他的扩张战略来。他得知,秦国在这次南下伐楚后,还想东攻韩魏,其主要进攻方向是东面和南面,兵力也多集结于此,而北面却较空虚。

这是一个极为重要的情报。"赵招"暗想,秦国北方空虚,又对赵国未加防范,我何不北上击胡,然后南下直攻咸阳之背呢?如此,大功可成!

"赵招"想到这里,不禁喜上眉梢,连饮了三杯,好香的酒啊!

"赵招"酒足饭饱之后,便彬彬有礼地向秦昭王告辞。

秦昭王带着三分醉意,吩咐左右送客。当他目送着"赵招"一行离开章台宫时,心中隐隐升起一个疑团:他真的是一位寻常使者吗?

这一夜,秦昭王一直没有睡好。他脑海中不断地浮现着"赵招"的影子,耳边不停地响着"赵招"那不同凡响的谈吐。心想,赵国虽多才能之士,但这位使者非同一般,言谈举止大有王者之风,对他决不可太粗心。秦昭王没有见过赵主父,但他听人说过,赵主父是个思虑缜密、智勇兼备的人。他一向雄心勃勃,如果假冒使者闯入秦廷,事情就不妙了。想到这里,秦昭王不禁出了一身冷汗。

第二天早上,秦昭王因事去六英宫。宫使奏报,前天,六英宫来了三个人,在宫前宫后转悠了好一阵子,样子很可疑,秦昭王问那三个人的长相,宫使回答:一个魁伟潇洒、气质豪迈、一个英俊秀气、身材苗细,一个虎背熊腰、一脸络腮胡子,秦昭王一听,很是吃惊。这不是赵国使臣吗,他们到这里干什么?

秦昭王越想越疑,马上派人前往客馆,召“赵招”入宫相见。派去的人回来说:“赵使患病,不能入朝。请求三日后晤见。”

三天后,秦昭王再次派宫使去宣召。使者到了客馆,那里已是人去室空。店主说,客人前天就不见了,只留下一封书信。

秦昭王看到这封信,肺都要气炸了,怒吼道:“主父欺我也!”

原来,那封信是赵主父留下的告别信。

当即,他下了一道手诏,令驿传递送各关隘,堵截赵主父,并图形国中,悬赏曰:有捉到赵主父者,晋爵三等,赏金千斤!

很遗憾,秦昭王醒悟得太迟了。就在手诏送到函谷关前一个时辰,孟由刚刚热情地接待了赵主父一行。他感激赵主父的物赠,作为回报,特设盛宴,欢送这位“富商”。接到手诏,孟由一下子傻了眼,他不敢有片刻耽搁,马上带领百名精骑,拼命猛追。

赵主父见孟由追来,也扬鞭催马,加快了速度。跑了一程,坐骑渐现疲惫,而追兵却是越追越猛,身后,孟由那粗憨的喊声也越来越真切了:“赵主父,你跑不脱,赶快停下就擒!”

少室周回头一看,追兵不过两箭之遥,他焦急地对赵主父说:“大王,看样子我们不好逃脱了,让我来断后,大王快跑!”

阴妃也说:“大王,还是让臣妾断后吧!”

赵主父道:“你们都不要说了,前面不远即是韩国地界,孟由不敢轻易进入韩国。”

阴妃与少室周无奈,只得听命。三人又跑了一程,孟由的追兵只有一箭之遥了,少室周心急如焚,他故意放慢了速度,然后向赵主父和阴妃的坐骑猛抽两鞭,自己却勒马停下,大喊:“大王,你们快跑,让我为大王断后!”

“少室周!”

“少室将军!”

赵主父、阴妃回过来,急喊。

“大王,快走吧,末将誓死保护大王!”少室周说着,掉转马头,向孟由冲去。

激烈的交战开始了。少室周以惊人的勇猛一连砍杀三名秦兵,他自己也被团团围住。他左杀右砍,又有十来个秦兵倒在他面前,孟由也被他杀退,少室周越杀越勇,秦兵也越围越紧。少室周也不突围,他的目的只想迟滞秦兵,掩护赵主父逃脱。少室周砍杀了一阵子,忽然不见了孟由,抬头看,孟由正甩开他,带领两名兵士向赵主父追去。少室周急了,催马冲出重围,直取孟由,这时,秦兵一拥而上,挡住少室周,双方又一阵厮杀。少室周只想去追赶孟由,无心恋战,怎奈秦兵人多势众,少室周脱身不得,不多时,他已力所难支,手中的剑也有些不听使唤了。

这时,一秦兵的长矛猛刺过来,一下子刺穿了他的右掌,少室周大叫一声,手中的剑掉落地上,秦兵士气大振,有一小校大喊:“抓活的!”秦兵遂将包围圈越缩越小。

少室周身上又接连三处受伤,鲜血直流,疼痛难忍。但他不甘做秦军俘虏,决心以死报效赵王。他圆睁着一双豹眼,大吼着冲向一兵士,趁那兵士被吓呆的一刹那,他夺过了那兵士的长矛,然后用尽全身力气向自己的胸口扎去。

一个粗壮的身躯跌下马来,鲜血染红了一大片土地。那双豹眼仍在圆睁着,向着前方,向着赵国。

再说孟由甩开少室周之后,便不顾一切地追赶赵主父。

赵主父心里有些发慌,阴妃让赵主父的马跑在前面,自己一边催马前行,一边取下身上的弓箭,在孟由越追越近时,阴妃不慌不忙地一箭射去,正中孟由左肩。

孟由大叫一声摔下马来。两兵士急忙来救。孟由捂着流血的伤口,无可奈何地叹道:“赵主父有天命,不可擒也!”

前面,赵主父和阴妃则放慢了速度,因为他们已经进入了韩国地界。赵主父向阴妃投去感激的目光,道:“爱妃好射术啊!”

阴妃娇嗔地一撇嘴:“可来的时候,大王却是百般不允呢。”

赵主父笑道:“自今以后,寡人一刻也不离开你!”

“真的?”

“君王无戏言!”

阴妃的脸上现出了幸福的红晕,妩媚的目光中充满了柔情。

在他们的身后,秦国的追兵已掉转马头,护卫着受伤的孟由向函谷关退去,土路上腾起一片烟尘。

第二十一章　沙丘宫惊变

赵主父回到邯郸后，又出巡了代郡和云中等地，察看了北方的情势，初步勘定了从北路迂回攻秦的道路，心中的宏伟计划越来越成熟了。

赵主父是个思虑缜密的人，他还要看一看爱子惠文王究竟能否驾驭臣僚，继承赵国的帝业。所以，从云中归来后，他特意令人在惠文王的御座旁设置了一个便座，每次惠文王上朝他都坐在惠文王身边，观看他号令群臣，处理国事，并留心臣僚们的一举一动，看看他们是否真正拥护和听命于这位年轻的君王。

这日早朝，赵主父照例坐在惠文王之侧，当他的长子安阳君赵章向惠文王行臣子之礼时，细心的赵主父突然发现，赵章的脸上隐隐地显露着一种不平之情。这神情不禁使赵主父动了恻隐之心。章儿魁然丈夫，反而见屈于弟，北面拜舞于下，真是难为了章儿！

赵主父就是这样，既不乏丈夫气概，又颇多儿女情长。

处理国事，他是一个刚毅果决的君王，率兵杀敌，他是一个智勇兼备的统帅，但对自己的儿子，他却爱之有余，优柔寡断。本来，赵章与赵何名分已定，可现在，慈父之情又使他对以前的决定产生了不应有的动摇。

下朝之后，赵主父把赵章召入他的寝宫。

"章儿，你可怨恨寡人？"

赵章慌忙跪地，道："儿臣不敢。"

赵主父搀起赵章，让他坐在自己身边，和蔼地说："章儿，你不必惊慌，寡人不会怪罪于你！你既为长子，本应继立为王，而今却称臣于弟，岂能心安理得？你与何儿，同为吾子，寡人绝无偏爱之心。你弟今立为王，不过是为了国家大计，望务必体谅寡人之意。你有何话说，尽管直言，不要闷在心中，那样会伤了身子的！"

赵主父说这番话的时候，他那慈爱和善的目光在赵章脸上停留着，作为父亲，他觉得对不起儿子，他希望儿子谅解。此时，不管赵章有什么要求，他都会痛痛快快地答应，这样，他内心的歉憾才能得到平复。

赵章被他父亲的挚爱深深地打动了。他哭了，哭得好伤心！

赵主父眼圈也红了，他紧攥着赵章的手："章儿，你想说什么，尽管说吧！"

哭了一阵子，赵章道："父王立何弟为王，儿臣决无怨言，儿臣只是忍受不了别人的说三道四。”

“有人说什么？”

“他们说，儿臣无能，不堪委以重任。还说，儿臣对父王不忠，有不轨之图，因此才失爱于父王。”

“此无稽之谈吾儿何必信它！吾儿多年随寡人征战在外，战功卓著，岂会失爱于我？又何谈不轨之图？吾儿忠心，苍天可鉴，臣民共知，吾儿不必多心！”

赵章抹了抹眼泪，道：“这些闲言碎语虽不足信，但毕竟人言可畏呀，儿臣空口无凭，岂能说服天下？”

“你是说……”

赵章复跪在地，一边看着赵主父的脸色，一边说：“记得初立何弟时，父王曾拟封儿臣为代王，父王若能重申旧令，闲言碎语不击自破……儿臣这也许是非分之想吧？”

“吾儿请起，让我再想想。”赵主父说。

赵章退下后，公子绁进宫来见，他是来禀报对少室周家人抚恤之事的。少室周舍身救主，赵主父很是感激，已下诏表彰其忠，并令公子绁对其家人进行抚恤。公子绁禀报说，少室周的老母妻儿已得到妥善安置，营造的新宅已经动工，其子依诏封侯，赐金万斤已送至其家。赵主父听了，满意地点了点头。

停了一会儿，赵主父问：“叔父看章儿近日情绪如何？”公子绁知道主父对两个儿子的溺爱，暗想：主父又问及赵章，该不是又生怜悯之心了吧？如此迟疑不决，对国家不利。所以，他故作不知地说：“大王自从定了章、何兄弟名分之后，二人相安无事，臣未见安阳君有何异常。”

赵主父道：“非也。近来上朝，我见章儿似有不平之气，方才还向我道了一回委屈呢。”

“大王难道又有什么想法？”

“章儿身为长子而未封王，以兄朝弟，实为可悯。寡人斟酌再三，打算分赵地为二，使二子同称王。”

公子绁道：“大王差矣。好端端一个赵国怎可分而治之？而今君臣名分已定，大王复又割地封王，岂不是自找麻烦吗？”

赵主父道：“有寡人在，又何虑哉？”

公子绁道：“大王虽操权柄，然一旦发生事变，恐怕也难应付。兄弟争权古来常有，大王不能不引为鉴戒。过去晋穆侯有二子，长子名仇，次子名成师，穆侯死后，仇嗣立为王，建都于翼地，封其弟成师于曲沃。后来，成师益强，遂将其兄仇的子孙都灭了。此事大王不会不知，以古鉴今，岂不可虑？”

说到这里，公子绁眼里闪动着泪光：“大王想必还记得我赵国的事吧。五十多年前,罪臣一时糊涂,与你父王争权,酿成一场大乱,这么多年来,我一直感到是做了一件天大的错事。现在,我老了,实不愿看到这不幸的一幕重现。大王,万不可囿于父子之情而疏于国家大政啊!"

赵主父被说服了,道:"难得叔父一片直言,寡人是有些太儿女情长了,裂土分封,实不可行。"

没有不透风的墙。赵主父改变主意的消息很快传到赵章耳朵里,这位野心勃勃的安阳君一下子闹了个透心凉,在此之前,他不止一次地甜美地勾画过当第二个赵王的远景,他也曾故意做出可怜相,唤起赵主父的同情心,而今,这一切都告破产,他失望,他怅惘,理想与现实的强烈反差扰得他心灰意冷,茶饭无心。

这时候,诡诈多谋的田不礼悄悄地来到赵章的跟前,他明知故问道:"殿下何事不乐?"

赵章愁苦地说:"父王不欲再封王于我,我的抱负,我的宏愿,都完了!"

田不礼若无其事地一笑,道:"殿下何必自甘放弃?事在人为,丈夫有志,江河也会倒流!"

"此话怎讲?"

"殿下难道还不清楚吗?主父分王于殿下,出自公心,只是为长舌妇所阻,方不得行。当今赵王年幼,不谙政事,殿下完全可以乘间而代之!"

赵章吓了一跳,说:"你是说要夺取王位?不可!不可!"

田不礼道:"殿下是太没胆量了,如此怎能成大事?殿下功高朝野,天下归心,又拥兵在手,夺取王位,易如反掌!再说,废长立少,本不合礼法,朝臣对此多有议论,殿下称王,理所当然。主父固有宠于你,不会把你怎样!"

王位的诱惑使赵章动了心,说:"廷尉真能助我?"

田不礼信誓旦旦:"为了殿下,我田不礼愿肝脑涂地!"

赵章道:"那么,如何动手?"

田不礼凑近赵章,耳语道:"听说大王将游沙丘宫,我看……"

赵章听罢田不礼的妙计,感激地说:"此事请君费心,事成之后,与君富贵共之!"

沙丘宫在邯郸城东北二百里外的滏阳河东岸,自殷商以来便是一座美丽的行宫。赵国的历代国君都将沙丘宫视为行乐之地,多次游幸于此。赵主父继位以来,因忙于政事,很少得暇前往。从秦国归来后,赵主父摸清了秦国的底细,心里轻松了一些,因此产生了游沙丘宫的想法。他下令由李兑和养病多时、刚刚上朝的公子成留守都城,惠文王、安阳君赵章、相国肥义和阴妃一同前往。

沙丘有东西两宫,相距五六里,赵主父与阴妃在西宫,惠文王及肥义、李疵在东宫,由李疵率禁卫军一队护驾。安阳君赵章和廷尉田不礼在两宫中间的馆舍。

到沙丘宫后，赵主父心里很舒畅，或歌舞盛宴于宫内，或信马闲游在山野，多日来的疲劳为之缓解。惠文王因年少，也整日寄情于山水游乐之中，脸上经常挂着童稚的喜气。

年逾古稀的相国肥义却不这样轻松，他总有一种不安之感。他隐隐约约地听说，田不礼与赵章在一起狗苟蝇营，还暗中拉拢党羽。作为一个侍奉赵国三代君主的老臣，肥义深晓赵国的过去，他将赵国的安宁看得比自己的性命还要紧。他想，自己决不可掉以轻心，要恭尽老臣之责。

肥义平时与国尉李疵友善，这日，他向李疵说出了自己的忧虑。

李疵也有同感，说："自古嗣立，非嫡长子莫属，今废长立少，非国家之福，说不定会祸由此始。我观安阳君郁郁乎有不平之气，他心里在想什么，只有天知道。"

肥义道："我早就向大王说过，废立之事宜慎重，切不可儿女情长，可大王总是听不进去。新主既立，也就罢了，可又怜悯起安阳君来，甚至生出同封二子为王的奇想来。安阳君本对新主有怨，大王又宠着他，只能使二人仇怨益深。我担心，说不定有一天二人会争斗起来，若是那样，大王胡服骑射、富国强兵的大业可就要毁于一旦了。"说到这里，肥义忧心忡忡地踱到窗前，望着天空道："神灵保佑，愿赵国的天空永远是一片蔚蓝！"

李疵走上前去，说："让我们多看几眼蓝天吧，乌云恐怕很快就要来了。我为赵国担心，更为你老相国担心。相国任重位尊，倘有祸发，必先殃及相国。为相国计，莫如称病不朝，让位于公子成，那公子成沉默有年，现在不是又跃跃欲试吗？相国辞官后，可重返黑龙潭边，修身养性，以尽天年，我也与相国同去，我们一起离开这祸乱之源，图个半生清静！"

肥义大怒道："你身为朝臣，怎说出如此话来？我等既以身许国，就当为国尽忠，死而后已。趋利避害，明哲保身，怎么对得起大王，怎么对得起赵国，又算得上什么臣子？"

李疵道："请老相国息怒，我不过说说罢了。其实，我怎愿遁之深山，这里也有我的事业啊！我也知道相国的忠心，可我实在是为相国担心！"

肥义道："先时去黑龙潭，实在是不得已而为。今大王圣明，对我恩宠有加，不能不报。我老了，来日无多，我不能把这老骨头埋在深山，死也要为赵国而死！国尉，说心里话吧，我之所以视你为知音，是因你的忠诚。多年来，你如明星捧月，忘我地护卫着都城，护卫着君王。这一次，决不可离王自避，贻笑天下！国尉，忠义和声名重于一切呀！"

李疵面有愧色，道："感谢老相国教诲，李疵愧对赵国，愧对君王。"

肥义道:“好了,我们不必自责了,加紧防范吧。这些日子,你要特别留心幼主的安危,有什么事情请先来告我。”

李疵应诺,拜辞而去,马上对禁卫兵士进行了周密的部署。

这日黄昏,李疵正在宫门巡视,忽有一寺人慌慌张张地走来,一见李疵,就哭丧着脸说:“国尉,大事不好,大王突然患病,病得不轻,召国尉快去呢!”

李疵正欲细问究竟,惠文王从外面射猎回来了。得知这一消息,连马也顾不得下,说:“事不宜迟,李国尉,快随我前往!”

李疵应诺着刚要动身,忽然想到:“主父自来沙丘,心宽体胖,精神亦好,前两天还带人郊游了呢,怎么病得这么急,这里该不会有诈吧!”他记起了肥义的嘱托,感到不得仓促行事,否则铸成大错,悔之晚矣。惠文王见李疵愣着不动,催促道:“李国尉,你这是怎么了,还不随我进宫?”

李疵道:“请莫急,先回去歇息一下吧,就是去见大王,也不能这样去啊!应换一下装束才是。再说,也当给大王带去一点他喜欢吃的东西。”

惠文王低头看了看自己这身狩猎短装,说:“也好,还是国尉想得周到。”

李疵又对那寺人道:“你先回去,我们随后就到。”

寺人走后,李疵马上来见肥义,报告了这一情况。

肥义理着胡须,沉吟着说:“大王近日圣躬甚佳,怎会病得这样突然?我看此事太可疑!”

李疵道:“我也是这样想,可新主急着要去探视,奈何?”

肥义道:“这样吧,我先去看看。若真是大王病重,再来召王不迟。”

“老相国,你这样大年纪,天又黑,行动不便,还是我去吧!”

“国尉不要再说了,我身为老臣,自当先之。你要加强东宫防范,紧闭宫门,不要轻易开启。值此多事之秋,宜多多留心!”

李疵知道肥义的用意,只好说:“老相国,天黑路难行,当心啊!”

肥义点了点头,拱手道:“李国尉,老臣去也!”随即令人备车,又带上两个随从,出了宫门。

不知怎的,当肥义说这话的时候,李疵的心里“咯噔”一下。他看了看越来越浓重的夜色,听着那渐渐远去的车马声,不禁一阵焦虑,心里在默默地为肥义祝愿,也在苦思着这一突发事件的来由。

天好黑啊!没有月亮,没有星光,它们仿佛是在逃避什么灾祸,一同躲进了厚厚的云层,偌大个苍穹,完全被黑暗主宰着,大地上的一切都隐去了原有的颜色,被涂上一层单调的墨黑。黑的冈峦,黑的树木,黑的大地,一切都是这样一种可怖的颜色。

四野静得很，听不到滏阳河的流水声，草虫的鸣叫仿佛是来自另一个世界的声响，阴森而古怪。

肥义的车子在通往沙丘西宫的土路上行进着，快速行驶带来的颠簸使肥义有些头晕，但他没有让驭者放慢速度，他很想一下子飞到西沙丘宫，看看那里究竟发生了什么。

肥义正思索着，忽见前方跃出几个人影，肥义冷丁一愣神，大喝："何人？"

黑影没有应声，径直朝车子扑来。一个遍身黑色的人截住了车子，又有两个拔出利刃冲上前来，一个拽住驭者，一个拽住肥义。肥义刚想动手拔出佩剑，那人手起刀落，可怜一位忠心耿耿的老臣，倒在血泊中……

三个强人又接连杀死了驭者和随员，然后鬼影一般逃去了。一乘空空的、沾满血迹的车子在黑夜里狂奔而去，留下一串凄惨的马的嘶鸣……

安阳君赵章和国尉田不礼在馆舍中局促不安地踱着步子，不时地打开门，看看门外那黑魆魆的世界。两人都默不作声，四目相对时只是微微地点点头，或是把手里的酒尊向对方举一举，轻轻地抿一点。酒他们已经喝得够多了，但酒的热量仍不足以壮一壮他们的胆气，他们显得很畏惧，惶恐，心慌意乱。仿佛他们都怀着一个怪胎，他们在等待着这个怪胎的降生，又担心着这个怪胎给他们自身带来的危害。

对于这个怪胎，他们孕育已久了。早在惠文王初立时，他们便暗怀着不平之气，赵主父打定主意决定不再分立二子为王后，这种沉积于心中的仇怨终于化作取而代之的企图。他们冥思苦想地想出这样一个险恶的计谋：利用惠文王的单纯幼稚，假称赵主父有病，买通了一个寺人前去召惠文王，半路上截杀之。

杀手是精心挑选的三个既精通武艺，又肯于卖命的侍从，他们给杀手们许多赏物，并晓之以利害。他们相信，金钱和威力足以使杀手舍身效命。

现在，三个杀手已离开馆舍一个多时辰。田不礼转动着眼珠，喃喃地说："这几个笨虫，怎么还不回来？"

赵章的心紧张得怦怦直跳。此事非同小可，若不能成功，则会面临杀身之祸。他燃起了几炷香，放在案上，微闭起双眼，咕咕哝哝地念叨："神灵助我，神灵助我……"

这当儿，门"吱扭"一声被推开了，三个黑色的人轻轻地闪进身来。

几乎是同时，赵章与田不礼迎上前去，齐声问："怎么样？"

为首的一个高个子侍从取下蒙面的黑巾，"扑通"一声跪在地上，连磕了好几个响头，负罪地说："殿下，廷尉，小人们无能，杀错了！"

"什么？杀错了？"

"小人们老早就等在路边，埋伏在草丛中，待车子近了，见是一乘驷马车，小人猜测，定是君王无疑，于是一拥而上，将车上的人杀了，事完后便匆忙离开。我怕天黑认错人，又返回来举火验证，原来，那人不是君王，是……是相国！”

“肥义？”

“一点不错，小人认得的。”

“啊？”

赵章和田不礼呆若木鸡，出了一身冷汗。

“无用的东西，行事时怎么不看准？”

“天太黑，实在是辨认不清……”

田不礼咆哮起来：“滚，都给我滚开，真是白养活了你们！”

三个杀手叩头，倒退出门外。

赵章两手一摊，说：“廷尉，这如何是好啊？”

田不礼眼里闪着凶光：“现在，只好一不做，二不休，趁我机密未泄，率众夜攻东宫！”

“能……能行吗？”

田不礼冰冷地一笑：“行也得行，不行也得行。东宫人少，我们突然一袭，或许可以取胜。”

赵章没有了主意，只好说：“如廷尉言。”

二人整集随同前来的兵士，共得二百余人，分作两队向东宫赵惠文王处扑去。

却说肥义走后，李疵心里七上八下，总担心会出意外。因肥义走时有嘱咐，便加强了东宫的防范，所有的侍卫都调到城上戍守，以防事变。

李疵在城头远望，只见有两队黑影正向东宫逼近，李疵脱口道：“不好，有兵马前来！”遂即下令，“紧闭城门！”

不多时，赵章的兵马杀来，见宫门紧闭，便点起火把进行强攻。李疵令兵士在城上射箭抛石，赵章和田不礼的几次进攻都被打了回来。双方鏖战至天明，赵章的人马损失殆半，东宫城门下留下一片尸体。

赵章与田不礼商议，现在后退无路，只有拼死一战。于是，他们令兵士找来几根大木，冒着箭雨运到宫门前，用力猛撞，厚厚的宫门发出刺耳的破裂声。

眼看着宫门将被撞开，只听身后喊杀声大作，赵章一看，是留守邯郸的司徒公子成和郎中令李兑。赵章暗想，我与二人友善，他们难道是前来助我？于是向着二人大喊：“昏王已被我围困，东宫攻破在即，二位快来相助啊，事成之后，决不忘大德！”

二人也不答话，径直向前奔来，到了跟前，李兑手持佩剑喝道：“逆贼，休要异想天开，我等来取逆贼首级！”

原来,公子成和李兑在邯郸留守,暗相计议:安阳君久怀不平之气,现随王去沙丘宫,事难预料。他们最不放心的是田不礼。田不礼狡诈多谋,安阳君有勇武无大略,极易受田不礼左右,万一他们干出图谋不轨的事来,赵国岂不要大乱吗?

论个人关系,李兑与田不礼还是较密切的,但他不希望田不礼起事,他不相信他会成功。公子成这几年不大得志,新近才结束了他"称病不朝"的生活,重入宫廷,和赵章这个失意者在感情上也有些相通之处。他凭着老谋深算,猜得出赵章的企图。但是,公子成绝对不愿和赵章站在一起,他看不出赵章会有什么作为,跟他走,岂不要自找倒霉吗?这么多年,公子成经历了仕途上的起落,他不能轻易冒险,因为一旦有闪失,将会跌入深渊,再无出头之日。

这样,他们在认识上取得了一致,把留守都城的事交给了公子绁等人,率兵前来护卫沙丘宫,并准备应付突发事变,在赵主父和惠文王面前显示一下他们的忠诚。恰好,在他们日夜兼程刚刚赶来时,遇见赵章攻打东宫,便马不停蹄迎上前来。

在兴兵诛逆的旗号下,公子成和李兑完全抛却了往日的私怨,他们把这一仗当做立功的好时机,指挥兵士向叛军猛攻。

赵章的队伍已被李疵杀得元气大损,又加上连夜攻袭的疲惫,只有招架之功,毫无还手之力,不多工夫,便七零八落,溃不成军,大部被杀死,少数几人落荒而逃。田不礼在乱军中被杀,赵章单人独骑杀出一条血路,向西宫逃去。

沙丘东宫的骚乱早有人报知赵主父。赵主父毫无思想准备,惊得目瞪口呆。

这一向,赵主父都是在胜利的喜悦中陶醉着。胡服骑射的成功,平灭中山的大胜,冒险入秦的凯旋,立储传位的顺利,使他倍加欣赏自己治国安邦的卓越才能。他觉得,自己继临大位虽不算久,但功业已远胜于先王,富有成效的治国措施在赵国的历史上也是空前的,当今天下,诸侯渐弱,秦国日强,唯独赵国蒸蒸日上,成为东方列国中唯一能与秦国抗衡的力量,这样的成就难道不值得称道吗?

但是,聪明一世的赵主父却只注重了胡服骑射的军事改革,没有改革国家的政治经济,使之配套而行。尤其失策的是,在国家政权的结构上,他没有适应大势所趋,也没有接受赵国历史上王位争夺的教训,放松了集权政治,对二子的矛盾置若罔闻,终于导致祸起萧墙!

赵主父不相信自己的两个爱子会重演历史上那种宫廷政变。他用一颗慈父之心在想,我对二子宠爱有加,他们难道会负我?

他让寺人缪鞮再探。缪鞮正欲出门,一个小寺人跌跌撞撞地跑来,上气不接下气地说:"禀大王,安阳君请求入宫避难。"

"安阳君,章儿?"

“正是。安阳君与田不礼兴兵袭王，李国尉奋力以拒，司徒和李廷尉的兵马也前来除逆，田不礼被杀，安阳君只身一人逃来。大王，可否让他入宫？”

“真有此事？我去看看！”

赵主父登上宫门城楼，朝下一望，果然看见赵章单人单骑站在那里，他满身是血，十分狼狈。

赵主父惊问：“难道……难道你真的图谋不轨？”

赵章泪流满面，下马谢罪：“儿臣一时糊涂，上了田不礼的当，愧对大王！”

赵主父这才信实了，他只觉得一阵晕眩，险些跌倒。

赵章哭求道：“父王，放儿臣入宫吧，儿臣宁可受父王重处，也不愿死在他们手里。父王，救救儿臣吧，父王若不肯降恩，儿臣就死在这里！”说着，拔出佩剑，横在颈前。

赵主父心里乱作一团。逆贼赵章和爱子赵章的形象轮番在他面前浮现着。他想到赵章幼时不离膝下的情景，想到他读书时的聪慧，作战时的英勇，言谈语吐的孝敬，也想到他这次似乎是阴错阳差般的作乱。爱与恨、怨怒和怜悯的冲突使他没有了主意。最后，还是他内心深处根深蒂固的慈爱之心占了上风，他无可奈何地叹着气，挥手命令兵士：“开……开城门……”

公子成和李兑追赶赵章的兵马在沙丘东宫前停下了脚步。他们明明知道赵章已逃匿宫中，却不敢进去。因为那是赵主父的行宫，贸然闯宫，那还了得？

二人迟疑了半晌，公子成道：“我等与章逆已成仇雠，今日之事，有他无我！”

李兑道：“你是说进宫去搜？大王对儿子素来十分仁慈，万一他仍护着章逆，再怪罪下来，如何是好？”

公子成道：“我等兴兵诛逆，大道而行，有何惧哉？进宫晓以国家大理，不怕大王不依！”

经公子成这样一说，李兑鼓足了勇气。他向宫城守将说有要事要见主父，守将打开宫门，请他进入宫中。

赵主父见到李兑，明知故问道：“廷尉不在都城前来做甚？”

李兑道：“微臣是为诛逆而来。安阳君兴兵作乱，其党已被杀尽，听说他现在正在这里藏匿，请大王将他交出，以正国法。”

“怎么，章儿作乱？不会吧！”赵主父仍打着哑谜。

李兑道：“安阳君欲杀入西宫，夺取王位，大王岂会不知？此十恶不赦之罪，大王决不可姑息养奸，失民心于天下。儿女事小，国家事大啊！大王含辛茹苦，兢兢业业这么多年，好不容易得来了国富民安的局面，岂可轻易地付诸东流？若国人知道大王不分曲直善恶，护着逆子，必将对大王产生非议。古来不乏大义灭亲之举，大王英明一世，万不可因小失大啊。”

赵主父历来重视自己的名声，重视他创立的功业。在这个要名声、功业还是要儿子的三岔路口，赵主父又徘徊起来。他思想中斗争很激烈，不知如何是好。

“怎么办？”他痛苦地在心中自问。

他的手触到了腰间那柄青铜剑，这柄剑由父王赵肃侯传给他，伴他度过了三十多年，可以说是他全部功业的见证。他又想到了那艰难的过去……

他掂量得出这柄剑的分量，苦苦思索了半晌，只好同意李兑去搜。

赵章藏在一个偏殿里。李兑很快发现了他。李兑没有去报告赵主父，他生怕赵主父再生变故，而是不容分说，一刀砍下了赵章的头颅，然后才去向赵主父回禀。

赵主父看着这血淋淋的人头，顿觉天昏地暗。他挥手让所有人都退下，他心绪太烦乱了，他需要安静。

李兑离开赵主父返回营帐后，向公子成详细作了报告，并说：“司徒，凶逆已除，我等该回都城了吧？”

公子成狡黠地一笑：“你想就这么回邯郸，事情就这么完了？”

“司徒还有什么事吗？”

“岂非有事，事情大着呢。我等因章故包围了大王行宫，你又搜章而杀之，现在大王依了你，不过是因为你讲了那一番道理。大王是个爱子至深的人，事平之后，他必然怀念自己的儿子，到那时，他决不会饶恕杀他儿子的人！”

李兑急问：“那该怎么办？”

公子成将老拳一挥：“继续围城！”

李兑也意识到，事已至此，只好干到底。他们命令军士，不许解围，并与公子成计议，由公子成去东宫安抚惠文王，并要挟惠文王下了一道旨令：“宫中人等，立即出城，先出者无罪，后出者即为贼党，夷灭九族！”

公子成还让惠文王给护卫东宫的李疵下令，让他组织禁卫兵士守卫东宫，不得擅离一步。这样，李疵便被滞留在东宫，有王命在身，对西宫赵主父处也无法顾及了。

赵主父所在的沙丘西宫被团团围住。宫中人不知底细，为求自安，纷纷出城。到这天傍晚时，宫中只剩下了赵主父、阴妃和寺人缪鞮、宫人慧儿。

堂堂的一国之君，威震遐迩的旷世英主，成了孤家寡人。富丽堂皇、僮仆成群的沙丘西宫几乎成了一座空城。而这空城之外，则是密匝匝的公子成、李兑带来的兵马。

一天、两天，一连七天过去了，围兵根本不见撤离。宫门紧紧关闭着，不准进，也不准出。赵主父每天都派缪鞮去叫门，但门外的守兵像是没听见，什么主父的御旨，什么国君的命令,他们全然不顾,赵主父亲自去召唤也无人理睬。赵主父怒不可遏,大骂公子成、李兑犯了欺君之罪,但他的声音只在空荡荡的宫中回响着,受惊的只有枝上的鸟儿。他又大声呼唤着惠文王、肥义和李疵的名字,更无人应声。李疵在东宫已知道赵主父身陷危境,但却无法前来营救,因为那里还有一位幼主,他一刻也不能离开。

赵主父绝望了,仰天长叹:"我怎么没有看清奸贼的真面目,怎么没有防患于未然,真是聪明一世,糊涂一时啊!"

可悲的是,赵主父后悔已经晚了。

宫中的食物越来越少了。缪鞮和惠儿已经三天没吃东西,为的是节省下来给赵主父和阴妃吃,他们自己则找些树叶、草根充饥。

这日,缪鞮提着水罐在宫内找水,没走多远便昏倒在地,赵主父发现时,他早已断了气。他手里仍攥着瓦罐的绳子,瓦罐的碎片散落在他身边。赵主父心如刀绞,伏尸大哭:"缪鞮,你怎么这样就走了啊!"

赵主父正哭着,阴妃惊慌地赶来,道:"大王,惠儿悬梁自尽了! 今早上,她就流着泪对我说,她本贫家女,自入宫中,多受王恩,今不能侍奉大王,也不愿拖累大王。我当时还安慰她不要胡思乱想,可谁知,她竟先我们而去了!"

赵主父受伤的心上又扎了一刀。他觉得一阵头重脚轻,有些站立不稳,阴妃赶忙上前扶住他。赵主父把胳膊搭在阴妃的肩上,回头望了望缪鞮的尸体,低声说道:"爱妃,我们已临绝境,缪鞮和惠儿的今日,也许就是我们的明天!"

阴妃道:"大王千万节哀,更不要乱想,我们要挺住,要活着,乌云毕竟难遮日,老相国和李国尉会来救我们的!"

现在,西沙丘宫中只剩下赵主父和阴妃两个人。他们相依为命,相濡以沫。剩下的一点食物,阴妃舍不得吃,她把赵主父的生命看得比自己重要得多。

阴妃一天天虚弱了。她那红润的脸色变得绢一样地苍白,婀娜的身子变得枯瘦如柴,后来,走路也没有了力气。她倒下了,倒在了锦榻上。

她眼前浮起了一片白云,白云之中是一片辽阔的草原,草原上是一群肥壮的牛羊。

啊,多蓝的天哪,多绿的草啊,多清的水呀! "水! 水!"她那干裂的嘴唇轻轻地张合着,她是多么愿意去舀一罐来给君王喝呀! 可她动弹不得,身子像是已经不属于她。她急得哭了,额头上沁出豆粒大的汗珠。

"爱妃!"一个亲切的声音像是从梦幻中飘来,她无力地睁开眼,白云不见了,草地不见了,水不见了,一张熟悉的面孔出现在她面前。她微微笑着,拉住了赵主父的手,多情的温柔的目光停留在赵主父的脸上。

“大王……臣妾……不行了，不能再……侍奉大王了……”

“爱妃，不要说这些！你不是说过，要活着，要等人来救我们吗？”

阴妃苦涩地摇摇头，疲倦地闭上了眼睛，眼前又浮起一片白云……

赵主父的心紧缩着，他轻轻地抚摸着阴妃的脸颊。这曾是多么俊美诱人的一张脸啊，天生丽质却被折磨成这个样子，可恨的叛逆，真是天理难容！

赵主父依稀觉得腰间的佩剑在动，低头看，阴妃已拔剑出鞘，握在手中。

“爱妃，你……”

阴妃有气无力地说：“大王，臣妾听说，血也可以解渴的，臣妾的热血愿献大王，大王一定要挺住啊！”

“爱妃！”

阴妃趁赵主父惊愕的一刹那，用尽全身力气将佩剑向脖颈抹去，鲜红的血像泉水一样地喷涌而出！

赵主父的心一下子跳出胸膛，灵魂也仿佛飞出天外，他疯狂了，他痴呆了，一头扑在那染满鲜血的锦榻上，泪水倾泻而下。他拾起血泊中的佩剑，奔出门外，大声哭喊：“苍天啊，还我爱妃来！还我爱妃来！”

寝宫外，燥风在刮着，鸟儿在鸣叫，火辣辣的太阳炙烤着大地。赵主父毫无目的地奔跑着，他什么也感觉不到，什么也像是没看见，仿佛在那渺茫的远处有他的阴妃。他手中的剑挥舞着，一阵乱砍乱劈，树木花草被他砍得七零八落，宫中的所有摆设都被他砍得一片狼藉，他像是要毁灭这一切，毁灭他亲手建起的一切！

过了好一阵子，他没有了力气，他的灵魂似乎在天空中飘浮着，只剩下一具枯瘦的躯壳。他时而大哭，时而大笑，笑与哭一样的悲凄，哭与笑都满含着无尽的懊悔！

他把沾染着阴妃鲜血的佩剑提到胸前，注目良久，像是很熟悉，又像是很陌生。忽然，他把佩剑的锋尖对准了自己的胸口，然后猛力地刺了进去……

天静了、地静了，沙丘宫没有了一点声息，仿佛一出威武雄壮的活剧戛然降下了帷幕。

几个月后，与插箭岭遥遥相对的灵山上，耸起了一座高大的陵寝，护陵兵士一色胡人服装，持弓背箭。陵前有一对石马，上雕手执弓矢的骑兵，座基下镌刻着一行大字：圣与俗流，贤与变俱，疑事无功，疑行无名。

晚霞如火，夜幕将临，插箭岭下响起了低沉的歌声《长子恨》，那是催人奋起的强国之音……

后记　寻找喧嚣

我供职的这地方挺偏远的。海边有座山，山上有座庙，庙下就是我们。

记得是个初暖还寒的春日，我从一个繁华的省会城市来到这里，一住就是二十年。我们的工作调动简单得很，一纸调令，一次谈话，就唱着"革命战士最听党的话，哪里需要哪安家"开拔了。初来时最难熬的就是太寂寞，人也陌生，地也陌生，四周静得出奇，连邻近村子喊孩子吃饭都听得到。于是便很后悔，想那座城，想那喧嚣的街市，想那喧嚣的人群，还有整天喧嚣个没完的朋友们，并奇异地认为，人这一辈子大概离不开喧嚣，在喧嚣中降生，在喧嚣中离世，其间这几十年也是喧喧嚣嚣的，没有了喧嚣，生命就似乎缺少了躁动，缺少了活力。好在，走不远就是大海，便常去海边，一个人坐在礁石上，听海的喧嚣。大海着实挺有魅力，潮涨潮落，波起浪涌，喧嚣着不息的海声。但久而久之也便腻了，觉得大海的呼吸一个节奏，闷闷的，像趴在地上的牛在打呼噜。

百无聊赖钻进了图书馆，成天以书为伴，和书对话，正应验了"无聊才读书"那句名言。那时的图书馆没有多少好看的书，只有"二十四史"还挺有看头，就呆乎乎地一卷一卷地读，像是挺用心似的。有时也觉得好笑：读了十八年书硬是没读够，还有滋有味地自我陶醉，不可思议。最初迷上古书并没想到自己要写点什么，只是觉得古人写的那些古事挺热闹，一会儿他当了皇帝，信誓旦旦地折腾了一顿，一会儿又头破血流地被另一个人赶了下来；这厢三宫六院地刚安置完毕，又风云突变作鸟兽散，配人的配人，当尼姑的当尼姑，殉葬的殉葬。闹哄哄的臣僚们呢，诛杀了一些，罢免了一些，剩下的又换了一身朝服，改了一下官阶，和新一朝同辈另事新主了。

皇帝们在台上真挺威风，想怎的就怎的，整日里饫甘餍肥，万岁声不绝于耳，但百分之百不能"万岁"。我大体查了一下，从秦汉到明清，二百多个有生卒年可考的皇帝，多一半没活到五十岁，平均年龄还不到四十岁。这是咋回事呢？一是骄奢淫逸太过头，有了病也没人敢给治，闹神闹鬼地请方士，服丹药，自己作践自己。还有很多是为了那把椅子暴死的。从西周至清，正史记载的宫廷政变有一百七十多次，每次都是宫门喋血，人头落地，人皆仰视的御座不知沾染上多少层殷红，朝代的更迭则像一幕幕没完没了的大戏，你方唱罢我登场，城头屡换大王旗，你说热闹不热闹，喧嚣不喧嚣？

或许就是因为觉得这喧嚣挺过瘾的，足可排遣寂寞，便没日没夜地读，像街头上看人打架，旁观不怕乱子大。于是，又奇异地想，人这生灵可真怪，自己怕担风险，惹麻烦，可对别人的风险和麻烦倒挺感兴趣，难怪古人大兴感叹：人各自私也，人各自利也！

有人说，写小说的人良心大大地坏，净拿一些杜撰出来的喜怒哀乐、悲欢离合折磨人。这话我信，我后来写起书来便有些居心不良，专给是是非非的人物立传，竭力渲染那些大善大恶、大喜大悲的故事扯别人的肠子。赵武灵王家事不顺，被两个争夺王位的儿子逼进沙丘宫，活活饿死；秦相李斯鄙薄"厕中鼠"的卑微，向往"仓中鼠"的高贵，到头来却被名缰利索缚住了身子，绑赴刑场受斩时连"东门逐兔"都成了奢望；楚霸王项羽为当"万人敌"取代秦王政，锅也砸了，船也沉了，一股劲冲进咸阳城，又血肉横飞地和天敌刘邦斗了两三年，却在"虞兮虞兮奈若何"的哀叹声中将一颗漆黑的头颅割进乌江；汉宫艳后赵飞燕美得惊人，也精明得惊人，可一夜秋风昭阳殿，好端端的一个美人便寻了短见，香消玉殒了，女皇武则天呢，主宰大唐朝政五十年，把李家天下翻了个底儿朝天，后来也是众叛亲离，寒屋冷榻，死的时候连个亲人都没有，又因七老八十的养过两个男宠，被后人打到淫荡女人堆儿里，落了个千古淫名……咳，这些故事，可真够闹心的，可我偏要点灯熬油地把它们写出来。干啥？希望把我领略的这份喧嚣推荐给世人，让大伙儿也喧嚣一把，借别人的闹心事解自己的闷儿。

读书是领略喧嚣，写书是制造喧嚣，这观点有点歪，似乎把神圣的事给亵渎了，十有八九要通不过。我却难改初衷，整天琢磨着怎样让我的书更多一点喧嚣，变着法地把故事闹腾得更好看些。人生在世不容易，还是欢欢乐乐、热热闹闹的好。

海还是那片海，山还是那座山，庙还是那座庙，但我已不再寂寞，因为我拥有了经久不息的喧嚣，拥有了激扬生命活力的躁动。

写作是件辛苦的事，挺难的，这中间没少得到老师、亲友的提携、帮助，心里着实感激，时时刻刻念记着。他们是：张笑天、吴枫、左云霖、李学勤、杨德宏、王占通、张樱、迟宝祥、杨箫、王成君，还有连续出版了我几部作品的华夏出版社副编审高苏先生。他们的关切和付出，令人感动。在此，我对诸位深鞠一躬。谢谢！

常万生

2008 年 10 月